剑来

㉛ 观礼正阳山

◎ 烽火戏诸侯 著

001　第一章　心声

027　第二章　教拳

060　第三章　登山

084　第四章　月色

108　第五章　刻舟求剑

139　第六章　少年过河

161　第七章　问剑做客两不误

175　第八章　兵解正阳山

202　第九章　观礼正阳山

225　第十章　剑光直落

第一章 心声

三人离去，只留下属于山海宗外人的陈平安独自坐在崖畔看向远方。

人间海崖接壤处，四顾山光接水光，青衫背剑远游客，清风明月由我管。

历史上山海宗改过宗门名字，不过就改了一个字，将"河"修改为"海"，可是中土神洲的老修士还是习惯称呼其为山河宗。

可惜今天没能遇到那个女子，据说她是开山祖师纳兰先秀的再传弟子，不然就有机会知道她到底是喜欢哪个师兄了。无论是喜欢崔瀺，还是喜欢左右，喜欢任何一个师兄，好像都是好眼光。

陈平安站起身，等待那条夜航船的到来，至多一炷香工夫，就可以登船了。

山崖畔，一袭青衫茕茕孑立。

想起礼圣先前那句话，陈平安思绪飘远，由着纷杂念头起起落落，如风过心湖起涟漪。

翻书不知取经难，往往将经容易看。

记得有次暴雨，小镇所有沟渠都发了大水，刘羡阳家门口的那丛凤仙花被冲走了，陈平安觉得很遗憾，反倒是刘羡阳这个正主儿没怎么伤心，说没了就没了，顾璨是最觉得可惜心疼的，回家路上，就一直在埋怨陈平安，说早知道这样，还不如搬家去他那边就不挪窝了，说不定这会儿还开花开得好好的。

想起了那个化名余情月的棉衣圆脸姑娘，陈平安自然而然就想起了刘羡阳祖宅里边其实还有个祖传的大柜子，做工精巧，是彩绘戗金花卉的老物件，柜子后壁镶嵌有一幅图案,有株金色桂树,枝头悬有一轮满月。陈平安都不知道这种事情,怎么讲道理,千里姻缘一线牵?命中注定,就该刘羡阳与赊月,哪怕隔着天下,都会走在一起?希望他们俩好聚不散,喜结良缘。

白帝城韩俏色在鹦鹉洲包袱斋买走了一件鬼修重器,陈平安当时在功德林听说此事后,就不再隔三岔五向熹平先生询问包袱斋的买卖情况了。

而陈平安自己的人生,再不能被一条发洪水的溪涧拦住。

陈平安突然转过头,很是意外,她是根本就没去天外练剑处,还是刚刚重返浩然?

白衣女子单手拄剑,望向远方,笑道:"眨眨眼,就一万年过去又是一万年。"

陈平安点点头:"好像眨眨眼,就五岁又四十一岁了。"

她问道:"主人知不知道,这里曾是一个比较重要的术法坠落处?"

陈平安摇摇头:"不清楚,避暑行宫档案上没瞧见,在文庙那边也没听先生和师兄提及。"

她与陈平安大致说了那个尘封已久的真相,山海宗此地曾经是一处上古战场遗址,是那场水火之争的收官之地,故而道意无穷。术法崩散,遗落人间,道韵显化,就是后世练气士修行的仙家机缘所在。只是这种事情,文庙那边记载不多,只有历代陪祀圣贤才可以翻阅,故而书院山长都未必知晓。

她笑道:"那处五彩天下,将来一定会出现一个天然压胜宁姚的修道坯子,反正肯定不会是剑修,与宁姚有那大道之争,所以让宁姚不要掉以轻心,别觉得成了飞升境剑修,从此就可以高枕无忧。她在五彩天下,不会一直无敌下去。"

陈平安问道:"此人是不是五彩天下的最大福缘之一?白玉京在内的道门势力,是不是得到此人的机会最大?"

哪怕真有此人,无论是宁姚,还是他陈平安,一座飞升城,哪怕提前知晓了这桩天机,都不会做那凭借阴阳衍化去大道推演、再去斩草除根的山上谋划。

她点点头:"从目前来看,道门的可能性比较大。但花落谁家,不是什么定数。人神共处,怪异杂居,如今天运依旧晦暗不明。所以其余几份大道机缘,具体是什么,暂时不好说,可能是天时的大道显化为某物,谁得到了,谁就会得到一座天下的大道庇护,也可能是某种地利,比如一处白也和老秀才都未能发现的洞天福地,能够支撑起一位十四境大修士的修道成长。反正宁姚斩杀上位神灵独目者,算是已经得手其一,至少有个大几百年的光阴能够坐稳天下第一人的位子,该知足了。在这期间,她若是始终无法破境,被人抢走第一的头衔,怨不得别人。"

她笑了起来:"那位小夫子,就没有与主人说这些?"

陈平安摇头道:"礼圣没有聊这些,我也不敢多问。"

她说道:"果然是小夫子,不大气。"

小夫子这个说法，最早是白泽给礼圣的绰号。

只有写老皇历而不是翻老皇历的修士，才有资格这么称呼礼圣。比如陈平安身边的她，曾经的天庭五至高之一持剑者。

陈平安识趣地转移话题："披甲者在天外被你斩杀，彻底陨落，一部分原因，是不是因为天庭遗址里边有了个新披甲者。"

说得通俗一点，越是高位神灵，越是一个萝卜一个坑。

托月山大祖的关门弟子离真，曾经的剑气长城的剑修观照，他的那把本命飞剑光阴长河太过玄妙，使得离真天生就适宜担任新任披甲者。

这些言语，陈平安没有祭出一把笼中雀，甚至没有使用心声，一直是想说什么就说什么。

有她在。谁敢谁能窥探此地？

她嗯了一声，手心轻轻拍打剑柄，说道："是这样的，周密扶植起了那个观照，使得我那个老朋友的神位不稳，再加上先前攻伐浩然天下，与礼圣狠狠打了一架，都会影响他的战力。不过这些都不是他被我斩杀的真正原因，他杀力不如我，但是防御一道，他确实是不可摧破的，会受伤，哪怕我一剑下去，他的金身碎片四溅散落，都能显化为一条条天外星河，但是要真正杀他，还是很难，除非我千百年一直追杀下去，我没有这样的耐心。"

其实一场厮杀过后，天外极远处确实出现了一条崭新的金色银河，蔓延不知几千万里。

她的言下之意，就像是披甲者自己求死，最终主动让出了那个显赫神位，送给离真，准确说来，是送给周密。

如果持剑者和礼圣未能阻拦披甲者归乡，成功重返旧天庭遗址，以周密的心性，估计离真的下场不会好到哪里去。

陈平安轻声问道："不得不亲手斩杀披甲者，你会伤心吗？"

持剑者与披甲者，曾经并肩作战万年，就像她所说的，相互间是老朋友。

她摇摇头，解释道："不伤心，金身所在，就是牢笼。低位神灵，金身会消解于光阴长河当中，而高位神灵的身死道消，是后世修道之人无法理解的一种远游，身心皆得自由。旧神灵的可怜之处，就在于言行举止，甚至所有的念头，都是严格按照既有脉络而走，时间久了，这其实并不是一件如何有趣的事情。就像存在的意义，只是为了存在。于是后世练气士孜孜不倦追求的长生不朽，就成了我们眼中的大牢笼。"

陈平安拿出养剑葫，喝了一口酒，喃喃道："是不是可以这样理解，相较于你们神灵，人会犯错，也会改错，那么道德就是我们人心中的一种自由？"

她笑道："能够这么想，就是一种自由。"

陈平安刚要说话，她提起长剑，说道："这次是真的走了。"

白衣女子的高大身形化作千万条雪白剑光，四散而开，无视山海宗的阵法禁制，最终在天幕处凝聚身形，俯瞰人间。

陈平安默默记住那些剑光流散的复杂轨迹，再将养剑葫别在腰间，抬起头，与她挥手作别。

下一刻，陈平安驾驭剑心，默念道诀，身形瞬间化作数百道剑光，如崖畔开出一朵青色荷花，然后往崖外大海蔓延出去。最终剑光一头撞在了山水大阵上，如人碰壁，一个晃悠，剑光凝为身形，笔直摔入大海。

远处，山海宗一处高楼，手持烟杆的纳兰先秀吐出一口云雾，啧啧称奇道："好遁法。"

她挥了挥袖子，打开大阵禁制。一袭青衫跃出水面，没有御风离去，而是踩水狂奔。

远处那条夜航船现出踪迹，陈平安一个蜻蜓点水，跳上船头，双脚落地之时，就来到了一座陌生城池。

陈平安站在一处屋檐下，凝神定睛，发现不远闹市通衢处，熙熙攘攘，人头攒动，好像有座擂台，台上好像有两个江湖武夫，刚刚各自持笔签订了生死状，其中一位壮汉豪气干云，写了名字，但写得估计连他自己都不认得了，然后狠狠摔了笔，负责收起两份生死状的读书人忙不迭去捡起地上那支毛笔，骂骂咧咧，莽夫莽夫。

宁姚四个就在这边凑热闹，没有去人堆里边，而是在不远处一座酒楼的二楼看武夫打擂台。

宁姚和裴钱还好，站在窗口就行，小米粒和白发童子就只能探出两颗小脑袋了。

陈平安出现在这座城池之时，宁姚就转过头，望向街上那一袭背剑青衫。

陈平安挥挥手，示意她们站在原地就是了，自己过去找她们。

到了酒楼二楼，陈平安发现宁姚那张酒桌旁边的几张桌上都是些自诩风流的年轻俊彦、公子哥，都没心思看那擂台比武，正在那儿谈笑风生，说些武林名宿的江湖事迹，醉翁之意只在酒外，聊那些成名已久的宗师高人，江湖上的闲云野鹤，总是不忘顺带带上自己或者自己的师尊，无非是有幸一起喝过酒，被某某剑仙、某某神拳指点过。

宁姚转身坐回原位，裴钱笑着与师父点头，小米粒见着了好人山主，抿嘴一笑，白发童子瞧见了隐官老祖泫然泪下。

陈平安原本想要坐在宁姚身边，结果小米粒让出了自己的长凳，慢了一步的白发童子就使劲用袖子来回擦拭，轻轻哈气吹拂灰尘状。

陈平安接过裴钱递过来的一碗酒，笑问道："这里是？"

裴钱低声说道："太平城。"

别称甲子城，中四城之一。是夜航船上唯一一处没有修道之人的地方，凡俗夫子七十古来稀。估计随便来个中五境修士，不用是什么地仙，只需要有观海境修为，都是此地的天下第一人了。

陈平安笑道："怎么来这边逛了？"

宁姚以心声说道："我们在灵犀城那边见过了从容貌城赶来的刑官豪素。"

陈平安点点头，瞥见宁姚酒碗里酒水还多，就没帮忙倒酒，裴钱喝酒不打紧，江湖人嘛，再看那小米粒竟然也喝上酒了，不过陈平安视线刚到，小米粒就此地无银三百两了，伸手捂住酒碗："是水，不是酒，我可不晓得酒是啥个滋味，喝不得好，好喝不得，辣得很哩，傻子才花钱买酒喝……"

跟小米粒并肩坐的白发童子幸灾乐祸道："对对对，傻子才花钱喝酒。"

陈平安笑道："等下你结账。"

白发童子吃瘪不已，随即提起酒碗，满脸谄媚："隐官老祖，学究天人，老谋深算，这趟文庙游历，肯定是出尽风头，名动天下了，我在这里提一碗。"

陈平安摇摇头，喝了口酒，微微皱眉。

宁姚问道："怎么回事？跟人打架了？"

陈平安笑道："打了几架，主要是跟曹慈那场，受了点伤。"

裴钱竖起耳朵。

陈平安取出君倩师兄赠送的瓷瓶，倒出一粒丹药，拍入嘴中，和酒咽下，说道："曹慈还是厉害，是我输了。"

宁姚一听说是与曹慈问拳，就没有太担心陈平安，双方肯定打得有分寸，而且看陈平安当下也没有任何萎靡神态，反而一身拳意，越发精粹几分，是好事。

陈平安忍住笑，与裴钱说道："师父虽然输了拳，但是曹慈被师父打成了个猪头，不亏。"

裴钱挠挠头："师父不是说过，骂人揭短打人打脸，都是江湖大忌吗？"

陈平安说道："跟曹慈客气什么，都是老朋友了。"

裴钱咧嘴一笑。

喝着酒，陈平安和宁姚以心声各说各的。

白发童子拉着矮冬瓜小米粒继续去看擂台比武，小米粒就陪着那个矮冬瓜一起踮起脚尖，趴在窗口上看着擂台那边的哼哼哈哈，拳来脚往。

陈平安说了那场文庙议事的概况，宁姚说了刑官豪素的提醒。

宁姚最后想起一事："那条打醮山渡船，除了一些自己愿意留在夜航船上的修士，渡船和其余所有人，张夫子都已经放行了。"

陈平安笑道："劫后余生，虚惊一场，就是最好的修行。所以说还是你的面子大，如果是我,那位船主要么干脆不露面,即便现身,也肯定会与我漫天要价、坐地还钱。"

不是任何一位剑修都能够有事没事就随手剑开渡船禁制的。

这是夜航船那位船主张夫子对一座崭新天下第一人的礼敬。

宁姚没好气道:"分明是看在礼圣的面子上,跟我没什么关系。"

陈平安笑容灿烂道:"倒也是,这次议事,可能就只有我是礼圣亲自出面,既接也送。"

宁姚微笑道:"好大的出息。"

一位老夫子凭空现身在酒桌旁,笑问道:"能不能向陈先生和宁姑娘讨碗酒喝?"

他的突兀现身,酒桌附近的客人,哪怕是一直关注陈平安这个碍眼至极的酒客的人都浑然不觉,好像只觉得天经地义,本来如此。

陈平安抱拳笑道:"见过张船主,随便坐。"

张夫子落座后,从袖中取出一只酒杯,酒水自满杯,竟是那酒泉杯?

陈平安问道:"能不能劳烦船主,帮着与鸡犬城和白眼城两位城主打声招呼,我可能暂时就不去那边了,下次登船,一定拜访。"

张夫子点头道:"没有问题。"

陈平安又问道:"我能不能在条目城那边开间铺子?"

张夫子还是极好说话:"欢迎。"

桂花岛上边,陈平安名下有座圭脉小院。春露圃也有个玉莹崖,还开了个蚍蜉铺子。

这趟游历北俱芦洲,可能还会与龙宫洞天那边打个商量,谈一谈某座岛屿的"租借"一事。

是那座没有主人多年的凫水岛。

陈平安对那一处山水极其看重,打算未来修道生涯中,时不时就去此地闭门修行。

不管如何,陈平安都希望能够将其收入囊中,不管是靠神仙钱买,还是靠人脉香火情,都要尝试一下。

龙宫洞天被三家势力瓜分,近水楼台的水龙宗、鄱采的浮萍剑湖、大源王朝的崇玄署,然后再加上升任大渎灵源公的南薰水殿沈霖,担任龙亭侯的旧大渎水正李源。先前文庙议事,大源国师杨清恕主动拜访过功德林,所以其实除了水龙宗的南北两宗,陈平安都搭上线了。凫水岛的租赁,甚至是直接将其买下,都是有机会的。

只要水龙宗愿意点头答应此事,如今陈平安自有手段与水龙宗一起在别处挣钱。

如果在这条夜航船上边,还有个类似渡口的落脚地儿,当然更好。

未来山上修行的闲暇散心,除了当学塾先生、垂钓两事,其实还有一个,就是尽量多游历几遍夜航船,因为这里书极多,古人故事更多。如果有幸更进一步,能够在这边直接开个铺子,登船就可以更加名正言顺了,难不成只许你邵宝卷当城主,不许我开铺子做生意?

张夫子说道:"有个想法,陈先生听听看?"

陈平安笑道:"张船主说说看。"

张夫子说道:"灵犀城的临安先生想要将城主一职让贤给陈先生,陈先生意下如何?"

陈平安转头望向宁姚。

宁姚说道:"跟我无关,先前游历灵犀城,我是与李夫人聊得不错,不过她不太可能就这么送出一座城。"

张夫子揭开谜底:"是仙槎率先登船提议,临安先生觉得此事可行,我尊重临安先生的意见。"

陈平安摇头说道:"我又没有邵宝卷那种梦中神游的天赋神通,当了灵犀城的城主,只会是个不着调的甩手掌柜,会辜负临安先生的重托,我看不成,在条目城那边有个书铺,就很知足了。"

张夫子笑道:"城主位置就先空悬,反正有两位副城主主持具体事务,临安先生担任城主那些年,她本就不管庶务,灵犀城一样运转无碍。"

陈平安愣了愣:"张夫子不早说!"

张夫子只是笑着举杯,自顾自喝酒。

哦,这会儿知道喊夫子,不喊那个关系生疏的张船主了?

张夫子问道:"开了铺子,当了掌柜,打算开门做什么买卖?"

陈平安说道:"撰写人物小传,再依循夜航船条目城的既有规矩,买卖图书。"

张夫子点点头:"可行。何时下船?"

陈平安说道:"得看夜航船何时在骸骨滩靠岸了。"

张夫子收起酒杯,笑道:"要稍稍绕路,约莫需要一个时辰。"

陈平安心中默算,联系先前宁姚剑光的出现地,以及礼圣所谓的归墟渡口,再通过中土山海宗与北俱芦洲骸骨滩的距离,大致推算出了夜航船的航行速度。

张夫子起身告辞,不过给陈平安留下了一沓金色符箓,最上边是张青色材质的符纸,绘有浩然九洲山河版图,然后其中有一粒细微金光,正在符纸上边"缓缓"移动,应该就是夜航船在浩然天下的海上行踪吧?其余金色符箓,算是以后陈平安登船的通关文牒?

陈平安起身道谢一声,再抱拳相送。

张夫子笑着提醒道:"陈先生是文庙儒生,但是夜航船与文庙的关系,一直很一般,所以这张青色符箓,就莫要靠近文庙了,可以的话,都不要轻易拿出示人。至于登船之法,很简单,陈先生只需在海上捏碎一张引渡符,再收拢灵气浇灌青色符箓的那粒金光,夜航船自会靠近,找到陈先生。引渡符易学易画,用完十二张,之后就需要陈先生自己画符了。"

张夫子离去后,宁姚投来问询的视线。

陈平安将所有符箓收入袖中,说道:"先争取个非敌非友的关系,再有点生意往来,互相锦上添花。"

宁姚点头。那她就不用多想夜航船上的一切事宜了,反正他擅长。

窗口那边,白发童子说自己也是高手,要飞去那边登台守擂,帮助隐官老祖赢个打遍天下无敌手的名头,才算不虚此行。可以委屈自己,只说是隐官老祖的弟子之一,还是最不成材的那个。

小米粒就使劲抱住白发童子,不让她闯祸,摇摇晃晃,往酒桌那边靠拢。

白发童子两腿乱踹,叫嚣不已,黑衣小姑娘说:"不成不成,江湖名声不能这么来。"

陈平安没拦着她俩的闹腾,想着刑官那个所谓的二十人。

豪素本身,正阳山田婉,三山福地的仙人韩玉树,极有可能,还要加上一个琼林宗某人。

刑官豪素既然来了夜航船,还在容貌城那边停留颇久,那么化名邵宝卷的形貌城城主可能就是一位候补成员,方便随时补缺。

当然也不排除对方是正式成员,二十人之一,只不过隐藏得很深。如此一来,邵宝卷在条目城那边步步设计自己,就有了足够的理由。

而琼林宗,与北俱芦洲北地大剑仙白裳、嫡传徐铉,渊源颇深。因为徐铉是琼林宗的幕后话事人,这件事刘景龙是有提醒过的,不然以琼林宗宗主的玉璞境修为,早就被看他不顺眼的家乡剑仙、武学大宗师打得满地找牙了。北俱芦洲的练气士和纯粹武夫,有几个是好说话的?往往给人套麻袋打闷棍,或是朝着别家祖师堂一通术法轰砸、飞剑如雨,都是不需要理由的。

琼林宗那么大的生意摊子,山上山下遍及北俱芦洲一洲,甚至在皑皑洲和宝瓶洲都有不少产业。只说砥砺山邻近山头的一座座仙家府邸,就是一座座名副其实的金山银山。

琼林宗当初三番五次找到彩雀府,关于法袍一事,给彩雀府开出过极好的条件,而且一直表现得极好说话,哪怕被彩雀府拒绝多次,事后好像也没怎么给彩雀府暗地里下绊子。看来是醉翁之意不仅在酒,更在落魄山了。琼林宗是担心打草惊蛇?所以才如此克制含蓄?

陈平安甚至不排除一个可能,假设琼林宗宗主真是二十人之一,说不定还有第二人躲在宗门更暗处。

陈平安一边分心想事，一边与裴钱说道："回头教你一门拳法，一定要好好学，以后去蒲山草堂跟黄衣芸前辈请教拳法，你可以用此拳。"

裴钱有些紧张，点头后，偷偷喝了口酒压压惊。

陈平安起身说道："我们出城找个僻静地方，教拳去。"

白发童子眼珠子一转，大摇大摆就要率先带路，结果被小米粒一把抱住："结账，别忘了结账。"

白发童子哀叹一声，与小米粒窃窃私语一番，借了些碎银子。

小米粒给了钱，立即从书箱里边取出老厨子帮忙制造的纤细炭笔，再在桌上摊开一本空白薄册子，翻开第一页，开始站着记账，神色认真，一丝不苟。

小姑娘一边写一边还抬手遮挡。

陈平安瞥了眼好像小铺子刚刚开张的账簿，笑问道："先前借钱给我，怎么没记账？"

小米粒头也不抬，只是伸手挠挠脸，说道："我跟矮冬瓜是江湖朋友啊，生意往来要算账分明，比如我要是欠了钱，也会记的。可我跟好人山主、宁姐姐、裴钱，都是家人嘞，不用记账的。"

裴钱笑着伸手晃了晃小米粒的脑袋。

被这么一晃，账簿的字就写歪了，小米粒恼得一跺脚，伸手拍掉裴钱的手："莫催莫催，在记账哩。"

一行人徒步走出这座充满江湖和市井气息的城池，岔出车水马龙的官道，随便寻了一处，是一大片柿子林，花红如火。

先前路过一座湖，水乡水雾弥漫，打鱼的小船，本身就像游鱼。

白发童子这会儿正带着小米粒捡地上那些红彤彤的小灯笼。哪儿的水土不养人？

宁姚背靠一棵树，双臂环胸，这还是她第一次看那师徒二人的教拳学拳。

裴钱摘下了竹箱，放在远处，有些局促不安，好像连手脚都不知道放哪里。

陈平安有些奇怪，笑问道："怎么回事，这么紧张？"

其实该紧张的，是他这个师父才对，得小心再次被开山大弟子一拳撂倒。

裴钱深吸一口气，肃然而立："请师父教拳。"

陈平安点点头，说道："今天教拳很简单，我只用一门拳法跟你切磋，至于你，可以随意出手。"

结果陈平安刚单掌递出，只是摆了个拳架起势，裴钱就后退了一步。

宁姚觉得今天这拳教不了。

陈平安越发疑惑："裴钱？"

裴钱低着头，嗓音细若蚊蝇："我不敢出拳。"

陈平安气笑道:"怎么,是担心自己境界太高,拳意太重,怕不小心就一拳打伤师父,两拳打个半死?"

裴钱只是看着地面,摇摇头,闷不作声。

陈平安望向宁姚,她摇摇头,示意换个法子,不要强求。

陈平安想了想,就转头与那白发童子喊道:"你过来,帮个忙。"

白发童子跳脚道:"结账是我,挨揍又是我,隐官老祖你还讲不讲江湖道义了?!"

裴钱抬起头,满是愧疚,陈平安笑着摆摆手:"不打紧,接下来仔细看好师父的出拳就是了。"

宁姚朝裴钱招招手。

裴钱走过去,宁姚轻声道:"没事。"

裴钱点点头。

宁姚见裴钱额头竟然都渗出了汗水,就动作轻柔地帮着她擦拭汗水。

裴钱有些赧颜。

那个白发童子摆出个气沉丹田的架势,然后一个抖肩,双手如水晃荡起伏,大喝一声,然后开始挪步,围绕着陈平安转了一圈:"隐官老祖,拳脚无眼,多有得罪!"

陈平安站在原地,差点没了出手的想法。

小米粒蹲在远处,装了一大兜掉在地上的柿子,一口就是一个,都没吃出个啥滋味。

白发童子绕了一圈,一个蹦跳,金鸡独立,双掌一戳一戳的,正色道:"隐官老祖,我这一手螳螂拳,千万小心了!"

陈平安直接就是一腿,白发童子被扫中脖颈,脑袋一歪,在地上弹了几弹,其间还有身形翻滚。

白发童子最终倒地不起,摆摆手,有气无力道:"不打了不打了,小米粒,记得把药钱记账上,就三两银子好了,回头到了落魄山,我就跟韦财神要去。"

陈平安瞪眼道:"你给我认真点。"

白发童子哀叹一声,蹦跳起身,拍了拍身上尘土:"行吧行吧。"

接下来两人切磋,这头飞升境化外天魔就用了些青冥天下的武夫拳招,陈平安则拳路"精巧",好似女子拳脚,不过看似"婉约",实则极快极凌厉。

裴钱看得仔细,不光是拳路、招数过目不忘,她还能看清楚师父拳意的流淌痕迹。

不但是陈平安的出手,就连白发童子那些衔接极好的各家拳招、桩架,都一并被裴钱收入眼底。

其实吴霜降登上夜航船,与这位心魔道侣重逢后,就暗中帮她打开了许多禁制,所以如今的白发童子等于是一座行走的武库、神仙窟,吴霜降知晓的绝大部分神通、剑术和拳法，她至少知道七八分，可能这七八分当中，神意、道韵会有些欠缺，但是对与她同行的陈平安、裴钱这对师徒而言，似乎已经足够了。

可能这才是那桩买卖当中，吴霜降对落魄山最大的一份回礼。

吴霜降故意不说破此事，自然是笃定陈平安"这条吃了就跑的外甥狗"能够想到此事。

所以一开始只想着让裴钱看拳的陈平安，出拳越来越认真，有了些切磋意味。

白发童子一边嗷嗷叫着，一边随手递出的一拳就是青冥天下历史上某位止境武夫的撒手锏。

裴钱——记下。

小米粒忙着吃柿子，一个又一个，突然耸肩膀打了个激灵，一开始只是有点涩，这会儿好像嘴巴麻了。

宁姚看着那一袭青衫出拳如云水，感觉有些遗憾，没有能够亲眼看见那场文庙问拳。

记得当年在城头上，他好像都没能打中曹慈一拳？

如今陈平安的出拳，确实有大家风范。道理很简单，好看嘛。

难怪当年躲寒行宫那些武夫坯子一个个都看不起阿良的拳法，等到后来郑大风教拳，也没觉得咋样，都说还是隐官大人的拳法又好看又实用。刑官一脉的纯粹武夫，因为最早就是一拨孩子，所以与避暑行宫的隐官一脉关系天然亲近。尤其是资质最好的那拨年轻武夫，无论男女，对"上任隐官陈掌柜"更是推崇。

宁姚抿起嘴唇，笑眯起眼。不知道以后他去飞升城会是怎么个热闹场景。

陈平安不在渡船这段时日，宁姚除了经常与小米粒闲聊，其实私底下与裴钱也有过一场谈心。

可能是陪着师娘一起喝酒的关系，裴钱喝着喝着，就说了些藏在心里很多年的话。在落魄山上，哪怕是跟暖树姐姐和小米粒，裴钱都从没说过。

比如她会很怀念小时候在骑龙巷帮忙招徕生意那会儿，每天会去学塾上课，虽然其实也没学到什么学问，每天光顾着逃课和发呆了。但是到后来，长大之后，就会很感谢师父和老厨子的良苦用心，好歹上过学塾，正正经经的，身边都是些读书声。

曾经有个小镇学塾的教书先生，大概是觉得那个黑炭小姑娘实在太心不在焉了，怒其不争，有次就让裴钱去把她爹喊来。吊儿郎当的黑炭小姑娘就嘴上说着，我爹忙得很，出远门了；心里说着，屁学问没有，还不如老厨子哩，教我？偶尔背个书都会念错字，我就不会。

"那他什么时候回乡？""不晓得。"小姑娘心里说着，我知道个锤儿嘛。我爹的先生，知道是谁吗？说出来怕吓死你。

"裴钱！站好，坐没坐样，站没站样，像话吗？！知不知道什么叫尊师重道？"

"哦。"当时敷衍了事的裴钱，心里只是觉得，我师父就一个，关你屁事，看把你能耐的，有本事咱俩画出道来，出门比画比画，一套疯魔剑法，打得你回家照镜子都不晓得自己是谁。

不过最后，那个老古板说了一番话，让裴钱别别扭扭，仍是道了一声歉。

那个学塾的教书先生说："一看你家里就不是什么富裕门户，你爹好不容易让你来读书，没让你帮着做些农活，虽说来这边上课不用花钱，可是不能糟践了你爹娘的盼头，他们肯定希望你在这边能够认认真真读书识字，不谈其他，只说你帮忙给家里写春联一事，不就可以让你爹少花些钱？"

在那之后，裴钱在学塾上课就规矩了许多，好歹不继续在书上画小人儿了。

裴钱跟师娘坐在屋脊赏月那晚，还说起了崔爷爷。

宁姚问她为何会那么想念崔前辈。

裴钱说："万一，只是万一，哪天师父不要我了，赶我走，如果崔爷爷在，就会劝师父，会拦住师父的。而且就算不是那样，我也已把崔爷爷当成了自己的长辈。在山上二楼学拳的时候，每次都恨得牙痒痒，恨不得一拳打死那个老家伙，可是等到崔爷爷真的不再教拳了，我就会希望崔爷爷能够一直教拳喂拳，百年千年。我吃再多苦都不怕，还是想着崔爷爷能够一直在竹楼，不要走。"

最后裴钱提起了自己的师父。她说虽然师父没有怎么教她拳脚功夫，但她觉得师父早就教了她最好的拳法。

在一起走江湖的那些年里，师父其实每天都在教她，不要害怕这个世界，如何跟这个世界相处。

那个明月夜的屋顶上，宁姚只是安静听着一旁喝酒微醺的陈平安的开山大弟子裴钱轻轻说着心里话。

喝酒下肚，言语出口。就像肚子里的话，跟壶里的酒水，互换了个位置。

其实细看之下，裴钱已是一个姿容不俗的大姑娘了，是那种能够让人觉得越看越好看的女子。

说完这些心里话，身姿纤细、肌肤微黑的年轻女子武夫正襟危坐，双手握拳轻轻放在膝盖上，眼神坚毅。

柿林中的这场切磋，在白衣童子显摆完了百余招绝妙拳脚之后就结束了。不过双方都刻意压境，只在方圆三丈之内施展，更多是在招数上分胜负，不然一座柿林就要消失了。

陈平安收拳后，望向裴钱。

裴钱使劲点头："师父，都记住了。"

白发童子一手捂住脑袋,一手捂住心口,脚步不稳,如醉汉晃动,眼角余光小心翼翼瞥向陈平安,颤声道:"不妙,隐官拳意太过霸道,我好像受重伤了,小米粒,快快,扶我一把!"

小米粒一路飞奔过去,小心搀扶住白发童子。

陈平安青衫一震,那些脚印尘土随之四散,他又抖了抖胳膊,尤其是手背有些发麻,好家伙,敢情是攒了一肚子怨气,趁着自己压境给裴钱教拳,就借机会寻仇来了,好些招数,直奔面门。这会儿才开始亡羊补牢,是不是晚了?

一行人继续散步,小米粒和白发童子嬉戏打闹,两人抽空问拳一场,约好了双方站在原地不许动,小米粒闭上眼睛,侧过身,出拳不停,白发童子与之对拳匆匆,互挠呢?问拳完毕,对视一眼,个儿不高的两个,都觉得对方是高手。

一行人最终出现在夜航船船头。已经能够依稀看到北俱芦洲最南端的陆地轮廓。

杨柳绿桃花红,荷花谢桂花开,人间平安无事。

陈平安闭上眼睛,心神沉浸,打开最后那幅一直不敢去看结局的光阴画卷。

在那条不知在桐叶洲何处的陋巷里,有个小姑娘撑伞回家,蹦蹦跳跳,她敲开了门,见着了爹娘,一起坐下吃饭,男子为女儿夹菜,妇人笑颜温柔,阖家团圆,灯火可亲。

陈平安好像就站在门外的小巷里,看着那一幕,怔怔出神,视线模糊,站了很久,才转身离去,缓缓回头,好像身后跟着一个孩子,陈平安一转头,模样清秀的孩子便停下脚步,睁大眼睛看着陈平安。而巷子一端,又有一个脚步匆匆的年龄稍大的孩子,身材消瘦,肌肤黝黑,背着个大箩筐,随身携带着一只缝缝又补补的针线包,飞奔而来,和陈平安擦身而过的时候,也突然停下了脚步,陈平安蹲下身,摸了摸那个较小孩子的脑袋,呢喃一句,又起身弯腰,轻轻扯了扯那稍大孩子勒在肩头的箩筐绳子。

以后练拳会很苦。但是年少时背着箩筐上山,独自一人走在大太阳底下,每次出汗时肩膀真疼。

陈平安心神消散,视线模糊,就要不得不就此离去,退出这幅古怪至极的光阴长河画卷。

刹那之间,陈平安发现那个背箩筐的孩子转身走在巷中,然后蹲下身,脸色惨白,双手捂住肚子,最后摘下箩筐,放在墙边,开始满地打滚。下一刻,陈平安和那个孩子耳畔,都如有擂鼓声响起,好像有人在言语,一遍遍重复两字:别死。

刹那之间,陈平安就在夜航船睁开眼,一脸茫然。

电光石火间,那人是谁看不真切,那个嗓音明明听见了,却一样记不住。

宁姚察觉到陈平安的异样,担忧地问道:"怎么了?"

陈平安轻轻抓起她的手,摇头道:"不知道,很奇怪,不过没事。"

宁姚没有再问。

陈平安轻声道:"等到从北俱芦洲返回家乡,就带你去见几个江湖长辈。"

宁姚不置可否,只是微微脸红。

下船登岸,离着骸骨滩渡口其实还有些距离,也好,陈平安本就打算之后返回宝瓶洲的时候,再去一趟披麻宗祖师堂所在的木衣山。至于壁画城什么的,就不去了,反正机缘都没有了,彩绘图都成了白描画卷。

不过陈平安要去趟奈何关集市,也就是鬼蜮谷的那处入口。如今鬼蜮谷因为高承的消失,失去了主心骨,不但京观城群龙无首,白笼城城主蒲禳去了宝瓶洲战场,一样就此杳无音信,只有个小道消息流传开来,传闻蒲禳跟随一位僧人联袂游历西方佛国去了。高承和蒲禳的离去,使得肤腻城在内的大小城池的英灵鬼物,不得不赶紧缔结了一个松散联盟,然后跟披麻宗又达成契约,双方在百年之内互不攻伐,所以如今的鬼蜮谷彻底变了天,虽说依然阴气森森,只是外乡修士再想来此历练,就不成了,因为失去了披麻宗的庇护,而且各大鬼物异常抱团,不过如果有人觉得单凭一己之力就能够在鬼蜮谷内横行无忌、大开杀戒,披麻宗也不拦着。

陈平安背了一把夜游,腰悬一个朱红酒壶。

宁姚穿金醴法袍,背剑匣。

裴钱背竹箱,手持行山杖,里边站着个黑衣小姑娘,小米粒正掰着手指头,算着什么时候回到故乡大大的哑巴湖。

白发童子施展了障眼法,依旧是珥青蛇穿天衣的模样。

除了陈平安,还有一位飞升境剑修,一头飞升境化外天魔,一位山巅境瓶颈武夫,当然还有一个洞府境的大水怪。

高承亏得如今不在京观城,不然就再不是他拦着陈平安不让走了。

在骸骨滩稍稍停留,就继续赶路,陈平安甚至没有打算乘坐宋兰樵的那条春露圃渡船。

春露圃这件事之所以复杂,是因为牵扯到了生意上的钱财往来、两座山头的香火情、修士之间的私谊,以及某些面子……可归根结底,还是人心。所以哪怕朱敛这个落魄山大管家,加上账房韦文龙,再有山君魏檗,对此事也觉头疼。

陈平安会先去银屏国随驾城,去火神庙喝个酒,郡城八百里之外,还有座苍筠湖,湖君殷侯怎么都该有条新龙椅了,至于芍溪与苕溪两处祠庙,不知如今是否都换了渠主娘娘。

哑巴湖就在宝相国边境那边,之后去金乌宫,找柳大剑仙叙旧一二,再去春露圃,然后去彩雀府,以及徐杏酒所在的云上城,去趴地峰找张山峰,再拎酒去太徽剑宗找那位大名鼎鼎的酒仙。

大源王朝崇玄署那边，自然需要专程走一趟，来而不往非礼也，拜访卢氏皇帝和国师杨清恐，再去郦采的浮萍剑湖，见一见陈李和高幼清两个剑胚，找到了大渎公侯沈霖和李源之后，除了感谢他们为陈灵均走渎护道，顺便谈龙宫洞天内凫水岛的租赁或是购买……

在北俱芦洲，其实陈平安要去的地方还真不算少。

一行人御风而行，很快就可以看见那座高耸入云的木衣山，以及那条南北向的摇曳河。

陈平安离开夜航船再登岸后，指尖就一直拈着那张青色符箓，凭此确定夜航船在浩然天下的方位，顺便勘验自己对夜航船速度的猜测，唯一担心的是自己可以凭此符箓找到夜航船，夜航船一样可以找到自己。先前在船上，陈平安虽有些犹豫，但还是没有向船主张夫子询问此事。

陈平安随口说道："先前跟曹慈那场切磋，出了功德林，打到文庙广场那边的时候，我跟曹慈求了件事情，各自收力两成。"

宁姚好奇道："他这都愿意答应？"

陈平安笑道："当然答应了，都是朋友，这点小事，曹慈没理由不答应。作为回礼，我就提议让他砸锅卖铁押注那个不输局，保证他能挣着大钱。"

宁姚无言以对。

让曹慈押注自己输？能这么调侃曹慈的人，确实不多。

陈平安开始介绍奈何关的风土人情，说山泽野修来这边逛荡的话，以往都是三板斧，摇曳河河神庙烧香祈福，再去壁画城看看能否撞大运，最后买本《放心集》，将脑袋在裤腰带一拴，进了鬼蜮谷，能否重见天日，就看老天爷的了。

不过如今这些都是老皇历了，以往那本让人越看越不放心的册子，披麻宗已经不再版刻，没了福缘可得的壁画城，已经游人稀疏，几乎都要彻底关门了。而明面上失去高承、蒲襄，暗中又没了大圆月寺僧人、小玄都观高真的鬼蜮谷，其实就是一盘散沙，一股股零散山头势力，一座座不长脚的城池，所以名义上是与木衣山签订契约，井水不犯河水，可在私底下，一个个的，都纷纷主动向披麻宗投诚。

陈平安指了指鬼蜮谷小天地之外的那些修道之地，笑道："三郎庙有一种秘制蒲团，这次如果有机会，可以买几张带回落魄山。"

以前的落魄山，纯粹武夫不少，修士没几个，等到陈平安这次返乡，情况就得到了改观，只说白玄在内的剑仙坯子就有九个。

像蒋去，成了一位相对罕见的符箓修士，陈平安就将那本《丹书真迹》重新分门别类，按照画符的难易程度，循序渐进，分成了上、中、下三卷，暂时只给了蒋去一部上卷秘籍，除了李希圣既有的旁白批注，陈平安也加上了一些自己的符箓心得，所以拿到那本手抄本后，蒋去自然十分珍重。

陈平安来鬼蜮谷这边，其实主要是想去羊肠宫那边走一趟，可能都不会带上宁姚几人，让她们在这边稍等片刻就是了。

人生路上，不能眼中只看得见趴地峰那样的高山、火龙真人那样的高人，也要看一看羊肠宫外边守门的小精怪，看一看他小心翼翼埋藏在地底下的那两本书。

可是再小的集市，好像女子也能逛出一朵花来，宁姚也不例外。她要么不逛，要逛就极其认真，看架势，是要一间铺子都不落下的。

难得在奈何关找到一座稀罕的书铺，轮到陈平安想要逛的时候，在门口那边，陈平安反而突然停步，不过很快就顺势跨过门槛，既然见着了，就是一份殊为不易的山上缘分，躲什么。

铺子掌柜是一对夫妇模样的男女，都是洞府境。在鱼龙混杂的奈何关集市，这点修为，很不起眼。

这间小铺子，卖些《放心集》，还有从壁画城那边买来的神女图，赚些差价，靠这些是注定挣不着几个钱的，所幸铺子与肤腻城那边有些芝麻绿豆大小的生意往来，顺带着出售些闲杂货物，这才算是在集市这边扎下了根。铺子开了十多年，刨开租金，其实也没几枚神仙钱进账，只是相较以往的风餐露宿，削尖了脑袋四处寻找财路，毕竟安稳了太多。

老板娘瞧见了刚刚走进铺子的青衫剑客，激动万分，竟是红了眼眶，赶紧抹了抹眼角，然后狠狠一肘打在自己男人肋部。男人一脸茫然，等抬起头，看到陈平安后，和妻子是差不多的心境，终于等到这个都不知姓名的救命恩人了。尤其是眼前年轻剑仙的那一双眼睛，让人再熟悉不过了。

其实陈平安一样不知道这对夫妇的名字。早年只是一场萍水相逢，各自打了个旋儿，照理说就很难重逢了。

当年送出五副乌鸦岭鬼物白骨，陈平安就没想着能再见到他们，至于什么钱不钱还不还的，陈平安自然是半点不在乎的。你别管我陈平安怎么挣钱，也别管我怎么花钱。

正是当年那对涉险挣钱的散修道侣，他们是跟陈平安一起走入的鬼蜮谷。女修的资质一般，为了打破境界跻身洞府境，需要一件灵器帮忙梳理本命气脉，大概是做事情不如野修那么"不挑"，所以只做累活，做不来脏活。四处云游的多是谱牒仙师，山泽野修，尤其境界不高的话，说难听点，就只能求点谱牒仙师吃剩下的残羹冷炙，还得小心翼翼挣钱，不能碍了后者的眼。

夫妇不管如何辛苦积攒，依旧缺了五百枚雪花钱，只是女子的修行，拖延不得了，万般无奈之下，只好来鬼蜮谷这边搏命。夫妇二人那次在河神庙那边跪地磕头，最是虔诚,而这么多年,每逢初一十五,哪怕已经还愿,还是会去那边敬香。而他们之所以在这边开了这间铺子,就是想要还钱。

夫妇二人并肩而立,双手抱拳,向年轻剑仙作揖不起。

陈平安伸手轻轻扶起男子的胳膊,笑道:"不必如此。"

等到两人起身,陈平安与那女子抱拳祝贺道:"恭喜夫人跻身中五境。"

妇人有些慌张,赶紧施了个万福,紧张得说不出话来。

男子介绍起来,他叫晋瞻,大源王朝人氏,妻子叫宋嘉姿,青祠国人氏,都是机缘巧合,才走上了修行路。

按照与陈平安的约定,当年他们在奈何关集市等了一个月。后来实在是不能继续拖延,这才离开骸骨滩,买下了那件破境关键所在的灵器,等到宋嘉姿幸运破境,晋瞻就带着妻子来这边继续等人。

今天面对青衫剑仙一行人,他们夫妇二人,其实难免有些自惭形秽,散修之流,哪敢自称什么修道之士,他们夫妇就是走江湖的,只有那些有明确师传的谱牒仙师与谁结为夫妻,才有资格称为山上道侣,这是山上一条不成文的规矩。

陈平安笑道:"我叫陈平安,宝瓶洲大骊龙泉郡人氏,有个山头叫落魄山,就在北岳地界,离着披云山很近,欢迎以后南下游历,去我那边山上坐坐。"

披云山谁不知道,山君魏檗名气极大的,北俱芦洲的修士,一般都有所耳闻。那么离着一洲北岳很近的仙山,能是个小山头?必然不能够。

男人看了眼妻子,如何,还是我猜得对吧,就说恩公肯定是位谱牒仙师,当年那份神仙气度,那种不把钱当钱耍的英雄气概,能是野修?

宋嘉姿白了他一眼,这种事情,有什么好较劲的呢。何况我猜测这位恩公是豪阀世家子出身,也未必错了啊。

陈平安指了指裴钱,笑着介绍道:"这是我的开山大弟子,裴钱,武夫。"再伸手按住小米粒的脑袋:"我们山头的护山供奉,叫周米粒。"

裴钱抱拳致礼。小米粒挺起胸膛。

宁姚自我介绍道:"我叫宁姚,剑修。"

不能由着陈平安来介绍,天晓得他会怎么胡说八道。

晋瞻小声说道:"陈剑仙,那笔钱这就给你取来?"

陈平安点头笑道:"好的。"

宋嘉姿绕到柜台后边,拿出一袋子神仙钱,陈平安也没清点,直接收入袖中。

陈平安想了想,就跟铺子白拿了一本书,是宁姚挑中的那本《放心集》。

没有过多闲聊,陈平安告辞离去,夫妇二人将他们送到铺子门口,有聚有散,一方继续游历集市,一方继续开门迎客。

夫妇二人都松了口气，终于连本带利还上钱了，心里总算稍稍好受些，其实陈剑仙的那份救命大恩，又有续道之德，岂是一袋子神仙钱可以偿还的？知道那位剑仙肯定不在意这点钱，但是他们很在意，只是更多的，他们好像也做不到什么了，就只能将一份偌大恩情，长长久久放在心头了。比如以后再去摇曳河烧香，可以为那对都是剑仙、也知道了姓名的神仙道侣多多祈福。

之后逛着铺子，宁姚、裴钱几个在里边挑选物件，陈平安站在铺子门口。

鬼蜮谷有两条北行之路，分别去往青庐、兰麝两镇，一条路途凶险，山水弯绕，机会也多，一条安生稳当，更适宜赏景。陈平安当时选择去了青庐小镇，此后就再没有去过兰麝。

肤腻城、铜臭城，陈平安都比较熟悉，尤其是后者，还在那边做过买卖，换了张老仙师的面皮，与一个名叫贞观的女鬼掌柜，也就是那位自封点校宰相的城主妹妹做买卖，卖了好些从地涌山那边搜刮来的闺阁用物，甚至可以说，陈平安当包袱斋一事，好像可以算是在铜臭城起步的，现在回想起来，铜臭城其实名字挺好的。

至于鬼蜮谷英灵城主之外，当年那几头"大妖"合称六圣，道号、绰号取得一个比一个大，很能吓唬人。剥落山的避暑娘娘，地涌山的辟尘元君，积霄山的敕雷神将，脏水洞府的捉妖大仙，还有那搬山大圣、黑河大王……

街道上，出现了一个勉强幻化人形的小精怪，背着个大箩筐，都是鬼蜮谷里边的花草药材、土膏奇石，他来这边换钱，再买书！

他来自捉妖大仙所在的羊肠宫。如今披麻宗不禁鬼蜮谷的怪异精魅出入，只需要挂个牌子好似"点卯"就行了，会被记录在档。

陈平安双手笼袖，站在铺子门口，街上熙攘，仍是一眼就看见了那个给羊肠宫看门的小精怪，心声一句，挥手招呼。小鼠精一路飞奔过来，还是瘦竹竿，惊喜万分道："剑仙老爷?!"

陈平安笑着点头："好久不见。买书来了？"

他点点头："可不是，就是不便宜。"

不敢走远。

这个神仙老爷扎堆的奈何关集市，本就不是一个卖书买书的地方。

陈平安笑道："等到以后世道再太平些，你就可以沿着摇曳河往北走，在那些市井城镇买书，就很便宜了。"

他弯腰翻检了一下小鼠精的箩筐，笑问道："能卖多少钱？"

里边的各色物件，大大小小，搁放得井然有序，如此一来，箩筐就可以放更多物件。就像陈平安小时候帮人采摘桑叶，会压了又压，一只箩筐，好像能装千百斤桑叶。

小鼠精一提这个就开心："回剑仙老爷的话，前些年行情最好的时候，能卖两三枚雪花钱呢！掌柜心善,偶尔还会给些碎银子。"

每三五个月,他就会来一趟集市。如今行情不好,就只有一枚雪花钱了。

反正那铺子掌柜说什么就是什么,他又不会讨价还价,而且也没想着讨价还价。

陈平安揉了揉眉心,气笑道:"哪家铺子收的货,掌柜良心被狗吃了吗？敢这么做买卖,不怕哪天走夜路被人套麻袋吗？"

鬼蜮谷里边阴气浓郁,千百年的浸染,如同修道之人使上了一种最笨法子的炼物,这么一大箩筐物件,怎么都不该只卖两三枚雪花钱的,估计还是觉得小鼠精太憨好蒙混。

鬼蜮谷里边,撇开那些好似藩镇割据的大小城池不说,早年羊肠宫、积霄山以及广寒殿的避暑娘娘这些人都可算地方豪杰,占山为王,拥水开府,所以小鼠精靠着羊肠宫的身份这些年可以多去不少地方。如果稍稍有些生意经,说不定都攒下几枚小暑钱的家当了。

小鼠精笑道:"剑仙老爷,不打紧,反正我就只是花费些气力,多跑几步路,就能挣着钱,不求更多了。平时在家里边,也没个开销。"

陈平安笑着点头道:"能这么想很好。"

小鼠精压低嗓音问道:"剑仙老爷,今儿是名副其实的剑仙了吗？"

陈平安笑眯起眼,点头说道:"凑合。"

小鼠精立即说道:"那等我啊,卖了钱,我去给剑仙老爷准备一份贺礼。"

陈平安摆摆手:"不用。"

从咫尺物里边,陈平安挑了几本善本书,递给小精怪:"送你了。"

小鼠精有些难为情,可是剑仙老爷送的是书唉,这会儿不收,回到家里,肯定会悔青肠子的。所以他就不客气了,赶紧抬起双手,使劲在身上擦了擦,这才双手接过那几本书。

裴钱几个继续挑东西,宁姚站在门口,看着陈平安的那张侧脸,他神色温柔,就像家乡的一壶糯米酒酿。

陈平安笑道:"我有个意见,要不要听？"

背着大箩筐的小鼠精,立即站得笔直,挺起胸膛:"剑仙老爷只管开金口！"

街上不少行人听见了"剑仙"的称呼,立即就有人投来好奇的视线,其中有一伙膀大腰圆的凶悍之辈,眼神尤其不善,这个小白脸,穿青衫踩布鞋,背了把剑,就真当自己是山上的剑仙了？你怎么不叫刘景龙、柳质清啊？看着细皮嫩肉的,风吹就倒,脸色微白,病秧子一个？那就切磋切磋？

陈平安斜眼过去:"瞅啥？"

其中一位魁梧汉子嗤笑道:"你管你爹瞅啥？"

刹那之间,眉心处微微发凉。那汉子只见眼前悬停着一把飞剑,他立即抱拳说道:"爹!儿子走了。"

一伙江湖武夫走得很是大步流星。

随手收起那把恨剑山仿剑,陈平安继续和小鼠精笑道:"以后你再有一箩筐满满当当了,可以先去趟青庐镇,我帮你引荐个人,可能不是叫杜文思,就是杨麟,跟我都是朋友,你和他们中的某个做买卖,卖半箩筐货物,剩下半箩筐,就来这边,咬定一个价格,一枚雪花钱。"

小鼠精犹豫不决,难为情极了,他手指搓了搓袖子,最后壮起胆子,鼓起勇气道:"剑仙老爷,还是算了吧,听上去好麻烦的。"

说不上什么道理,就是不太愿意如此,只是又知道剑仙老爷是为自己好,就越发愧疚了。

陈平安似乎也不奇怪是这么个结果,笑了起来,点点头:"那就还是老样子?"

"好嘞!"

曾经也有个少年,婉拒了一位喜欢喝酒的老先生,当时没有当成那位先生的学生。那么今天,又有一个小家伙拒绝了一位剑仙的好意,又如何呢?不如何。挺好的。

陈平安问道:"知道读书最怕什么吗?"

小鼠精摇摇头。自己书都没读几本,不晓得这么难的问题。

陈平安笑道:"怕读书多。"

小鼠精就更迷糊了。

陈平安解释道:"一是书多了,就很难再像手边只有几本书那样翻书认真。再就是读书一多,道理懂得多,容易道理跟道理打架,反而最后没道理。所以你以后读书的时候,可以多想想这两件事。"

小鼠精说道:"剑仙老爷,听不明白!"

陈平安笑了起来,轻轻拍了拍他的肩膀:"不怕不明白,就怕不多想,天底下最该'借钱不还'的事情,就是读书,学问不能都还给圣贤们。去买书吧,我就不跟你一起了,以后万一遇到什么难关,觉得靠自己熬不过去,就去青庐镇,找披麻宗修士,说你认识陈平安,你们是好朋友。"

小鼠精挠挠头:"那些神仙咋个会信?"

陈平安说道:"会信的。"

小鼠精使劲点头:"记住了。"

小鼠精背着大箩筐倒退而走,和那位双手笼袖望向自己的剑仙老爷挥手作别。

只是没过多久,他就一路飞奔,找到了陈平安一行人,箩筐空了,手里边多了件不起眼的物件,是一方鳝鱼黄的小砚台,铭文"明理笃行",勉强能算山上物件。

陈平安收下了这份贺礼，笑问道："花了多少钱？"

小鼠精擦了擦额头汗水，笑容灿烂道："回剑仙老爷的话，刚好一枚雪花钱。"

陈平安立即就知道，小家伙肯定和那个黑心掌柜赊账了。只是他也没说什么，双方挥手告别。

宁姚越发奇怪。好像先前跟曹慈打了一架，又在夜航船见过了那幅没有跟她细说内容的光阴画卷，然后今天再在集市见着了这个小鼠精后，陈平安整个人的身心都轻松了许多，只是更深处的那份心气、剑意、拳意，以及整个人的精气神，却一直在涨。

陈平安跟宁姚说道："我一个人去趟鬼蜮谷，一个很近的地方，很快就回，你们就不用跟着了。披麻宗牌坊门口那边的过路钱有点贵得坑人。"

宁姚无所谓，大不了带着裴钱再逛几间铺子，先前相中了几件东西，属于可买可不买，那就不如买了。

陈平安临时起意要去的地方，不远，只是过了乌鸦岭，却远远没到青庐镇。是一处山崖间，有座铁索桥，铺满了木板，凡夫俗子都不难行走。

上次陈平安路过此地，这里还是一座破败不堪、随风飘荡的铁索桥，上面盘踞着一条漆黑大蟒，还有个女子头颅的精怪结蛛网，捕捉过路的山间飞鸟。

在鬼蜮谷形势有了翻天覆地的变化之后，他们就都立即投靠了肤腻城。然后算是得了张护身符，他们就在索桥一端搭建茅屋，算是圈画出了一块潦草寒酸的修道之地。

陈平安曾经在此夜宿。

当时闲来无事，就有两头山中精怪，怯生生沿着索桥主动找到了陈平安。

由不得他们不怕，当时地上就躺着个昏死过去的黑衣书生，然后那人剥了书生身上的法袍，还得手了几张宝光熠熠的符箓，傻子都看得出那几张符箓价值连城。

当年逃离升天之前，好人兄与木茂兄，一见如故，十分投缘。兄弟齐心，四处捡钱。

陈平安在崖畔现身，茅屋那边很快走出两人，其中有个黑衣壮汉，一身肌肉虬结，颇有勇悍气，朱衣女子姿容妖媚，他们都只是洞府境，勉强幻化人形，脸庞、手脚和肌肤上其实还有不少泄露根脚的细节。

京观城高承当时离开鬼蜮谷，走得玄妙，好像散去了一身气运，一地有灵众生，可谓雨露均沾，只不过机缘多寡，各凭造化，就连范云萝都觉得奇怪，这两头原本道行浅薄、福缘一般的索桥精怪，明显就属于在那场"山河变色"当中算运道好的一小撮，竟然都破了瓶颈，得以联袂跻身中五境。

两人一掠过桥，来到陈平安跟前，好个推金柱倒玉山，纳头便拜，伏地不起。

"桥夫拜见恩公。"

"隽绣拜见恩公。"

陈平安有些哭笑不得，摇头道："那晚只是随便聊了几句修行事，当不起恩公一说。

以后好好修行，当是报答天地养育之恩。"

等到两头精怪起身，已经不见了那位青衫剑仙的踪迹。

回到集市牌坊门口那边，陈平安发现宁姚一直在翻阅那本《放心集》，刚刚看完，合上书。

宁姚的第一个问题就是："去青庐镇的那条路上，附近是不是有个肤腻城？"

《放心集》上边有写，其实陈平安当年交给宁姚的那本山水游记上边也有记录，不过风波不大，就寥寥几笔带过了。

陈平安见宁姚上心了，那么他就不放心了。

于是大致说了当年刚入鬼蜮谷的游历过程，在那乌鸦岭遇到了肤腻城四大鬼物之一、被城主范云萝称呼为"白爱卿"的白衣女鬼，那女鬼，半面妆，好像生前是一位武将的侍妾，再后来，就遇到了在鬼蜮谷自封"胭脂侯"的范云萝，这位生前是亡国公主的英灵，当时乘坐一辆珠光宝气的帝王车辇，身穿凤冠霞帔，却是个女童姿容，双方反正就是一架接一架，大打出手，闹得很不愉快，算是结下了死仇。当时如果不是因为剑客蒲襶，陈平安都能追杀到肤腻城来个一锅端。

宁姚听着陈平安的言语，突然问道："这么精彩的山水故事，怎么不多写点笔记？"

陈平安问道："精彩吗？"

白发童子说道："隐官老祖说精彩就精彩，说不精彩就不精彩，隐官老祖你觉得到底精彩不精彩？"

裴钱眨了眨眼睛，没说话。

小米粒却胳膊肘往外拐，使劲点头："精彩得无法无天、一塌糊涂、峰回路转哩。"

唉，这个好人山主，聪明一世糊涂一时，拎不清，我要是这会儿帮了你，以后私底下还怎么在宁姐姐这边帮你？到时候再说公道话，就不可信嘞。

陈平安听完了所有人的意见，微笑道："那我以后再有这样的山水故事，就一定多写点，不吝笔墨。"

一行人离开骸骨滩，御风去往银屏国随驾城。

其间路过了月华山和金光峰，好像那两头山中精怪福缘深厚，跟在李希圣身边修行多年。

裴钱上次和李槐、狐魅韦太真一起北游，还专程去鬼斧宫找过杜俞。只是这位让裴钱很敬重的"让三招"杜前辈当时不在山上，这次陈平安也没打算去鬼斧宫，就杜俞那脾气，肯定还是喜欢在江湖里厮混，山上待不住的。

在那随驾城，火神庙香火鼎盛。城北的那座城隍庙，也换了一位新城隍爷。

火神庙里边的那位大髯汉子一步跨出彩塑金身神像后，模样依旧，二十年光阴，对于一位岁月悠悠的山水神灵来说，实在是弹指一挥间的事。

陈平安与大髯汉子喝着酒,听说苔溪、芍溪渠主水仙祠的香火也好了不少,至于苔溪渠主,换了个女子英灵。说起她,就连大髯汉子都觉得相当不错,有她担任新渠主,算是一方百姓的福气。听了这些,陈平安就不去苍筼湖水府看殷侯的那张新龙椅了。

这位火神庙神灵喝酒喝到最后,以心声笑道:"陈剑仙,找媳妇的眼光不错啊,人好看,话不多,懂礼数,很贤惠。"

陈平安满脸笑意,自己干了一大碗酒,以心声答道:"哪里哪里,出门在外,我毕竟是一家之主,女主内男主外嘛。"

喝了个微醺,刚刚好。

一起御风离开随驾城,陈平安立即散去酒气。

宁姚微笑道:"我都没怎么向他敬酒,懂礼数吗?"

陈平安装聋作哑。

到了宝相国的黄风谷哑巴湖,落地后,裴钱笑道:"这么大的湖?"

周米粒一边蹦蹦跳跳,一边咧嘴大笑。小姑娘到底是想念这处故乡的。听到裴钱这么说哑巴湖,小米粒就贼高兴。

其实裴钱是来过这边的。

白发童子翻了个白眼,但凡是昧良心的话,自己可从来说不出口,膌得慌。

冷不丁,发现隐官老祖斜眼看来。白发童子立即拍了拍身边周米粒的脑袋,微笑道:"小米粒啊,好大地盘,那你麾下还不得有成千上万的虾兵蟹将啊?哪儿呢,速速下一道法旨,都喊出来,赶紧让我长长见识,事先说好啊,吓坏了我,你得赔钱。"

小米粒挠挠脸,害羞道:"没的没的,都是单枪匹马混江湖哩。"

陈平安走在水边,没来由想起了那个走镖的年轻人。

对方如今差不多是半百的年龄了,江湖中人,二十余年的光阴,曾经的年轻人说不定都有白头发了吧。

月色静谧,波光粼粼,如撒满了雪花钱。

一起在湖边散步,陈平安横臂,小米粒双手挂在上边,晃荡脚丫,哈哈大笑。

陈平安故意多作停留,在此夜宿,小米粒拉着白发童子去哑巴湖里"游荡江湖",闹得很。

一样月色,照遍九洲。

春露圃,照夜草堂。

宋兰樵好不容易得闲,今天登门,来找唐玺喝酒。

两个难兄难弟。一个在师父那边说不上话,一说就被骂,道理讲不通。一个在春露圃山主那边一样说不上话,倒是不会挨骂,却会碰软钉子。

再加上那些个煽风点火的，唯恐天下不乱，越发让这两个做惯了生意、熟稔人情世故的老江湖感到心累。所以最近这些年，这两位在春露圃祖师堂位置靠后的修士，就有事没事经常凑一起喝闷酒。

原本没什么私谊的两人，隔三岔五，一杯一壶的，倒是喝出了不错的交情。

前不久唐玺得到了个秘密消息，落魄山那个年轻山主，泥牛入海一般消失无踪了二十来年后，终于回乡了。

不但如此，还有更加惊世骇俗的说法，落魄山一举跻身了宗门，但是独独没有邀请春露圃任何一人参加那场观礼。

总有一种山雨欲来的感觉。

宋兰樵举起酒杯，呲溜一口，在椅子上盘腿而坐："你还算不错了，好歹帮着打理那个蚍蜉铺子，细水长流的香火情。他是个念旧的人，一定不会对你如何。"

唐玺神色郁郁："哪有这么做生意的，好好一局棋，多漂亮的先手布局，硬是被自己人搅和得稀烂，都怨不得别人，窝囊。"

宋兰樵白眼道："你和我师尊说去。"

唐玺气笑道："那你倒是去找谈老祖啊？"

双方对视一眼，爽朗一笑，各提一杯酒，苦中作乐嘛。

宋兰樵感慨道："这么年轻的宗主啊。估摸着下次见面，见着了那小子，我说话都要不利索了。"

自家春露圃上上下下，就为了那么个宗字头，已经谋划了多少年？山主老祖、元婴女修谈陵，可谓殚精竭虑，不还是始终未能跻身宗门？

唐玺笑道："咱们这些老男人过日子，无非是喝酒一口闷。"

宋兰樵哈哈大笑道："那就走一个。"

天亮时分，哑巴湖那边，一行人继续赶路。

到了金乌宫山门口，裴钱自报名号，守门修士很快就去通报此事，有太上师叔祖那边的贵客来访，必须跟祖师堂和雪樵峰都说一声。

当年柳质清待客一拨外人，在金乌宫是一件不小的事情。毕竟宫主的这位小师叔是出了名的没有朋友，几乎从无迎来送往。

门派内只听说自家这位辈分、境界都是最高的老祖师，好像和太徽剑宗的新宗主关系极好。之前老祖师难得下山，就是和那位宗主剑仙一起，出剑数次，次次狠辣。

再就是在春露圃玉莹崖那边结识了一位云游四方的年轻剑仙，只知道姓陈。

裴钱毕恭毕敬抱拳致礼，称呼了一声"柳先生"。

上次造访金乌宫，柳质清就像一位教书先生、半个家族长辈，甚至仔细查看过裴钱的抄书，最后来了一句："你的字比你师父的好些。"

陈平安笑着介绍道:"宁姚。"

柳质清大为意外,很快收敛心神,单手掐剑诀礼,沉声道:"金乌宫柳质清,见过宁剑仙。"

宁姚抱拳还礼:"见过柳先生。"

如果喊柳剑仙,好像不妥。不谈剑气长城的那个习俗,只说宁姚自己就是一位飞升境剑修,如果喊一位元婴境剑修为"剑仙",估计双方都要觉得不自在了。

陈平安摇摇头,腹诽不已,这家伙不如自己多矣。

自己在那龙须河铁匠铺子,在刘羡阳身边,见了赊月,喊什么?那么你柳质清见着了宁姚,一声弟媳妇都不会喊吗?白给你的辈分,都不知道收下。

柳质清望向那个白发童子。

陈平安以心声说道:"不适合多说。"

柳质清心领神会,点点头,不再多问。

飞升境化外天魔,真名天然,青冥天下,岁除宫吴霜降道侣,合道十四境契机所在……哪个说法不是山上一等一的忌讳?

白发童子等了半天,见隐官老祖在朋友那边竟然提也不提自己半句,伤心欲绝,坐在椅子上,低着头,靴子踢着靴子。

陈平安笑道:"跟我一起下山?听说刘景龙如今在北俱芦洲好大威风,公认的酒量无敌,只有我一个人,比较怵他,有你在,我劝酒,你挡酒,咱俩一起杀一杀他的酒桌锐气!"

柳质清呵呵一笑:"不去,得闭关练剑。"

陈平安继续劝道:"练什么剑啊,不急于一时,如今咱俩只差一境,完全可以忽略不计。"

柳质清微笑道:"我就不送陈山主了。"

陈平安一把搂过柳质清的肩膀,可劲儿往这家伙的伤口上撒盐,啧啧道:"哟,恁大架子,怎么,欺负我不是元婴境剑仙啊?"

柳质清抬起手,双指并拢,推开陈平安的胳膊。

陈平安收敛笑意,以心声道:"对了,说正经的,未来几年内,我打算游历一趟中土神洲,会喊上刘景龙,你有没有想法,咱仨一起?"

早年在春露圃附近的渡口,他就跟刘景龙约好了,以后要一起游历中土神洲。

柳质清摇头道:"不跻身玉璞境,我就不下山了。哪天跻身了玉璞境,第一个要去的地方,也不是中土神洲。希望不会太晚。"

如果当真破不开瓶颈,那就只好以元婴境剑修的身份去那剑气长城遗址,再一路御剑往南去了。

陈平安想了想,点头道:"那就早点破境。"

说不定就有机会,一起走趟蛮荒天下。

到了春露圃,陈平安和宁姚分开,独自去找了那位老妇人——宋兰樵的恩师林嵯峨。

依旧是执晚辈礼,登门拜访,然后没有半点不耐烦,和老妇人唠嗑许久。林嵯峨见着了陈平安,在祖师堂那边见谁骂谁的她,一下子就变成了慈眉善目的长辈。老妇人坐在椅子上,侧过身,一直伸手握住身边陈平安的手,询问这些年出门游历辛不辛苦,怎么瞧着瘦了,一封书信都没有寄来春露圃,这样不好,以后莫要这样了,教人忧心,如今寻见良人美眷的山上道侣了吗?若是有,以后就带来给她看看,若是没有,可要抓紧了……

老妇人一路将陈平安送到了山脚。陈平安这趟春露圃之行,就只是见了她一人,渡船管事宋兰樵、财神爷唐玺、山主谈陵一个都没见。

所以等到陈平安离去之后,他们才得知这位年轻剑仙、一宗之主竟然来了就走,春露圃祖师堂当天就召开了一场紧急议事。

一袭青衫,站在一处海边渡口,清风拂面,鬓角飞扬,双袖飘荡。

天上明月,海上风涛,人间青衫。

第二章 教拳

如果不是因为有桩生意要商谈，陈平安不会去桃花渡叨扰彩雀府修士，耽误她们炼制法袍就是耽误落魄山挣钱，和谁过不去都别跟钱过不去。

彩雀府位于湖泽水国的水霄国境内，水霄国连同京城在内，州郡城池都建造在岛屿之上，彩雀府就位于巨湖大溪交汇处，溪水名为桃花水，桃花渡上空常年有白云悬停，围绕彩雀府所在青山，如戴有一顶雪白冠冕，山水相依，白云萦绕，开满桃花，风光绝美。

米裕曾经在此"修行"多年，听说还惹了一屁股情债，算不算坏了落魄山的门风？陈平安默默记账，回了落魄山就与米大剑仙好好聊聊。

山脚有座彩雀府自家经营的茶肆，其实生意一直冷清，因为茶水价格太贵，桃花渡的过路修士更多还是选择游历桃林。

陈平安一行人落座后，他与彩雀府女修自报名号，女修听闻是落魄山的年轻山主亲临桃花渡，哪敢怠慢，立即以纸鸢传信祖师堂，毕竟彩雀府女修都心知肚明，宝瓶洲的那个落魄山，虽说开山立派没几年，却土财主得很呢，而且如今都是宗门了。

彩雀府能有今天的气象，都要归功于落魄山提供了那件"祖师"法袍，法袍炼制这才得以开枝散叶，子孙满堂，凭借这只聚宝盆，都与大骊王朝搭上线做成了生意，使得彩雀府在短短二十年内，迅速崛起，跻身北俱芦洲一流山头。按照祖例，彩雀府一向只收女修，所以弟子人数不多，不然宗字头都是可以争一争的。

掌律武崐很快就御风而来，见面就先向陈平安致歉一句，因为府主孙清带着嫡传弟子柳瑰宝一起出门历练去了。孙清美其名曰为弟子护道，不过是找理由多走一趟太徽剑宗罢了。

按照山上规矩，陈平安这样的一宗之主大驾光临，又是彩雀府的幕后财主，孙清是必须在场的。哪怕落魄山事先没有飞剑传信，终究还是彩雀府这边失了礼数。

落魄山底蕴如何，彩雀府再清楚不过了，就俩字：无理。

孙清带着柳瑰宝观礼完毕，回了自家山头后，私下和武崐玩笑几句："咱们这儿，瞪大眼睛都找不着个地仙，在落魄山上，好嘛，好些个元婴境，都是不敢大声说话的。好像只要不是个地仙，都不好意思出门跟人打招呼。"

武崐当时只听孙清说了那场开宗仪式的观礼名单，就愣是半天没回过神来，完全没有道理可讲的那种。

武崐见到了那位一袭雪白长袍、背长条剑匣的女子。

宁姚还是那么个说辞："宁姚，剑修。"

武崐抱拳致礼，爽朗笑道："彩雀府祖师堂掌律武崐，止戈武，山君崐。"

等会儿！剑修？宁姚？总不会是剑气长城的那个宁姚吧？！

因为直到府主孙清参加那场观礼，她们才知道那个在彩雀府每天游手好闲的"余米"竟然是一位玉璞境剑仙，而且在落魄山都当不成首席供奉。余米真名为米裕，来自剑气长城！其兄长米祜，更是一位战功卓著的大剑仙。

天底下有这么巧合的事情？陈平安确实了不起，只是武崐还真不信他能让宁姚跟随在自己身边。再说了，宁姚跟随飞升城去了第五座天下，有文庙规矩在那边，如何能够来到浩然天下？仗剑飞升吗？

这就是浩然山巅宗门与二流仙家势力的差别了，何况彩雀府也无剑修去过剑气长城。再加上浩然天下山水邸报禁绝多年，所以武崐到现在还不知道眼前这个喝着茶水的落魄山山主，曾经在倒悬山春幡斋的官威有多大。

只是武崐心存侥幸，万一真的是呢，试探性问道："宁姑娘的家乡是？"

宁姚说道："剑气长城。"

武崐瞬间满脸涨红。

北俱芦洲是浩然天下九洲中和剑气长城关系最好的那个，没有之一。所以这里的练气士，哪怕不是剑修，都对剑气长城了解颇多。

武崐亲自煮茶待客，心情激荡，久久无法平静，双手竟是有些不可抑制的颤抖。

茶叶是彩雀府后山特产，名为小玄壁，老茶树不过十二棵，由珍禽彩雀衔摘，再用秘法炒制成团，故而极为名贵。

武崐经常忍不住多瞥几眼宁姚。

宁姚，真的是那个传说中的宁姚！

如今北俱芦洲大山头之间，都是有些猜测和说法的，无一例外，都坚信宁姚会是那座崭新天下的第一人。关键宁姚是女子啊，武崐平时与府主、瑰宝她们喝酒饮茶，岂会不多聊几句宁姚？尤其是心高气傲的柳瑰宝，对宁姚更是仰慕。

谈论剑修，绕不过宁姚。就像浩然天下只要提及纯粹武夫，就肯定绕不开裴杯和曹慈这对师徒。

小米粒双手接过茶杯，道了一声谢，然后和身边的矮冬瓜小声分享心得："慢点喝，可不能喝快了。"

白发童子一脸震惊："喝茶还有这么个讲究门道？小米粒，你从哪本生僻书上看到的？"

小米粒双手持杯，低头抿了一口茶水，再轻轻点头，表示满意，滋味极好，然后转头笑呵呵道："无师自通哈。"

陈平安手持茶杯，轻轻旋转，笑眯起眼，凉风习习，心情舒畅，茶肆水榭之外湖水如镜，溪湖桃花无数，层层叠叠往山上去，花色有浅深，似娇艳女子匀深浅妆。

因为陈平安要跟人谈买卖，宁姚喝过了茶水，就与武崐告辞一声，让来过彩雀府的裴钱带路，她们要去天衣坊那边欣赏那些彩雀府的纺织娘编织法袍。

宁姚在时，武崐一直紧张，宁姚离去，武崐心中又有不舍。

武崐以心声问道："陈山主，能不能问一下宁剑仙的境界？"

陈平安微笑道："暂时飞升境。"

武崐给自己倒了满满一杯茶水，仰头一饮而尽。今儿在茶肆待客，亏大了，等到府主和瑰宝回山，自己就说与宁姚一起过喝茶？到底是差了点意思，远远不如与宁姚一起同桌喝过酒。

白发童子留下了，信誓旦旦说要助老祖一臂之力。陈平安倒是没觉得她在胡吹。就炼制法袍一事，吴霜降的这位道侣心魔是一等一的行家里手。

陈平安开门见山道："来这里之前，我参加了文庙议事，彩雀府的法袍已经被文庙录档了，暂列候补名单，成了，就是一大笔生意。商家、术家和计然家修士，会继续考量此事。不管最终此事成与不成，落魄山和大骊都会收到文庙传信，希望未来某天有机会向彩雀府道贺。"

陈平安拿出一本册子，是金翠城炼制秘法的手抄本，道诀是蛮荒桃亭给的，放桌上轻轻推给武崐，笑道："法袍品秩，可以继续完善提升，回头彩雀府抓紧给出炼制法袍所需天材地宝的单子条目，越详细越好，我会帮忙在北俱芦洲各地搜寻合适的仙家山头。"

白发童子以心声说道："隐官老祖，我能不能瞅瞅啊？"

得到陈平安的许可后，白发童子起身踮脚，趴在桌上，拿过那本册子翻阅起来，然后她抖了抖手腕，远处桃花溪水便有丝丝缕缕的精粹水运凝聚为一支碧绿杆的毛笔，又有几朵桃花掠过湖溪，飘落在桌上，毫尖轻点桃花，如同蘸墨，在那册子上"朱批"起来，蝇头小楷，这里一行道诀，那边几句建言，在书页空白处写得密密麻麻，很快就将一本册子的文字内容翻了一番。

这一幕，看得武崑心神大震。

仙人手笔，道气缥缈！

武崑忍不住以心声询问道："山主，这位前辈是？"

陈平安笑道："落魄山新收的杂役子弟，先去骑龙巷那边看铺子，通过考验了，再录入雾色峰谱牒。"

武崑只当是这位前辈的身份不宜泄露，陈平安在和自己开玩笑。

白发童子抬起头，一双眼眸呈现出七彩焕然的琉璃色，前什么辈，臭娘们会不会说话。

陈平安双指弯曲，就是一栗暴砸过去。

白发童子只得收敛那道巡狩心神的秘术，如果不是隐官老祖在这边，她只会更加神不知鬼不觉地把武崑的祖宗十八代都给查清楚了。她再次提笔蘸墨，桌上那瓣桃花的深红颜色便浅淡几分。她一边辛勤写字，一边和隐官老祖做买卖："查漏补缺，得记一功。"

陈平安笑眯眯道："之前你不小心说了个'赔钱'，被记账了，是在裴钱那边功过相抵，还是各算各的？"

白发童子哀叹一声，选择功过相抵。

"这次文庙议事，你们北俱芦洲三郎庙的灵宝甲，还有老君巷法袍，都已经正式入选。"

陈平安和武崑大致聊了些议事内幕，比如渡船这边，按照文庙给出的方案，分出了极为详细的三六九等，巨大的山岳渡船、极具攻伐杀力的剑舟、速度极快的流霞舟，都已经被文庙正式采纳，很快浩然各地就会动工建造剑舟在内的七种渡船。

至于法袍一事，也是差不多的情况，彩雀府的法袍，由于在价格上有点吃亏，所以哪怕是大骊宋长镜提出的建议，远比一般君主、修士更有分量，文庙那边暂时也只是将其列为候选。

炼物一事，北俱芦洲的山上工艺其实很出彩，三郎庙的灵宝甲、恨剑山的剑仙仿剑、佛光寺的三色袈裟、大源崇玄署的鹤氅羽衣，如果不谈品秩，只说销量，被琼林宗垄断的老君巷法袍冠绝一洲，尤其是莹然袍和大阅甲，一个专门给上五境修士，一个给世俗王朝的皇帝君主，不走量。在得到金翠城法袍那门炼制秘术之前，彩雀府的法袍技艺其实不算顶尖。

白发童子一挥袖子，手中碧玉笔、桌上那几瓣浅红近白的桃花都散入水中。她摆出个气沉丹田的姿势："大功告成。"

陈平安将册子快速翻阅一遍，再次交给武崐，提醒道："这册子一定要小心保管，等到孙府主返回，你们只将摹本送给大骊宋氏，他们自会寄往文庙，彩雀府法袍'补缺'一事，可能性就更大。一旦文庙点头，彩雀府的法袍数量可能至少是两千件起步。再者法袍是消耗品，只要在战场上验证了，彩雀府法袍甚至还能从十余种法袍中脱颖而出，就会有源源不断的单子。最关键的是彩雀府法袍在浩然天下都有了名气，以后生意就可以顺势做到中土神洲、皑皑洲。"

武崐听得心神摇曳，真是做梦都不敢想的事情。

陈平安却又开始泼冷水，提醒道："你们彩雀府除了收取弟子一事，必须赶紧提上议程，也需要一位上五境供奉或是客卿了。树大招风，财大招贼，要小心再小心。"

武崐无奈道："谁不想有，咱们那位府主倒是打好了算盘，心心念念想着和刘先生结为道侣，就可以一举两得，自家姻缘、山门供奉都有了。可是刘先生不答应，有什么法子。披麻宗那边，求个记名客卿不难，可要说让某位老祖师来这边常驻，太不现实。"

不过孙清喜欢太徽剑宗刘景龙一事，是一洲皆知的事情，其实这事本身就是彩雀府的一张护身符。

一旦有人无故招惹彩雀府，就刘景龙那种最喜欢讲道理的脾气，肯定会仗剑下山。不为男女情爱，就是讲理去。

但是等到彩雀府的生意做得足够大，足够让人垂涎，这层关系就未必管用了。

武崐苦笑道："陈山主，你不能因为落魄山不把上五境当回事，就觉得我们彩雀府是一样的家大业大了。"

陈平安想了想，说道："这件事，我帮你们想想法子，不过不敢保证一定能成。"

能够常驻彩雀府是最好，但是不一定非要如此。比如止境武夫王赴愬，只要放出话去，说自己是彩雀府的首席客卿，那么所有的觊觎之辈就该好好掂量一番了。毕竟王赴愬出拳是出了名的全凭心情。

除此之外，曾经打过交道的那位狮子峰山主，也会是个合适人选。

不过这两位老前辈到底答不答应，暂时不好说，反正都可以试试看。真要接连碰壁，那就去找灵源公沈霖，还有龙亭侯李源帮忙。欠一个人情是欠，欠俩也是欠。

虢池仙师竺泉，之前走了趟中土神洲的披麻宗上宗，回来之后，就卸去了宗主职务，头把交椅暂时空着，她连祖师堂议事都不爱去了，只等杜文思出关破境，跻身玉璞境，就让性情稳重的杜文思继位。

听说在那祖师堂里边，竺泉大笑不已，公然放话，说老娘如今是无官一身轻，想砍谁就砍谁。

只不过竺泉，还有皑皑洲的谢松花，陈平安其实都有些怵，毕竟连荤话都说不过她们。

武崐郑重其事地站起身，抱拳致谢后，心情大好，说话就没那么顾忌了，笑道："也就是知道陈山主是持身以正、道心清白的君子，不然我都要为陈山主破一次例，喊几个彩雀府弟子拎酒过来，陪着一起喝酒了！"

陈平安脸一黑。白发童子便看那武崐顺眼几分。

武崐重新落座，说道："落魄山帮着云上城打造了一座私人渡口，好像春露圃那边意见不小？"

她听说之前春露圃修士嚷着要让落魄山将那渡口更换选址，搬迁到春露圃的一座藩属山头，那么一大笔神仙钱，往小小云上城砸，只会打水漂。

陈平安点点头："人心不足，不奇怪。如果不是春露圃祖师堂内部有过几场争吵，以后落魄山就不会跟他们有任何往来了。"

武崐笑道："这可不是煽风点火啊。"

停顿片刻，武崐大笑起来："好吧，我承认，是有点幸灾乐祸。"

白发童子一直规规矩矩坐在隐官老祖身边，瞥了眼这个老娘们，长得不好看，脾气不坏啊。

武崐笑问道："陈山主已经去过春露圃了？"

陈平安点点头："不过我只见了林前辈一人。"

武崐大为意外，一开始觉得这位山主年轻气盛，意气用事，只是细细思量一番，越来越惊讶。

最后再看陈平安，这位彩雀府掌律，眼神就有些异样。年纪轻轻的，怎么可以如此洞察人心。不过也对，大概唯有如此，才能如此年轻就当上一宗之主吧。

武崐问道："鸾鸾那丫头，修行还顺利？"

陈平安点头笑道："资质很好，所以我比较担心会耽误她的前程。"

武崐摇摇头，啧啧道："这话说得，真是欠揍。"

赵树下成了陈平安的嫡传弟子，赵鸾也成了落魄山霁色峰的谱牒修士，所以她就没有继续返回彩雀府修行，而是留在了落魄山。陈平安刚刚帮赵鸾找了个不记名的师父，就是身边这头化外天魔。

再望向远处那些桃花，陈平安记得早年游历途中，跟魏羡、卢白象几个也曾路过一处桃林，恰好有一位村野女子路过，当时老厨子好像触景生情，就随便胡诌了几句，结果被裴钱笑话了半天。可其实，朱敛那番随口言语，在陈平安看来，还是极有意思的：可爱深红浅红，翠绿衣裙妩媚，频偷眼，意如何。缘来因君栽桃花，人在心儿里。

陈平安再想起朱敛摘掉面皮的那张真实脸庞，心中忍不住骂了一句。魏檗、米裕这些个，还有曹慈、傅噪，好像都比不过老厨子。

记得早年裴钱听老厨子说自己年轻那会儿在江湖上还是有些故事的，小黑炭还笑得肚子疼,一手捂肚子,一手使劲拍桌子,说老厨子你笑死个人了。其实当时陈平安也没少笑。

临行之前,武崐送了几罐小玄璧,说最新法袍的定价一事,让落魄山和陈平安都放心,保本而已。

陈平安笑道:"不用刻意只求个保本,既然是生意往来,哪怕是跟文庙打交道,钱还是要挣的,我们都少挣点就行。"

武崐摇头道:"这件事,我都不用与府主商量,只要是文庙那边要去的法袍,我们彩雀府一枚雪花钱都不会挣。"

彩雀府修士谁都没去过剑气长城,有机会能这么做一回,以后武崐再去祖师堂为历代祖师爷敬香,会格外安心。

陈平安打趣道:"这让落魄山如何自处?跟着彩雀府一起不挣钱啊?"

武崐一时无言。

陈平安抱拳笑道:"那就这么说定了。"

最后这位掌律女修望向并肩而立的那对神仙眷侣,笑着向陈平安和宁姚说了句"早生贵子"。

宁姚明显有些措手不及,犹豫了一下,还是没说什么。点头不是,摇头也不对。

陈平安面带微笑,像是听见了,又像没听见。只是立即觉得彩雀府供奉客卿这点小事,算什么事?包在我身上,这位武掌律只管等好消息就是了。

离开桃花渡,到了那座云上城,城主沈震泽、早已是道侣的徐杏酒和赵青纨都在城内。

一起乘坐渡船离开云上城,去邻近看了看那座仙家渡口,落魄山出钱,云上城负责出地出人,规模不算大,比彩雀府桃花渡还要略小几分。

不过能够拥有一座私人渡口,本身就是山上仙府一种底蕴的彰显,这就跟大宗门有无本事开辟下宗,是一个道理。

陈平安说要马上赶路,沈震泽就没有挽留,如果只有陈平安,怎么都要喝一顿的,等到年轻山主身边站着那个名叫宁姚的女子后,沈震泽就不敢了。

故地重游,还是那条满是铺子和包袱斋的大街,宁姚几个逛她们的,陈平安和徐杏酒并肩而行。

陈平安双手笼袖,笑眯眯道:"杏酒啊,闲着也是闲着,不如陪我一起去找刘景龙喝酒?"

徐杏酒神色尴尬道:"还是不去了吧。"

想到如今刘先生那一连串名号,他跟柳剑仙好像都是罪魁祸首。

已经不光是什么"陆地蛟龙爱喝酒,酒量无敌刘剑仙"了,披麻宗竺泉贡献了一句

"刘景龙确实好酒量,都不知酒为何物",老宗师王赴愬说了个"酒桌飞升刘宗主",还有浮萍剑湖的女子剑仙郦采,说"酒量没你们说的那么好,只有两三个郦采的本事",反正和太徽剑宗关系好的山头,又是喜欢饮酒之人,只要去了那边,就不会放过刘景龙,哪怕不喝酒,也要找机会调侃几句。

徐杏酒觉得换成自己是刘先生,脾气再好都要破口骂人,只要是找上门喝酒的,来一个骂一个,来两个骂一双。

陈平安轻声问道:"她如今还好吧?"

因为上次观礼,徐杏酒是和桓云一起去的落魄山,道侣赵青纨却没有现身,所以陈平安才会有些担心。

徐杏酒点头而笑,然后正衣襟,与陈平安作揖拜谢。一切尽在不言中。

山下年关,山上心关,都难过,情关难过心难过。只要过去了,就都还好。

陈平安松了口气,拍了拍徐杏酒的手臂:"别这么客气,用不着。"

徐杏酒直起身子,轻声问道:"陈先生,春露圃那边?"

陈平安说道:"已经解决了,解铃还须系铃人,既然人心问题不在落魄山,那么其实就需要他们自己去解决。"

如今的很多麻烦,对于陈平安来说,就真的只是些麻烦了,而不再是什么难题。

春露圃之行,只见林嵯峨一人,就是在讲一个根本不用与春露圃各位修士废话半句的道理。

落魄山山主、宝瓶洲一宗之主,在老妇人那边依旧是晚辈,但也仅此而已,春露圃如果还想和落魄山继续生意往来,就给我老老实实的,有错改错。他连玉莹崖和蚍蜉铺子都没去逛,就是摆明了和春露圃划清界限,要公私分明了。

如果愿意改,那最好,至于如何改,你们春露圃自己去找那个分寸!干脆就不与落魄山做生意了?落魄山根本无所谓。很快春露圃就会发现一个真相,不止浮上水面的披麻宗、彩雀府、云上城,之后还会有太徽剑宗、大源王朝崇玄署、浮萍剑湖、水龙宗、两位大渎公侯……都会是落魄山在北俱芦洲的盟友。落魄山根本不用刻意针对春露圃,春露圃修士自己就会心虚。

是陈平安和落魄山拢起的那么一条跨洲财路,已经帮忙打通了宝瓶洲各个关节,这里边涉及大骊宋氏、披云山、董水井、关翳然,还有老龙城范家和孙家……都已经如此了,春露圃没理由一个劲往死里挣钱,一门心思想着占尽便宜,这个世道,不讲道理的不能欺负讲道理的。

当然,随着文庙解禁山水邸报,相信很快整个浩然天下的山上修士都会知道他是谁。不单单是落魄山的年轻山主那么简单。不过将隐官这个头衔与陈平安这个名字挂钩,可能还要稍晚一点,所以陈平安必须尽快完成这趟北俱芦洲之行。然后立即返回宝瓶洲，与刘羡阳一起问剑正阳山。

陈平安说道："杏酒，我就不在这边住下了，着急赶路。"

徐杏酒笑着抱拳道："祝陈先生一路顺风。"

陈平安笑着回礼道："祝修行顺遂，美美满满。"

百花福地的新一届花神考评中，凤仙花神非但没有沦为九品一命，反而稳住了先前的品秩，虽说未能提升，可是少女花神已经足够喜出望外了，以至于她在闺阁内的墙上偷偷悬挂起一幅人物画，打算以后每逢初一十五都焚香礼敬，感谢这位青衫剑仙的"救命"恩德。

她开始憧憬着下次陈先生莅临福地了。

还有个瞧着比凤仙花神年纪更小的小姑娘，是福地的芭蕉花神娘娘，手中持有一把袖珍可爱的芭蕉扇，轻轻扇风，问身边的瑞凤儿姐姐，见着那个阿良没有。

咏花诗词就数她最少了，所以神位很低，少女甚至都没几个别称。

凤仙花神说没能瞧见，不过听说那个阿良好威风，抓住了个道号青秘的飞升境大修士，嗖一下就不见了，直接去了剑气长城那边。手摇芭蕉扇的少女听得眼神熠熠。

老玉璞境剑修于樾身为密云谢氏的首席客卿，职责所在，必须护送那位贵公子返回皑皑洲，只是到了家族名下的那座仙家渡口，于樾就立即动身起程，独自乘坐跨洲渡船，去往宝瓶洲最北端的一线渡。

要去年轻隐官的落魄山挑选弟子去！成与不成，就看自己与那未来嫡传的机缘了，此次不成，多跑几趟就是了。

只说挑选剑修坯子一事，天底下谁有资格和那位隐官媲美？

结果登船后就有敲门声响起，竟是那个偷偷摸过来的谢氏公子哥，这小子说要去游历一洲北岳所在的披云山，听闻那边有个夜游宴，次次都筹办得极有意思。

邵元王朝有个不小心断了条胳膊的远游境武夫桐井。如今在家乡江湖，桐井在酒桌上逢人就说，自己是与那年轻隐官问拳之人！而且就在文庙附近，有过一场正儿八经的问拳切磋！

抖了抖那条胳膊颓然下垂的肩头，就这么点小伤。当然了，有一说一，跟隐官大人没对我下狠手有关系。

不认识隐官？没听过这头衔？哦，就是剑气长城官最大的那个剑修，这位青衫剑仙，年轻得很，如今才四十多岁。还不知道？就是那个能够三两拳打得马瘫仙跌境，再让曹慈去功德林主动问拳的止境宗师！

有人会问，这个隐官拳法如何？

高啊，还能如何？他就只是站在那边，纹丝不动，拳意就会大如须弥山，与之对敌之人，自然就像山脚蝼蚁，仰头看天！所以我那几拳递出，真算是舍生忘死了。因此隐官大人不对我下死手，明白了吧？这就是纯粹武夫之间的一种相互礼敬。境界悬殊不假，但是隐官看我，是视为同道中人的。当然，达者为先，登顶为长，他是前辈，我是晚辈，这么说，我不亏心。对这位年轻隐官，我是心服口服的。以后江湖上，谁敢对隐官大人说半句不中听的，呵呵。

对不住！那就是与我桐某人问拳了。

许弱跟随墨家钜子来到了那处渡口，哪怕先前钜子离开此地去参加文庙议事，这座城池依旧在自行生长。哪怕许弱本身就是墨家子弟，亲眼目睹此城，也只有一个感受：叹为观止。

一位老真人护送郁泮水和少年皇帝去了玄密王朝后，就缩地山河，到了一处归墟入口，然后很快现身蛮荒，远游不知几个万里，一路上也没遇到个能打的，最后终于逮住个好像境界不错，结果定睛一看，不是飞升境大妖。老真人翻开一幅地图，哟，好像其所在还是个挺有名气的大山头，据说先前打桐叶洲打得很起劲嘛。

于是老真人就施展出了火法与水法。方圆千里之地，大水在天，大火铺地，水作天幕火为地。

老真人抚须点头，自言自语道："老当益壮，术法尚可。"

沉默片刻，火龙真人自言自语道："是不是有点气力过大了？"

火龙真人自问自答："打架不讲究个气派，还打什么架？"

北俱芦洲的江湖上，有个鬼鬼祟祟的蒙面客，踩点完毕后，趁着夜黑风高翻过墙头，身手矫健，如兔起鹘落，撞入屋内，刀光一闪，一击得手，手刃匪寇，之后就似飞雀翩然远去。

这些年行走江湖，都是跟那位好人前辈有样学样，这般隐蔽行事，他还给自己取了个化名——杜好事，杜俞的杜，做好事不留名的那个好事。

杜俞每次出手，都会审时度势，量力而行，做完就跑，好像生怕别人知道他是谁。

大好人间，这边天晴那边雨，此处山花不动别处风。

往北的御风远游途中，陈平安一行人偶尔停步歇息，山上山下不做定数，眼中所见景象也就因时因地而异。

有周遭百里的崇山峻岭灵气沛然，云雾升腾，搅动飞旋，山巅祠庙在夜幕中金光熠熠，如同一盏高悬天地间的大灯笼。

有驿旅客逢梅子雨，藕花风送离人愁。有大水之滨，官府筹建黄箓斋，祈福禳灾。在旭日东升之时，朝霞绚烂，有一拨练气士随云而走，其中有少年少女跟随师门长辈一起大声朗诵师门道诀，扬言要活捉三尸焚鬼窟，生擒六贼破魔宫。

有那入山采石的匠人，接连大日曝晒下，坑洞水落石出，在衙署官员监督下，老坑场内所凿采美石都用稻草小心包好，按照世世代代的习俗，人人蹲在老坑门口，必须等到太阳下山，才能带着老坑石下山。不论老少，肌肤晒得黝黑油亮的匠人们聚在一起，以方言笑语聊着家长里短，家里有钱些的，或是家里穷但孩子更出息些的，话就多些，嗓门也大些。

到了趴地峰，张山峰还是跟当年差不多的年轻面容，只不过在山上好吃好穿，不用一个人背井离乡、颠沛流离，就不再那么穷酸落魄了。

白发童子一直在四处张望，这就是那个火龙真人的修道之地？

得知那个女子就是宁姚，张山峰打了个道门稽首，笑道："宁姑娘你好。小道张山峰，目前暂无道号。"

宁姚笑道："见过张真人。"

张山峰无地自容。

陈平安笑呵呵道："听老真人说你已经是地仙了！"

张山峰一脸错愕："是师父口误了，还是你听错了？我才刚刚是观海境啊。"

陈平安微笑道："那么你知道我这会儿是啥境界吗？"

张山峰试探性问道："仙人境？难道是飞升境？"

陈平安有些吃瘪："那还不能够。"

张山峰哈哈大笑，小样，跟我斗，你还嫩得很。

陈平安突然说道："走，与你学拳。"

张山峰叹了口气："闹呢。"

陈平安神色认真："没跟你开玩笑。我在剑气长城那些年，一直在学你的拳，但是不管怎么练，好像都不对，死活练不出你当年的那份……拳意。"

张山峰气笑道："还说没闹？我一个修道之人，随便比画两下，有个啥的拳意？"

陈平安忍了忍，还是没能忍住，怒道："随便比画两下？！啊？"

你知不知道老子在城头上，拗着性子，硬着头皮，咬着牙慢悠悠，练了多少拳？不还是没能让那份拳意上身？

张山峰抖了抖道袍衣襟，笑嘻嘻道："没法子，练拳这种事吧，得祖师爷赏饭吃。"

陈平安一晃袖子，伸出手掌："来，咱俩练练，过过招。"

张山峰一个后跳，伸长胳膊，抖搂了个刀法的裹花架势："我可是得了徐大哥刀法真传的，因为你习武资质差，当年徐大哥不稀罕教你，又怕你伤心，就只好一直瞒着你。"

陈平安扯了扯嘴角："那我得谢谢你们。"

白发童子赞叹不已，这个趴地峰小道士很知道天高地厚啊。

小米粒轻轻扯了扯裴钱的袖子，小声道："张真人的刀法，听上去好强。"

裴钱板着脸点点头。

宁姚笑了起来。很少看到陈平安这个样子。

听说在剑气长城的酒铺那边,他会稍微放开一点,荤话也是会说几句的,好像经常能够赢得满堂喝彩?

郭竹酒这个耳报神,好像又收买了几个小耳报神,所以酒铺那边的消息,宁姚其实知道很多,就连那长条板凳比较窄的学问,都是知道的。

但是每次只要她去那边,陈平安就开始装正经样子。后来她就干脆不怎么去酒铺了,省得他跟人喝酒不痛快。

之后张山峰带着一行人将指玄峰在内的几座山头都逛了一遍。

天边晚霞似锦,老天爷倒是不小气,就这样送给了人间,从不要钱。

陈平安跟张山峰一起散步,说道:"去仙游县见过徐大哥了。"

张山峰笑道:"我比你早去。"

其实他们都知道徐远霞老了,但是谁都没有说这一茬。好像一说,当年那个腰杆挺直闯荡江湖的大髯游侠就更老了。

张山峰最近要与一位师兄走趟北边,参加师父一位好友所在宗门的典礼,就没有跟着陈平安一起去太徽剑宗。

不过双方约好了,张山峰从北边返回,就会立即南游宝瓶洲,去落魄山那边瞧瞧,然后再跟陈平安一起去仙游县喝酒。

这天趴地峰的青石广场上,一个教拳,一个学拳。

一个观海境练气士,却在教拳。一个止境武夫,却是学拳之人。

白发童子目不转睛瞪着那幅画卷,沉默了半天,才怔怔道:"吓死个人,好大气象。"

宁姚问道:"你都学不会?"

白发童子破天荒没有说什么玩笑话,摇头道:"学个形似,毫无意义,所以我还是学不来,因为需要练拳之人的道心相契。"

听张山峰说他家乡那边有座高山,名为武当。好名字。武当山,张山峰。来龙去脉,一峰独高。

张山峰收拳,问道:"学会没?差不多了吧?"

陈平安说道:"你再打一趟拳。"

张山峰急眼道:"陈平安你学个锤子啊。"

那么多人在看戏,还要我继续丢人现眼吗?

趴地峰不少小道童跟一排麻雀似的,都蹲台阶那边瞎起哄,嚷着师叔祖拳法无双,武功无敌呢。

陈平安无奈道:"没跟你开玩笑。"

张山峰只好硬着头皮再打了一套自创的拳法。

陈平安突然收拳站定，随意一个手腕拧转，竟是将趴地峰的山风水雾都拘来了手边，缓缓凝聚，各有大道显化，如有两条袖珍星河流转，最终衔接为一个圆，缓缓运转。陈平安低头一看那份拳意，再抬头看了眼天色，恰逢日夜交替之际，于是笑道："大致明白了，不过你还得再打一趟拳。"

张山峰瞥了眼陈平安手边的那份异象，羡慕不已，止境武夫就是了不起啊。突然他皱了皱眉头，快步向前，走到陈平安身边，对那幅图案指指点点，说了一些自认为不妥当的细微处。

陈平安竖耳聆听，一一记住，等到张山峰不再言语，陈平安突然一把勒住年轻道士的脖子，气笑道："还真是祖师爷赏饭吃啊?!"

张山峰反手就是一肘，站直身子后，扶了扶头顶道冠，笑眯眯望向那些鸦雀无声的小道童们，刚问了句"拳好不好"，孩子们就已经哄然而散，各忙各的，没热闹可看了嘛。再说了，今天师叔祖丢脸丢得够多的了，哈哈，还给人称呼张真人，好意思打那么慢的拳，平时也没见师叔祖你吃饭下筷子慢啊。

最后张山峰将陈平安一行人送到山脚。

陈平安忍不住笑道："难为你了。"

张山峰无奈道："知道就好。"

陈平安笑着点头道："知道就好。"

最后张山峰的一句话，说得陈平安差点直接掉头返回趴地峰，咱哥俩坐在酒桌上好好聊。

张山峰问了个很真诚的问题："陈平安，啥时候喝你和宁姑娘的喜酒？"

太徽剑宗，翩然峰。

此处的修道之人，如今就只剩下白首一个了。

因为白首已是金丹境剑修，加上刘景龙又是宗主，就搬去了祖山那边，所以太徽剑宗举办了一场简单的开峰仪式，翩然峰就成了白首的修道之地。只要白首自己愿意，其实都可以开始收弟子了。

只是白首最近每天都无精打采，每次练剑闲暇，就坐在竹椅上发呆。

他其实不喜欢喝酒，喝不惯，所以每次拎着个酒壶，次次都会喝不完。

之前与几位宗门剑修一同下山历练，去了兰房国，在一处名为铁铸关的边境厮杀了一场，有一小撮蛮荒天下妖族修士在那边流窜犯案。那是一场围杀，因为那拨蛮荒修士境界都不高，胜负没什么悬念。太徽剑宗在内的几个门派修士几乎没什么折损，受伤都不多。

只是另外还有一场对于敌我双方都算意外的狭路相逢，那是一个金丹境妖族修士，还是个擅长隐匿的鬼修，不知怎的，一样未能通过海上归墟逃回蛮荒天下，反而溜到了北俱芦洲，沉寂了几年，只是为了破境跻身元婴境，竟是直接祸害了一座江湖小门派的数十人，手段歹毒且隐蔽，小门派中的人都被他炼制成了行尸走肉。如果不是白首当时靠着刺客出身的敏锐嗅觉察觉到一丝端倪，说不定就要错过这个妖族了。

一场险象环生的厮杀，白首出力最多，也正是他的致命一击，成功杀敌，斩下那个鬼修的头颅，飞剑碎去金丹，但是宗门别峰的一位龙门境师侄，虽然辈分比白首低了一辈，可其实年纪要比白首大多了，却在战事中身受重伤，被那个妖族修士的一记术法砸中了心窍，原本有望地仙的剑修彻底没了希望。

白首回到翩然峰之后，本就沉默寡言的他就越发不爱说话了。

哪怕姓刘的，还有那个师侄，都来山上劝过，可白首心里边就是不得劲，尤其是当那个师侄主动来到翩然峰，找白首这个师叔喝酒，说"真没事，白师叔不用上心"时。

说这些话的时候，跌了境的剑修眼神真诚，脸上还有笑意，最后说了句："真要过意不去，那就帮忙将我的境界一起算上，以后你白首如果都没个玉璞境，那就说不过去了，到时候我天天来翩然峰门口骂街。"

这会儿白首双手抱住后脑勺，坐在小竹椅上，怎么能够不上心？怎么会没事呢？

酒又不好喝。心里更难受。而那个剑修的豁达，其实最让白首难受。

在剑气长城那边厮杀多年，那人都不曾跌境，怎的回了家乡，就在那么个小地方，偏偏就跌境了。而且就在他白首的眼皮子底下，对方只是一头金丹境瓶颈的畜生而已，自己与之同境，而且他白首还是一位剑修！

先前那趟下山杀妖，在去铁铸关的路上，有天那个剑修在饭桌上听白首说他和陈平安是称兄道弟的交情，打死不信，说除非下次隐官做客翩然峰，你真能帮忙引荐一二，能让他和年轻隐官说句话，就信。当时白首拍胸脯打包票，小事一桩。

那个姓刘的，更过分，第二次来翩然峰这边，劈头盖脸直接训了自己一句重话，说："如果你连这点道理都想不明白，说明你还不是真正的太徽剑宗弟子，不算剑修。"

姓刘的说完混账话就走了。白首没说什么，讲道理什么的，哪里说得过那个书呆子师父。

白首使劲揉了揉脸，重重叹了口气，从椅子上站起身，开始胡乱打拳。

他突然一个站定，双指并拢，指向前方，想象不远处站着个黑炭，大笑一声："呔！那黑炭，乖乖听好了，你要是再不依不饶，大爷可就要出拳了！"

白首变指为掌，左右摇晃，好像在甩耳光："好好与你讲道理，不听是吧？这下子吃苦头了吧？以后记住了，再遇见你家白首大爷，放尊重些！"

离翩然峰不过一里路的空中，一行人御风悬停，不过某人施展了障眼法。

白发童子满脸激赏神色，由衷赞叹道："是条汉子！我等会儿非得向这位英雄敬一杯酒才行。"

前提是这家伙还能喝酒。

刘景龙哭笑不得，不过也没出声提醒自己的弟子。

裴钱面无表情，扯了扯嘴角。

小米粒挠挠脸，小心翼翼看了眼裴钱，看样子，是没什么机会挽回喽。

陈平安点头笑道："果然是好拳法。"

白首一个拧腰腾空回旋，自认为极其潇洒地踢出一腿，落地后，拍拍手掌："不送了啊。"

然后就是一行人飘然落地现身。

白首闭上眼睛，再睁开眼睛，再闭上再睁开，好的，老子可以跑路了。

二话不说，手指一抹，屋内墙壁上的那把长剑铿然出鞘，白首踩在长剑之上，匆匆御剑离开翩然峰。

裴钱看了眼师父。

陈平安微笑道："叙叙旧嘛。"

裴钱再看了眼刘景龙，后者笑道："注意分寸就行。"

裴钱摘下书箱，将行山杖交给小米粒，身形一闪而逝，快若奔雷，瞬间就追上了御剑的白首。

白首铆足劲御剑，身边的裴钱始终气定神闲，跟在一旁，白首只好干笑道："好巧。来做客啊。"

裴钱和白首并肩齐驱，也不说话，只是面带金字招牌的微笑，再斜瞥。天不怕地不怕的白首，这辈子最怕裴钱这个表情。

白首开始破罐子破摔："我是不会还手的。"

裴钱当头就是一拳。白首连同脚下长剑，一起笔直落地。嘴角抽搐，浑身颤抖，大半截身子陷在山间泥土里，没有昏死过去，就是吃疼，真还不如睡一觉，然后醒过来，那个心狠手辣的黑炭就已经离开翩然峰了。

裴钱站在一旁，问道："接下来怎么说？要不要与我问拳让三招？"

白首颤声道："让一招就够了！"

裴钱一抬手掌再转腕，将白首整个人拔出地面再往后推出两步。

白首摇摇晃晃，有些眼花脑袋晕。

装，继续装。

裴钱先前那一拳，用了巧劲，根本不至于让白首这么醉酒一般。她轻轻一跺脚，那把长剑瞬间蹦出，裴钱再一挥手，长剑瞬间掠回翩然峰茅屋那边，绕弧退回剑鞘。

白首好像瞬间酒醒，哈哈笑道："裴钱，你怎么来翩然峰也不打声招呼？"

裴钱呵呵笑道:"怕被打。"

白首埋怨道:"说啥气话,咱俩谁跟谁,一辈儿的。"

裴钱问道:"一起御风回去?"

白首说道:"让我缓缓。"

今儿丢了太大的面子,现在回去,肯定要被陈兄弟笑话。最好是等到自己回到那边,陈平安都已经跟姓刘的喝了个天昏地暗。

两人徒步走向翩然峰。

裴钱沉默片刻,说道:"铁铸关和兰房国那边的事情,我听说了。"

白首只是嗯了一声,然后就默不作声了。

裴钱继续说道:"有些事情,补救不得的,其实你以后能做的,也就只有好好练剑了,让自己尽量不犯同样的错。愿意愧疚就继续愧疚,又不是什么坏事,总好过没心没肺,转头就不当一回事吧,但是别耽误练剑。不管是习武还是练剑,只要心气一坠,万事皆休。"

白首还是嗯了一声,不过年轻剑修的眼睛里边恢复了些往日神采。

裴钱说道:"还只是个金丹境,好意思当刘先生的开门大弟子,还一辈儿?谁跟你一辈儿?"

其实白首能够在这个年纪就成为金丹境剑修,哪怕在剑修最寻常的北俱芦洲都算当之无愧的天才了。

白首侧身而走,嬉皮笑脸道:"哟,裴宗师口气不小啊。"

裴钱只是目视前方,轻声道:"我有几斤重的拳法,就说几斤重的言语。你不爱听就别听。"

刘先生是师父最要好的朋友之一,白首又是刘先生的开山大弟子,所以裴钱希望白首在剑道一途可以登高,越高越好,有朝一日,还可以站在师父和刘先生身边。不然如果是个外人,裴钱绝对不会多说半句。

白首怔怔看着眼前这个有点陌生的裴钱,转过身,点点头:"是得这样。"

裴钱突然说道:"先前你甩了八个耳光,就当你还欠我七拳。"

白首哀号道:"裴钱!你啥时候能改一改喜欢记账的臭毛病啊?"

裴钱冷笑道:"好的。八拳了。"

白首绝望了。

裴钱犹豫了一下,还是说道:"白首,你不能让刘先生失望,因为不是任何人都能够像你我这样,运气这么好,遇到这么好的师父。"

白首笑道:"晓得了,晓得了。好嘛,我身边喜欢讲道理的人,又多了一个。"

裴钱点点头:"九拳。"

白首打算回了翩然峰,就在桌上刻下八个字的座右铭:祸从口出,谨言慎行。

到了翩然峰茅屋那边,白首有些看不下去了,姓刘的跟陈兄弟,咋回事,喝得很腼腆啊。陈平安你行不行啊,以前徐杏酒和柳质清来这边做客,姓刘的都不会喝得这么娘们唧唧。

白首痛心疾首道:"师父,你好歹是翩然峰的上任主人,待客不周了啊,陪陈……山主多喝点,我这儿酒水管够的,白瞎了那么好的酒量。"

陈平安摆摆手:"不多喝,等会儿我们要去你们祖师堂敬香。"

太徽剑宗上任宗主韩槐子、上任掌律黄童,还有历史上所有御剑远游、没有返乡的宗门剑修,有三十六位先后都死在了剑气长城和宝瓶洲两处他乡战场。

还有更多的剑修,哪怕活着返回了宗门,都已做不得练气士,更别谈剑修了。而且太徽剑宗剑修的仗剑远游,从无半点含糊,皆是宗门之内境界最高、杀力最大的那拨!所以太徽剑宗元气大伤。

北俱芦洲的第一剑宗,如今竟然就只有一位玉璞境剑修。

刘景龙、白首,陈平安、宁姚,今天只有四位剑修,走入太徽剑宗的那座祖师堂。

不同于其他宗门、仙家山头,这座大堂之内,不仅悬挂历代祖师的挂像,所有死在战场上的剑修都有挂像。

刘景龙向陈平安和宁姚分别递过三炷香,笑道:"相信我师父和黄师叔,还有所有悬挂像的剑修,都会很高兴见到两位。"

一位剑气长城的末代隐官,一位剑气长城的飞升境剑修。

陈平安双手捧香,沉声道:"落魄山,陈平安,在此礼敬诸位先贤。"

宁姚站在一旁,神色肃穆道:"剑气长城,宁姚,礼敬诸位。"

没有什么繁缛礼节,两个外乡人入了这座祖师堂,也只是敬三炷香、一句言语而已。

陈平安走向祖师堂大门,跨过门槛,回望一眼,收回视线后,直到外边的广场栏杆旁,才双手笼袖,背靠栏杆:"怎么没参加文庙议事?"

刘景龙摇摇头,淡然道:"不能再死人了,不是不敢,是真的不能。我怕去了文庙,会一个没忍住。"

陈平安沉默片刻,开口问道:"听说有人都有胆子大放厥词,觉得太徽剑宗是个空架子了?"

刘景龙苦笑道:"人之常情。"

陈平安说道:"你能忍,我不能。"

刘景龙微微仰头,望向远方,轻声道:"只是太徽剑宗当代宗主能忍,其实剑修刘景龙一样不能忍。"

陈平安转头对着宁姚。

宁姚点头道："我们在这边等着。"

陈平安和宁姚之间，在关键时刻，往往如此，从无半句多余言语。

陈平安伸手出袖，一把拽住刘景龙："走！问剑去！"

老子面皮往脸上一覆，谁还知道谁？知道了又如何，不承认就是了。

北俱芦洲风气如此之好，若是连这点觉悟都没有，还混什么江湖，走什么山下。

反正面皮这玩意儿，陈平安多得很，是出门行走江湖的必备之物，少年、中年、老年都有，甚至连女子的都有，还不止一张。

听说那个剑修没几个的宗门，历史上曾经去过一次剑气长城，之后大几百年就再没去过，因为宗门里边的一位老祖嫡传剑修刚过倒悬山，就与当地剑修闹了一场，不欢而散，既然城头都没去，就更别谈什么杀妖了。尤其是最近的百年之内，整个北俱芦洲的远游剑修和练气士都在死人，这个宗门好像在家乡的山上地位反而高了。

既有个一直闭关的仙人境老祖师，又有玉璞境的当代宗主，还有什么九境武夫的客卿。不过比起一洲领袖、剑修云集的正阳山，好像还是要差点火候。刚好先拿来练练手。

刘景龙开始与陈平安商量细节。最终两人御剑化虹远游。

白首今天算是开了眼界，姓刘的真就这么被陈平安拐走，联袂问剑去了？

他没来由想起芙蕖国山巅，师父和陈平安的那次祭剑。

好像有些人，只要遇见了，天生就会成为朋友？

白首突然瞥了眼不远处的裴钱，凭啥你姓刘的是这样，我白大爷却是这样？！

白发童子啧啧称奇道："隐官老祖的朋友，都不简单啊。"

那个金乌宫的柳质清，跻身玉璞境悬念不大，至于将来能否入仙人境，看造化，好歹是有几分希望的。

而这个太徽剑宗的年轻宗主，好像才百来岁吧？就已经是极为稳当的玉璞境瓶颈了。百年之内，仙人境起步，千年之内，飞升境有望。

很慢？那可是仙人境和飞升境的剑修。

至于那个趴地峰的年轻道士，白发童子都懒得多说什么。张山峰如今缺的是一副足够坚韧的体魄，一个可以承载那份道法拳意的地盘。

宁姚又说道："不简单的朋友有不少，其实简简单单的朋友，陈平安更多。"

白发童子对此没有异议。

宁姚望向远处那一袭青衫消逝处，说道："刘宗主如果能够跻身飞升境，会很攻守兼备。"

攻守兼备，尤其还有个"很"字。

这句话,是宁姚,更是一位已经跻身飞升境的剑修说的。

在她看来,刘景龙当下的玉璞境,完全不输剑气长城历史上最强的那几位玉璞境剑修。

如今的飞升城,有人开始翻检老皇历了,其中一事,就是关于"玉璞境十大剑仙"的评选。比如其中就有吴承霈,只不过这位剑修的入选,不是出于捉对厮杀的能耐,主要归功于吴承霈那把最适宜战争的甲等飞剑,所以名次极为靠后。

除此之外,隐官陈平安,自然也毫无悬念地入选了。飞升城酒桌上,为此吵闹得很,不是争吵陈平安能否入榜,而是为了排名高低,隐官、刑官、泉府三脉剑修,各执一词。

白发童子好奇问道:"为什么隐官老祖一定要拉着刘景龙游历中土神洲?"

宁姚之前还真没想过这个问题,这会儿她想了想,笑道:"可能是在刘宗主身边,他就可以懒得多想事情?"

陈平安的一次次远游,都走得并不轻松。不是担心世道的无常,就是需要他小心保护别人。但是如果身边有个刘景龙,陈平安会很安心,就可以只管出剑出拳?

宁姚打算等陈平安回来,跟他商量个事,看可不可行。她想要主动担任太徽剑宗的记名客卿,不过这就涉及浩然天下的山上规矩、忌讳了,把问题丢给他,他来决定好了。呵,某人自称是一家之主嘛。

宁姚记起一事,转头向裴钱笑道:"郭竹酒虽然嘴上没说什么,不过看得出来,她很想念你这个大师姐。你借给她的那只小竹箱,她经常擦拭。"

裴钱那边,学师父摊开手臂,一边挂个黑衣小姑娘,一边挂个白发童子,两个矮冬瓜在比拼划水,双腿悬空乱蹬。

裴钱听到郭竹酒这个名字后,神色就有些古怪,一时间不知该说什么。

长大后,裴钱在游历途中,会经常想起郭竹酒这个自己名义上的小师妹,只是每次想起后,除了心疼,还会头疼。

裴钱小时候跟着大白鹅去剑气长城找师父,结果天上掉下个自称小师妹的少女,会在师父与人问拳的时候,在墙头上敲锣打鼓,跟自己说话的时候,经常会故意屈膝弯腿,和裴钱脑袋齐平,不然她就善解人意来那么一句:"师姐,不如我们去台阶那儿说话呗,我总这么翘屁股跟你说话,蹲茅坑似的,不淑女唉……"

裴钱当时吵架就吵不过郭竹酒,也跟不上郭竹酒那些天马行空的想法和道理。

裴钱除了在师父这边是例外,当然宝瓶姐姐也不算,和任何人打交道,都打小就不是个乐意且会吃亏的主儿,直到在剑气长城遇到了那个郭竹酒。哪怕现在,裴钱还是觉得自己是真拿她没辙。

但是裴钱很高兴,在当年那场战事中,郭竹酒没有一去不回。

白首发现了裴钱的异样，就很好奇这个郭竹酒是何方神圣。

白发童子松开手，落地站定，望向白首，双手负后，缓缓踱步，笑呵呵道："你叫白首？"

白首摸了摸脑袋，笑嘻嘻点头，就像在说小姑娘你名叫白首也行啊。

白发童子一脸的老气横秋，点头道："好名字好寓意，白首归来种万松，小雨如酥落便收。"

白首惊讶道："小孩子家家的，年纪不大学问不小嘛。"

白发童子撇撇嘴，回头就跟小米粒借本空白账簿。

裴钱背着竹箱，怀抱行山杖，站在栏杆那边，举目远眺，看高处的青天远处的白云。

记得崔爷爷在竹楼最后一场教拳时，曾经说过："你那狗屁师父，习武资质稀烂，还敢练拳懈怠，分心去练劳什子的剑术，老夫这一身武学，只靠陈平安一人发扬光大，多半不顶事，悬得很，所以你这个当他徒弟的，也别闲着，不能偷懒，武夫练拳与治学相通，简单得很，不过就讲个'三天皆勤勉'，昨天今天明天！所以你裴钱离开竹楼后，得提起那么一小口心气，以后要教浩然武夫，晓得何谓……天下拳出落魄山！"

遇见师父，她的人生，就像是天寒地冻的冬天，有人从天上载得春来。

宁姚走到裴钱身边，以剑气隔绝出一座小天地，轻声问道："既然成了剑修，这是好事，为什么不跟你师父说？"

裴钱赧颜，心虚道："师父总说贪多嚼不烂，而且我也没觉得自己有什么练剑的天赋。"

所以这些年，裴钱一直没有去练剑，始终遵守自己和崔爷爷的那个约定，三天皆勤勉，练拳不能分心。毕竟那套疯魔剑法，只是小时候闹着玩的，当不得真。

宁姚笑道："那我就先不跟你师父说此事。"

裴钱使劲点头。

宁姚问道："你那把本命飞剑取好名字了吗？"

裴钱涨红了脸，摇摇头，只是心念一动，祭出了一把飞剑，悬停在她和宁姚之间，长约三寸，锋芒毕露。其实名字是有的，只是裴钱没好意思和师娘说。

在裴钱心神牵引之下，先前一把本命飞剑，竟然瞬间剑分七把，只是更加纤细，颜色各异。

宁姚凝神一看，点头赞许道："完全可以在避暑行宫那边位列甲等。"

宁姚提醒道："以后与人对敌，不要轻易祭出这把飞剑。"

裴钱点点头，答应下来。然后裴钱又犹豫起来。

宁姚疑惑道："有话就说。"

裴钱壮起胆子问道："师娘，什么时候办酒席啊？"

宁姚眨了眨眼睛："你说刘羡阳和余倩月啊，还不知道具体时间，你问你师父去。"

裴钱笑道："好的，我问师父去！"

一场文庙议事结束，修士四散而去。

皑皑洲刘氏的那条跨洲渡船上边多了个外人，是北俱芦洲老匹夫王赴愬，之前他与桐叶洲武圣吴殳打了一架，算是平手。

王赴愬觉得没脸回北俱芦洲，就与雷公庙那对师徒一起去皑皑洲，反正在刘财神这条跨洲渡船上吃喝不愁，且不用花钱。

咱们北俱芦洲的江湖人，出门靠钱？只靠朋友！

再说了，在弱不禁风的阿香姑娘这边，王赴愬稳操胜券。别的不说，只说柳岁余那脸蛋、那身段，也是赏心悦目的。

如果自己年轻个几百岁，相貌哪里比沛阿香差了，只会更好，更有男人味，估摸着柳岁余那个小姑娘都要挪不开眼睛。

王赴愬登船之后就没个好脸色，实在憋屈，自己跟吴殳问拳一场，都没几个有分量的看客。和那场从功德林打到文庙广场，再打去天幕的"青白之争""曹陈之争"，没法比。

一来文庙议事结束，修士多已纷纷离去，双方打得晚了，地点挑选得也不如两个年轻人那般丧心病狂。再者王赴愬和吴殳这两位止境武夫，比起如今才四十岁出头的曹慈、陈平安，到底是年纪大了些。

屋内三人都是纯粹武夫，王赴愬愤懑不已："老子就算把吴殳打死了，也没陈平安只是把曹慈脸打肿，来得名声更大，气杀老夫！早知道就在功德林与那小子问拳一场了。"

柳岁余喝酒时跷着二郎腿，脚尖又跷着那只半脱未脱的绣花鞋，笑眯眯道："是晚辈眼瞎了，还是前辈脑子糊涂了，难道不是吴殳差点把你打死吗？"

王赴愬一拍椅把手，吹胡子瞪眼睛："真要拼命，两个都死。"

老莽夫这句话倒是没吹牛。

沛阿香先前给自己倒了一碗酒，却没有喝，只是拿一块雪白绸缎擦拭那支绿竹笛。

竹笛材质是青神山绿竹。早年还是九境武夫时，他曾有幸和朋友一起参加了那场青神山酒宴，结果一伙人都被阿良坑惨了，一场误会过后，竹海洞天的庙祝老妪赠予他一截珍贵细竹。后来阿良看得揪心不已，说："阿香你好惨，被看穿了底细不说，更被侮辱了啊，搁我就不能忍。"

沛阿香没能听明白其中深意，只当是阿良又在灌迷魂汤，不计较。等回到马湖府雷公庙才琢磨出其中意味，哭笑不得。

竹笛穗子上坠有一粒泛黄珠子，只是寻常珍珠，岁月一久就泛黄，半点不值钱了。

一个模样俊美的止境武夫，能够拳压一洲武学多年，岂会没点自己的江湖故事？

白袍玉带别青笛，雷公庙沛阿香如果愿意出门行走江湖，很容易就被山上修士一眼认出身份。

沛阿香瞥了眼王赴愬那边的椅把手，裂纹如网："渡船是刘氏的，你记得赔钱。"

王赴愬说道："赔钱没问题，你先借我点钱。"

看这老匹夫的架势，好像与人借钱是给对方面子。

王赴愬埋怨道："文庙那边做事不爽利，俩晚辈那么一场问拳，都不与我们打声招呼，咱们好歹是响当当的武学宗师，不然老夫可以为那两个晚辈指点一二，挑出几处拳法瑕疵。"

柳岁余突然站起身，抱拳道："师父，我就不回皑皑洲了。"

这个北俱芦洲老匹夫的眼神实在让她觉得腻歪。

沛阿香点头笑道："其实我一直在等你这句话。去吧，争取早去早回，打出个好底子的止境。有机会的话，就在那边战场上碰头。"

王赴愬、沛阿香，还有吴殳在内，他们这拨武学大宗师，到底比裴杯、张条霞那几个差了一大截，所以赶赴蛮荒一事，需要配合各洲王朝的调度。

柳岁余起身离去，跳下渡船，御风南下，快若奔雷。

方才王赴愬用眼角余光使劲瞥着柳岁余的背影，等到确定柳岁余离开了渡船，王赴愬这才喝光了一碗酒，拿酒解渴，换个坐姿："这俩臀瓣儿，晃得我都要心慌。"

沛阿香无奈道："你好歹是个前辈，别这么老不正经。"

王赴愬嘻笑道："老子只是瞧，摸了吗？"

沛阿香懒得在这种问题上纠缠，正色问道："当年你为何会走火入魔？"

王赴愬神色平静："为何？自然是有拳出不得，只好逼疯了自己。"

沛阿香叹了口气。

王赴愬压低嗓音，问道："阿香，你觉得我跟柳岁余般不般配，有没有戏？你可要抓住机会，这可是你可以白白高我一辈的好事。"

沛阿香无奈，摆摆手："什么乱七八糟的，劝你别想了。"

王赴愬揉了揉下巴："真不成？"

沛阿香神色古怪，无奈道："我这弟子只喜欢女子。"

王赴愬犹不死心："只？"

沛阿香点点头。

王赴愬犹不死心，试探性问道："她就不能当我是娘们吗？"

沛阿香忍了这个老匹夫半天了，他实在是忍无可忍，怒骂道："臭不要脸的老东西，恶心不恶心,你不会自己照镜子去?"

阿香姑娘哪怕骂人也是这么不爷们。

王赴愬哈哈大笑:"逗你玩呢,看把你急的。"

王赴愬突然收敛笑意,朝沛阿香挑了挑眉头:"你说巧不巧,她喜欢女子。我……"

沛阿香起了一身鸡皮疙瘩。

王赴愬翻了个白眼,摇摇头,这个细皮嫩肉的阿香姑娘,真是不经逗。他背靠椅背,狠狠灌了一大口酒水,感叹道:"瞧见了曹慈、陈平安这些个年轻人,真是一个个的不讲道理,还有没有王法了,比李二、宋长镜都要年轻啊,再想一想自己这几百年光阴,除了吃牢饭那些年,拳脚功夫也没懈怠片刻,真是觉得练拳一事没啥意思。"

沛阿香还在气头上,听啥啥不顺耳:"那就别练。"

王赴愬将酒壶随手抛到渡船外,笑道:"年轻练拳,是为求个无敌手,年老习武,心气再无,只因为不练会死。可既然如今只能等死,大不痛快!"

屋内寂静,此后唯有喝酒声。

王赴愬冷不丁问道:"真不能摸?柳岁余是你弟子,又不是你媳妇,两相情愿的事情,你凭啥拦着。"

沛阿香一拍椅把手:"滚你的蛋!"

王赴愬委屈道:"我可真走了?

"你都不挽留?那我还真就不走了。

"我得换个位置喝酒。"

王赴愬刚起身,沛阿香就已经一掌打碎了柳岁余坐过的那张椅子。

王赴愬坐回位置,晃着酒壶:"人生憾事又多一桩。"

沛阿香突然转过头,神色认真,望向这个脾气暴躁还为老不尊的老匹夫。

王赴愬点点头,双臂环胸,转头望向屋外的云海滔滔:"生平最后一拳,老子要在蛮荒递出。"

北俱芦洲不该只有剑修递剑,至少得有我王赴愬的拳落在那边的山河,和韩槐子这些剑修的昔年剑光做伴,才不寂寞。

渡船屋外,有白云过去。

白云人生,过去就过去。

同一条渡船上,可能是浩然天下最有钱的一家人正在算一笔账。

因为陈平安主动要求担任皑皑洲刘氏的不记名客卿。

供奉客卿的俸禄、薪水,刘氏按例每十年发一次,因为品秩高低不同,神仙钱相差悬殊。

玉璞境剑修。止境武夫。隐官。数座天下的年轻十人之一。文圣一脉的关门弟子，左右的师弟，刘十六的师弟，裴钱的师父。落魄山宗主，连胜云杪、蒋龙骧、马瘤仙三场，打得曹慈鼻青脸肿……这就是刘幽州的算账。

妇人很是欣慰，儿子的算盘打得很精明。

既然媳妇儿子都觉得该这么做，刘聚宝就没有异议了，这个财神爷嗓音轻柔，笑问道："这次在鹦鹉洲包袱斋花了多少钱？"

妇人一脸迷糊："啊？"

她记这个做什么。不是给你丢脸吗？

刘聚宝跷起大拇指，抵住额头："花钱多少没关系，可粗略记账这种事情还是要的啊。"

霎时间，妇人一双灵秀水润的眼眸里边立即就有了幽怨、对不起、委屈、埋怨、伤心、后悔、是你错了……如那山水画层层叠叠的颜色，最后加在一起，仿佛便是一句无声言语：不该嫁给你的，你快说几句好话听听。

刘聚宝这辈子最受不得这般风景。看了片刻之后，笑道："行吧，那就下次再说。"

妇人点点头，一转头，和儿子闲聊起来，哪有先前半点模样。

刘聚宝却无所谓。好似一片彩云聚散眼眸中。这不是美景，什么是？

他之所以有此问，便是欲想见此景。

刘幽州对此早就习以为常，爹娘总是这样，腻歪得很。

哪怕在山上，刘幽州的出现，都算典型的晚来得子，所以他真是集万千宠爱于一身。

刘幽州在少年时和父亲曾经有过一场开诚布公的男人之间的对话。

实在是家族里边有太多鸡飞狗跳的事情了，家家户户，没钱有没钱的难堪，有钱也有有钱的吵闹。所以刘氏祠堂里边，经常会有哭哭啼啼寻死觅活的女子，她们身边会有个跪在那边一言不发或是浑然不在意的男人。

"爹，你在外边？"

"嗯？"

"有没有金屋藏娇啊？"

"没有的事。"

"是曾经有过，现在没有了，然后不保证以后没有？"

"都没有。"

"以后的事，现在就能说得准？"

"当然。你娘刚嫁给我那会儿，我就对她说过，挣钱这种事，别担心，我们会很有钱的。你娘亲当时就只是笑了笑，可能没太当真吧。"

"娘亲嫁给你那会儿,咱们老刘家就已经很有钱了吧?"

"家里是有钱,可我没有啊,我是偏房庶子出身,忘了?"

妇人起身离去,让父子二人继续聊天,她在自家渡船上还有几位连一条跨洲渡船都买不起的山上好友,去她们那边唠嗑去,至于一些个言语,她当真不知道藏在其中的虚情假意?当然知道,她就是喜欢听嘛。而且她特别喜欢其中两个骚娘们,在自己男人那边藏藏掖掖,变着法子地搔首弄姿,可还不是一堆庸脂俗粉?你们瞧得见,吃不着,气不气?她对自己男人,这点信心还是有的。

就在妇人离去没多久,一条连飞升境剑修都未必能够一剑斩开的跨洲渡船竟然轰然碎裂,以至于除了刘聚宝,竟是无一人生还。连王赴恖和沛阿香这两位止境武夫都当场死绝。就像一位飞升境大修士,先手占尽天时地利人和,然后在一个近在咫尺处,选择与刘聚宝同归于尽。

只可惜,一身法袍纤尘不染的刘聚宝,依旧安然无恙地坐在椅子上,神色自若,只是从袖中取出一朵金色莲花,随便摘下了其中一朵花瓣。

片刻之后,渡船恢复如旧。不单单是光阴逆流倒转那么简单。

数次过后,渡船一次次砰然炸裂,刘聚宝一次次摘下莲花瓣,最后一次,妇人再次起身,刘聚宝眼神温柔,帮她理了理鬓角发丝,说"一起去吧"。

这次出门,刘聚宝解决掉了那个身份是自家供奉的仙人境修士,以及此人在渡船上边动的手脚,此人掌管这条跨洲渡船多年,还是个大名鼎鼎的阵师,至于为何如此作为,以至于连命都不要了,刘聚宝方才倒也没能问出个所以来。

刘聚宝返回屋内,刘幽州始终浑然不觉。刘聚宝也没打算跟刘幽州提这件事,一个男人保护妻儿,天经地义,不值得嘴上说道什么。

刘聚宝重新落座后,只是默默喝酒,打算和刘幽州这个儿子说点心里话。

喝酒润了润嗓子,刘聚宝刚要开口,刘幽州就立即说道:"爹,你别再给钱给法宝了啊,一个人身上带那么多咫尺物,其实挺傻的。"

刘聚宝无奈道:"爹只是和你说些道理。"

刘幽州笑道:"那就随便了。"

"幽州,待人接物交朋友,你可以大方,因为你是我刘聚宝的儿子,注定一辈子都不缺钱。但是记住一件事,就是不能花了钱,还被人当傻子。

"出了门,与人方便处处与人方便,就是与己方便。遇到江湖救急,就不能小气了。

"但是在家里,得有规矩,得讲个亲疏远近。一个家族越大,规矩得越稳,当然稳当不是一味严苛。可连严苛都无,绝无稳当。所以在我们刘氏家族,最能打人的,不是爹这个家主,也不是那些个祠堂里坐在前边两排的老头子,而是被爹重金请来家塾的夫子先生们。小时候，立规矩记规矩的时候，都不吃几顿打，大起来出了门，就要吃苦，关键是吃了苦头还会觉得自己没错。

"所以哪怕某些时候，先生们打得没道理，或是打得重，爹一样不管。谁敢劝谁敢拦，哪个婆娘心疼了，抱怨个不停，爹就让她们的男人先撇开夫子和孩子，再当着我的面，向那娘们狠狠甩个耳光过去，打得轻了，就再打。教书先生出手再重，一巴掌甩下去，孩子能疼几天？换来个'刘氏子弟也会被揍，在家里都要被打'的道理，其实还是有了个更大的道理，等于我早早替刘氏子弟们赚到了第一笔钱。

"而这笔看不见的钱，就是未来所有刘氏子弟的立身之本之一。当爹娘的，有几个不心疼自己子女的？但是门外的天地世道，毫不心疼。"

刘幽州听得认真，只是难免疑惑，忍了半天，忍不住说道："这些道理，我早就明白了啊，何况你也知道我是知道的。"

刘聚宝有些憋屈，爹在钱财之外，也不是个怎么会讲道理的人，这些话，还是打了好久腹稿才说出口的，好歹捧个场，假装不晓得嘛。

刘聚宝只得祭出一个撒手锏，笑问道："爹问你，为何我们刘氏要暗中花那么多钱，白送给山下的各大王朝藩属开设学塾，让皑皑洲的教书先生们个个不缺钱，生活不窘迫？"

皑皑洲山下各国，最近一百多年，在开设学塾一事上十分用心。不过藏在了很多类似各地创办义庄的措施当中，才不显眼。

因为那头绣虎在成为大骊国师之前，曾经找过刘聚宝，说如果一个国家绝大部分的教书先生都只有一身穷酸气，或是一个比一个市侩精明，那么这个国家是没有任何希望的。强大会走向弱小，弱小会永远弱小。

你们皑皑洲要想从俱芦洲夺回那个"北"字，难吗？比登天还难。皑皑洲再过一千年，都比不过那个剑修如云的地方。真这么难吗？其实也不难，只在一张张书桌上，至多三五百年，就能争回。

如果真有那么一天，山下读书人，个个书生风骨，意气风发，那么皑皑洲的山上山下就会处处充满希望。

刘聚宝，你有钱，很有钱。何乐而不为？

绣虎崔瀺这番言语，就像在教刘氏财神爷如何靠花钱挣钱。

刘幽州听了父亲的那个问题，说道："不就是为了靠着点点滴滴的移风换俗，帮着皑皑洲从俱芦洲手里抢回那个'北'字？"

刘聚宝半天说不出话来，只好点点头，故作高深道："对是对的，还是想得浅了些，以后还须多琢磨多思量此事。"

刘幽州随口道："必须的，我又不需要怎么修行，也不用想着如何挣钱，每天没事就瞎琢磨呢。"

刘聚宝十分欣慰,好儿子,志向高远。

至于这个极少与人打架的皑皑洲财神爷,未来十四境的合道契机在物,是那天下的雪花钱。

一条流霞舟,以处处云霞作为渡船,一次次倏忽出现在云中,好似仙人一次次施展了缩地山河的神通,而且不耗半点灵气。所以虽然流霞舟造价成本极高,文庙依旧将这种渡船列入名单,而且议事过程中,修士对此都没有任何异议。

渡船主人是一位没有参加议事的山上散淡人,中土顶尖宗门谪仙山的祖师之一、大剑仙柳洲。

屋内无桌椅床榻,墙上悬有一幅绣虎字帖,不是什么摹本,而是崔瀺的亲笔真迹。墙角花几上搁放了一只仙家盆景,装有一处袖珍山河,一朵白云悬空,电闪雷鸣,金光闪烁,轰隆作响,依稀可见几条金、白颜色的纤细丝线在云中乱窜,很快就下起了一场暴雨,名副其实的蛟龙布雨。

修士柳洲头别一枚墨玉簪,身穿一件紫袍,坐在一张翠绿蒲团上。

这位公认性情古怪的大剑仙面如冠玉,百多年前,这位有望跻身飞升境的剑道天才放着好好的剑术不练,竟然转去下棋了。这在当时曾是浩然天下一件极其轰动的事情,那几年中土神洲的山水邸报议论纷纷,如果不是碍于谪仙山和柳剑仙的威名,估计都要直接说柳洲是不是失心疯了。

此刻和他相对而坐的是一位年轻女子剑修。女子腰间悬挂一枚抄手砚,是早年柳洲赠送的,这位剑仙还亲手篆刻了一篇述剑诗,算是对不记名弟子的一种期许。

女子正是眉山剑宗的许心愿,也是柳洲的不记名弟子,每过十年,许心愿就有资格去谪仙山向柳洲请教剑道。

作为不到百岁的金丹境剑修,其实许心愿剑道资质算是很不错的了,而且她还拥有极其罕见的三把飞剑,只是炼剑消耗光阴远超一般剑修,耽搁了境界的攀升。

许心愿和柳洲——说了此次游历的见闻。柳洲偶尔询问几句,都是些许心愿当时没有如何上心较真的人和事。

不知为何,柳洲对那个横空出世的年轻隐官好像兴趣不大,更多的是向她问些小白帝傅噤的事情。

许心愿瞥见那幅字帖,忍不住问了一个好奇了数十年的问题:"柳师父你早年那把飞剑金穗,真是下棋输给了绣虎?"

哪怕崔瀺已死,许心愿如今提及此人,还是愿意称呼其为绣虎,不敢也不愿直呼其名。

柳洲笑着点头："只是下棋输给了崔瀺，又不是与他比拼剑术，没什么好难为情的。"

之所以对傅噤如此上心，是因为柳洲曾经有一位师门挚友，两人可谓亦师亦友，剑术一途，他对柳洲传道极多。

此人前世，与顾清崧号称浩然双绝，曾经是一个极其喜欢又极会吵架的山巅修士，而且胆子更大，哪怕是对那个白帝城的郑居中，一样直言不讳，更对外公然宣称，中土任何一家山水邸报都可以随便谈及此事，他骂的就是郑居中。

一个魔道中人，竟然还有那脸面名居中，字怀仙？在他看来，郑居中只留下个姓氏就够了。

白帝城那边对此并无理睬，最后他专程去了趟黄河小洞天的龙门处，因为彩云间那座城池去不得，那就去那座黄河小洞天，在瀑布之巅与白帝城遥遥对峙，说要向郑居中问道一场。郑居中当然没有现身，他就自说自话，咬死一件事，只讲一个道理：你郑居中是魔道中人。

飞升境？你是魔头。创建了白帝城，一座魔道宗门，能够在中土神洲屹立不倒，还不是魔头？棋道一事，奉饶天下先？多次为山泽野修和山巅修士大打出手，你郑居中不还是魔道修士？

此人今生正是傅噤。

因为最后的下场，就是勘破不了大道瓶颈，无法跻身飞升境，兵解之时，魂魄被人悉数收拢，放入了一副仙人遗蜕当中。谪仙山的宗门禁制，峰头秘境的阵法，好友柳洲的搏命出剑，都无法改变这个结局。

郑居中在谪仙山如入无人之境。最后在挚友兵解处，郑居中搬了条椅子落座，手心托起一团乱麻的修士魂魄，微笑道："我与你好好讲道理，不是你不讲道理的理由。"

一把本命飞剑金穗都被那人随意剥离出魂魄的柳洲，当时满脸血污，背靠墙壁，死撑着才能维持一线清明，让自己不昏厥过去，怒道："郑城主何曾与他讲理半句了？这是不教而诛！"

"道理在行不在言，一个山上的修道之人，只有耳朵没有眼睛怎么行。没关系，这辈子投胎没带眼睛来，下辈子我送他一双。"

郑居中将这位剑仙的魂魄收入袖中，起身与柳洲笑道："我是魔头嘛。"

最后郑居中还提醒柳洲对此事不要多嘴，不然就要小心下辈子是哑巴。

于是曾经的谪仙山大剑仙就变成了白帝城的傅噤。

小白帝傅噤。噤若寒蝉的噤。

夜幕里，一艘渡船在云海中风驰电掣，天上一轮明月好似随行护道。

如今柴伯符作为白帝城正儿八经的谱牒修士，虽非祖师堂嫡传，也不是韩俏色之流的高人亲传，又被柳赤诚坑了一次又一次，其实平日里在白帝城各处还是很有排场的。他每次现身，身边不是柳赤诚，就是顾璨，所以几乎没谁敢招惹这个境界高低飘忽不定的新面孔。

二十年来，柴伯符有幸多次见到郑居中，却从无任何言语交流，柴伯符觉得如此才合理，只想着哪天跻身了玉璞境，说不定就能和这位城主聊一句，到时候再跌境不迟。

不承想这次离开文庙途中，竟然和城主说上话了。

渡船上，方才顾璨找到柴伯符，说师父请他去屋子坐坐。柴伯符只好暂停修行，从小天地退出心神。听闻此事，柴伯符没有半点欣喜，反而像是听闻噩耗，挨了一个晴天霹雳。自己也没做什么欺师灭祖的勾当啊，哪里需要城主亲手清理门户？

跟随在顾璨身后，走在廊道里边，柴伯符什么都没想，反正都没用，就这样一路浑浑噩噩来到了郑居中门外。顾璨轻轻敲门再推门，侧身让出道路，柴伯符独自抬脚跨过门槛，如鱼虾闯入龙潭。顾璨轻轻关上门，返回自己屋内继续炼气修行一门白帝城秘传的鬼修道诀。

郑居中放下手中之书，抬起头，朝这个人生比较起起落落的昔年野修伸出一只手掌，笑道："坐。"

魂不守舍的柴伯符听命行事，下意识就落了座，只是等到屁股挨着了椅面，就立即又抬起再缓缓落下。

好像面对这位"学究天人，大智若妖，行事外道，风采如神"的魔道巨擘，自己做什么都是个错，不做什么也是个错。

柴伯符汗如雨下，只是坐在椅子上就成了个落汤鸡。以至于这位道号龙伯的家伙，甚至都没有发现屋内还坐着个韩俏色。

郑居中说道："柴伯符，你不用觉得此刻手足无措、进退失据就是失态。没点敬畏之心，当野修死得快。"

柴伯符神色木然，只是点头。

郑居中笑问道："这些年在白帝城修行，辛不辛苦？"

这么个瞬间，柴伯符委屈得差点泪如雨下，能不苦吗？仿佛一颗苦胆碎了一次又一次，苦不堪言，只好木然。只是明知道喊冤叫苦没啥用，这位曾经在一洲山河也算叱咤风云的老元婴境，就只能是咬牙忍住了而已。

不过柴伯符当下只是点点头，依旧没敢言语一个字。

说实话，坐在这里，柴伯符觉得自己哪怕说句话，都是对郑先生的冒犯。

郑居中说道："韩俏色、柳道醇、傅噤他们几个，可能都会觉得顾璨是天生的白帝城嫡传，至于你，不太被瞧得起。"

柴伯符还是只能点头。这种事情，没什么不好意思的，自己和顾璨那个小魔头，确实没法比。那个小兔崽子，心眼实在太多，关键是学东西太快。

郑居中倒了一杯茶水，在桌上轻轻一推，就滑到了柴伯符身前桌子边缘，笑道："想人的时候喝酒，想事的时候喝茶。"

柴伯符受宠若惊，立即身体前倾，双手捧起茶杯，战战兢兢，低头抿了一口。

郑居中说道："佛家说此方天地是婆娑世界。一个人吃苦不怕，就怕不知道自己为什么吃苦。就像山下市井，挣不着钱，不能只怨世态炎凉，旁人狗眼看人低。山下俗子茫然，苦乐不过甲子，我辈在山上修道之人，无此道心，难证大道，不可得长生不朽。

"当然，人力有穷尽时，就会发现有些钱，是真挣不着的，有些事，是真做不成的。不过只有到了这一刻，你才有资格说一句：命中注定，天数使然。我这么讲，你听得懂吗？"

娓娓道来。这个字怀仙的天下第一魔道修士，就像个脾气极好的学塾夫子，在和一个值得授业解惑的学生传道。

柴伯符点点头，又摇摇头，终于开口说了第一句话，诚心诚意道："晚辈不知道自己懂，是不是城主希望我懂的。"

道理其实再简单不过，郑居中这般神人，说话、做事、修行，岂会简单？不管言语如何返璞归真，柴伯符始终坚信，城主绝不至于说些自己都听得懂的话。

在白帝城这些年的修行岁月里，柴伯符真真切切明白了一个道理：运气好的人，很容易学运气好的人，好像怎么学都是对的，可笨人就很难学聪明人。

郑居中双指朝柴伯符眉心处遥遥一戳，柴伯符好像痴儿开窍，瞬间就重返元婴境，自然而然，水到渠成。

屋内一旁韩俏色眼中所见画面，是顾璨敲开门，站在门外，侧身让出道路，然后师兄让顾璨和柴伯符一起进屋子，再询问了柴伯符一些修行上的关隘症结，为其一一解答。所以韩俏色有些意外，不知道为何师兄愿意和这个废物如此废话，不对，柴伯符的确是不折不扣的废物，可师兄却从不说废话。难道是他山之石可以攻玉，其实是借机指点弟子顾璨道法？

顾璨当时推开门后，屋内只有师父郑居中正在独自打谱，并无师姑韩俏色，在自己关上门的时候，他看到柴伯符刚跨过门槛，就双脚一软，跪倒在地，不知为何便开始伏地不起，痛哭流涕。而真正的那个郑居中，站在窗口那边，任由那个落座"郑居中"为柴伯符传道授业。事实上，柴伯符与"郑居中"如此这般的对话，已经多达十数次，只是郑居中都不太满意某个结果，未能达到心中预期，就摘走了柴伯符的那些记忆。璞玉需要反复琢磨才能成美玉。

渡船窗外明月皎皎。那位真正的郑居中，双手负后，手持一卷书。

对那些师弟师妹，郑居中已经没有太多栽培的兴致。对傅噪在内的白帝城修士而言，城主郑居中是不太露面的，极少与谁稍稍用心传道。可事实上，哪怕只是个白帝城资质最差的谱牒修士，郑居中闲来无事，都会亲手一一琢磨雕刻，大多又会被郑居中一一抹平，只有觉得满意了，才留下几条修士自己不知不觉的心路脉络，既会帮忙铺路搭桥，看似羊肠小道实则有望渐次登高，也会将某些看似阳关大道实则断头路早早打断，授人以鱼不如授人以渔。郑居中一直觉得修道之人的登山之路，不只在脚下，更在心头。只是因为郑居中的手段太过神不知鬼不觉，才会显得城主如天人隐居彩云间，不易见着。

开山弟子傅噪练剑，剑术要越来越接近他那个斩龙之人的祖师爷。

关门弟子顾璨修道，是修陈平安的礼敬天地和入乡随俗，也是吴霜降出神入化的"兵解万物，化为己用"，还是周密的"百万老书虫，三食神仙字"。

明月夜里，月下开窗，是你翻书还是书阅你，抑或月色借你看书？

郑居中的分身之一，曾经在婵娟洞天和辨认出他根脚的崔瀺有过一次问道论道。

崔瀺当时问了个极好的问题：皎皎明月荧荧镜，抬头见月谁是谁，镜中人还是我吗？

郑居中喜欢跟这样的聪明人说话，不费劲，甚至哪怕只是几句闲聊，都能裨益自身大道几分。

他曾经为自己找出了三条跻身十四境的道路，都可以，只是难易不同，有些差异，郑居中最大的顾虑，是跻身十四境之后又该如何登天，最终到底哪条大道成就更高，需要不断推演。

当年在婵娟洞天，崔瀺勘破了郑居中的分身之一，算是早年双方下出彩云局之后的再次相逢，崔瀺开诚布公，提出了魂魄一分为二的设想，先争取变成两个、三个甚至更多人，再争取重归同一人。崔瀺不但详细给出了所有的步骤细节，还说愿意让郑居中借机观道一场。其实后来崔东山这个名字，就是郑居中当时帮崔瀺取的，说讨个好兆头。

大概这就是不谋而合，因为一分为二，这其实就是郑居中要走的三条道路之一。

而崔瀺就没郑居中那么自由了，一旦天下未来形势事不由己、势不得已，他崔瀺就只好选择另外一条注定会让天地变色、再换人间的不归路。

崔瀺最后斩钉截铁，劝说郑居中："先走这条道路，只要凭此合道十四境，此后就有了更多的可能，不然只走一条登天路，就等于必须断绝其余两条道路，岂不无趣？"

那次分别过后，崔瀺很快就去了家乡宝瓶洲，担任大骊国师，等谋百年，其间一分为二，人间就多出了个崔东山。可惜浩然天下再无绣虎。

崔瀺在人间最后所见之人，不是亚圣，而是从蛮荒天下赶去剑气长城的郑居中，只有一场很简单的问答而已。

"为何如此?"

"实在不愿再让先生伤心失望了。所幸不曾如此。"

"所求何事?"

"希望郑先生以后可以照拂我那小师弟一二,不在道法,只在道心,不用太多,不要太少。"

郑居中当时答应了。所以之后在泮水县城才会为陈平安破例。

此刻郑居中叹了口气,屋内韩俏色和柴伯符各怀心思,今夜各得其趣,一起告辞离去。

郑居中抬起手,用书卷轻轻敲打窗户,坐着的那个"郑居中"身形消散,变作月色,好似一件法袍被郑居中穿戴在身。

世间修道之人,炼出了阴神、阳神,可算第一次得道,算不得什么高妙幽玄的境界。因为几乎无一例外,一旦分开,和真身隔绝心神,短则片刻,多则几天,至多数月数年,其实就会是"两个人"了,而且随着时间的推移,原本同一个人就会越来越不同,除非是阴神归窍、阳神归位,将各自记忆熔铸一炉,还需道心分出个主次,才算重新是一人。故而这位白帝城城主的十四境合道契机就是那个例外。

人间有两个郑居中,一模一样,丝毫不差,哪怕分开千百年,各自遇见不同的千百事千万人,某个道心始终如一。所以郑居中不但已是十四境,还是一人两个十四境大修士。一个在此浩然渡船上,一个身在蛮荒天下金翠城中。

郑居中既然是斩龙之人的弟子,又喜欢下棋,不如就将蛮荒天下托月山作为棋盘上的那条被屠大龙。

春露圃先前那场祖师堂议事,氛围凝重得落针可闻。

林嵯峨这位老妇人好像置身事外,脸上只有笑意。可事实上,老妇人才是当年那个往落魄山寄信之人,信上措辞甚至显得极为咄咄逼人,但好像只要见着了那个年轻剑仙,老妇人就觉得没她什么事了。

宋兰樵和唐玺对视一眼,即便觉得情况形势颇为棘手,毕竟山上人情难攒易散,可两人内心又如释重负。因为山主谈陵说她会马上动身,亲自走一趟落魄山。

虽然外界只将唐玺视为财神爷,但实际在春露圃管钱的却是高嵩,他说要和山主同行,谈陵却没有答应。

掌律祖师就问山主为何不是去追那陈剑仙,而是绕远路。

宋兰樵和唐玺再次对视一笑,猪脑子。之前几场祖师堂议事,这位掌律和高嵩其实都没少在宋兰樵的师父那边拱火。

谈陵好像有些疲惫，挥挥手，示意议事结束，只单独留下了林嵯峨，和老妇人问了些与那陈山主的闲聊。

谈陵乘坐宋兰樵的那条渡船去往骸骨滩，等待披麻宗跨洲渡船之时，这位女子元婴境老祖师难免忧心忡忡，不知到了牛角山渡口，等到了那个年轻宗主，自己是否能够挽回局面。

而联袂远游问剑一座宗门的两人，临近那处山头后，陈平安摸出了两张面皮，往自己脸上覆了一张，递给刘景龙一张，说身上就两张，将就着用。刘景龙瞥了眼，没伸手，因为是张女子面皮。

陈平安还在劝，比劝酒更起劲，道："矫情了不是？我辈剑修顶天立地，计较一张面皮做什么？"

刘景龙只是施展了障眼法，却不戴面皮，陈平安哎哟一声，说忘记还有剩下的面皮了，又递过去一张。

于是一老一少两位剑修，在那淡白杏花明月中，走到了那处宗门山脚。

第三章
登 山

　　陈平安摘下养剑葫,喝了口酒,看了眼山脚牌坊的匾额,说道:"字写得不怎么样,还不如路边杏花好看。"

　　这座宗门名为锁云宗,位于北俱芦洲中部偏北地带,擅长降真拘鬼、炼制山香和绘画门神。

　　北俱芦洲的仙家门派,是浩然九洲当中唯一一个家家户户都会在各自祖师堂打造阵法的地方,而且最为不遗余力。别洲山上,重心多是维持一座护山大阵,更多的是祖师堂设置一道象征性的山水禁制。

　　刘景龙以心声问道:"接下来怎么说?"

　　问剑祖师堂这种事情,刘景龙还是第一次做,本来他的意思是两人身形不用落在山门这边,直接御风悬空停步,和陈平安遥遥递出几剑,将那祖师堂一分为二,就可以收工,打道回府了。

　　至于锁云宗的祖师堂阵法,几座主要山峰的山水禁制,来时路上,刘景龙都跟陈平安详细说了。

　　不过陈平安没答应,说陪你一路御风跑这么远,结果只砍一两剑就跑,你刘酒仙是喝高了说醉话吗?

　　陈平安说道:"怎么说?上山去,咱俩一路走到祖师堂门口再出剑。"

　　刘景龙的那把本命飞剑是陈平安见过的剑修飞剑当中最奇怪之一,道心剑意是那规矩,只听这个名字,就知道不好惹。何况一把规矩还能自成小天地,好像单凭一把本命飞剑，就能当陈平安的笼中雀、井中月两把使唤，人比人气死人，亏得是朋友，喝酒又喝不过，陈平安就忍了。

刘景龙提醒道："我可以陪你走去养云峰，不过你记得收着点拳脚。"

陈平安将养剑葫重新别在腰间，笑道："有数的。"

两人眼前这座锁云宗的祖山极为神异，形若枯木一截，半腰处半数山体断绝去路，只余一侧袅绕而起，然后又化作数座峰头，高低各异，其中一处好似笔架，山色青翠，仿佛群芝生发，依稀可见，有崖刻榜书"小青芝山"，另外一高峰极为险峻，顶部有孔洞，四壁嶙峋，好似天边挂月，锁云宗祖师堂所在山头居中最高，山头名为养云峰。

锁云宗宗门辈分最高的老祖师仙人境，名为魏精粹，道号飞卿。当代宗主杨确玉璞境，道号官梅。还有个九境武夫的首席客卿崔公壮，暂时不知是否在山上。

这是个大宗门。除了拥有两位上五境修士坐镇，各峰还有数位成名已久的地仙修士。

陈平安试探性问道："山上强敌如云，你真不需要喝口酒压压惊？"

刘景龙笑呵呵道："旧债一大堆，我一般不骂人。"

宝瓶洲的魏夜游，北俱芦洲的刘酒仙。归根结底，拜谁所赐？

陈平安拍了拍刘景龙的肩膀："对，别乱骂人，我们都是读书人，醉话骂人是酒桌大忌，容易打光棍。"

陈平安这次造访锁云宗，覆了张老者面皮，路上早已换了身不知从哪里捡来的道袍，还头戴一顶莲花冠，找到那门房后，打了个道门稽首，开门见山道："行不更名坐不改姓，我叫陈好人，道号无敌，身边弟子名为刘道理，暂无道号，师徒二人闲来无事，一路云游至此，习惯了直道而行，你们锁云宗这座祖山不小心就碍眼挡路了，故而贫道与这个不成材的弟子，要拆你们家的祖师堂，劳烦通报一声，免得失了礼数。"

那个锁云宗的山脚门房是个年轻面容的观海境修士，其实年纪不小了，也是见惯了风雨的，闻言后依旧目瞪口呆，久久都没能回过神来。

眼前这个老道人说一口纯熟地道的北俱芦洲大雅言，话他自然听得一清二楚且明白，可是一个字一句话那么串在一起，好像处处不对劲。一时半会儿的，门房竟是没来得及生气赶人。然后门房忍不住笑了起来，完全没必要生气，反而觉得好玩，眼前是哪冒出来的俩傻子呢。

刘景龙有些后悔跟陈平安来问剑了。

作为土生土长的北俱芦洲修士，问候别家祖师堂这种事情，刘景龙哪怕没吃过猪肉，也是见惯了满大街猪跑的。何况自家太徽剑宗的历史上，也有过数次被剑仙问剑、武夫宗师问拳的时候，老祖师们退敌不难，只是往往为修缮一事忙得焦头烂额，年轻弟子们却一个个跟山下过年，吃了顿年夜饭差不多，看完了热闹，就想着以后下山热闹别人去。

刘景龙听说师父和掌律黄师伯年轻时，就很喜欢一起偷摸出门，两人回山后经常在祖师堂挨罚，免不了被祖师爷训话一通，大致意思就是身为太徽剑修，还是嫡传弟子，自家练剑修心需要天青月白，与人问剑更需光明磊落，岂可如此鬼祟行事之类的，说完这些，最后总会再来一句"出剑软绵，娘们唧唧，丢人现眼"。

但是像陈平安这么问候祖师堂的，刘景龙是头一回见，长见识了。

陈平安一本正经问道："贫道登山之前，必须问清楚了，按照你们这儿的习俗，是村头摆几桌？一桌几人？"

那门房听了个一头雾水，毕竟职责所在，虽然还想听些笑话，不过仍是摆摆手，冷笑道："赶紧滚远点，少在这边装疯卖傻。"

只见那老道人好像有些为难，捻须沉思起来，门房轻轻一脚，脚边一颗石子快若箭矢，直戳那个老不死的小腿。老道人一个踉跄，环顾四周，气急败坏道："谁，有本事就别躲在暗处以飞剑伤人，站出来，小小剑仙，吃了熊心豹子胆，竟敢暗算贫道?!"

刘景龙伸出拳头，抵住额头，没眼看，没耳听。早知道这样，还不如在翩然峰破例多喝点酒呢。

那门房心中大定，器宇轩昂，龙骧虎步，走到那个老道人跟前，朝他心口处狠狠一掌推出，乖乖躺着去吧。

敢来锁云宗山门口这边撒野，都不知道谁吃了熊心豹子胆。他这一手，用上了巧劲，锁云宗内门弟子都有机会跟那一人双拳压数国的崔客卿学点拳脚功夫，这一掌名为"撞心关"，是崔大宗师的成名绝学之一，专门拿来对付山上练气士的。

虽然这位门房是修道之人，不是那纯粹武夫，只学了个皮毛，不过这一手妙就妙在挨拳之人暂时伤势不显，得过几个时辰，那份拳意才会如洪水决堤，一发不可收拾，将那修士灵气作为演武场，好似翻江倒海。既然有此妙用，门房出手就毫不留力，反正老道士只是伤在山脚，回头对方暴毙在远处，和锁云宗又有什么关系？

只听砰然一声，那老道人双脚离地，倒飞出去，向后一连串滑步，堪堪止住身形。

刘景龙以心声说道："是客卿崔公壮的撞心关。"

陈平安笑了笑，拍了拍道袍，点头道："拳意不错，希望此人今夜就在山上，其实我也学了几手专门针对纯粹武夫的拳招，之前跟曹慈切磋，没好意思拿出来。行了，我心里更有数了，登山。"

陈平安带着刘景龙径直走向山门牌坊，那个门房倒也不傻，开始惊疑不定，从袖中偷偷掐出两张绘有门神的黄纸符箓："止步！再敢向前一步，就要死人了。"

两人置若罔闻，观海境修士只得掐诀掷符，两尊身高丈余、身披彩色甲胄的高大门神轰然落地，挡在路上，修士以心声敕令门神，将两人擒拿，不忌生死。

陈平安随手一挥袖子，山门口瞬间空无一物。

修士又急急祭出一张传信符箓，往高空一抛，从山门口升起一道绚烂白虹。按照锁云宗门规，若有剑仙从山门口这边问剑登山，需要祭出一张彩符，次之赤书，再次才是白虹符箓。

陈平安转头打趣道："真是不给你面子啊。"

刘景龙说道："暂无道号，还是徒弟，怎么让人给面子。"

陈平安屈指一弹，将那道才升至半空的白虹符箓打碎。门房大惊，忙不迭换了一张赤书符，结果符光冲天而起，尚未到半山腰，就见那个老道士头也不转，抬臂绕后，双指并拢掐剑诀，符光就被打了个烟消云散。

那门房脸色阴晴不定，依旧没敢擅自祭出那张彩符，毕竟彩符一经祭出，就要连累宗门立即开启祖师堂阵法抵御剑仙问剑。修士脚尖一点，身形长掠，高举一掌，手掌晶莹剔透，光彩流转，一道术法凝聚五指间，水法凝为一条丈余蛟龙，迅猛冲出，朝那少年道人后背心处激荡而去。这是这个门房的压箱底杀招了，他祭出了这一门生平绝学后，才怒喝道："贼道人胆敢闯山，真真不知死活！"

这一记术法，如水泼墙，撞在了一堵无形的墙壁上，再如些许冰块抛入了大炭炉，自行消融。

修士瞪圆眼睛，一咬牙，踏罡步斗，双指掐诀，祭出了件本命物，是一件群螭钮玉雕山子，好似六条螭龙盘踞山中。他能够担任锁云宗的门房，哪怕境界不高，多少还是有点道行的。修士舍不得用那搏命的手段，以心头精血帮助群螭"点睛"，毕竟会伤及魂魄几分，只是急急低头，咬破手指，在那玉山子六处一一指点，蓦然光亮照破夜空，几条黄色小螭被他点睛之后，顿时活灵活现，开始抬头摆尾，就要离开玉山子，扑杀那对师徒。不承想就在这一刻，那个拾级而上的老道人只是笑言两字"回去"，群螭如获敕令，竟是当真重新酣眠去了。

台阶上边，一群由金丹境修士领衔的剑修齐齐御风飘落，那金丹境剑修是个中年面容的金袍男子，他背剑居高临下，冷声道："你们两个，立即滚出山门，锁云宗从不帮人出棺材钱。"

此人是锁云宗唯一的地仙剑修，是那小青芝山祖师最得意的嫡传，如今更有山头的峰主身份，至于那位元婴境祖师，早已不问世事百余年。

不承想登山两人只顾渐次登高，置若罔闻。

金丹境剑修冷笑一声，长剑出鞘，抓在手中，一剑斩落，剑气如瀑，从台阶倾泻直下。然后也不见那两个道人如何出手，那条如洪水般的剑气就主动……一分为二，直奔山门不回头。

金丹境剑修心中震惊，却强自镇定，祭出了一把本命飞剑，一条银白长线瞬间在他和道人之间扯出。

陈平安瞥了眼那把"缓缓悬停"在自己眼前的飞剑，只是伸出一根手指，随便轻轻一拨，飞剑就横移出去数百丈。

金丹境剑修心头一颤，魂魄如水晃荡，向那门房厉色道："还不快祭彩符通知祖师堂！"

门房战战兢兢祭出那张彩符。

锁云宗剑修多是出自小青芝山，那位身穿金袍极为惹眼的剑修沉声道："布阵。"

剑光四起，目眩神摇，是锁云宗的青芝剑阵。不过小青芝山向祖山那边借了两位剑修，不然人数不够，无法圆满结阵。

陈平安笑道："花开青芝，不用谢我。"

他一步跨出，来到剑阵中央，剑阵刚起就散，金丹境剑修在内的七人如花绽放，全部倒飞出去。

陈平安说道："没有仙人境剑修坐镇的山头，或是没有飞升境练气士的宗门，就该像我们这么问剑。"

刘景龙无奈道："学到了。"

台阶更高处，位于半山腰，有个元婴境老修士站在那边，手捧拂尘，仙风道骨，是那漏月峰峰主。

老修士笑道："两位道门高真，若是就此收手，退出山门，锁云宗可以既往不咎。"

话是这么说，其实锁云宗的护山大阵已经开启，整座山头彩光点点，熠熠生辉，照耀得整座锁云宗都亮如白昼，竟是所有门神都现身，有一百零八之数。

陈平安啧啧称奇，问道："这次换你来？"

刘景龙笑道："你本事那么大，又没有遇到飞升境大修士。"

陈平安点点头，重重一跺脚："那就再退！"

那些门神虽未退回原位，但是同时止步不前。

这让那老修士惊骇不已。

刘景龙疑惑道："怎么回事？"

陈平安说道："这件事，从书简湖开始，我琢磨了很久，怎么都想不通，后来到了避暑行宫那边，一直在翻检书籍，可能和早年刚练拳那会儿的几张符箓有些渊源，不过只是可能，真相如何，很难知道了。"

当年陈平安第一次游历剑气长城途中，手脚上就张贴着四张真气八两符，不过走到老龙城遇到郑大风之前，就已经破碎。

如今杨家铺子后院再没有那个老人了，陈平安曾经在狮子峰那边问过李二关于此符的根脚，李二说自己不晓得这里边的门道，师弟郑大风可能清楚，可惜郑大风去了五彩天下的飞升城。等到陈平安在剑气长城的牢狱之内炼出最后一件本命物,就越发觉得此事必须刨根问底。

刘景龙说道:"那就换我来。"

此后两人登山,连同那位漏月峰老元婴在内的锁云宗修士,好像就在那边,站在原地,自顾自乱丢术法神通,在远处观战的旁人看来,简直匪夷所思。

一老一少两个道士就那么和一位位试图拦路的修士擦肩而过。

陈平安感慨道:"你这飞剑,不讲道理。"

刘景龙淡然道:"规矩之内,得听我的。"

陈平安问道:"多大范围?"

刘景龙答道:"目之所及。"

陈平安问道:"之前你跻身上五境,郦采三位剑仙按照习俗问剑翩然峰,你当时是不是没有祭出这把飞剑?"

刘景龙点头道:"那种问剑,是一洲礼数所在,其实不能太当真。"

两人就这么一路到了祖山养云峰,陈平安无事可做,只好摘下养剑葫重新喝酒。

在他们见着祖师堂之前,老祖师魏精粹、现任宗主杨确、客卿崔公壮,三人一起现身。

魏精粹眯眼道:"什么时候咱们北俱芦洲的陆地蛟龙都学会藏头藏尾行事了?问剑就问剑,我们锁云宗领剑便是,接住了,细水长流,从长计议;接不住,本事不济,自会认栽。不管如何,总好过刘宗主这么鬼祟行事,白瞎了太徽剑宗的门风,以后再有弟子下山,被人指指点点,难免有几分上梁不正下梁歪的嫌疑。"

刘景龙指了指身边那个老道人:"跟他学的。"

陈平安一脸疑惑道:"这锁云宗难道不在北俱芦洲?"

刘景龙点头说道:"当然是在北俱芦洲。"

陈平安摆手道:"绝无可能,莫要骗我!我印象中的北俱芦洲修士,见面不顺眼,不是对方倒地不起就是我躺地上睡觉,岂会如此叽叽歪歪。"

刘景龙微笑道:"毕竟是锁云宗嘛,在山外行事稳重,在山上话就多,你得体谅几分。"

陈平安恍然道:"原来如此。"

然后锁云宗三人见那老道人抬起一脚,瞥了眼鞋底,埋怨道:"下山之前,锁云宗得赔我一双干净鞋子。"

那个崔公壮神色有些别扭,他只是客卿,不是供奉,所以和锁云宗的关系到底隔了一层。

崔公壮听说太徽剑宗的刘剑仙每次下山的行事做派,都好似一位儒家圣贤,这怎么不太像啊。而且刘景龙怎么会有这个恶心人不偿命的山上朋友。

刘景龙瞥了眼远处的祖师堂，说道："修士归我，武夫归你？"

陈平安笑道："随意。"

宗主杨确盯着那个老道人，轻声问道："你是？"

崔公壮嗤笑一声："杨宗主不用问此人名字，就是个装神弄鬼的东西，会点拳脚功夫就真当自己是王赴愬了，等会儿他自会躺在地上报名号。"

崔公壮只见那老道人点点头："对对对，除了别认祖归宗，其余你说的都对。"

道号飞卿的仙人老祖注意力只在刘景龙一人身上，大笑道："好个刘景龙，好个玉璞境，真当自己可以在锁云宗随心所欲了？"

刘景龙点头道："我觉得是。"

魏精粹摇摇头："怎么，当了太徽剑宗的宗主，可以帮你高一境啊？"

今夜哪怕大打出手一场，山头折损严重也无妨，机会难得，是这个年轻宗主自己送上门来的，那就打得你们太徽剑宗声誉全无！

刘景龙没有任何灵气涟漪，没有任何动静，可是刹那之间，整座锁云宗诸峰布满了千百万条纵横交错的金色光线，却刚好绕过了所有山上修士。

只要修士不妄动，自然就安然无事。

宝瓶洲，风雷园。

大夏天的，黄河却身披狐裘，神色凝重，凭栏远眺。

不知为何，前些时日，只觉得浑身压力骤然一轻。

今天黄河在练剑之余，让人喊了师弟刘灞桥来这边："刘灞桥，不要故意装成玩世不恭的样子，该是你的责任，就是你的，肯定避不开逃不掉。身为剑修，自欺欺人，有何裨益？"

黄河与人言语，一贯喜欢连名带姓一起，直呼其名。哪怕是在师弟刘灞桥这边，也不例外。

刘灞桥没有说话。

黄河说道："我要去趟剑气长城遗址，再去蛮荒天下练剑，那边更加天高地阔，适宜出剑。"

刘灞桥试探性说道："让我去吧，师兄是园主，风雷园离了谁都成，唯独离不开师兄。"

黄河神色淡漠："去了外边，你只会丢师父的脸。"

舍不得一个女子，去哪里能练成上乘剑术？

不是不能喜欢一个女子，山上修士有个道侣算什么。可若是喜欢女子会耽误练剑,那女子在剑修心中的分量重过手中三尺剑,不谈其他山头、宗门,只说风雷园,只说刘灞桥,就等于是半个废物了。

一位年纪不大的元婴境剑修不算太差,可你是刘灞桥,是师父觉得一众弟子当中才情最像他的人,岂能心满意足,觉得可以大松一口气,继续晃荡百年破境也不迟?

只是这些话,黄河都懒得说。

黄河说道:"如果我回不来,宋道光、载祥、邢有恒、南宫星衍这几个,哪怕如今境界比你更低,谁都能当风雷园的园主,唯独你不能。

"是不是听到我说这些,你反而松了口气?所以说,你就是个废物。师父挑人眼光,只错过两次,所以刘灞桥最大的本事,就是让师父看错人。"

黄河难得这么说话。

刘灞桥轻声道:"姓黄的,我也是个有脾气的,你再这么不依不饶的……小心我不管什么园主不园主、师兄不师兄的,朝你劈头盖脸就是一顿骂啊。"

黄河嘴角翘起,脸上满是冷笑。

片刻之后,难得有些疲态,黄河摇摇头,抬起双手,搓手取暖,轻声道:"好死不如赖活着,你这辈子就这样吧。灞桥,不过你得答应师兄,争取百年之内再破一境,再往后,不管多少年,好歹熬出个仙人境,我对你就算不失望了。"

对刘灞桥从不客气,苛刻得不近人情,是因为黄河打内心深处希望这个师弟能够和自己并肩而行,一起登高至剑道山巅。

现在喊一声灞桥,不带姓氏,是将他彻彻底底看成了师弟,希望他能够以一位不是园主的风雷园剑修的身份好好活着。

刘灞桥可能是一个很好的徒弟、师弟、男人,却未必是一个合格的剑修。

刘灞桥不言不语,只是趴在栏杆上,抿起嘴唇,眼睛里边藏着细细碎碎的情绪。

临了,刘灞桥下巴搁在手背上,只是轻声说道:"对不起啊,师兄,是我拖累你和风雷园了。"

黄河犹豫了一下,伸出一只手,放在刘灞桥的脑袋上:"没什么。"

中土神洲,山海宗。

还是先前遇到那一袭青衫的崖畔,纳兰先秀、鬼修飞翠,还有那个小姑娘,依旧喜欢来这边看风景。

境界低低、个儿小小的小姑娘,当初来到山海宗的时候,身边只带了一把小小的油纸伞。她给自己取了个名字,就叫撑花。

纳兰先秀腰别旱烟杆,今儿难得一整天都没有吞云吐雾,只是盘腿而坐,眺望远方,在山看海。

小姑娘撑花刚刚扎了个小草人，在一次次往竹席上丢，不然就一拳头砸下去，然后双臂环胸，盯着躺在地上的小草人，哼哼道："打死你个大坏蛋。"

纳兰先秀和一旁的鬼修少女飞翠说道："喜欢谁不好，要喜欢那个男人，何苦。"

最知，所以也最不知情为何物。

喜欢绣虎崔瀺，其实要比喜欢左右还要无趣，后者是当真不知，前者是假装不知。

飞翠趴在竹席上，有那山峦起伏之妙，男人都会喜欢，与那文似看山不喜平，可能是一个道理。

身边少女模样的鬼修飞翠，其实她原本不是这般姿容，只是生死关未能打破瓶颈，尸解过后，不得已而为之。

当然，比起当年的面孔身段，飞翠如今这副皮囊要好看太多了。

其实她如果按部就班修行，根本不至于落得个尸解的下场，再过个两三百年，靠着水磨功夫，就能跻身仙人境。

但是大战一起，蛮荒天下好像转瞬间就拿下了桐叶洲，打到了老龙城那边，她就等不及了。

结果呢？非但没有破境，崔瀺也没见着一面，还等于死了一次。

纳兰先秀早就劝过，如果喜欢一个人，你玉璞境时不敢去，哪怕仙人境了再去，也只会是一样的结果。

只不过飞翠有自己的道理，想要以仙人境去那边，不是让他喜欢自己，不可能的事情，只是自己喜欢一个人，就要为他做点什么。

至于她为什么如此喜欢？他好看。

不仅仅是崔瀺年轻时相貌好看，还有下彩云局的时候，那种拈起棋子再落子棋盘的行云流水，更有那种在书院与人论道之时"我落座你就输"的神采飞扬，她有幸都见过。

还有在一个大雪纷飞的隆冬时节，年轻儒生曾与阿良一起游历山海宗，阿良在闯祸，他独自留在崖畔与人道歉。

曾经他就站在几步外的地方，面带和煦笑意，看着她，说："你好，我叫崔瀺，是文圣弟子。"

中土神洲。

飞升境大修士南光照独自返回宗门，他微微皱眉，因为发现山门口那边有个陌生人坐在那里，长剑出鞘，横剑在膝，手指轻轻抹过剑身，好像在等人。

南光照犹豫了一下，身形落在山门口那边，问道："你是何人？"

男子抬起头，说道："青松福地，剑修豪素。"

南光照心头一紧,再问道:"来这边做什么?"

南光照想起了多年之前某个山头的一桩惨事,有个玉璞境被人割了脑袋,随便丢在山门口。

自称豪素的男子持剑起身,淡然道:"砍头就走。"

北俱芦洲,清凉宗。

一座屋檐下。

女子宗主贺小凉在为三位嫡传弟子传道,她们都是女修,而几人的道号,都是师尊帮忙取的,分别道号青崖、打醮、甘吉。

师尊又分别送了三位嫡传一头七彩麋鹿、一件咫尺物,以及……几个橘子。

檐下悬有铃铛,经常走马清风中。只是今天天气沉闷,并无清风。

给三位弟子传道结束后,贺小凉仰起头,伸出一根手指轻轻摇晃,她闭上眼睛,侧耳聆听铃铛声。

那张极美偏又极冷清的脸庞上渐渐有了些笑意。

花好月圆人长寿,称心如意事顺遂。

一旁贺小凉的三位嫡传弟子,哪怕她们都是女子,此刻瞧见了师尊这般模样都要心动。

锁云宗。

刘景龙祭出本命飞剑,使得群峰山上内外皆是金线密布,不过专门为陈平安和崔公壮腾出了一处演武场。崔公壮则眼睛一花,就再也瞧不见老道人的身影了。

背后突然有人笑道:"你看哪儿呢?"

崔公壮转身就是一拳意气巅峰的叩心关,毫不犹豫下死手!哪怕出了纰漏,不小心打死了这个,惹了此人身后的什么师门长辈、老祖师,自有锁云宗帮自己兜着。

可陈平安任由一位九境武夫的那一拳砸在心口处,脚下一只布鞋不过稍稍拧转,就站稳了身形,面带笑意:"没吃饱饭?锁云宗伙食不好?不如跟我去太徽剑宗喝酒?"

崔公壮另外一手拳至对方面门,武夫罡气如虹,一拳快若飞剑,而陈平安只是伸出手掌就挡住了崔公壮的一拳,轻轻拨开,对视一眼,微笑道:"打人打脸不厚道啊,武德还讲不讲了?"

崔公壮一记膝撞,陈平安一掌按下,崔公壮一个身不由己的前倾,却是趁势双拳递出。

陈平安侧过身,一腿横扫,打得崔公壮腾空而起,身体瞬间弯曲,眼眶布满红丝。陈平安再稍稍加重力道,略微改变方向,崔公壮就直接躺在了地上。

崔公壮倒地之时，一手摸出一枚兵家甲丸，瞬间披挂在身，除了外边那件金乌甲，里边还穿了件三郎庙软若修士法袍的灵宝甲。

陈平安故意都没拦着。出门路上捡东西就是这么来的。

祖师堂那边矗立起一尊高达百丈的彩甲力士，甲胄之上布满了不计其数的符箓云纹，是锁云宗历代祖师层层加持而成，符箓神将睁开一双淡金色眼眸，手持铁锏就要砸下，只是当他现身之时，就被刘景龙那些金色剑气束缚住了，瞬间一副彩色甲胄就好似变成了一身金甲，而刘景龙依旧纹丝不动。

下一刻，一尊百丈神将力士被金色丝线切割成了无数碎块，虽有众多云纹符箓道意衔接，如那藕断丝连，但庞大身躯已摇摇欲坠。

杨确突然沉声道："这次问剑，是我们输了。"

魏精粹愣了愣，怒道："杨确，休要胡闹！"

杨确竟是根本不在意师伯的怒意，只是望向那个覆面皮的老道人，再次问道："敢问你是何人？"

放话说太徽剑宗是个空架子的，就是身边这位师伯，其实杨确内心深处对此并不认可，招惹太徽剑宗做什么，就因为师伯你早年与他们上任掌律黄童的那点私人恩怨？只是师伯境界和辈分都摆在那边，而且真正空架子的，哪里是什么太徽剑宗，根本就是自己这个锁云宗名义上的宗主，祖山诸峰，谁会听自己的旨令？如果不是魏精粹的几位嫡传都未能跻身上五境，宗主位置根本轮不到他这个别脉出身的来坐。

刘景龙笑着以心声提醒道："不用理睬。"

陈平安摇摇头，撤去道袍莲花冠的障眼法，伸手摘下面皮，收入袖中，笑道："剑气长城，陈平安。"

锁云宗三人当然知道剑气长城，只是陈平安这个名字，还是第一次听说。

但是听说此人来自剑气长城，哪怕那个老仙人都是悚然，披挂两副甲胄的崔公壮更是一个起身，一言不发。

就像刘景龙所说，锁云宗的修士下山行事太稳重，这座山头更是北俱芦洲为数不多不喜欢走远路的山头。

刘景龙忍不住笑道："尴尬了吧？"

陈平安笑道："知道我来自剑气长城就足够了。"

一个来自剑气长城的远游剑修？魏精粹心中狐疑不定，不是说那剑气长城苟活的剑修都追随一座城池逃去了第五座天下吗？

身为九境武夫的崔公壮已经打定主意，老老实实作壁上观，再出半拳就算他输，自己找死。

他比魏精粹的想法要简单很多，心中只管认定一事，天下剑修绝不会拿剑气长城开玩笑,何况此人身边还站着一位太徽剑宗的现任宗主。

虽说北俱芦洲的剑修喜欢动不动就跟别人的祖师堂较劲,可事实上,问剑从不是什么小事,尤其是这种两座宗门间彻底撕破脸的山上怨怼,旁人不赌莫看。

为了个首席客卿的头衔,崔公壮没必要赌上武道前程和身家性命。

刘景龙只是遥遥递剑锁云宗,问剑就走,和他这么一路登山走到此处养云峰,承认身份,是一个天一个地。

陈平安转头望向那个杨确,以心声笑问道:"你怎么知道我不好惹?非要先问出个根脚,才决定要不要动手?"

这一路登山,陈平安自认极为收手,杨确没理由这么高看自己一眼。

杨确拱手作礼,然后以心声答道:"有个家乡的剑修朋友,是早年在江湖上认识的,从不曾做客锁云宗,只是与我有些私谊,他从剑气长城返乡之后,和我提起过几人,言语之中大为佩服。"

陈平安笑问道:"姓甚名谁,出自什么山头,杨宗主不妨说说看,说不定我认识。"

北俱芦洲赶赴剑气长城的剑修虽然人数众多、来历复杂,谱牒和野修皆有,但是陈平安还真就都记住了名字。

杨确歉然道:"名字就不说了,我那朋友有自己的难言之隐。"

陈平安微笑道:"怎的,你那剑修朋友是去过孙巨源府邸喝过酒,还是去妍媸巷找我喝过茶?"

杨确沉默片刻,缓缓道:"酒铺,印章,赌庄。再多,陈剑仙就莫要试探了。"

陈平安双手笼袖,思量片刻,点点头,笑眯起眼:"看在你那个不知名朋友的面子上,你可以让开了,今天问剑,与你无关。反正这锁云宗,杨确的宗主头衔就是个摆设,和太徽剑宗的恩怨所在,也主要是你那个飞卿师伯管不住嘴。"

杨确当真后退一步,看架势是全然不顾宗门声誉了,打算和崔公壮这半个外人一起置身事外。

在自家地盘却沦为孤家寡人的魏精粹,忍不住转头大骂道:"杨确!遇敌问剑,不战而退,竟然袖手旁观,锁云宗的面子都被你丢光了!你杨确以后还有什么颜面以宗主身份在祖师堂为人递香,向历代祖师敬香?!"

仙人祖师的嗓门很大,估计今夜祖山群峰都听见了这番言语。

杨确神色淡然,轻声道:"总好过锁云宗今夜在我手上断了香火,以后这宗主之位魏师伯是自己来坐,还是让给那对漏月峰师徒,师侄都无所谓,绝无半句怨言。"

陈平安双手笼袖,摇摇头:"别吵吵,赶紧让出道路,等我们走后,你们连夜修缮祖师堂的时候,有大把工夫可以闲聊。是当长辈的清理门户,还是当晚辈的欺师灭祖,都随你们。"

陈平安再对九境武夫崔公壮怒目相向："你这厮年纪不大,毫无武德,习武之人,轻慢急躁,沉不住气,怎么能行,三人当中,老夫看你最不顺眼,等会儿就将你绑了石头,沉水种花。"

崔公壮听得头皮发麻,立即聚音成线,和这位剑仙密语致歉道："陈剑仙息怒,先前是崔公壮眼拙,又被这劳什子的客卿身份害了,不小心冒犯了剑仙前辈,死罪可免,活罪难逃,具体该如何责罚,剑仙前辈只管发话,崔公壮绝无二话,更无怨言。"

自己作为九境武夫,在看家本领的拳脚一事上竟打不过这个颜色常驻的得道剑修,还不得不披挂上三郎庙灵宝甲和兵家金乌甲,崔公壮甚至都在怀疑眼前的年轻剑修是不是那个在南婆娑洲开宗立派的老剑仙齐廷济。

不过听闻齐廷济姿容俊美,眼前这位好像相貌有些不符,崔公壮就有些吃不准真假了,但万一是老剑仙在覆面皮之外,犹有障眼法蒙蔽锁云宗修士呢?

陈平安冷笑道:"是死罪还是活罪,是你说了算的?"

崔公壮心中悚然,叫苦不迭,山上四大难缠鬼,剑修居首,那么最难缠的当然是剑修里边境界最高的那撮上五境剑仙。

魏精粹这位老仙人竟是一甩袖子,转身就要离去,还撂下一句:"杨确,你今夜一术不出,主动让出道路,任由外人糟践祖师堂,还要拦阻我出手,连累锁云宗威名毁于一旦。"

养云峰山上无数条金线纵横结网,飞卿老祖御风不易,所幸这难不住一位神通广大的仙人,他手指掐诀,宝光一闪,使了一门宗门秘术,竟是身形化作一只巴掌大小的飞雀,小心翼翼避开那些规矩森严的金色剑光。只见一只通体雪白的飞雀,去势如电抹。与此同时,漏月峰那边月光浓郁的孔洞骤然亮起,好似架起一座仙桥,要接引老祖师返回修道之地。

刘景龙突然笑道:"道理没讲完,我让你走了吗?"

养云峰与漏月峰之间,金色丝线的剑光切碎了无数皎皎月光,金银两色,交相辉映。

魏精粹身形所化的那只雪白飞雀仿佛被拘押在了一处栅栏细密的剑光牢笼之中。

怒喝一声,魏精粹祭出一尊金身法相,法相手托一把镇山之宝奔月镜,镜光莹然,如白龙汲水,凝聚起漏月峰一处深潭的所有月魄精华,又用身上一件半仙兵品秩的碧螺翠绿法袍强行撑破牢笼。对着养云峰上的两位剑修,魏精粹法相高举手臂,宝镜内出现了一位身姿婀娜的飞升女子,彩带飘摇,脚踩一轮明月,恍若一位御风乘月的远古神女。

刘景龙伸手握住一把由身边剑光凝聚而成的长剑,朝魏精粹金身法相的持镜之手一剑劈出。

陈平安知道这一手剑术，是上任宗主韩槐子的成名剑招之一大工斩玉，最适宜剑修之间的捉对厮杀。

果不其然，魏精粹金身法相不但被斩断一臂，而且在剑气冲击之下，整条胳膊顿时玉碎天地间，巍峨金身的白玉碎屑纷纷如雨落，就像养云峰的白云被仙人揉碎，下了一场白雪。

只是这位飞卿仙人的宝镜和断腕依旧悬空，月光如瀑布倾泻而来，就像一条滔滔大水，从黄河洞天流落人间。

刘景龙轻轻抖腕，剑光绕弧，养云峰上随之异象横生，霞来鳞攒聚如市，天地艳红，山晚气聚起澜，云雾升腾。潮水带星走，剑光点点璀璨银河；天浮鱼肚白，天地雪白茫茫一片。一座锁云宗的众多修士，今夜此刻再不见什么魏精粹金身法相，唯有太徽剑宗剑光的法天象地。

杨确见奔月镜现世，心中大恨，历代锁云宗山主按例都会承袭此宝，并炼化为本命物。当初杨确跻身玉璞境，得以担任宗主，师伯魏精粹却以杨确的玉璞境尚未稳固，暂时无法炼化重宝，免得出了纰漏作为理由，不交出奔月镜，结果一拖再拖，就拖了足足三百年之久。可事实上，谁不知道号飞卿的魏精粹根本早已将这件宗门至宝视为禁脔，不容他人染指，当作自身大道所系的囊中物了？魏精粹打了一手好算盘，只等祖山诸峰他这一脉当中有哪个嫡传再传跻身了玉璞境，他自有手段迫使杨确让贤，更换宗主，到时候一把奔月镜，魏精粹还不是左手给出右手就拿回，做个样子过过场而已？

陈平安来到崔公壮身边，崔公壮下意识掠出数步，不等他悻悻然如何以言语掩饰尴尬，陈平安就如影随形，又来到了他身边。陈平安双指并拢，轻轻敲击九境武夫崔公壮的肩头，只是这么个轻描淡写的动作，就打得崔公壮肩头一次次歪斜，一只脚已经深陷地面。崔公壮再不敢躲避，肩头剧痛不已，只听陈平安赞赏道："兵家金乌甲，一直听说却未能亲见，实在是身为剑修，炼剑耗钱，囊中羞涩，从无出手阔绰的光阴，估计哪怕瞧见了都要买不起。"

崔公壮额头渗出汗水，忍着肩头几乎被敲碎的疼痛，颤声道："陈剑仙若是喜欢，晚辈愿意送给前辈当作见面礼。"

陈平安埋怨道："送？不能够。只是借。君子不夺人所好，只是借我欣赏几天，以后会还给你的。"

崔公壮笑容尴尬，心想咱俩最好以后就不要再见面了吧。破财消灾，老子就当用一枚兵家甲丸送走了你这尊瘟神老爷。

这点江湖规矩，崔公壮还是懂的，况且身上这件兵家宝甲今晚怎么走的，当初就是怎么来的。所以崔公壮一脸果决，毫不心疼，金光灿灿的金乌宝甲瞬间凝为一枚甲丸，他弯腰低头，双手奉上，递给那位陈剑仙。

陈平安收入袖中："不打不相识，以后常往来。一来二去，就是朋友了。"

崔公壮笑容苦涩。

陈平安看着他不说话，只是眼角余光瞥了瞥那件三郎庙灵宝甲。

崔公壮疑惑不解，故作不知。想着一位剑气长城的堂堂剑仙，总不能真这么厚脸皮，借走了一件金乌甲，再对一件三郎庙灵宝甲起念头，大家都是出门行走江湖，不得做人留一线？

陈平安说道："听不懂人话？一来二去，字面意思，光练拳不读书怎么成？我今天来了养云峰，是一来，对也不对？这兵家甲丸就是一去，是也不是？"

青衫背剑的外乡剑仙说这话的时候，双指就轻轻搭在崔公壮肩头，继续将那苦口婆心的道理娓娓道来："再说了，你身为纯粹武夫，还是个拳压脚踝数国大好河山的九境大宗师，武运傍身，就等于已经有了神灵庇护，要那么多身外物做什么，鸡肋不说，还显累赘，耽误拳意，反而不美。"

崔公壮强忍着肩头震动和心中惊骇，伸手拈住法袍衣角，轻轻一扯，一件三郎庙灵宝甲缩为一张金色材质的绢布符箓，他向姓陈的剑仙点头道："前辈所言极是，是晚辈迟钝了。"

陈平安收下那张价值连城的符箓宝甲，变指为掌，轻拍崔公壮肩头："我这个人，不是遇到有缘人，一般不将道理白送，今夜相逢，不打不相识，就送你一句江湖老话：平生莫做皱眉亏心事，不信各自回头看后头。"

崔公壮心中哀叹不已，没完没了，怎么样是个头？难道剑气长城的剑修都是这么个言语若飞剑戳心的德行吗？

陈平安手掌瞬间五指如钩，一把攥住崔公壮的脖颈，随便将其高高提起，笑道："你想岔了，剑气长城的剑修一般都没有我这好脾气，你是运气好，今天碰到了我。不然换成齐老剑仙、米大剑仙之流，你这会儿就已经走在投胎路上了。破财消灾？错了，是你的买命钱。以后百年之内，我都请杨宗主帮忙盯着你，再有类似今天这种武德不足的勾当，我得空了，就去北边的云雁国拜会崔大宗师。"

崔公壮双脚离地悬空，眼眶布满血丝，瞧着模样有些瘆人。他双腿抽搐了几下，就如同秋后蚂蚱蹦了几下，看得一旁的杨确眼皮子发颤。

此人真是剑修？而不是一位深藏不露的止境武夫？

客卿崔公壮的九境底子在北俱芦洲一众山巅境武夫当中不算太好，可也不算差。

之所以能够成为锁云宗的首席，就是魏精粹看中了崔公壮将来有几分希望跻身传说中的止境。

陈平安皱眉道："不说话，就是不答应？"

崔公壮试图强提一口纯粹真气，不过竟当场崩散了，故而已经脸色涨红变紫，再转为铁青,双手双脚皆颓然下垂,有些眼花了。

陈平安松开手指,头晕目眩的崔公壮摔落在地。他蹲在地上,低着头咳嗽不已。

陈平安笑道:"演什么戏?拙劣得我都不好意思看。你再不起来,我就一脚送你个八境武夫当回礼了。"

崔公壮立即起身,深吸一口气,后退一步,低头抱拳道:"谢过前辈不杀之恩,感激不尽,以后山下百年,崔公壮一定夹着尾巴做人,关起门来好好习武练拳,不枉费前辈今天的指点。"

陈平安嗤笑一声,不置可否。

刘景龙那边已经收剑。

老仙人魏精粹被钉入了漏月峰的一处石壁中。

刘景龙以心声问道:"那把奔月镜,你要不要带走?"

陈平安气笑道:"像话吗?我们今天是来问剑的,又不是杀人夺宝来了。这种事情传出去,你这太徽剑宗的宗主还要不要名声了?"

之后就是崔公壮胆气尽碎,宗主杨确让出道路,主动撤掉养云峰祖师堂禁制,任由刘景龙收拢群峰剑气,只将祖师堂一横一竖变成四块。

陈平安则从背后拔剑出鞘,手持夜游,一剑横扫,将一座锁云宗祖师堂上下对半分。

崔公壮在这一刻心死如灰,那位青衫客果然是位剑仙。

两道身影化虹离去。

锁云宗上上下下,修士们一个个如丧考妣,宗门遭此大劫大辱,竟是被两位剑仙一路登山拆掉的祖师堂,从今往后要被一洲修士看几年热闹?

唯有宗主杨确神色自若,没有半点悲愤神色。他从袖中摸出一枚云纹玉佩,心念一动,就要启动阵法中枢,着手修缮祖师堂,不承想祖师堂阵法好像再次被问剑一场,一条横线上,梁柱、墙体的崩裂声响如爆竹声连绵不绝。杨确皱眉不已,凝神定睛望去,发现那个叫陈平安的青衫剑仙,一剑横扫拦腰斩开祖师堂之后,竟然使得整座祖师堂出现了一条不易察觉的微妙裂缝,剑气却始终凝聚不散,好似虚托起上半截祖师堂。

杨确心中凛然。

崔公壮揉了揉脖子,心有余悸,去他的首席客卿,老子以后打死都不来锁云宗蹚浑水了。

杨确转头以心声笑道:"崔首席,花开两瓣绝无相同,与此同理,一道剑光不会落在同一处,以为然否?"

崔公壮犹豫一番,不愿就此与锁云宗分道扬镳,这会让杨确和魏精粹面子上太难堪,就找了个折中的法子,聚音成线,悄然说道:"我这客卿头衔可以保留,只是近百年内,我是不会参加任何一场养云峰祖师堂议事的了。"

杨确点头笑道:"没有问题。"

崔公壮感慨一声:"杨确,你若是当个名副其实的宗主就好了。"

杨确洒然笑道:"很难,争取。"

崔公壮深深看了眼这位玉璞境,点头致意,以往与仙人境魏精粹交往更多,他打定主意,以后要与这个杨确多多往来。

杨确看了眼祖师堂,干脆就这么暂时搁置,反正明天就有可能更换宗主,何必多此一举。

陈平安和刘景龙离开锁云宗山水地界后,刘景龙先飞剑传信太徽剑宗祖师堂,按照陈平安的意思,不在那边碰头,而是让宁姚一行人直接去往龙宫洞天,陈平安随即祭出一把笼中雀,和刘景龙一起悄然重返养云峰辖境高空。刘景龙觉得凭借陈平安那张来自鬼斧宫的驮碑符隐藏踪迹意思不大,便直接画出一座阵法,然后两人开始俯瞰山河,就像在守株待兔。

陈平安摘下养剑葫开始喝酒。刘景龙盘腿而坐,反正目之所及,皆在本命飞剑所在的规矩之内。

陈平安笑问道:"山上的飞剑传信,你我追上不难,只是禁制极难打开,何况是锁云宗这样的大宗门,可别害我白等。"

刘景龙说道:"阵法解禁一事,我还是有点信心的。"

先前双方问剑完毕,御风离开养云峰,陈平安说那个宗主杨确,事出反常必有妖,不能就这么离开,得看看此人有无隐藏后手。刘景龙就陪着陈平安来到此地,静待锁云宗诸峰有无一两把传信飞剑离开山头。

陈平安喝了口酒,说道:"杨确此人,城府很深。先前在养云峰那边,我试探了一次,没有结果,就干脆让他觉得我已经信以为真,有点像是以怀疑打消怀疑的路数,在故意画蛇添足。我差点就信了,误以为是山上仙师的偏门路数,不过一方水土养育一方人,这趟锁云宗之行,我不觉得只有一个魏精粹就可以让锁云宗的门风变成这个鸟样。"

刘景龙递过一本厚册子:"除了琼林宗,还有些怀疑对象,都在上边了。其中记载杨确有一门罗盘炼字法,此法不在锁云宗祖师堂术法之内,对外宣称是一门辅助寻找破碎洞天福地这类秘境的格龙之术,是杨确年轻时候偶然所得,我对此有过数次推演,没那么简单,估计最能识破修士身份。比如见着了我,我猜测杨确那本命罗盘之内,就会有'太徽剑宗''刘景龙'等字浮现,然后串联起来,就是个真相。不过这门秘法肯定有些规矩限制,不可能毫无缺漏,不然只是这桩秘术就可以让杨确惹来杀身之祸。"

"这门术法,简直就是行走江湖的必备手段,有机会定要向杨宗主讨教讨教,学上一学。"陈平安点点头,直接将册子翻到锁云宗那边,仔细浏览起杨确的修道生涯,不多,就几千字。

刚好炼字一途，自己还算小有心得，又在功德林那边学了一手尚不娴熟的儒家破字令。

刘景龙问道："打算在这边待几天？"

陈平安想了想："三天就差不多了。我着急赶回宝瓶洲。"

刘景龙说道："没事，我可以在这边多留一段时间。"

陈平安摇头道："你好歹是一宗之主，因私废公要不得。"

刘景龙笑道："那你是不知道我的师父，还有祖师爷，他们在年轻的时候为了朋友是如何假公济私的，事后到了太徽剑宗祖师堂挨罚，祖师爷们又是如何一边当面骂，一边转头笑的。只不过这些事情，档案不录，外人不知，都是自家门内一代代口口相传。"

刘景龙突然眯起眼："来了。我留在这边继续盯着，防止有其他的漏网之鱼。"

陈平安站起身，刘景龙看了眼那把传信飞剑的去向，向陈平安报了一个大致方位，选了一处山头作为出手之地，让陈平安在那边以雷法凝聚风雨异象，拦截飞剑，带回这边后，刘景龙自会帮忙解禁飞剑，不损丝毫山水禁制，就可以取出密信一阅，看过内容之后再飞剑。

练气士当中有些拥有独门秘术的山泽野修，往往是些境界不低的陆地神仙，会被骂作山上"捕鱼人"，所做勾当，就是伺机截获传信飞剑，美其名曰三年不开张开张吃三年，只不过得手之后，飞剑自然就会毁弃，多少会留下点蛛丝马迹，绝对做不到刘景龙这般"完好无损，物归原主"。

陈平安悄然远去，约莫过了小半个时辰，就已返回，手心处小心翼翼拘押着一柄篆刻云纹的袖珍飞剑。

刘景龙手指画符，一边分出心神俯瞰锁云宗山河，一边破解飞剑层层禁制，抽丝剥茧，水到渠成。

陈平安双手笼袖蹲在一边，看得目不转睛，刘景龙也无所谓这门符箓神通会不会被偷学了去，结果陈平安瞪大眼睛看了半天，摇摇头："学不会。"

刘景龙笑道："符箓一途，那些攻伐大符，看似步骤烦琐，实则往往脉络简单，不过需要宗门秘传的独门道诀，这就是一道无形中的天堑，而飞剑传信一道的山水符箓，需要的是拆解之人所学驳杂，不能在任何一个环节抓瞎，再来提纲挈领，自然就可以迎刃而解，比如这把锁云宗的传信飞剑，巧妙之处不仅仅在于漏月峰的月魄'挂钩'纹路，配合那处老龙潭水纹倒影，以及小青芝山那壁榜书的笔画真意，真正难关，还是夹杂了几道宗门之外的秘传符箓，我喜欢看杂书，只是凑巧都懂。"

陈平安点头嗯嗯嗯："凑巧凑巧，刘酒仙说得轻巧。"

刘景龙停下手上解禁动作，抬头微笑道："刘什么？"

陈平安笑哈哈道："刘剑仙不喜欢喝酒，别人不知道，我会不清楚？"

刘景龙打开全部禁制后，取出一封密信，是锁云宗漏月峰一位名叫宗遂的龙门境修士，元婴境老祖师的嫡传弟子之一，寄给琼林宗一位名叫韩铖的修士的。宗遂此人没有用漏月峰的山门剑房，还是很谨慎的。

刘景龙提醒道："在第三十九页，有韩铖的粗略记载，以后我会多留心此人，找机会再补上些内容。"

陈平安翻到册子那一页。

放回密信后，刘景龙就像个夜游园子的游客，对传信飞剑一一开门又一一关门，没有任何细微处的缺漏，脚印都没留下一个。

之后三天之内，陈平安来来去去，十分忙碌，他就这么拦阻飞剑收信，然后让刘景龙负责揭信，两人一起看完信后陈平安再放走传信飞剑。绝大多数信件都是锁云宗修士向山上好友的通风报信，主动说起了锁云宗这桩问剑风波，各有谋划，甚至有一位在山上修行的祖师堂元婴境供奉打算就此脱离锁云宗，撇清关系，免得被殃及池鱼，还要再找个机会，向太徽剑宗示好一番，在山上放出几句好话……世间百态，人心变化，好像在十几封密信里边就一览无余了。

有两封密信不曾署名，而收信山头是连刘景龙都不曾听闻的山上小仙家，不过在这之后，刘景龙就会去各自拜访一趟。

其中一封飞剑传信简明扼要，就三句话：

隐官已至锁云宗，和刘景龙联袂问剑，陈平安修为确是止境武夫、玉璞境剑仙，此人极有可能已经可杀仙人境，剑修除外。

刘景龙在养云峰祭出本命飞剑，品秩极高，可自成小天地，剑意森罗万象，只是暂不知更多本命神通，战力必须视为一位仙人境剑修。

速速助我夺镜，借机嫁祸太徽剑宗。

陈平安说道："凭啥咱俩境界相同，好像我就打不过你？这个杨宗主到底什么眼神啊。难怪争不过个魏飞卿。"

刘景龙答道："那我可以帮你修改信上内容，打一堆飞升境都没问题。说吧，想要打几个？"

陈平安笑呵呵道："又说醉话不是？"

好个刘酒仙，竟然已经到了不用喝酒也会醉的酒桌化境了。

再次悄然御风远游，放出那把最为关键的传信飞剑之后，陈平安回到刘景龙身边，不枉费三天的等待。

陈平安打算在动身赶往龙宫洞天之前,先和刘景龙再走一趟养云峰,或是去往那个名叫桐花山的仙家小门派,看看到底是哪位幕后高人这么手段通天,能够帮助杨确夺取一把奔月镜,坐稳宗主位置不说,还要用一位仙人境大修士的性命作为本钱,顺势往太徽剑宗身上泼脏水。

刘景龙却说道:"还没到打草惊蛇的时候,我先去那边顺藤摸瓜,哪天真正需要倾力问剑了,我肯定会第一时间通知你。"

陈平安点点头,刘景龙做事情最有分寸。他起身说道:"你自己多加小心。"

刘景龙起身笑道:"都小心。"

陈平安递出一壶酒水:"先前文庙议事,见着了那位青神山夫人,别的酒水无所谓,你看在翻然峰那边,我就什么都不劝了,唯独这壶酒,得喝。"

刘景龙犹豫了一下,还是接过酒壶,双方离别在即,反正也不存在什么劝酒不劝酒。

陈平安没有收起笼中雀,无声无息御风离去。

刘景龙暂时也没有收起那把本命飞剑,他打开酒壶,喝了一口,很好,当我没喝过酒铺贩卖的青神山酒水是吧?

陈平安一路南下,在水龙宗那处龙宫洞天的渡口处找到了宁姚她们。

小米粒说她们已经顺路去过浮萍剑湖做客了。

陈平安笑着点头。

身正不怕影子斜。

邵元王朝。

仙人修士严格得知一事后,呆呆无言,心中惊涛骇浪,久久无法平静,他叹了口气,命人将严厉喊来,说:"你不用出门了,跟随南光照修习大道已经没戏了。"

这几日都红光满面的严厉好像从云端坠入泥泞中,怔怔无言,忍不住出声询问自家老祖,到底为何。

本就心情不佳的严格恼得脸色铁青,为何为何,老祖知道个屁的为何,天晓得一位飞升境大修士是怎么暴毙在山门口的,脑袋都给人割下来了。严格抬起一手,打得严厉身形旋转十数圈,直接从屋内摔到院中。严格怒道:"滚远点!"脸颊一侧红肿如小山的严厉伸手捂脸,心中惴惴,凄然离去。

九真仙馆。

馆主云杪和他那位同为仙人境的道侣一同看着那份来自南光照所在宗门的密信,相对无言。

至于那个嫡传弟子李青竹，估计百年之内是没脸下山了。

云杪放下密信，颤声道："天心难料，神鬼莫测。"

他那道侣轻声问道："是谁能够有此剑术，竟然当场斩杀南光照，使得这位飞升境修士都未能离开自家山门口？"

云杪说道："多想无益，不要猜了。"

哪怕是在双方大道休戚相关的道侣这边，云杪也从不知无不言言无不尽，非不愿，实不敢。

事实上，道侣不知为何，云杪却心中有数，根本不用猜。肯定是那白帝城城主的手笔！

莫不是郑先生在暗示自己，将那个没了南光照便群龙无首的宗门收入囊中？先前密信一封传至鳌头山，与自己讨要那件白玉灵芝，难道就是为此？郑先生的意思，莫不是在说，你云杪只需要一件半仙兵，就能白白赚取一座宗门？

天算一般。

只是南光照那处山头到底是座大宗门，原本底蕴远远不是一个眉山剑宗能比的，谋划起来极为不易。只是云杪转念一想，便惊喜万分，好就好在，南光照这老儿生性吝啬，只栽培出了个玉璞境当那绣花枕头的宗主。他对待几位嫡传、亲传尚且如此，另外那帮徒子徒孙就更是上行下效了，年复一年，养出了一窝废物。如此说来，没有了南光照的宗门，还真比不过眉山剑宗了？说到底，宗门就是靠着南光照一人撑起来的。山上不足百人的谱牒仙师，更多能耐和精力是在帮着老祖师挣钱一事上。

云杪眼神熠熠，一时间心情激荡，豪气干云，自己绝不能辜负了郑先生的这一记绝妙先手！

青冥天下，大玄都观。

一棵桃花树下，有个头戴虎头帽的孩子。

在异乡这处修道之地，茅屋门外有一方小塘，玄都观道人帮忙种了一池莲花，花开时瓣长而广，青白颜色分明。每逢风过，花香清淡，摇曳生姿，煞是好看。

既然是在青冥天下，山上道观如云，山下道官无数，他就随便给自己取了个道号：青莲。

今天老观主领着一人走来，大嗓门喊道："快看看谁来了。"

白也转头望去，笑问道："君倩，你怎么来了？"

刘十六笑道："听先生说你在这边，就过来瞧瞧。"

白也无奈道："想笑就笑。"

刘十六伸手抹了把嘴："我尽量忍住。"

能与白也如此不见外者,数座天下,唯有曾经和白也一起入山访仙的刘十六。

孙道长抚须笑道:"白也老弟,良辰美景满树花,故人重逢俩无恙,今儿不喝酒,更待何时?"

白也摇摇头。

刘十六劝道:"稍微喝点。"

白也点点头。

在十万大山吃过了火锅,野修青秘当时吃得格外用心,细嚼慢咽,毕竟一个不小心就是断头饭了。

阿良酒足饭饱,轻轻拍打肚子,准备御风南下了,笑问道:"青秘兄,你觉得御风远游,不谈御剑,是横着好似凫水好呢,还是笔直站着更潇洒些啊?你是不知道,这个问题,让我纠结多年了。"

冯雪涛只得昧着良心说道:"只要是你阿良御风,旁人瞧着就都潇洒。"

阿良点点头:"肺腑之言。"

冯雪涛沉默片刻,忍不住问道:"阿良,你平时不需要练剑吗?没事琢磨这些做什么?"

阿良笑道:"你脑子有病吧,都是飞升境了,还问这种幼稚的问题,剑需要练吗?我不琢磨这个琢磨啥啊?"

冯雪涛忍了。毕竟这个家伙是继剑气长城陈清都之后,数座天下的第一位十四境剑修。

一个浩然天下的儒家剑修,却是在青冥天下那边跻身的十四境,破境破得好,又是在蛮荒天下这边跌的境,跌境也跌得不含糊。

阿良突然问道:"青秘兄,你知道天底下什么妖精最打不过吗?"

冯雪涛摇头不语。

阿良说道:"当然是小腰精。"

冯雪涛没听出那个谐音,就只当阿良又在犯浑。

"走,带你去打小腰精去!"阿良大手一挥,"丑话说在前头,你要是腰不好,打不过的。"

冯雪涛本以为出了十万大山,接下来就要不管不顾,跟随阿良势如破竹一路南下,见着一个蛮荒宗门就捣烂一个。不承想紧接着还是个言笑晏晏、纸醉金迷的饭局,而且还是个妖族修士做东。

阿良与那个仙人境的妖族修士在酒宴上把臂言欢,称兄道弟,各诉衷肠说辛苦。

阿良很像是蛮荒天下的本土剑修,那个山头主人的妖族修士,言语很像是浩然天下的练气士。

这座山头，早年在托月山那边砸锅卖铁凑出了一大笔神仙钱，山上修士就都没过剑气长城，更别说去那浩然天下了。

阿良举起一杯酒，一本正经道："一般说来，酒局规矩，客不带客，是我坏了规矩，得自罚三杯。"

妖族修士大义凛然道："哪里哪里，你阿良的朋友，就等于是与我斩鸡头烧黄纸的好兄弟，客气什么，把这儿当自己家！"

妖族修士抬了抬下巴，忍着心疼，示意一旁的嫡传女修，赶紧重新去山头的库房重地再给这个狗日的拿一壶珍藏的曳落河水运仙酿过来。这玩意儿，极其稀少，就是花钱也根本买不着。

那个仙人境的妖族修士好像很懂阿良，喊来一拨狐族美人。狐族美人婀娜多姿，身穿薄纱，若隐若现。阿良看了几眼，似乎有些失望，直接大手一挥，说了三个字："下一批。"

阿良赶紧解释道："我是无所谓的，是我这个朋友，比较好这一口，偏偏眼光还高，麻烦得很。"

妖族修士爽朗大笑道："好事好事，名士风流真豪杰！"

冯雪涛觉得要是亚圣在这里，都不会骂人，能直接把阿良打个半死吧？

阿良喝了个满脸通红，斜眼看冯雪涛，挤眉弄眼，好像在说，我懂你，如果下拨美人儿还是瞧不上，就再换。

酒席上换了一拨又一拨的各色美人，肥瘦各有千秋，含情脉脉，秋波不比酒水少。

仙人境妖族修士好不容易才将阿良和那个还不知姓名的一并恭送出门。他暗自庆幸，当年幸好听了劝，不然今天重逢，就不是喝酒叙旧这么简单了。

当年阿良在酒宴上和他勾肩搭背，笑嘻嘻说了句，以后只要是在他半个家乡的剑气长城的战场上遇见了他，或是听说他去过，那么所欠酒水可就不还了。

阿良和冯雪涛御风落在千里之外的一处山头，冯雪涛沉声问道："不会就这么一路吃吃喝喝吧？"

阿良扯了扯嘴角："想啥呢，真当蛮荒天下是个风花雪月之地？劝你早点做好心理准备，之后一旦有谁现身拦路，就肯定是一场恶仗。"

阿良跷起大拇指，指了指身后："我那朋友，肯定已经悄咪咪飞剑传信托月山了。"

冯雪涛问道："你就不生气？"

阿良蹲下身，眺望远方，淡然道："路窄难走酒杯宽，这点道理都不懂？喝酒时就是兄弟，随便侃大山，可放杯离了酒桌，就要另算，各有各的道路要走。"

如果他不这么做，十成十就会被托月山记账。所以阿良这趟，算是没白喝江湖朋友的那顿酒水。

冯雪涛是野修出身，对此深以为然，点头道："有道理。"

不知不觉有些喜欢这边的风土人情了，没那么多规矩，或者说这边的规矩，让野修青秘很喜欢，而且本身就擅长。

冯雪涛问道："阿良，能不能问个事，你的本命飞剑叫什么？好像一直没听人说。只有一把，还是不止一把飞剑？"

阿良置若罔闻，只是单膝跪地，随手拈起一撮泥土，动作轻柔，细细碾碎，眯眼望向远方。

冯雪涛说道："有人跟踪我们？"

阿良站起身，笑道："先不用管这几只阿猫阿狗，我们继续赶路，等回头聚在一起了再说，省得我找东找西。"

冯雪涛知道身边这个家伙总会说一些让人误以为吹牛的话，其实不是。

阿良好像这会儿才回过神来："前边你问了什么？"

冯雪涛无奈道："本命飞剑。"

阿良笑了笑："我喜欢喝酒嘛，江湖只有一座，所以本命飞剑只有一把。"

冯雪涛万分好奇："名字呢？"

阿良转头嬉皮笑脸道："以后与我为敌，问剑一场，你就会知道了。"

冯雪涛叹了口气，不敢多说什么。

知道阿良是在暗示自己，在这蛮荒天下，以后遇到了那种命悬一线的生死险境，可以倒戈一场，与他阿良问剑试试看。

阿良只有一把本命飞剑，名为饮者。

第三章 登山

第四章
月色

济渎这处渡口牌坊,榜书"水下洞天",大渎在此水面尤其辽阔,竟然宽达三百里,陈平安上次来这边,也是青衫背剑、腰悬一枚朱红酒葫芦的装束,只不过上次是背剑仙,如今换成了一把夜游,而且手里少了根绿竹行山杖。

在水龙宗这处木奴渡,开山祖师种植有千余棵仙家橘树,兵解离世之前,笑言此生修行庸碌,唯有木奴千头,遗赠子弟。

陈平安没来由想起了玉圭宗的老祖师荀渊,听姜尚真说荀老儿这辈子真正的遗言,其实是自说自话的三个字:余家贫。

好像山上所有传承有序、香火绵延的门派,都有个精打细算的头把交椅。

陈平安与宁姚歉然说道:"在锁云宗那边比预期多耽搁了几天,所以我就不陪你们逛龙宫洞天和凫水岛了,我需要直奔大源王朝崇玄署,找卢氏皇帝和国师杨清恐谈点事情,然后还要见一见水龙宗南北两宗的孙结和邵敬芝,聊一聊凫水岛的租赁或是买卖事项,你们就在凫水岛等我好了。龙宫洞天里边风景极美,逛个几天,都不会枯燥的,我争取速去速回。"

宁姚点点头,见陈平安没有动身的意思,说道:"在浮萍剑湖郦剑仙那边,我帮你提过此事了,她说没问题,这处龙宫洞天,她本就占了三成,一座多年无主的凫水岛,谈什么租赁,你要是真有想法打造成一处外乡山上的避暑胜地,就直接买下,水龙宗没理由推三阻四,如果价格谈不拢,就晾着,回头她来砍价。"

小米粒伸手挡在嘴边,笑道:"郦剑仙可江湖可豪迈了。她就那么大手一挥,说屁大事哩，好商量就砍价，不好商量就砍人。租赁个锤儿，是有人打她脸嘞。"

陈平安揉了揉小米粒的脑袋，瞥了眼排成一条长龙的队伍，与宁姚笑道："我帮你们买下几枚去往小洞天的通关文牒再走，是仙橘木质印章，很有特色，可惜带不走，必须归还给水龙宗。过了牌坊，前边的数十座石刻碑碣，你们谁感兴趣可以多看几眼，尤其是大平年间的群贤建造石桥记和龙阁投水碑，介绍了石桥搭建和龙宫洞天的发掘起源。"

宁姚瞥了眼陈平安，问道："是良心不安，所以将功补过？"

陈平安一脸茫然。

宁姚微笑道："桂花岛的圭脉小院，春露圃的玉莹崖，再加上这个水下龙宫凫水岛，都是喝茶喝酒的好地方，说不定还有个夜航船灵犀城，顾得过来吗？"

这几处仙家府邸宅院都算是年轻山主的私人产业。

裴钱眼观鼻鼻观心，白发童子捧腹大笑状却无声，小米粒小个儿都摸不着头脑了，好人山主家当多挣钱多朋友多，不好吗？

陈平安说道："圭脉小院和玉莹崖都闲置好多年了。"

宁姚记起一事："浮萍剑湖的元婴剑修荣畅，愿意担任彩雀府的记名客卿。"

陈平安笑道："是好事。"

先前在趴地峰那边拜会指玄峰，袁灵殿也答应此事了。

上次陈平安游历小洞天，水龙宗刚好有十月初十鬼节和十月十五水官解厄日，接连建造有一年当中最最重要的两场玉、金箓道场，所以当时游人尤其多，陈平安等了将近半个时辰才买到通关木牌，这次水龙宗并无设斋建醮，所以排队耗时不如上次那么夸张。每人十枚雪花钱，与水龙宗租借一方木质印章，不过与上次寓意美好的篆文有所不同，更多像是在介绍和称赞水龙宗风景和特产。

那位水龙宗女修递出四方印章后，笑语嫣然，主动提醒道："公子，如今我们这边的印章可以买卖了。"

时隔多年，她依旧认出了眼前这个再次游历小洞天的青衫剑客。她记性好嘛。

一样的青衫背剑，一样的腰系朱红酒葫芦，何况身边还有人手持绿竹杖，就她那过目不忘的本事，见着了这些，想要不记住都难。上次这位客人就曾询问印章能否买卖，当时还惹了笑话。

冤死了。陈平安笑容尴尬，硬着头皮问道："敢问姑娘，若是买卖，什么价格？"

白发童子一手捂住肚子，一手按住小米粒的肩膀，笑得肚子疼。

哦豁。

小米粒挠挠脸。好人山主到底咋个回事嘛，不带着自己走江湖的时候，就这么喜欢跟陌生的姑娘家家谈买卖？亏得自己在宁姐姐那边帮忙说了一箩筐一箩筐的好话。

陈平安看过了手中那几方印章，发现边款都是点评一洲各位书家高低，某某书如中兴之君主，处尊位而有神明；某某书如快马突阵，锋刃交加，硬弓骤张，惊鸟乍飞；某某书如深山得道地仙，神清气爽，见人便欲退缩回云中。这些都是好话，也有相当不客气的评语，几乎是指着鼻子骂人了，说那某某楷书若乍富小民，形容粗鄙，行书如婢作夫人，体态妖娇，终非正位。

女修笑答道："两方印章，只需一枚小暑钱，买二再赠一。"

陈平安摇摇头，价格实在太贵了，何况金石篆刻一途，陈平安如今可算半个行家里手。再说了，自己身上还有先生帮忙求来的苏子和柳七亲笔字帖，买这些做什么。

陈平安忍不住微微皱眉，难道水龙宗是遇到什么急需神仙钱的事情了，不然靠着龙宫洞天这么只聚宝盆，没理由需要这么挣钱。而这就意味着回头与水龙宗谈凫水岛买卖一事，极有可能在价格上会额外吃亏几分。

婉拒了那位水龙宗女修，陈平安将几方印章交给宁姚她们，大致说了些锁云宗的问剑过程，然后就要离开木奴渡，动身赶路去往大源王朝京城。

宁姚从头到尾都没有说什么。等到陈平安在熙熙攘攘的人海中脚步匆匆，宁姚看着那个好似落荒而逃的背影，笑了起来，其实这种小事，她岂会不相信陈平安，财迷到了哪里不是财迷，壁画城的那些神女图，不一样只是包袱斋吗？

陈平安走出了渡口，在济渎一处僻静岸边，一步去往水中，运转本命物水字印，施展了一门水遁之法，辟水远游。

大源王朝崇玄署先前收到了来自金樽渡口的一封飞剑传信，直接寄给了国师杨清恐，说是希望拜访卢氏皇帝，署名就一个字：陈。

大源卢氏王朝崇玄署所在，其实就是杨氏的云霄宫，而这座气势恢宏的道宫，是北俱芦洲最负盛名的仙家宫阙，天君谢实所在宗门与之相比，简直就是个山上的寒酸破落户。

国师杨清恐收到了密信后，立即离开崇玄署，入宫一趟，觐见陛下。

大源卢氏王朝立国之初，自视得水德眷顾，从国号就看得出来。

皇帝今天在一个向阳的小小暖阁召见了来自地方的三十余位神童，无非是对这些未来的栋梁之材勉励一番，再拣选几人作问答，赏赐几件。至于具体的人选名单、站立位置，礼部那边早有定论，皇帝陛下要是心情好，当然可以多问询几人，事后无非是御赐恩赏之物多几件罢了。

这间暖阁不大，今天人一多，就略显拥挤，但是那些少年神童都很受宠若惊，有几个出身寒族的，一直嘴唇颤抖，强自镇定，好不容易才不失礼，因为他们都听说皇帝陛下只有在见庙堂中枢重臣时才会选择此地，按照京城官场的那个说法，这里是皇帝陛下与人说家常话的地方。

今天卢氏皇帝最后挑出一位来自边关郡城的少年，问了个"只知豪门之令，不知国家之法，当如何"的问题，少年急得满脸涨红，脑子里一团糨糊，谈何应对得体。所幸国师帮忙解了围，皇帝站起身，与那个局促不安的少年笑着安慰几句，还说以后有了想法，可以将心中所想上呈给礼部衙门那边。

这帮少年神童在司礼监掌印的带领下鱼贯而出，脚步轻轻，离开这间暖阁。

杨清恐向皇帝打了个道门稽首，说了隐官陈平安拜会一事。

皇帝笑道："这么快？难道这位隐官一离开文庙，就直接来了咱们北俱芦洲？"

杨清恐点头道："多半如此。崇玄署前脚刚收到陈平安的拜帖，后脚就得到了个山上消息，就在五天前，一位来自剑气长城姓陈的剑修，和太徽剑宗刘景龙联袂问剑锁云宗，一路登山去往养云峰，直接拆了对方的祖师堂。宗主杨确没有出手阻拦，客卿崔公壮与人起了争执，受了点伤，仙人魏精粹都祭出了那把奔月镜，但依旧在刘景龙剑下身受重伤。不过这是因为崇玄署在锁云宗那边安插有谍子，所以比起其他一般宗门，要更早几天得知此事。"

皇帝示意国师坐下说话，榻上茶几上摆放有一只食盒，方格里装满了各色糕点，皇帝往国师那边推了推食盒，这才拈起一块杏花糕，细细咀嚼，笑问道："要是就在这里见他，是不是不太合适？"

杨清恐点头道："陛下和他第一次正式见面，确实不用如此亲密，而且这里的诸多摆设器物……"

杨清恐环顾四周，笑道："会泄露陛下太多的心思。"

皇帝好奇问道："锁云宗这么大一个宗门，又在自家地盘上，竟然都拦不住两位玉璞境剑仙的渐次登高？"

"锁云宗一仙人境一玉璞境，地仙修士数量颇多，乍一看，可谓底蕴深厚，只是魏精粹和杨确各怀心思，貌合神离久矣，自然只会是一盘散沙。纸面实力，从来虚妄，这是任何一座宗门的大忌。"

杨清恐侧身而坐，面朝皇帝，这位道门天君手捧麈尾，白玉杆上边篆刻有"拂秽清暑用以虚心"八字铭文，落款"风神"二字。

皇帝闻言后点点头，又拈起了一块糕点放入嘴中，慢慢咽下后，问道："那就去你崇玄署那边待客？"

杨清恐笑道："是陛下的崇玄署。"

皇帝拍拍手，道："一家人不说两家话。"

流水的卢氏皇帝，铁打的杨氏云霄宫。这个大逆不道的说法，其实在朝野上下流传多年了。不过不得不承认，崇玄署也好，云霄宫也罢，都是在他这个卢氏皇帝的手上才得以百尺竿头更进一步的。

云霄宫是典型的子孙庙，一家一姓好似世袭罔替，和龙虎山类似。其实杨凝真和杨凝性兄弟二人去了五彩天下，皇帝这边也是寄予了厚望的。

第二天，在崇玄署，卢氏皇帝见到了那位按约准时而至的年轻隐官，没有让他多等哪怕片刻光阴。

其实真正有朝廷道官当值的崇玄署衙门占地不多，皇帝就在崇玄署一处僻静院落中款待那位青衫剑仙。院内古木参天，除了国师杨清恐和一位少年皇子，就再无外人。

陈平安跟随杨清恐步入院中后，拱手致礼。卢氏皇帝早已起身等候，抱拳还礼，身边少年皇子则喊了声"陈先生"，恭敬行揖礼。少年起身后，望向青衫剑仙的眼神里满是好奇和憧憬，还有几分敬畏和崇拜。

陈平安这次来崇玄署，其实就三件事：首先感谢卢氏王朝对落魄山陈灵均早年走渎的开路护道，蛟龙之属的大渎走水，是会带走相当一部分水运的，对于卢氏这样的大王朝而言，这是实打实的折损，故而历朝历代的王朝藩属，对于路过辖境的走水一事，别说护道让道，只会刁难下绊子。再就是和卢氏皇帝讨论跨洲商贸一事。最后才是凫水岛的买卖一事。

谈来谈去，其实还是个钱字。

卢氏皇帝极为雷厉风行，对于走渎一事，没有任何客套，直截了当说如果不是灵源公沈霖、龙亭侯李源和大源朝廷早就打过招呼，他当时并不认得陈先生，是绝对不会放行的，不过今时不同往日，所以将来再有类似走渎，打声招呼即可，大源和所有藩属一律放行。至于跨洲买卖一事，先前在文庙功德林那边，杨清恐就已经和陈平安谈了个大概，所以今天皇帝直接拿出了一本册子，不薄，里边关于各类大源特产、山上货物的标价详略得当，还有落魄山不同阶梯的抽成方案，将来与落魄山负责具体对接的户部官员……清清爽爽，陈平安翻阅起来，一目了然。

陈平安合上册子，笑道："陛下有心了，落魄山这边没有任何异议。不出意料的话，甲子之内，我们就都按照这些既定规矩走。"

卢氏皇帝好像有些意外："陈先生不再还还价？不然少去好些乐趣，喝酒都没个理由，崇玄署这边可是珍藏了好些百年陈酿三更酒。"

陈平安笑道："陛下要是不介意，干脆就不喝龙宫洞天的三更酒了，我这里倒是有几壶自家酒铺的酒水。"

皇帝问道："可是剑气长城的青神山酒水？"

陈平安哑然失笑，怎么像是自个儿在请这位皇帝陛下喝假酒？

没事，可以补救，陈平安取出三壶酒水放在桌上，然后从袖中摸出一幅字帖，交给那个少年皇子，笑道："是我家先生的字帖。"

少年脸色瞬间涨红，赶忙起身，双手接过那幅文圣先生的亲笔字帖，道谢落座后，少年小心翼翼怀捧卷轴。

关于兔水岛买卖一事，很简单，杨清恐说崇玄署这边会书信一封给水龙宗祖师堂，属于大源王朝这边的三成就不收了，就当是对陈先生此次大驾光临崇玄署的回礼。

各自喝过了青神山酒水，陈平安就打算告辞离去，少年突然轻轻扯了扯皇帝的袖子，皇帝开口笑道："陈先生，在你看来，卢钧有无习武资质？"

这个问题自然多余，一个皇子的资质好坏，无论是修道还是习武，哪里需要等到少年岁数再来问一个外乡人。

陈平安说道："很一般。"

少年神色黯然。

陈平安又笑道："不过习武与修行不太一样，也讲资质，也不讲资质，比如我当年习武资质就十分寻常，只是练拳比较辛苦，如果你想要找个教拳师父，我可以勉强为之，但是你我双方不算正式师徒。"

少年瞬间神采奕奕，练拳本来就是很其次的事情，找个牛气哄哄的师父才是头等大事！至于心目中唯一能够当自己师父的人选，曾经远在天边，如今近在眼前。

陈平安最后又送给了卢钧一本拳谱，说了些粗略的练拳事宜，卢氏皇帝和国师杨清恐对视一眼，都很意外，竟是一部手抄摹本的《撼山谱》，难道这位年轻隐官和大篆武夫顾祐有拳法渊源？

陈平安今天是从崇玄署大门口那边来的，也是从那边走的。

卢氏皇帝三人一路送到了门口，看着那一袭青衫御风离去。

皇帝轻声笑道："之前想象了很多见面时的场景，可等到真正坐下来打交道，反而好像就没什么了。"

哪怕喝着酒，都像是在饮茶，甚至略显滋味寡淡。

杨清恐以心声提醒道："陛下，不可掉以轻心，这才是此人修行的真正厉害之处。"

皇帝点点头，看了眼身边这个自己最器重的儿子，少年此刻还不知道自己即将成为大源太子，皇帝收回视线，与国师笑道："那就再在钱财上多看个几年。"

陈平安离开大源王朝后，御风极快，偶尔在夜幕中遇到那些山下的灯火，才会放慢放低身形，从那些人间城池掠过，但诸多景象依旧来不及多看几眼。天地广袤，犹有好山诗不知。流水沦涟，与月上下，陋巷鸡鸣犬吠，市井夜舂咄咄响……

陈平安没有直奔木奴渡投帖拜会水龙宗，而是先走了一趟更为顺路的灵源公沈霖新建的水府，一见那处府邸轮廓，察觉到那份水运气象，陈平安立即就有些明白水龙宗为何缺钱了。沈霖如果仅以旧南薰水殿主人的家底，是绝对无法建造起这么一座渎公府邸的，何况以旧水正李源与水龙宗的关系，龙亭侯水府一样少不了要向水龙宗赊账。

沈霖见到陈平安，寒暄过后，她立即传信龙亭侯府，大渎公侯走水之快，完全不输一位飞升境大修士，所以陈平安只是等了不到半个时辰，就见到了那个黑衣少年模样的李源，后者一听陈平安要花钱买凫水岛，痛心疾首，跳起来就朝水龙宗方向吐了口唾沫，说那儿早就等于是老子的地盘了，孙结和邵敬芝有什么脸皮收钱，不过听陈平安说浮萍剑湖和崇玄署两边的情形，李源这才没直接去水龙宗祖师堂骂街，与沈霖说咱俩一起写封信给水龙宗，沈霖看了眼轻轻摇头示意的陈平安，就没答应混不吝的李源。

李源大大咧咧坐在椅子上，疑惑道："陈兄弟，既然用不着我与沈霖帮忙，你这专程跑一趟，就没其他事了？"

陈平安笑道："陈灵均走渎成功，殊为不易，我又刚好路过济渎，不得与你们两位好好道声谢？"

李源踢掉靴子，盘腿而坐，伤心道："那为啥你不是去我那府邸？怎么，觉得沈霖官帽儿比我大些，就来这边了？你这兄弟，当得够呛。"

李源突然眼睛一亮，看了眼年纪轻轻的青衫剑仙，再看了眼姿色其实很不错的沈霖，嘿嘿一笑，懂了懂了。他咳嗽一声，低头弯腰，也不穿鞋，双手分别拎起一只靴子，就要往门口走去："我这就去门外守着，给你们俩半个时辰够不够？"

沈霖笑了笑，不在意。

陈平安无奈道："事先说好，随我到了龙宫洞天那边，你千万别这么胡说八道，不然你就别一起了。"

李源疑惑道："身边有女子同游？"

陈平安点头道："我带了媳妇的。"

李源一拍椅子，大笑道："大丈夫有个三妻四妾五六道侣，岂不美哉?!"

陈平安双手笼袖，笑眯眯道："再说一遍，龙亭侯只管可劲儿说，在这边先把话说完，我再带你过去。"

李源双臂环胸，歪头斜眼道："咋个嘛，她是打得过你，还是打得我啊？陈平安，真不是兄弟说你，都没点气概，在外边夫纲不振，万万不成的。"

陈平安起身道："算了，你就留在这边吧，我一个人去水龙宗。"

李源赶紧穿上靴子，信誓旦旦说道："想啥呢，我是那种不识大体的人嘛，见着了弟妹，我保证让你面儿够够的。"

陈平安犹豫了一下，还是捎带上了李源。

一起辟水远游时，李源好奇问道："我那弟妹，是哪家山头的姑娘？是你家乡那边的山上仙子？"

陈平安只是笑道："你见着了，就知道了。"

刘景龙离开锁云宗地界后，悄悄去了趟桐花山，再回到宗门翩然峰，找到了白首，让他下次下山游历，去一趟云雁国，打听一些九境武夫崔公壮的事情。

白首坐在竹椅上，跷着二郎腿，揉着下巴说道："崔公壮，我听说过，大宗师嘛，一身武艺不俗，仗着是锁云宗的首席客卿，打杀起练气士来，很不拖泥带水。"

刘景龙大致说了问剑过程，白首疑惑道："崔公壮都这么个德行了，还有啥不放心的，以后见着了我那陈兄弟，还不得绕道走？"

刘景龙摇头道："陈平安担心的，不是武夫登山与人出拳无忌，而是私底下，在那早已对崔公壮俯首的云雁国江湖，他和徒子徒孙，横行无忌。"

白首说道："有养云峰的前车之鉴，又有那个虚无缥缈的百年之约，崔公壮肯定会收敛几分的。"

刘景龙笑道："等到你去云雁国游历，崔公壮自会懂得一个道理。"

白首试探性说道："是不是说，除了你们之外，还有一个比你们俩低个辈分的我，会隔三岔五盯着他的门派和弟子？"

刘景龙笑着点头。自己的这位开山大弟子，自然是不笨的。

这类查漏补缺，都不用陈平安开口多说，刘景龙自会做得滴水不漏，哪怕不是翩然峰白首下山游历云雁国，也会换成另外一位宗门嫡传剑修。

刘景龙起身道："我会立即重返锁云宗，需要在那边待一段时间，山上练剑一事，你不要懈怠。"

白首点点头："去吧，太徽剑宗有我罩着，谁敢来问剑？"

刘景龙笑问道："问拳呢？"

白首怒道："你是谁师父啊？"

刘景龙身形一闪而逝，去往锁云宗。

锁云宗祖山听雨峰是飞卿老祖修道府邸所在，魏精粹看着手上的一封密信，脸色阴晴不定，心中惊骇不已。

如果信上所说不差，一宗祖师、堂堂仙人，等于走到了鬼门关而不自知。

换成北俱芦洲任何一个人寄来这封密信，魏精粹都会觉得居心叵测，是歹毒的离间计，但既然是那个刘景龙，魏精粹愿意相信几分。

魏精粹最后笑了起来："好个陆地蛟龙，果然大道可期，是我小觑了你们太徽剑宗。也好，就按照你说的去做，若真能成事，顺利铲除掉那个胆敢欺师灭祖的悖逆家贼，我到时候与你们太徽剑宗公开道个歉，主动登山赔礼，又有何妨？"

答应让刘景龙隐匿在锁云宗祖山之内，理由有三：刘景龙剑术卓绝，一旦跻身仙人境，杀力极高。以往只听说刘景龙喜欢讲理，略显迂腐，不承想根本不是这么回事。这样的人，担任一宗之主，绝对不能轻易招惹。刘景龙还有个叫陈平安的剑仙挚友，来自剑气长城。关键此人喜怒不定，与刘景龙先前登山，一唱一和，配合得天衣无缝。

魏精粹敢笃定那位外乡剑仙，一旦发狠，只会比刘景龙更加行事无忌，偏偏又心思缜密，这种心狠手辣却又行踪不定的剑仙，做不成朋友很正常，绝不要与之真正交恶。魏精粹没来由想起一人——姜尚真。

三十六小洞天之一的龙宫洞天，陈平安先和水龙宗孙结、邵敬芝谈妥了那桩买卖，拿到了一份落魄山、水龙宗、大源崇玄署和浮萍剑湖四方画押的山上地契，价格公道得陈平安都觉得良心上过意不去，最终和李源一起登上凫水岛。

李源见着了那个缓缓走来的背剑女子，呵，模样是不错，勉强配得上我家陈兄弟吧。咦，竟是看不出她的境界高低？

李源刚要说话，就被陈平安伸手按住脑袋，说道："怎么答应我的？"

李源哦了一声，向女子问道："姑娘叫啥呢？"

宁姚看了眼忍住笑的陈平安，说道："宁姚。"

听见眼前女子自称宁姚，天底下哪怕有不少同名同姓的，可李源又不傻，至少陈平安游历的剑气长城，绝没有两个宁姚。

李源两腿打战，赶紧一把抓住陈平安的手臂，这位昔年大渎水正老爷亡羊补牢的神通那是一绝，因为心虚，不敢看宁姚，李源只是和陈平安说了一句福至心灵的言语："陈平安，兄弟归兄弟，实话归实话，你真心配不上宁剑仙。"

宁姑娘是可以随便喊的吗？得喊宁剑仙！至于那位宁剑仙是否领情，李源不晓得，不去猜，但是所幸陈平安这边倒是笑得很开心，十分真诚，大概是觉得李源说这话毫无问题。

李源这才稍稍吃了颗定心丸，小心翼翼转过身，正了正身上那件水袍衣襟，作揖行礼道："济渎李源，拜见宁剑仙。"

宁姚单手掐剑诀礼，说道："飞升城宁姚，见过济渎李侯。"

李源升任大渎龙亭侯，前些年又得了文庙封正，好似山水官场的头等山上公侯，所谓的位列仙班，不过如此。所以宁姚称呼对方一声李侯，算是一种很得体的尊称。

李源满脸笑容灿烂是真，实则痛心极了，更是千真万确。

这光彩一幕，怎的都没有人以仙术拓摹下来，不然他以后就可以将画像好好裱起，悬挂在自家侯府待客的正屋大堂，直接当那堂匾用了。

关于宁姚的事迹和传闻，其实存在着一道分水岭，那场席卷浩然的大战之前，关于宁姚的说法，主要就是一个：天下剑修天才，其实只分三种，剑气长城那些可以甲子之内跻身元婴境的剑仙坯子；浩然天下的百岁金丹；最后一种当然就是宁姚一人。

等到第五座天下开辟并且开门之后，宁姚的声望更是跨上了几个大台阶，其实在文庙关门之前，是有些山上小道消息传回浩然天下的，比如宁姚毫无悬念的接连破境，势如破竹，让人目不暇接，这意味着宁姚获得了那座天下的大道认可，故而浩然天下山巅修士，人人早已笃定这位年轻女子剑修会是未来那整座天下的第一人。

这根本就不是什么大道可期了，因为宁姚注定会大道登顶，而且将来很长一段时间内，那座天下山巅处，她都会是一人独处的光景，身边无人。

此外还有一种玄之又玄的山上说法，如今谁敢杀宁姚，哪怕是一位十四境大修士，那么以后就绝对不要去五彩天下了，否则一定会死，而且肯定死得莫名其妙。

李源很信命。

小米粒偷偷松了口气，还好还好，今儿与好人山主一起露面的不是女子。她听说大渎灵源公就是一位好看女子嘞。不过好像翩然峰白首之外，又多出一个和好人山主称兄道弟的。

裴钱向李源道了一声谢，陈灵均上次走渎一事，李源出力最大，而且婴儿山雷神宅那场风波中，这位龙亭侯表现得极有江湖义气，陈灵均回了落魄山后，就经常向暖树、小米粒念叨此事，说在交朋友这件事上，真不是他吹牛，开了天眼一般。

天底下自家老爷理所当然位居榜首，那他陈灵均就得排第二，然后暖树和米粒可以并列排第三，因为傻人有傻福，有幸认识第一和第二嘛。结果一回头，小米粒就与裴钱炫耀显摆去了，那么景清大爷的下场也就可想而知了。

宁姚问道："这座凫水岛，水龙宗开了什么价？多少谷雨钱？"

龙宫洞天是北俱芦洲公认的一处修道胜地，四季如春，夏无暑气冬不寒，只是多雨水，在此修道之人，多是不缺神仙钱而且修行水法的地仙修士之流，每逢雨水，就会以各种本命物拦截雨水，收入人身小天地。其实山上修行，多是如此，机缘之外，都是靠着日积月累的水磨功夫，怪不得元婴境和飞升境这两境修士被笑称为千年王八万年龟。只说元婴境，除了不染红尘、躲避天劫之外，更需要一点一滴地精进修行，来增加打破瓶颈的胜算。

岛上除了一座历代主人不断营缮的仙家府邸，本身就值不少神仙钱，此外还有投水潭、永乐山石窟、铁作坊遗址和升仙公主碑四处仙迹遗址，在等陈平安的时候，宁姚带着裴钱几个已经一一逛过，裴钱对升仙碑很感兴趣，小米粒喜欢那个水运浓郁的投水潭，正打算在那边搭个小茅屋，白发童子已经说了，那石窟和铁作坊谁都不要抢，都归她了，好像陈平安还没买下凫水岛，地盘就已经被瓜分殆尽了。

陈平安轻轻踩了一脚地面，笑道："这凫水岛本是小洞天内除主城岛屿之外最适宜修行的三处之一，按照水龙宗那边的估算，原价两百枚谷雨钱。因为龙宫洞天是三方势力共有，崇玄署和浮萍剑湖都没收钱，水龙宗占四成，所以开价八十枚谷雨钱，我没好意思还价，已经飞剑传信落魄山，立即寄钱过来。"

其实最早水龙宗不太愿意卖出凫水岛，一场人数极少的祖师堂议事更倾向于租赁，哪怕约定个三五百年都无妨，只是实在扛不住浮萍剑湖、崇玄署和灵源公府的接连三封密信，这才为这位宝瓶洲落魄山的年轻山主破例一回。这还真不是水龙宗小家子气，计较什么神仙钱的多寡，而是涉及一处小洞天的大道气运。

先前在水龙宗祖师堂那边谈买卖，陈平安才知道水正出身的李源竟然是在右首椅子那边落座，而且南北宗孙结、邵敬芝两位玉璞境好像对此都见怪不怪。

宁姚犹豫了一下，说道："我来这边的时候，身上带了些钱。"

在五彩天下飞升城那边，泉府会按照定例，一切以剑修立下的战功精准算账，除此之外，剑修的每次破境，也有一笔来自飞升城泉府赠送的炼剑所需钱财。只是到了宁姚这边怎么算？高野侯和整座泉府还能怎么办，只能硬着头皮算账，比如宁姚是飞升城更是崭新天下的首位玉璞境剑修，还是第一位仙人境，第一位飞升境……何况还要再加上那些斩杀神灵尤其是远古十二高位神灵独目者的功劳，再加上隐官一脉剑修的俸禄……泉府修士，最终看着那个单独为宁姚开设的账簿，既与有荣焉，又倍感心碎。所以如今宁姚就成了飞升城的最大债主，简单来说，就是她极有钱。

陈平安埋怨道："说的是什么话，没这样的道理。"

宁姚看了眼陈平安，再看了眼那个故意一脸傻样、竖起耳朵的龙亭侯，笑了笑，没有言语。你怎么说话的时候，不干脆横眉瞪眼大嗓门呢，岂不是在朋友这边更显一家之主的气概？

一行人走向那处现成的仙家府邸。

北俱芦洲的这处龙宫洞天，再加上狮子峰，以及海上的渌水坑，前身其实都是李柳的避暑行宫之一。

李源也吃不准陈平安如今是否知晓此事，反正上次李柳现身此地，作为同乡人的陈平安，当时好像还被蒙在鼓里。

李源从袖中摸出一枚玉牌，一面雕刻行龙纹，一面是古篆"峻青雨相"，递给陈平安。如今陈平安是凫水岛的主人，于情于理，于公于私，李源都该送出这枚主持岛屿阵法中枢的玉牌。他说道："如果只是运转护山大阵，玉牌无须炼化，上次就与你说过此事了，不过真正玄妙之处在于玉牌蕴藏有一篇远古水诀，一旦被修士成功炼化为本命物，就能请神降真，迎下一尊相当于元婴境修士的法相，若是在江河大渎之中与人厮杀，法相战力完全可以视为一位玉璞境。毕竟这是一尊旧天庭掌管水部降雨要职的神灵，官职不低的，神灵真名峻青，雨相雨相，听着就是个大官了。"

陈平安将玉牌收入袖中，他自有打算。其实光是这枚雨相玉牌，估计比整座凫水岛都要值钱得多，他打趣道："我与水龙宗做的这笔买卖，岂不是等于让你亏了件半仙兵品秩的水法重宝？"

李源白眼道："寻常修士买下了凫水岛又如何，我会给出此物吗？肯定是不小心丢了啊。想要运转阵法，让他们自己凭本事去寻找可以替代此物的仙家重宝。与你客气什么,再说了,当年如果不是你不乐意收下,玉牌早就给你了。此物对我而言是鸡肋,当年身为大渎水正,反而不宜炼化此物,就像官场上,一个地方衙署的浊流胥吏,哪敢指手画脚随便使唤一位京城庙堂的大臣。"

陈平安沉默片刻,突然问道:"只是峻青的法相,你哪怕炼化了,其实问题不大吧?"

李源笑而不言。陈平安立即心领神会,这尊名为峻青的水部天官神灵,万年之前并未陨落,而是类似真武山马苦玄"请下"的那些神灵,依旧在文庙的调度之下,按照礼圣订立的某个规矩隐匿在幕后,继续执掌一部分天地水运大道的运转。所以无论是昔年一渎水正,还是如今跻身高位的龙亭侯,都不合适。

在那大堂落座,裴钱和小米粒早已熟门熟路,之前拎水桶带抹布,早已合力将此处打扫得纤尘不染。

陈平安说道:"我们只是在这边坐一会儿,就会马上离开,所以有件事还是要请你帮忙。"

李源想起一事,说道:"你是说十月里边的金箓、玉箓斋醮道场?先前你不是给了我两枚谷雨钱吗,还留下了那本记录姓名的册子,这二十来年,我年年都有照办,如果是此事,你不用担心,此事都成了凫水岛每年的定例了,水龙宗那边都很上心的,绝不敢有丝毫怠慢。"

十月初十,诸天地神明及鬼神皆在其位,阳间俗子多为先人送寒衣,祭祀先祖,此地水龙宗修士会精心裁剪出五色纸彩衣,各个铺子都会附赠一只小火炉,不过烧纸一事,却是按照习俗,在十月初十的前后两天,因为如此一来,既不会打搅已故先人休歇,又能让自家先人和各方过路鬼神最为受用。之后的十月十五,就是水官解厄日,可为先人解厄消灾,为逝者荐亡积福。水龙宗举办的这场道场法事更为隆重,当然也就更加耗钱,除了来自一洲各地的山上修士,多是类似大源王朝的将相公卿才能参与其中,聘请水龙宗高人在符纸上帮忙写下祖辈故人的名讳、籍贯。一些财力鼎盛的大王朝,每逢战事结束,也会让礼部高官专程赶来此地祭奠英烈,为其祈福,敬香点灯,积攒来世福荫。

陈平安说道:"两枚谷雨钱哪里够,说吧,你这些年帮我垫了多少神仙钱,我得补上。"

当年陈平安没有想到自己会在剑气长城那边久久无法返乡,本以为至多隔个几年,总能再次游历北俱芦洲,重回水龙宗。

李源本想拒绝,这点神仙钱算什么,只是一想到这里边涉及祭祀的山水规矩,就给了个大致数目,让陈平安再掏出十枚谷雨钱,不多不少,不用担心会少给一枚雪花钱。陈平安就直接给了二十枚谷雨钱。李源就问此事大概需要持续几年,陈平安说差不多需要一百年。

若有转世，如果说山下俗子古稀之年，差不多可算一辈子，那么正好可以按照一百年来算。若有人转世，还能够再次继续修行上山，陈平安也希望有缘再见。

　　陈平安再取出早就备好的十张金色符箓，来自《丹书真迹》记载，说让李源以后在金箓道场上帮忙烧掉，每年一张。

　　李源一开始没怎么在意，等到入手一瞧，瞬间脸色变化，收入袖中之后，怔怔望向这个太过意气用事的青衫剑仙，以心声道："陈平安，你何必如此?!会消减自身福缘气数的！而且每年烧符一张，实在太过频繁了，这可比山中修士的消磨道行更加犯忌讳。你如果不是已经跻身玉璞境，我都要骂你一句是不是失心疯了。"

　　陈平安眼神明亮，说道："我只希望心诚则灵。"

　　李源在心中幽幽叹息一声，无奈道："我怎么交了你这么个朋友。"

　　陈平安转头看了眼屋外，笑道："估计我们离开之前，凫水岛还要待客一次。"

　　李源点点头："多半是那个邵敬芝，在迎来送往这些事上，她比北宗孙结更愿意花心思。"

　　果不其然，南宗邵敬芝与一位拄龙头拐杖的老妇人联袂拜访凫水岛的新主人。

　　邵敬芝是玉璞境修士，驻颜有术，貌若年轻妇人，一身素雅法袍，石青地纳纱绣花纹吉服，宝髻松松绾就，脂粉淡淡妆成。老妇人是位元婴境，按照辈分是宗主孙结的师姑，她在跨过门槛之前，有意无意停步片刻，抬手理了理鬓角，却也只能是干枯手指拂过雪白发丝。

　　陈平安先前独自来到门外台阶，笑着抱拳相迎。

　　邵敬芝是来送一件贺礼的，要购买凫水岛之人，竟然是一位正儿八经的宗主，之前在祖师堂让她大吃一惊。

　　李源在祖师堂十分胳膊肘往外拐，从水正变成龙亭侯的黑衣少年言语不多，就几句话，其中一句，说自己这位朋友是山上的一宗之主，所以照道理孙结、邵敬芝你们两个是得在木奴渡那边迎接的。

　　然后邵敬芝得知此人所在山头刚刚跻身宗门没多久，她就有了来这里做客的理由，为这位陈宗主送了一只水属灵宝异物。宝物名为蠛蠓，形状若蚊虫，却在山上别称小墨蛟，饲养在一只青神山竹编织而成的小竹笼内，水雾朦胧。陈平安婉拒一番，最后自然是却之不恭了。

　　不过这类实惠好处，今日收，明日送，有来有往的，就跟山下婚嫁酒宴的份子钱差不多，谈不上谁更占便宜。

　　比如以后水龙宗南宗再有什么庆典，陈平安和落魄山自然就得表示表示，人可以不到，礼物却得到场，所以双方真正挣着的，其实是那份香火情。

　　陈平安和邵敬芝双方其实半点不熟，所以也就是说了些客套话，只不过邵敬芝擅长找话,陈平安也擅长接话,一场闲聊,半点不显生硬,好像两位多年好友的叙旧。李源其间只插话一句,说我这陈兄弟与刘景龙是最要好的朋友。邵敬芝微笑点头,心中则是波澜起伏,难道先前和刘景龙一起问剑锁云宗的那位外乡剑仙正是眼前人?

邵敬芝心中后悔不已,礼物轻了。

那位始终一言不发的老妇人,眼中没有什么陈宗主,只有对面那个长长久久、永远少年模样的李源。

上次久别重逢是在水龙宗祖师堂内,那会儿的李源,点点金光凝聚身形,落在右边首位座椅上,面容年轻,却神意枯槁,如今再见,大渎水运凝聚在身,黑衣少年已经神气圆满,这就是跻身大渎公侯、再得到一位文庙学宫大祭酒亲自临水封正的好处了。此生已经无望破境的元婴境老妇人,亲眼见到此时此景,却好像比自己跻身上五境还要高兴。

老妇人一张再不会好看的沧桑脸庞,一双再不会水润灵秀的眼眸,还是会藏着好多的心里话。就像一封从未寄出的情书,从少女时开始提笔写下第一个字,到白发苍苍时,还未停笔。

世间不是所有男女情思都会是那春种一粒粟,秋收万颗子,可能没有什么春种秋收,一个不小心就会心田荒芜,就是野草蔓延,却又总能野火烧不尽,春风吹又生。

最后陈平安和李源一起将邵敬芝和老妪送到了岛屿渡口处。

在她们乘坐符舟离去后,陈平安轻声问道:"有故事?"

李源白眼道:"没啥故事可讲。"

一起走回府邸那边,李源笑道:"不会怪我多嘴吧?"

陈平安摇头道:"寥寥几句话,画龙点睛,恰到好处。"

李源叹了口气,双手抱住后脑勺,道:"孙结虽然不太喜欢打点关系,不过不会缺了该有的礼数,多半是在等消息,然后在木奴渡那边见你们。不然他如果先来凫水岛,就邵敬芝那脾气,多半就不愿意来了。邵敬芝这婆姨看似聪明,其实想事情还是太简单,从不会多想孙结在这些琐碎事上的让步和良苦用心。"

陈平安笑道:"那我们就别让孙宗主久等了。"

李源感慨道:"当了宗主,洁身自好还好说,再想善解人意,顾虑周全,就不容易了,以后随着家业越来越大,只会越来越难。"

李源是看着水龙宗一点一点崛起,又一步一步分为南北宗的,他也不是从一开始就这般性子怠懒。事实上,水龙宗能够跻身宗门,早年李源无论是出谋划策,还是亲力亲为,都功劳极大,祖师堂那把位于右首的交椅,李源坐得问心无愧,只是岁月变迁,久而久之,才逐渐变得不爱管闲事,哪怕曾经被火龙真人骂了句烂泥扶不上墙,他也认了。

陈平安点头道:"老理儿。"

李源说道："陈平安，你千万别让落魄山变成第二个水龙宗。"

陈平安双手笼袖，在岸边缓缓而行，笑道："会争取。"

别看李源瞧着跟自家那位景清大爷差不多，其实还是很不一样的，前者只是懒散，其实心里边什么事情都门儿清，至于后者，是真的缺心眼。所以李源当这个龙亭侯，以后只会风生水起，不会被沈霖的灵源公府压下去一头，如果换成陈灵均当家，估计就是每天大摆酒席，流水宴一场接一场，然后突然有一天猛然发现，啥，没钱啦？

李源小心翼翼问道："既然你的媳妇是宁姚，那么那个数座天下年轻十人之一的陈隐官？"

陈平安笑眯眯道："你猜。"

李源踮起脚，拍了拍陈平安的肩膀，笑嘻嘻道："陈公子，哪里酸？给你揉揉？"

陈平安板起脸说道："放肆，喊陈山主。"

来不及多看凫水岛几眼，陈平安就离开了龙宫洞天。

乘坐符舟之时，陈平安抬头瞥了眼那轮大日，按照当年李柳泄露的天机，悬空的那轮大日雏形是济渎中祠年复一年的香火精华凝聚而成，李柳对此不以为然，直接给了个"坯子粗糙，不得其法"的评价，说哪怕再给水龙宗万年光阴打磨，也比不过醇儒陈淳安肩头挑起的日月。

陈平安收回视线，以心声与宁姚说道："我先前跟刘景龙提及一事，北俱芦洲这么多年，都没有出现一位飞升境剑修。"

北俱芦洲剑修如云，照理说是浩然九洲当中最应该出现一位甚至两位飞升境剑修的地方。其中一个最重要的原因，当然与北俱芦洲剑修赶赴剑气长城有关，剑修或者在那边战死，或者大道断绝，或者重伤，人数实在太多，比如刘景龙的师父、当时是仙人境的上任宗主韩槐子，原本只要留在太徽剑宗，就有希望跻身飞升境。

哪怕此地剑修众多，难免会均摊一洲剑道气运，但是在此之外，肯定还有其他理由。

宁姚想了想："北边的白裳，如此惜命，他肯定有所图谋，比如想要成为一个底子极好的飞升境剑修，想要在北俱芦洲前无古人、后无来者，然后一鼓作气奔着十四境剑修去。"

其实只要宁姚愿意认真去想某个事情，她的见解往往就会极其精准。

"之前听裴钱说过，白裳曾经与清凉宗贺小凉撂下一句话，说要让贺小凉一辈子无法跻身飞升境。白裳此人，绝不会故意说些耸人听闻的狠话。

"此人开宗立派多年，又在仙人境停滞数百年之久，依旧只肯收取一位嫡传弟子，如果换成是我，肯定是早已将飞升境视为囊中物，所以才会觉得与其分心劳神，要经常与庶务打交道，不如自己一人炼剑，更有长远收益。

"白裳早年在剑气长城的口碑，算不得多好，却也不差，不像是个递剑含糊的人，他之所以会错过先前剑气长城的那场大战，等到蛮荒天下打到了老龙城，才跟随天君谢实一起走了趟宝瓶洲，说不定就是在等，赌上所有剑修声誉不要了，都要留在北俱芦洲，等待某个更能旱涝保收的破境契机。"

陈平安点点头，陷入沉思。

宁姚神色有些别扭，还是以心声直截了当地道："我去浮萍剑湖，只是因为那边有郦采，和陈李、高幼清这两个家乡晚辈。"

看似没头没脑地蹦出一句莫名其妙的话。

陈平安回过神，笑道："明白。"

宁姚笑道："不会偷偷记裴钱的账吧？"

陈平安疑惑道："无缘无故的，怎么说？"

宁姚点头道："原来是揣着明白装糊涂。"

陈平安作势要抱住她肩头，却被宁姚一手轻轻推开，还狠狠瞪了他一眼。

在渡口归还木质印章的时候，那位笑意盈盈的水龙宗女修身边站着一位北宗掌律修士，神色恭敬，以心声与陈平安说了一事。

木奴渡之外，三人在大渎畔现身，是宗主孙结、元婴境供奉武灵亭和祖师堂嫡传弟子白璧。

陈平安先在渡口飞剑传信一封给彩雀府，然后御风去见宗主孙结。

陈平安其实认得那位宗主亲传的女修，还知道她是芙蕖国豪阀出身，之所以记忆深刻，不是因为前后见过两次的缘故，而是她拥有一套十八颗水龙宗祖师堂赐下的压胜花钱，还有一把名为散雪的古琴，当年在那处秘境遗址内，白璧曾与彩雀府孙清打得有声有色。

白璧却没有认出当年那个抱住一棵竹子不松手的老修士。

宗主孙结所送之物是一对水龙宗深潭禁地才有的牛吼鱼，此物实打实的百年一遇，极为稀少。关键孙结诚意十足，直接送出了一对，雌雄皆有，就更加难得了。故而就连李源都有些刮目相看，毕竟一个不小心，天底下可就不光是水龙宗才出产牛吼鱼了。

所以陈平安主动说道："孙宗主，以后但凡有事，有那用得着的地方，恳请一定飞剑传信宝瓶洲落魄山，能帮忙的，我们绝不推托。"

不单单因为礼物贵重，陈平安才有此说，更多还是因为龙宫洞天内的金玉斋醮一事。

孙结抱拳道谢，然后忍不住问道："可是披云山旁边的落魄山？"

先前议事堂内，李源只说此人是一位宗主，可没有说山门根脚。不过孙结也只当是这位别洲宗主的客气话，没有太过当真，毕竟双方都不在一洲山河之内。水龙宗修士一向规矩行事,与人结缘不结怨。何况水龙宗的山上盟友,可不光是浮萍剑湖和大源崇玄署。

陈平安笑着点头:"与魏山君有些私谊,照拂我家山头极多,之前侥幸能够跻身宗门,魏山君出力极多。"

武灵亭心中恍然,难怪,原来是傍上了一洲北岳大山君、披云山的魏檗。

这位野修出身的水龙宗供奉,至今还不晓得自己的嫡传弟子到底去了哪里,更想不到眼前这个家伙,刚好对此一清二楚,他的嫡传弟子其实是去了青冥天下的大玄都观。

裴钱神色古怪。有件事,她到现在都没敢跟师父说半个字,比如魏夜游的这个绰号到底是怎么来的。

小米粒既失落,自家落魄山咋个还不如魏山君的披云山名气大呢,又替魏山君感到高兴,了不得了不得,披云山的名气大如渡船哩,都飘到水龙宗这边来了。

小米粒打定主意,回家之后,她得与魏山君说道说道,开心开心,多嗑瓜子。

之后一行人御风赶赴骸骨滩,不过在去披麻宗木衣山之前,陈平安带着宁姚她们绕远路,先去了一趟位于一洲最南端的南山寺,请香之前,陈平安让白发童子在外边等着,后者点点头,毕竟是佛门寺庙,她生前既有青冥天下的道官谱牒身份,如今又是一头化外天魔,无论哪个身份,都不宜入庙烧香。

南山寺铺设有一条入海神道,寺中矗立有一尊观音菩萨像。

裴钱摘下竹箱,放好行山杖,跪地磕头,小米粒就跟着裴钱一起磕头。

陈平安双手捧香,高高举过头顶,闭上眼睛,在心中默默许愿。宁姚也许了个愿。

之后陈平安还在一处名叫妙金山的地方种下了两棵菩提树。

南山寺外,白发童子仰头望向那尊菩萨像,犹豫了一下,还是闭上眼睛,双手合十,为某人祈福。

但愿:

跋山涉水,风景秀丽。久别重逢,故人无恙。

入庙烧香,有求有应。异乡游子,又逢佳节。

今天骑龙巷的铺子外边好像拉起了一张雨幕。

目盲老道人趴在柜台上,青衣小童踩在一张小板凳上,俩好兄弟喝点小酒打打牙祭。

早些年还是黑炭小丫头的裴钱还在学塾上课呢,每逢下雨天,都会带着小米粒脚踩台阶上的雨水,裴钱美其名曰走龙门。陈灵均觉得幼稚得很,就只与她们走过一次。

哥俩聊着聊着,就说到了山上修行一事的大不易,陈灵均抹了把嘴,感慨道:"贾老哥,我这辈子资质太好,修行路上没什么风雨坎坷,唯独到了小镇这边,有过几次大凶险,差点就被人一拳打得白日飞升了。如今想来,胆气雄壮如我这般,还是有几分后怕啊。"

当面骂阮邛,拍陆沉肩膀,公然叫板竹楼二楼那位崔前辈,一桩桩一件件的,哪个不是壮举?陈大爷都不乐意多说。

陈灵均和贾晟酒碗磕碰一下,一饮而尽,抬起一手,双指并在一起:"亏得我福缘深厚,自己也机灵,才能次次化险为夷。说真的,但凡我不够聪明那么一点点,就要悬了。"

不用想,只要有那么一着不慎,在这处处藏龙卧虎的北岳地界,估计就再没什么御江浪里小白条、落魄山上小龙王了。

陈灵均抬起酒碗:"好汉不提当年勇,豪情壮志,都是过去的事了,咱哥俩如今都混得不错,得提一碗。"

贾晟陪着陈灵均又喝过一碗,发现柜台上边的佐酒菜所剩不多了,立即扯开嗓子,让徒弟酒儿去后厨再整俩小菜,然后老道士感慨不已:"都不去谈景清老弟如今的境界,只说景清老弟的谋略,老哥我走遍了一洲山水的江湖,也是生平仅见的好,出类拔萃的好啊,要是问怎么个好?呵,讲究大了去了。"

陈灵均立即给贾晟倒了一碗酒,接话道:"怎么个好?老哥你给说道说道,我这人过于谦虚了,总喜欢妄自菲薄,我家老爷劝我改改,我却如何都改不过来,所以比较难看到自己身上的优点。"

贾晟都不用打什么腹稿,肺腑之言,诚挚之语,需要酝酿吗?早就都在酒水里了,他抿了一口酒,娓娓道来:"一般人根本就看不出的好,就是这么个深藏不露的好。老话怎么说来着,头等聪明人,得有个笨相,绝不能让旁人随便那么瞅一眼,就觉得伶俐、机灵、心眼多,那就落了下乘喽,景清老弟却不然,平时半点不显,一到紧要关头,男儿担当、仙师城府、江湖义气、豪杰气概,一股脑儿涌来,挡都挡不住,是也不是?"

陈灵均点头如小鸡啄米:"是是是,必须是。"

他撇撇嘴,嘿嘿笑道:"曹晴朗就是因为不会说话,不符合咱们落魄山的门风,才会被发配到桐叶洲,可怜可怜,可怜啊。"

贾晟一手持碗,一手抚须点头:"空有学识,不会说话,这怎么成。景清老弟,此事其实得怨你啊,你在山上,怎就不与他多聊聊?曹晴朗这娃儿,是个极有慧根的读书种子,不然也当不成山主的得意学生,稍稍欠缺的,就是这些个书上不教的人情世故。陈老弟你自己说说,是不是得怨你?"

"唉,这么一说,真得怨我。"

"那咱哥俩再走一个。"

铺子里边那哥俩,好像次次喝酒都不缺个说法,也算独一份了。

门外檐下，青衫长褂的姜尚真、一身雪白长袍的崔东山，还有个名叫花生的少女，虽然都没在门口露头，不过其实已经站在外边听里边唠嗑半天了。

姜尚真佩服不已："咱们骑龙巷这位贾老哥，不开口是真人不露相，一开口就是个顶会聊天的，我都要甘拜下风。"

崔东山笑道："等会儿咱们进铺子，贾老神仙只会更会聊天。"

姜尚真说道："看得明白的人，往往活得不明白。这位贾老哥目盲却心明，所以才能活得通透。"

崔东山点点头，蹲下身。眉心一粒红痣的白衣少年，看着铺子檐外的灰色雨幕。

姜尚真笑问道："朱先生和种夫子，何时破境？"

崔东山摇摇头，伸出手掌接雨水，说道："都很难说。"

少女花生一直帮身边的崔东山撑着伞，她瞥了眼那个双鬓霜白的中年男人，觉得他真是个古怪人。

既能说那无心之语最伤人，有剑戟戳心之痛，让听者只恨有心；也会在来这落魄山的路途中，对一个偶然相逢的山上仙子言语冒犯。女子当时踩水凌波而行，手指旋转一支竹笛，他便在岸边大声询问："姑娘是否名叫姗姗？"那女子转过头，一脸疑惑，显然不知他为何有此问。他便笑言："姑娘你若是不叫姗姗，为何在我人生道路上姗姗来迟？"花生看得真切，那位多半是在山中修道的仙子，恼得差点就要动手打人。仙子深吸一口气，才没理睬姜尚真，只是转身急急御风离去。结果这个男人竟然还在那边自顾自感慨一句："她跑起来的时候，她小鹿乱撞，我心如撞鹿。"

崔东山站起身，跨过门槛进了铺子，两只雪白大袖甩得飞起，大笑道："哎哟喂，正喝酒呢，不会扫了老神仙的酒兴吧？"

贾老神仙打了个寒战，再一个低头缩肩，老脸笑开花，弯腰搓手道："崔先生、周首席，都来了啊，这敢情好，我方才喝酒还纳闷来着呢，不明白为何今早翻皇历，说会有贵人登门！"

相较于铺子里边那两位大爷的喝酒打屁，老厨子这会儿身在灰蒙山，山上正在建造大片府邸，动工已久，这个在落魄山上当厨子的，几乎每天都会来这边，不少事情都会亲力亲为。因为这会儿雨水绵绵，不宜继续夯土，就暂时歇工。朱敛此刻蹲在一处檐下，陪着一位山上匠家老仙师闲聊几句，后者瞥了眼前边尚未完工的广场，与身边这位据说是落魄山管家的朱敛笑道："朱先生，如果我没有看错，你那些独门手艺是从宫里头流传出来的吧？"

山下皇宫里头有那八大作，越是大的王朝，就越是精良，工序烦琐，藩属小国就糙些。

老仙师就是靠端这碗吃饭的，大骊陪都的打造，南边老龙城的重建，都曾参与其中,更早还有云霞山的一处山峰府邸,所以对这些并不陌生,况且本就需要采百家之长,精益求精。只不过好些个事情,还真是第一次见着,有些话,甚至是头一回听说,这就有些奇怪了。

朱敛笑道:"比起洪老神仙你们的山上技艺,我这点道听途说而来的山下官家样式,根本不值一提,至多是做些锦上添花的勾当,洪老神仙不怨我指手画脚,已经算是肚量大了。"

老人哈哈笑道:"朱先生过于自谦了。"

朱敛端起酒碗,笑道:"好话总要别人来说才好听嘛。"

老人举碗与之轻轻磕碰,深以为然,点头道:"朱先生多妙语。"

所以他特别喜欢跟朱敛闲聊几句。他们这个行当,算是山上低着头挣钱的营生,其实跟山下的庄稼汉没差,到了山上,往往是不太被谱牒仙师们瞧得起的。哪怕面子上客气,那也只是对方的门风家教和礼数使然。唯独在落魄山这边,遇到了管家朱敛,很不一样。

最近这段时日的地基夯土一事,要简单也简单,要不简单就极其不简单了,落魄山这边的朱先生就选了后者,不谈那些仙家手段,光是不同土层就需要七八道,灰土、黏土、碎砖、卵石,反复交替,才能既防潮,又能拦着建筑下沉,层层土,先碾打三遍,再踩土纳虚,拐子打眼,布满流星拐眼,旱夯之后是落水,旋夯,浇筑糯米汁,打碾成活,而这其中的许多泥土,甚至都是朱敛亲自从各处山头挖来再调配的。除土作之外,木作的墨斗弹线、竹笔截线、刨花和卯榫,石作的大石扁光、剁斧……好像就没有朱敛不会的事情。

只是老仙师再一想,能够给一座宗字头仙家当管家,有些傍身的能耐,也算不得太过匪夷所思。

朱敛瞥了眼远处的一个年轻人蒋去。蒋去是落魄山除山主之外的唯一一个符箓修士,加上此人又来自剑气长城,所以山上不管是谁,对他都很客气。蒋去得了一本符箓秘籍后,就想要一门心思只顾修行,朱敛没让他遂愿,几乎每次来灰蒙山这边,都会带上他,一来二去,蒋去就有些烦躁,朱敛就笑着告诉他,如果一个人只会闭门修行,那就根本不懂修行。

不管是心里忌惮这个大管家,还是真把道理听进去了,在那之后,蒋去就再无怨言,次次跟着朱敛来这边监工,也会下场帮忙。

见一场雨水没有停歇的意思,朱敛就告辞一声,带着蒋去下山去了。

各自撑伞,徒步缓行。

朱敛身形佝偻,一双布鞋上沾满了泥巴,微笑道:"蒋去,有没有想过,人生就像那层层夯土,被踩得重了,地基才承载得起好看的建筑,你以为帮我们遮风挡雨的,是屋子吗？山下是的，山上则不然，唯有心如大地，才能厚载万物。故而人心厚道之人，就是证道得道之人。"

朱敛停下脚步，转过身。蒋去只好跟着转身望去。

朱敛指了指高处的屋顶："之后是那屋脊瓦片，就像衔接起了泥土和天空。"

在家乡没读过书的蒋去其实听不太明白，但是听出了朱敛言语之中的期许，所以点头道："朱先生，我以后会多想想这些话。"

朱敛那只手掌翻转朝下，笑道："不在本心使气力下功夫，只是汲汲然去学那眼中神人的气魄，却是倒做了。蒋去，长此以往，你不会有出息的，也是万般辛苦都学不像的。"

蒋去默不作声，还是听不明白，又不敢不懂装懂。

朱敛重新转身下山，问道："知道我为什么要与你说这些吗？"

蒋去说道："不希望我在山上走岔路，到头来只是辜负陈先生的期望。"

朱敛笑道："岔在何处？"

蒋去答道："我不该光顾着修行仙家术法。"

朱敛忍不住笑了起来。

蒋去越发紧张。

朱敛微笑道："把你们带上落魄山的山主，剑气长城的隐官大人，都不会瞧不起蒋去和张嘉贞，为何蒋去会瞧不起张嘉贞？"

蒋去一瞬间就汗流浃背，撑伞之手关节泛白。他很想说自己没有，但是不敢这么说。

朱敛说道："以后慢慢改就是了。犯错不是什么一时半会的事情，改错也同样不是一两天的事情。"

蒋去使劲点头。

朱敛神色淡然道："记住，上山不易，下山更难。"

刘羡阳今天和一个圆圆脸的姑娘一起离开河边铺子，去了趙祖宅，说是要带她看样东西。姑娘穿了一身蓝印花布衣裙，在刘羡阳看来，半点不像村姑，大家闺秀得很。

因为下雨，两人都戴着斗笠。

化名余情月的赊月，在刘羡阳打开门后，摘下斗笠，在门外轻轻甩了甩，不等进门，她一眼就看到了那只彩绘戗金花卉的柜子，按照浩然天下这边的文雅说法，叫博古架。

刘羡阳摘下斗笠，斜靠桌子，双臂环胸，笑道："当年陈平安和宁姚来这边，宁姚也是好眼光，直接开口跟我买这柜子，我哪肯，再没钱，都不舍得的。宁姚，你肯定知道吧，我弟妹，真要说起来，我都能算是他们两个的月老了。"

其实真相根本就不是这么回事，当年宁姚只是提醒刘羡阳柜子不值钱，但是不要轻易贱卖了那幅金桂挂月的镶嵌壁画。那会儿刘羡阳可没怎么上心。

按照当时陈平安的猜测，此物多半是刘羡阳家祖上从当年的溪涧中拣选了那种金黄色的蛇胆石，细细碾碎了粘在一起的，最终绘制成图，一株金色桂树，正值圆月当空。

刘羡阳看着赊月，再看了眼壁画，自顾自说道："好个天作之合。"

赊月手中拎着斗笠，盯着那幅壁画，久久没有收回视线，好像就没听见刘羡阳的言语。

赊月转头问道："是不是等到陈平安回来，你们很快就要去正阳山了？"

刘羡阳点点头，他在赊月姑娘这边早说过此事，和她没什么好藏掖的，就连梦中练剑一事，刘羡阳都说了。

其实很多事，赊月都是听一句算一句，刘羡阳说过，她听过就算，不过问剑正阳山这件事，赊月确实比较在意。

她问道："胜算大不大？"

刘羡阳揉了揉下巴："听闻那位搬山老祖又破境了。"

赊月愣了愣，她是直接被人丢到小镇这边的，不过对这个能够拦下文海周密和蛮荒大军的小小宝瓶洲，她是极其忌惮的，尤其是一听说什么"老祖"，她就好奇问道："飞升境啦？"

刘羡阳愣了半天。

赊月神色认真道："那你们可得小心些。"

刘羡阳笑着点头："好的。"

彩雀府那边收到了一封来自水龙宗木奴渡的飞剑传信，那位陈山主在信上说，已经帮忙找到了三位记名客卿，分别是指玄峰袁灵殿、崇玄署云霄宫杨后觉、浮萍剑湖剑修荣畅。

一位在北俱芦洲都被视为仙人修为的火龙真人嫡传，一位负责大源崇玄署和云霄宫具体事宜的二把手老仙师，还有一位据说即将破境的元婴境剑修。

刚和弟子柳瑰宝回到山头的孙清放下信，望向武崐，疑惑道："你难道对陈山主用了美人计？"

不然陈平安何必如此兴师动众，好像在为自己山头聘请客卿似的，一口气为小小彩雀府送来了三位山上大佬，哪个是省油的灯，真不是谁都请得动的。从今往后，因为有了这么三位记名客卿，彩雀府修士还不得在北俱芦洲横着走？

武崐笑道："有宁剑仙在，我敢用美人计吗？"

先前在茶肆待客，宁姚喝过的那只茶杯，武崐已经珍藏起来，之后觉得似乎有些不妥，就再将陈山主那只一并收起，可还是觉得好像不对劲，武崐就干脆将先前所有落魄山客人的茶盏一并收集了。

孙清可惜道:"早知道就不出门了,错过了宁剑仙。"

柳瑰宝叹了口气,眼神幽怨地望向自己师父:"多难得的机会啊,早知道就不陪你去见刘先生了。"

武崒笑着不说话,你们师徒愁你们的,我乐和我的。

到了披麻宗,陈平安在木衣山一处很熟悉的宅子里见着了已经卸任宗主职务的竺泉,当然还有杜文思和庞兰溪这两位自家供奉。

这位佩刀的虢池仙师得知那个背剑女子竟是宁姚后,一拍桌子,大笑道:"境界高,人还漂亮,亏得我长得半点不好看,才能半点不嫉妒。"

宁姚仗剑飞升浩然天下一事,中土神洲那边的顶尖宗门是知道的,披麻宗的那座中土上宗就是其中之一。

陈平安刚要笑,结果立即就笑不出了。

因为竺泉自顾自灌了一大口酒后,笑骂道:"这边有几个老不羞,因为上次我和陈平安合伙截杀高承一事,鬼迷心窍了,到处说我与陈平安有一腿,宁姚你别多想,完全没有的事,我瞧不上陈平安这么文绉绉的读书人,陈平安更瞧不上我这么腰粗腚儿不大的娘们!"

宁姚微笑,不点头不摇头。

杜文思苦笑不已,庞兰溪幸灾乐祸。白发童子趴在桌上,使劲拍打桌面。

小米粒挠挠脸,壮起胆子说道:"竺姨竺姨,我家好人山主,可不是看谁好看就会喜欢谁的,不管好看不好看,都不稀罕嘞。"

陈平安如释重负。

之后一行人乘坐披麻宗的那条跨洲渡船,兜兜转转了小半个北俱芦洲,重返宝瓶洲。

这天夜幕里,陈平安趴在栏杆上,心境祥和,悠悠喝着酒,明月皎皎,一样的月光,照过历代圣贤、文人名士、剑仙豪客,照过窗边书生凭栏美人、水上舴艋山中樵子,照过夜不能寐的帝王将相,一样也照过鼾声如雷的贩夫走卒,照过高高的华宅飞檐、低低的田埂坟茔,照过元宵的灯市、清明的黄纸、中秋的月饼、年关的春联,照过无人处千百年的白云青山绿水黄花……

宁姚来到陈平安身边,将剑匣搁放在了桌上,陪着他一起趴在栏杆上发呆,她好像什么都不用多想。

陈平安转过头,安安静静,看着她的眼睫毛。

宁姚好像不知道他在偷看自己。

渡船外,水月相接一色,渡船上,肌肤白皙的女子只是耳边泛红,颜色就像督造署瓷器当中的胭脂红折沿小白碗。

等到宁姚转过头,陈平安竟然已经睡着了。

下次再来游历北俱芦洲,如果不用那么脚步匆匆,着急返乡,陈平安可能就会去更多地方,比如杜俞所在的鬼斧宫,想听一听他的江湖趣闻;去随驾城旁边的苍筠湖……在芙蕖国某座郡城城隍庙,陈平安曾经亲眼见到城隍爷的一场夜审;在那座种有千年古柏的水畔祠庙,陈平安其实也曾留下"清风明月枝头动,疑是剑仙宝剑光"这样的诗句。

还要去五陵国内的洒扫山庄,在那边喝一喝瘦梅酒,有个化名吴逢甲的武夫,曾经口出豪言天大地大,神仙滚蛋,年轻时以双拳打散十数国仙师,并悉数驱逐。还有那猿啼山、婴儿山雷神宅……如果说这些都是故地重游,那么以后陈平安自然也会去些还不曾去过的山水形胜之地。

脚步再匆匆,人生需从容。

第五章
刻舟求剑

　　文庙之行,加上北俱芦洲这趟,收获颇丰,陈平安准备清点家当。他卷起袖子,哈了口气,搓搓手。看那架势,俨然一方圣人坐镇小天地。

　　周米粒和白发童子挨着坐,一个趴在桌上,瞪大眼睛,拭目以待;一个病恹恹的,正忙着虚拍桌面,一下又一下。先前登船,被隐官老祖秋后算账,说不是喜欢拍桌子吗,那就拍够一万次,不然到了落魄山,杂役弟子都别想。

　　陈平安从袖中拿出三件东西,是两位中土大山君在功德林那边向自家先生道贺之礼,其中九嶷山神给了一盆菖蒲,烟支山朱玉仙赠送了十二盒胭脂水粉,此外还有一只极其罕见的折纸乌衣燕子。

　　白发童子瞥了眼就不感兴趣,一手拍桌无声,一手打着哈欠,发现隐官老祖斜眼而来,立即斩钉截铁道:"重宝!哪个不是镇山之宝。"

　　陈平安手指旋转小盆,笑着介绍道:"这盆菖蒲,瞧着不大,其实已经千岁高龄了,瞧见叶尖那一小点水珠没,都是文运呢。九嶷山还有几盆三千年的,凝聚出来的文运水滴更大,得有一枚铜钱大小。不过也别小觑了这么点水珠,若是放在一条江河溪涧的源头,流经之处,就有文气生发喽,说不定数百里之内的沿途城镇村庄,哪天就会出现个藩属小国的科举进士,哪怕无法金榜题名,也可以增长才气,妙笔生花。"

　　裴钱好奇问道:"师父,这盆小东西值多少钱?"

　　陈平安说道:"收益太过细水长流,所以此物如果卖给大宗门,二十枚谷雨钱都不嫌贵,小门派花一枚谷雨钱都觉得不便宜。"

白发童子实在忍不住，问道："这九嶷山神，家里很穷吗，怎么就送这点玩意儿给文圣老爷当贺礼？"

岁除宫的庆典，前来观礼庆贺的客人，可没谁敢这么随便意思意思。

宁姚笑道："物以稀为贵，尤其文运增益之物，可遇而不可求，何况二十枚谷雨钱，真不算什么小钱了。"

小米粒想了想，说道："咱们可以把这盆菖蒲搁在莲藕福地，肥水不流外人田。"

陈平安笑道："一半一半。那些文运水滴，落魄山和莲藕福地对半分。"

小米粒点点头："造福乡里，做好事不留名，那也是极好的。"

陈平安微笑道："右护法能这么想，那也是极好的。"

小米粒腼腆一笑。

陈平安轻轻拍了拍装有胭脂水粉的长条竹盒，望向宁姚，她摇摇头，陈平安转头望向裴钱，裴钱也是直摇头。

裴钱突然问道："师父，我可以转赠石姐姐、岑鸳机和元宝吗？"

陈平安将竹盒推给裴钱，笑道："这有什么不可以的，很好的事情。"

然后陈平安拈起那只折纸乌衣燕子，说道："如果放在祖宅的匾额或是屋梁上边，就等于家里多出一个香火小人，离名山大岳越近越好，咱们落魄山靠近披云山，瞧瞧，巧不巧？"

陈平安望向宁姚，说道："那位烟支山女子山君，道号苦荬，是不是很有意思？邵元王朝那个小姑娘，记得吧，叫朱枚的那个，君璧身边的小跟班。"

宁姚想了想，点点头。好像朱枚后来喜欢绕着郁狷夫转，其实小姑娘心眼不错，资质也还行，如果没记错，还在剑气长城获得了一份剑意。

陈平安笑道："据说朱枚很小的时候，无缘无故的，曾经梦中神游烟支山，遇见了这位女子山君，双方就缔结了契约，这等福缘，一般来说，书上才有。"

小米粒憧憬道："好人山主，以后帮我也写个差不多的山水故事？比如我小时候在哑巴湖打个瞌睡，就梦见了落魄山？"

陈平安打趣道："那不成了骗人？"

小米粒咧嘴一笑，好人山主你看着办，书又不是我写的，骗不骗人我可管不着哩。

至于皑皑洲刘氏那件不小心忘记带走的咫尺物，陈平安打算送给曹晴朗傍身，以后当了下宗宗主，迎来送往免不了，曹晴朗暂时又无玉璞境袖里乾坤的神通，每次出门不能大行囊小包裹身上挂一大堆，下山做买卖呢。

陈平安再取出苏子、柳七的两幅字帖，在桌上小心翼翼摊开。

小米粒轻轻伸手碰了碰字帖，沾了沾仙气，感慨不已："苏子唉，柳七唉，真迹唉。"

九真仙馆仙人云杪的白玉灵芝，半仙兵品秩。两人不打不相识，陈平安猜测以后双方的关系，只会比缔结山水契约的盟友更像盟友。

下次和刘景龙结伴游历中土神洲，陈平安都想好了送什么见面礼，在山下城池随便买套棋具，都不用是什么山上仙家或是宫中造办处的物件，价格越便宜，样式越简朴越好。

陈平安手捧白玉灵芝，然后施展障眼法，瞬间变成了身负云水身气象的仙人云杪，一身道韵还是很有几分神似的。他单手双指掐道诀，环顾四周，变换嗓音，微笑道："云杪远游至此，道友留步一叙。"

宁姚说道："骗骗玉璞境还行。"

陈平安笑着撤去障眼法，将那枝白玉灵芝搁放在桌上。

小米粒扯了扯身边矮冬瓜的袖子，白发童子拍桌不停，转头疑惑问道："干吗呢？"

小米粒可怜兮兮地看着这个不开窍的小憨憨，和好人山主说几句好听话啊，这都不会吗，拍桌子不累啊？

夜航船上吴霜降赠送的一幅《当时帖》，以后就挂在书房内，还有那幅七色文字的楹联，名副其实的至宝，陈平安到时候会张贴在桐叶洲下宗祖师堂大门口。

渝州丘氏客卿林清卿赠送了一枚山水薄意老坑田黄随形章；奈何关集市，小精怪赠送了一方"明理笃行"款砚台，这两件陈平安都打算放在竹楼一楼书案上。

先前在鹦鹉洲包袱斋，还与柳赤诚和酡颜夫人欠了些债，至于那条玄密王朝白送不说、还主动出钱帮忙修缮的跨洲渡船，名为飞鸢。陈平安在文庙大门口和青神山夫人面议，买下的两棵连理竹，还有文气竹、武运竹，玄密都会帮忙一起送到牛角山渡口。

在锁云宗养云峰上得了一件三郎庙灵宝甲、一件兵家金乌甲。

水龙宗孙结所送的一对牛吼鱼、邵敬芝所给的一只山上别称小墨蛟的蠛蠓，可以分别送给泓下和云子，放养在黄湖山水府附近。

买下一座凫水岛，耗费八十枚谷雨钱。李源赠送了一枚"峻青雨相"玉牌。

蚂蚁搬家，燕子衔泥，帮着落魄山一点一点增加家底，凭良心说，自己这个山主，当得很是尽心尽责了。

宁姚提醒道："彩雀府客卿一事，在山上太过破例，落魄山作为牵头人是不是还要再表示一番？"

陈平安笑着点头："肯定需要的。"

帮着彩雀府致谢一事，陈平安心里早有计较，等到回了落魄山，就立即给三方分别寄出一份谢礼，除了彩雀府那几罐小玄璧茶叶，再加上落魄山特制的一套竹叶竹签。竹签总计二十四张，分别写上二十四节气的名称和一首对应的小诗，都是朱敛以簪花小楷写就，分别寄给指玄峰袁灵殿、崇玄署杨后觉、浮萍剑湖荣畅。最后再加上一封陈平安的亲笔致谢信，礼轻情意重。

袁灵殿一旦跻身仙人境，道法更高，杀力更大，而且袁灵殿最有可能成为趴地峰数脉修士的下任掌门，不过这只是陈平安的一种感觉。比如之前两次，一次为陈平安送仿剑，一次来落魄山观礼，火龙真人都是让号称"北俱芦洲玉璞第一人"的袁灵殿现身。

道号抟泥的杨后觉，早就是大源崇玄署的真正管事人了，关键是相对玉璞境，此人岁数可谓极为年轻，却德高望重，能够修行、庶务两不耽误，可惜上次拜访大源王朝皇帝，没能见到此人。卢氏皇帝当时听闻彩雀府需要客卿一事，毫不犹豫就举荐了此人。

郦采接连大战，出剑太狠，毫不顾忌自身大道根本，剑心受损，受伤极重，对于剑道登高就此停步一事，已经彻底看淡，更多心思和精力转去为门内嫡传、再转弟子传道授业，作为郦采开山大弟子的荣畅，则是下任剑湖主人的不二人选。

哪怕这三人将来都有过渡宗主的嫌疑，可不管怎么说，在其位时，仍是北俱芦洲的一宗之主。

陈平安收起桌上家当，裴钱拉着小米粒和白发童子告辞离去。

宁姚问道："炼剑一事，以后怎么说？"

陈平安头疼不已："斩龙石实在难找，找到了也未必买得到。"

在桐叶洲与裴旻问剑一场，恨剑山仿造古翠的飞剑松针彻底崩碎，而初一的剑尖也折损严重。

因为拥有一枚品秩不差的养剑葫，而且之前炼剑消耗不大，毕竟初一、十五不是剑修的本命飞剑，故而一直不缺斩龙台，陈平安在炼剑一事上，几乎没有怎么头疼过，结果现在就要开始还债了。尤其是成为剑修之后，一下子多出了笼中雀和井中月这两把本命飞剑。所以陈平安如今所需斩龙台，分量注定不轻。一想到此事所需神仙钱，陈平安就觉得心惊胆战。而且斩龙台一向是有价无市的重宝，除了剑修拿来炼剑，事半功倍，练气士还有诸多妙用，拥有此物的仙家修士几乎都不愿意出售。钱没有可以借，斩龙台谁肯借？

宁姚说道："飞升城那边也没剩下，否则这次我会带在身上。"

陈平安抬起头，以心声向远处的白发童子问道："岁除宫那边，有无多余的斩龙石？"

白发童子以心声遥遥答道："有啊，岁除宫最喜欢收破烂了，什么宝贝都有，斩龙石就有两大块呢，等人高，给那家伙亲手雕琢成了一双道侣模样。剩下的边角料，他都随便送人了。"

陈平安叹了口气，那就别想了。

那么眼下就只有三个选择了：大骊宋氏的皇库秘藏遗留，真武山祖师堂，斩龙之人的私藏。

家乡西边大山，唯有一座龙脊山被大骊朝廷设为禁地，因为龙脊山有座斩龙崖，一分为三，风雪庙、真武山、阮邛各占其一。

龙脊山斩龙台开凿一事，数十年间，官禁森严，极为隐蔽。圣人阮邛所采之石，自己其实只留下小半，大半都送给了大骊朝廷，然后几乎都被大骊宋氏皇帝拿去抵债了，主要是给了墨家。墨家钜子打造出来的那座城池，其中最重要的几种天材地宝中就有斩龙台。

大骊宋氏先后两位皇帝，对阮邛这位有功于国的首席供奉自然礼重。大战过后，一洲山河版图之上，许多原本悄然隐匿于大泽大野的龙蛇纷纷涌现，可阮邛这个大骊供奉的头把交椅依旧雷打不动。

风雪庙的那一份，却早已暗中被吃空了，但是风雪庙却半点不亏，得了两门可以直达上五境的失传道法，以及一条更为高玄的剑道。

真武山那边，陈平安暂时不知这些年搬运的斩龙石作何用，因为马苦玄的关系，陈平安其实一直不愿意主动跟真武山往来。

当然不是说没有斩龙石就无法炼剑了，天下剑修拥有斩龙台的，到底只是极少数。但是陈平安希望炼剑更快，更快跻身仙人境。

宁姚说道："回头可以问问崔东山。"

陈平安点点头。

之后继续坐渡船南下，一天陈平安喊来裴钱，给她教拳，不过没喂拳。

陈平安向裴钱所教之拳，是宁府白嬷嬷自创的拳法，拳法拳招也都没个名字。

剑气长城的纯粹武夫要成为大宗师，就跟以前宝瓶洲出现一位上五境剑修一样困难。

在屋内，陈平安缓缓出拳，裴钱在旁跟着演练就是了。

拳招是死的，人身小天地内的"拳路"却是活的，一口纯粹真气，具体如何运转，如何过山入水，怎么调兵遣将，让武夫真气不断壮大，拳意越发纯粹，才是真正的关键所在。不然再好的拳招，都成了绣花枕头的江湖武把式。

崔诚在二楼教拳，话糙理不糙，武夫技击分高低，一个是我拳脚足够重，若决意分生死，一拳下去，就能送人去鬼门关投胎；一个是我之体魄不纸糊，简而言之，能打得倒人，也能挨得了打，在这之中，又有个"会"字，最是紧要精髓。打得倒对手，分胜负分生死，道理在我。扛得住被打，不输拳，"会"被打一事，就成了助我打熬体魄，不但不伤根本，不留沉疴隐患，还可以砥砺境界。

什么《撼山谱》，只知递拳，不会养拳，老夫随便翻几页，就有一股子土腥味扑面而来……

早年竹楼学拳，陈平安也替《撼山谱》说过几句公道话，但被打得多了，也就实在没那胆子多说什么了，被老人脚尖一戳心口，再那么随便一挑，整个人后背撞在天花板上，真是"别有一番滋味在心头"。

如此喂拳裴钱,陈平安不舍得,根本狠不下那个心。

陈平安甚至直到今天,都没有向裴钱问过她在竹楼学拳的详细过程,想也不敢多想。所以很多时候,陈平安私底下检讨此事,都觉得自己是不是真的没有什么教拳资质?

陈平安在屋内收手停拳,说道:"文庙那场问拳,胜负不算悬殊,但是师父输给曹慈的,不止境界差距。"

止境一境三重楼,气盛,归真,神到。

曹慈随时都有可能跻身神到。

一场青白之争,双方打得有来有回,不过结果明显,曹慈受伤很轻,那点淤青至多几天就散,反观陈平安却要当好几个月的药罐子。这就是差距。

裴钱依旧在走桩,轻声问道:"师父,你觉得我应该在哪里破境,是不是在桐叶洲更好些?"

陈平安气笑道:"想这些有的没的做什么,九境跻身十境,是一道大门槛,你在哪里破境都成,只要能破境。"

裴钱哦了一声,又问道:"师父,那我要是在落魄山破境,会不会抢了老厨子和种夫子的武运啊?听人说过,好像一洲止境武夫就像争渡,船就那么点大,谁先占了位置,后边的人就无法登船。"

陈平安直接一栗暴砸过去:"什么事都能让,唯独习武登高不能让路,与人问拳,要身前无人,习武登顶,要旁若无人。"

裴钱点点头:"晓得了。"

回了落魄山就破境。

陈平安试探性问道:"已经有信心打破瓶颈了?"

裴钱嗯了一声。

陈平安笑呵呵又是一栗暴:"拳已经教了,自个儿回屋练去。"

教个锤子的拳。

裴钱一走,白发童子就大摇大摆过来串门。

白发童子在渡船上实在闲来无事,最近又主动开始跟隐官老祖做起了买卖,依循牢狱里边的老规矩,她想要再凑齐一枚谷雨钱。至于凑齐了,怎么用,她还没想好。

比如桃花渡茶肆那边,她帮着那件暂名水路的法袍补了许多内容。隐官老祖还是讲义气,没有当真功过相抵,而是让她挣了一枚小暑钱,而且双方约好了,如果这件尚无成品的法袍,将来文庙之外,在浩然各洲销量好,还可以增补一枚。

此外,她开始撰写一部拳谱,自己命名为《百家饭拳》,觉得风雅极了。拳谱上边,详细记录了青冥天下属于止境武夫看家本领的三十余拳招，其中不少都是已经失传的撒手锏。又小赚一枚小暑钱。

拳谱封面之上，"百家饭拳"四个字无比巨大，拳字脚边，还有极其细微的"上册"二字。

陈平安也就只当没看见，假装不知她的那点小算盘。

有上册，自然就有中、下两册，按照这头化外天魔一贯的行事作风，说不定还有上中册、中下册。看看，半枚谷雨钱不就到手了？

陈平安当然不会让她单凭拳谱就这么容易赚到五枚小暑钱，天底下有这么好挣的小暑钱？不亏心吗，想钱想疯了吧？

青冥天下有十种不被白玉京待见的"野修"。分别是那"旁门左道"的米贼，擅自为修士改命的卷帘红酥手，谁花钱就可以与之暂借某个境界的挑夫，行走在阳间阴冥的抬棺人，神不知鬼不觉窃取山水气运的巡山使节，可以疏通人身山河脉络的梳妆女官，专门针对纯粹武夫的捉刀客，能够悄无声息篡改道门秘籍的一字师，此外还有尸解仙、他了汉。关于他们的大道根脚，白发童子又撰写了一本册子，白赚了一枚小暑钱。

陈平安坐在桌旁，一边默默研习儒家破字令，正是破解夜航船山水文字牢笼的下船之法，一边随手翻阅几本极厚的册子，白发童子探头探脑瞥了几眼，好像是正阳山那边的谍报。她对这个不感兴趣，小声问道："隐官老祖，以后咱们落魄山有了自己的山水邸报和镜花水月，我能不能当一把手啊？"

陈平安头也不抬："没得商量，别想了。你资历太浅，就是个不记名的杂役弟子，骤居高位，容易让旁人有想法。"

各洲山水邸报一事，以往都是儒家七十二书院在监督，约束不多，书院内有专门的君子贤人负责收集一洲各个山头的邸报，此事挣钱不多，所以也不是所有仙家都会养闲人，甚至许多宗字头门派，都懒得打理此事。

像北俱芦洲这边，趴地峰、太徽剑宗、浮萍剑湖在内的一些宗门，就都没有设置。大源崇玄署、水龙宗、春露圃，这些与山下王朝衔接最为紧密的仙家，反而极其看重此事。

白发童子垂头丧气，手掌抹过桌面，闷闷道："我还以为杂役弟子只是个玩笑话呢。"

陈平安提醒道："到了落魄山，你不许随意窥探人心，一旦被我发现，就别怪我不念旧情了。"

白发童子依旧在那边擦桌子："隐官老祖说啥就是啥呗，我一个无依无靠的外来户，还能怎样。"

陈平安笑道："不用在我这边装可怜，放心吧，桐叶洲下宗选址一事，需要你在幕后谋划颇多。"

白发童子抬起头，神采奕奕："给我个大官当当，虚衔都没问题。"

陈平安想了想："将来专程为你设置个下宗副宗主的头衔？"

白发童子大笑道："一言为定。"

跨洲渡船即将进入宝瓶洲地界。

裴钱这天偷偷找到陈平安，问道："师父，什么时候跟师娘提亲啊？"

陈平安笑道："在文庙那边，我已经跟先生打过招呼了，先生只等飞剑传信，就会来趟落魄山。"

其实在北俱芦洲的金樽渡口，陈平安就已经悄悄寄出密信，说了自己大致会何时返回家乡。

裴钱小声问道："这种事情，也是要和师娘当面说一说的吧？"

陈平安无奈道："师父当然想啊，你没发现师父隔三岔五就喝酒吗，在给自己壮胆呢。不管如何，在先生现身之前，保证是要说的。"

先前在骑龙巷草头铺子，陈灵均一见到大白鹅就立即找借口溜之大吉了。

贾老神仙负责待客，又拿来几壶酒水，并且亲自下厨烧了几个佐酒菜。

崔东山站在那张小板凳上，姜尚真站在柜台后边，少女花生看着那些五颜六色的糕点有些眼馋。

崔东山笑道："一想到先生还要亲自登门拜访水府，我都有些心疼那位玉液江水神娘娘了。"

姜尚真好奇问道："兴师问罪？会不会过了？显得我们落魄山咄咄逼人？"

这种事情，他姜某人女人缘好，又身为首席供奉，理当为山主排忧解难啊，悄悄去趟水府拜访水神娘娘，花前月下，也就几杯酒的事情，岂不省心省力，还不落旁人话柄。

崔东山白眼道："我先生是谁，读书人！打打杀杀算什么，会这么大煞风景吗？兴什么师问什么罪，远亲不如近邻，先生就只是串门而已，玉液江水神庙那么些灰色勾当，先生只需要随便挑选其中一件小事，再与那位水神娘娘当面闲聊，最后来个盖棺论定，'此处似有不妥'，就一切了矣。

"面子已经给了她，落魄山也表现出了既往不咎的诚意，她又不笨，肯定听得懂我家先生的言下之意，反正和她干系不大，可之后从水府大小官吏，到祠庙那边挣钱娴熟的三教九流，日子就要难熬了。"

跟陈平安在养云峰拿捏那个客卿崔公壮是差不多的路数。

我盯着你一个，你去盯着自己手底的一大帮人，下边的人做事情不守规矩，如果不小心被我撞见了听说了，我和他们犯不上怄气动手，只好拿你是问。

这是一条很清晰的脉络，在讲一个很简单的道理。

官府历练，公门修行，哪里不是江湖，何处不是官场。

崔东山掏出一本册子，大骊在国势最为鼎盛之时，曾将一洲即一国之内的山水神灵重新编撰金玉谱牒，分出了九等品秩。

第一品，看架势是要始终空悬了，因为连同披云山在内的五岳都只位列二品。

那条齐渡的大渎公侯暂时位置空缺，但是山上修士心知肚明，只选一位也好，或是和北边济渎一样，选出两位也罢，都会是二品高位。

五岳的各大储君之山，位列三品。铁符江水神杨花，是大骊本土境内唯一一位跻身三品的水神。

此外还有位于一洲东南的钱塘江，是那条老蛟的修道之地，位于钱塘县，名为风水洞。以及一条旧朱荧王朝境内的雍江，郦老神仙编撰的《水经》有云：四方有水曰雍。崔东山和姜尚真之前游历正阳山白鹭渡，就碰到了一拨与钱塘江大有渊源的养龙士。

再就是各国京城内的一国城隍，不过品秩悬殊，大骊王朝京城城隍高居三品，各大藩属国四品、五品皆有。

一洲版图，能够跻身上三品的山水神祇不多。绣花江水神是四品。玉液江叶青竹、冲澹江水神李锦都只是五品。

数量最多的土地公土地婆、河伯河婆，神位都在最下三品，依旧归上司山神、河神管辖，升迁贬谪仍然是在此道路，但是郡县城隍庙和文武庙，都具有监察之权，反之，山水神灵对于各级城隍爷，亦是如此。

姜尚真笑道："这个柳老尚书，只可惜不是修道之人。"

崔东山无奈道："他甚至拒绝了尝试成为神灵一事，说他这种读书人挨得了骂，独独吃不住疼，什么形销骨立，听着就瘆人，与其遭罪一场再烟消云散，还不如眼一闭天一黑，此生就此拉倒。"

负责为大骊朝廷编撰一洲山河"家谱品第"之人，正是大骊陪都礼部尚书、一个垂垂老矣的读书人柳清风。

传闻大骊朝廷这项开创先河的举措得到了文庙圣贤的赞许，极有可能在整个浩然天下推广开来，不再按照一洲各国的自行其是，一国君主和礼部衙门就可以在各自国境内随意抬升、贬谪山水神位。

最关键的是，一位山水神祇的道德功业，会是考评极为关键的条目，而不是只看金身境界、辖境广袤、山头多寡。

简而言之，小山可以高位，大江可以低品。而且山水品秩，不再是定例，使得各方神灵无法躺在功劳簿上享福。

姜尚真说道:"可惜了。"

崔东山叹了口气,合上册子:"这个柳先生走出书斋之后,一辈子都在当官,殚精竭虑,休歇也好。"

姜尚真好奇道:"你之前一直想要和你先生说的那件事,如今还是说不得?"

崔东山摇摇头:"以前是想等等看再说,如今是没必要了。"

姜尚真笑道:"那我可要多喝点小酒,听听看。"

崔东山点点头:"你和先生是在藕花福地认识的,先生当时境界不高,在一个四面皆敌的江湖里,你觉得走得如何?"

姜尚真想了想:"极小心极稳妥。"

小心是原因,稳妥是结果。

崔东山叹了口气:"先生第一次离开家乡,就是这样了。所以他一直觉得,自己一个没读过书的人,初次走远门、走江湖都是如此小心谨慎,那么其他人呢?江湖经验更丰富的人,读过很多书的人呢?所以这就导致了一个结果,在某件事上,先生会跟郑居中有点像。"

姜尚真恍然道:"聪明人,哪怕对待善恶,都看得真切,很容易找出脉络,唯独瞧不起有脑子不用的人。"

姜尚真立即改口道:"不是瞧不起,是无法理解。"

崔东山摇摇头:"就是瞧不起,没什么不好承认的。只不过先生的为人处世,依旧会心怀善意,越是纯粹的弱者,越愿意给予纯粹的善意,可这期间,就像有另外一个先生在旁观,在冷眼看着一切。"

姜尚真抿了口酒:"这要是搁放在道理上,除了自律更严,也一样容易苛求好人好事,所幸陈平安只是如此心思,不会与人多说多做什么。可长此以往,是有问题的。"

崔东山点头道:"先生曾经自己都没有意识到这点。举个例子,先生会在内心深处天然排斥那些演义小说上的行侠仗义,甚至是反感很多看似侠义心肠的举动,因为他会觉得远远不够,会留下很多隐患,甚至是一个结局更糟糕的烂摊子。小宝瓶和裴钱她们会看得津津有味,可在先生看来,翻过就算,只会觉得……"

姜尚真接话道:"一间屋子,八面漏风,天寒地冻。"

崔东山喝了口酒,转头望向铺子外边灰蒙蒙的雨幕,喃喃道:"但是,谁告诉我们,大侠做了一桩好事,必须得做到底,非要长久照拂那些脱困的弱者?有这样的道理吗?没有。如果人人如此,好人会越来越犹豫,好事会越来越稀少。这个世界,是自有规律运转不停的,是人人自有道路要走,这就是世道。老秀才说过,世道世道,就是我们所走之路,好走的,难走的,好走却是错的,难走却是对的。所谓幸运,就是脚下道路好走又对;所谓不幸,就是难走且错。"

崔东山用手指蘸了蘸酒水,在桌上画出四条线,从低到高,依次说道:"坏事,错事,无错,好事,这就是先生心目中事情正确的高低顺序。"

姜尚真瞥了眼,感叹道:"陈平安想错了,'无错'二字,可比单纯的好事难多了。"

崔东山点点头:"就是这样。本就难,想错更难,难上加难。"

两两沉默,崔东山也不喝酒,轻声问道:"那么先生为什么会如此想呢?"

姜尚真说道:"悲观。"

崔东山点头道:"先生是怀揣着希望远游的,但是先生从孩子到少年,再到如今,是永远悲观的。先生的所有梦想,不惜为之付诸万般努力,从来不辞辛苦,可我知道,在先生心里,他就一直像是在夏天堆了个雪人。"

姜尚真笑问道:"为何如今不必说了?"

崔东山伸出两根手指,轻轻旋转酒碗:"很简单啊,如今先生身心皆闲,终于可以有大把光阴在家休憩,悠悠然远游,悠悠然返乡。"

姜尚真摇头道:"悠闲?未必吧,光是下宗选址一事,就有千头万绪,需要他亲自把关的事情不会少的。"

崔东山扯了扯嘴角,拍了拍算盘:"打个比方,让你这位云窟福地的主人来这当掌柜,哪怕铺子每天人头攒动,可你的心思,闲不闲?"

姜尚真点点头:"这道理说得到门了。"

崔东山将少女花生留在了草头铺子。

骑龙巷隔壁压岁铺子就俩人,代掌柜石柔,加上那个名叫周俊臣的小哑巴,这个当打杂的小伙计腿脚利索却性情孤僻,哪怕在师父裴钱那边都没个笑脸,偏偏和石柔处得很好。

崔东山从草头铺子过来这边,趴在柜台上翻看账本,生意是卖糕点的压岁铺子这边更好,贾老神仙的草头铺子,估计半年下来,一页账簿都写不满。不过这还真不怨老神仙没本事,主要是自家山头打架,和牛角山渡口的包袱斋铺子相比,开在小镇巷子这边的草头铺子完全不占地利,而且铺子里边架子上边的陈设货物,不存在捡漏的可能。来小镇这边游历逛荡的仙师,更多是喝喝黄四娘家的酒水,吃吃骑龙巷的糕点,看看龙尾溪陈氏开办的学塾,天君谢实所在的桃叶巷,那肯定也是要去的,此外还有袁氏祖宅所在的二郎巷、曹氏祖宅所在的泥瓶巷……

关于此事,落魄山那边其实是有想法的,想着是不是去跟郡守府和槐黄县衙打声招呼,将山主祖宅所在的泥瓶巷封禁起来,小镇百姓路过无所谓,山上仙师就别随意走动了,只不过陈平安没答应,此事也就不了了之了。

崔东山手指轻敲账本,抬起头,喊道:"石掌柜。"

石柔颤声道:"在。"

崔东山啧啧道:"二十年过去了,石掌柜起早贪黑,任劳任怨,可谓生财有道,竟然帮着咱们落魄山挣了这么多钱。"

其实铺子瞧着每天生意不错,可毕竟只卖糕点,能挣多少神仙钱?真要谈赚钱,远远不如隔壁邻居。

崔东山看着那个战战兢兢的石柔,合上账簿,笑道:"字字真诚,句句好话,又没有与你阴阳怪气说话,怎么,心里有鬼啊?"

一语双关。

石柔不敢还嘴。一座落魄山,她最怕此人。

小哑巴倒是半点不怕这只大白鹅,难得开口说话,嗓音如砂石磨砺:"石掌柜做买卖问心无愧。挣钱少,不怪铺子,得怪糕点卖不出高价,你们要是嫌钱少,换东西卖去。"

石柔想赶紧把小哑巴拽到身后,不承想竟是没能拽动,小哑巴纹丝不动,反而伸手抓住石柔的手臂。

崔东山笑眯眯道:"你谁啊,我问你话了吗?"

小哑巴仰头说道:"周俊臣,裴钱弟子,这会儿你知道了没有?"

贾老神仙原本蹲在铺子门口看热闹,这会儿听见这小兔崽子不知死活的顶真,有些着急,赶紧摆手,示意孩子少说两句。

崔东山笑着不说话,手指揉着下巴。

小哑巴说道:"你要是个爷们,有本事就冲我一个人来,别牵连石掌柜。反正谁要是不讲道理,偷偷给我们小鞋穿,我就提着鞋子找师父的师父告状去。"

姜尚真啧啧称奇,这小家伙看人看事很准啊。

崔东山走后,石柔松了口气,揉了揉小哑巴的脑袋:"以后别这么说话了,为了我被人惦念,犯不着。"

小哑巴双臂环胸:"人不犯我我不犯人,可谁敢招惹咱们铺子,以后等我跟裴钱学成了拳,一拳下去,连人带坑都有,坟头棺材都省了。"

他在骑龙巷这边当久了跑腿伙计,和当地百姓,尤其是妇人婆姨们,学了不少市井言语。

周俊臣都不喊那位山主祖师爷,只喊师父的师父。

周俊臣想了想,觉得以后还是要和那个山主祖师爷稍稍混个脸熟,不然以后自己去山上告状,陈平安偏袒自己学生,不帮忙主持公道咋办?

之后两人一起在柜台后边看杂书,周俊臣在石柔翻书页的时候问道:"石掌柜,陈山主是怎么个人啊?"

石柔想了想,笑道:"好人,很讲道理的。"

周俊臣郁闷道:"可我也不知道他的道理啊。"

石柔忍俊不禁，说道："你有自己的道理就行了，不用刻意去讲他的道理。你说，他就会认真听，哪怕不说，他也会看在眼里。"

周俊臣疑惑道："真有这么好的人吗？"

石柔轻轻点头，趴在柜台那边，眼中有些笑意："别处有没有，我不知道，反正我们落魄山是有的。"

周俊臣气呼呼道："那他还有这么个不讲理只会吓唬人的学生，我看没那么好。"

石柔哑然失笑："可能是一样米养百样人吧。"

然后石柔压低嗓音，悄悄说道："其实我是假装那么怕那人的，其实没那么怕。"

周俊臣咧嘴一笑，点头道："看得出来。"

石柔继续翻书。

突然门口那边出现一位亭亭玉立的少女，怯生生道："我哥让我捎句话给石掌柜，说等他走远了，我再来这边找你。"

石柔霎时间心弦紧绷。

花生说道："我哥说了，石掌柜其实怕他却假装不那么怕他不如假装很怕他其实不怕他。"

等到花生走后，周俊臣轻声道："我都有些怕他了。"

草头铺子那边，贾老神仙神色和蔼，终于有胆子与花生言语了。他笑呵呵问道："小姑娘，叫什么名字啊？和咱们那位崔仙师可有山上渊源？"

花生小声说道："回掌柜的话，我姓崔，和哥哥一般，名花生。"

贾老神仙心头巨震，小姑娘瞧着柔柔怯怯的，不承想还是个朝里有人好做官的狠角色啊，竟是那崔仙师的……妹妹？

贾老神仙一下子就文思如泉涌，抚须点头而笑："好名字啊，崔花生，花生，催促花生花开，饱含期待，寓意极好，名字极美，贫道一听，就猜出定是崔仙师的妹妹了。"

花生嫣然一笑如花开。

这天渡船缓缓靠岸，一行人在牛角山渡口下船。在此等候多时的崔东山却只瞧见了裴钱、小米粒和那头化外天魔。

崔东山问道："先生呢？"

裴钱说道："师父嫌渡船速度太慢，要带着师娘先去一趟梳水国和彩衣国，很快就回。"

崔东山笑道："只要给钱，这艘渡船也能很快。"

有些品秩高的跨洲渡船，若是不计成本，狂砸神仙钱，速度可以极快。

裴钱瞪眼道："你给啊。"

崔东山弯下腰，与那白发童子笑呵呵问道："蹭饭来啦？"

白发童子嗤笑道:"花你钱啊,管得着吗?"

崔东山笑嘻嘻道:"落魄山已经收到先生的信了,打算让你自己挑选两个重中之重的显赫位置,一个是压岁铺子,大师姐待过,代掌柜身上所穿皮囊,是桐叶洲一位飞升境大修士的遗蜕,那人嫌命长,非要和我家先生不对付,就被咱们落魄山拿下了,还有隔壁的草头铺子,有个道法深邃高不可测的老神仙坐镇其中。"

白发童子问道:"怎么个高法?"

崔东山以心声答道:"前身曾是浩然天下的那位斩龙之人,你说高不高?"

白发童子心中一震,落魄山什么地儿啊,不是随手宰了个飞升境,就是斩龙之人当个铺子掌柜?

好好好,这才是隐官老祖开宗立派该有的气派,自己在此蹭吃蹭喝,不掉价。

不过白发童子还是选择了那个压岁铺子,打算先对那个"斩龙之人的前身"探探底,再决定是否招徕至麾下当个小喽啰。

她哈哈笑道:"那么从今天起,我就是压岁铺子的新掌柜了。"

崔东山笑眯眯道:"你想多了,只是店伙计。"

她冷笑道:"你说了不算。"

崔东山说道:"不凑巧,先生在信上说了,你无论去了哪个铺子,都只能先当个店伙计。"

白发童子捶胸顿足:"我帮着隐官老祖辛辛苦苦打江山,立下不世之功,不承想到头来,还是寒了众将士的心!"

崔东山笑道:"事先说好,到了骑龙巷,你不要作妖,不然后果自负。"

崔东山伸手按住白发童子的脑袋,真名天然的化外天魔会心一笑,不知死活,自己送上门来了。

崔东山眯眼道:"其实忘了告诉你,最不凑巧的是我比较擅长对付化外天魔。打个仙人境剑修,还会有点吃力,打个飞升境的化外天魔,反而简单。"

片刻之后,崔东山抬起手,抖了抖雪白袖子。

白发童子脸色微白,抿起嘴唇,一言不发。方才崔东山心扉大开,就像一个傻子主动开门迎客,她偏不信邪,就跨过门槛,结果瞬间神魂撕裂成三百多份,在一处搁放在彩云间的棋盘上,沦为颗颗棋子。

小米粒扯了扯崔东山的袖子,只是没说话。

黑衣小姑娘没有说不可以这样。她没觉得自己可以对崔东山指手画脚,可是又实在担心,所以她只是仰起头,挠挠脸,哈哈了两声。

崔东山笑容温柔,拍了拍小米粒的脑袋:"别担心,我们闹着玩呢。"

白发童子以心声道:"你就是绣虎?!"

在剑气长城那边，隐官老祖可从没说过，他的师兄崔瀺会摇身一变，变成他的学生。

　　而在夜航船那边，吴霜降帮她补上的那份记忆里，其中对浩然家乡修士，愿意给予豪杰评价的只有三人：白帝城郑居中，大骊国师崔瀺，此外还有一个邹子。

　　崔东山埋怨道："好好的，干吗骂人。"

　　白发童子皱紧眉头。不对，此人不全是崔瀺，甚至不是崔瀺。

　　她只觉得隐官老祖的落魄山真真凶险万分，自己堂堂飞升境，好像都没法子横着走了。

　　她瞥了眼崔东山的袖子，冷笑道："可以啊，古镜照神，体素储洁，袖有东海，玉壶倾倒，就要放出一轮明月。"

　　崔东山微笑道："白日与明月，昼夜不得闲。山上谁懒如老子，不肯修道作神仙。"

　　白发童子赞叹道："好诗好诗，可以炒一大桌子菜了，要是每天来上这么一首，一年下来，还不得省好多钱啊。"

　　崔东山笑道："以后好好跟贾老神仙学学怎么说话。"

　　以祖山一线峰为中心，周遭方圆八百里，都是正阳山的私家山河。群峰若众星拱月般拱卫着一线峰，剑气纵横交错，气象万千。时不时就有剑修联袂御剑，远观若条条流萤拖曳长空。

　　今天的祖师堂议事，没有一张空椅子，各位剑仙、供奉客卿都到场了。

　　宗主竹皇，玉璞境老祖师夏远翠，管钱的陶家老祖陶烟波，宗门掌律祖师晏础，护山供奉袁真页。

　　此外位置靠前的，都是类似拨云峰这样的诸峰主人。

　　靠后的，有田婉，管着山水邸报和镜花水月，至于搜集筛选情报一事，她只是挂了个名，没有实权。

　　座椅位置垫底的，是元白那个外人，对雪峰峰主。每次参加祖师堂议事，元白从不言语，比田婉还像凑数的。可是这位年轻剑修，曾经却是旧朱荧王朝双璧之一，另外一位如今就在落魄山藩属的灰蒙山，化名邵坡仙。好像这两位的下场都不好，都在寄人篱下。

　　元白从客卿升任供奉没多久，就仗剑下山，和风雷园黄河问剑一场，成功拖延住了后者的破境。元白的剑道成就，却也就此走到了断头路的尽头。

　　在对雪峰那边，元白身边只有个婢女与其相依为命。

　　只是这次一线峰议事，祖师堂里边有了两张新面孔，一位年纪轻轻的金丹境剑修，上次开峰典礼很是隆重，一洲皆知。此人差点就成了龙泉剑宗的嫡传，不知为何，阮邛会主动放弃这么一个剑仙坯子。

还有个年纪更小的吴提京,面容冷峻,不苟言笑,落座后便开始闭目养神,和元白差不多。一些个向他道贺的心声言语,他根本就懒得理睬。吴提京本命飞剑名为鸳鸯。除此之外,据说还有一把秘不示人的飞剑。

如今正阳山上上下下正在全力筹备护山供奉袁真页跻身玉璞境的典礼。

披云山魏檗是宝瓶洲历史上第一位上五境的大岳山君,正阳山这位护山供奉则成了首位精怪出身的上五境修士。

今天议事,又是一件喜事临门。因为前不久从云林姜氏那边传来了一个天大的好消息,此次文庙议事,因为家主的秉公直言,只要大骊朝廷点头,正阳山这边再拿得出五十位剑修远游蛮荒,下宗一事文庙那边就可以通过。

事实上,宗主竹皇前不久已经悄然破境,跻身玉璞境。可竹皇只是私底下和师叔夏远翠、财神爷陶烟波、掌律晏础、袁供奉、心腹田婉商量了此事,竹皇的意思,是过几年再放出这个消息,到时候再来筹办典礼。

夏远翠忍不住称赞一句:"师侄确实沉得住气。"

田婉这个一门心思谄媚宗主的狗腿子竟然提议不如双喜临门,刚好一起筹备了。

陶烟波冷笑不已,说:"我这个管钱的都不觉得需要节省这笔钱,田婉你一个管山水邸报的,倒是很懂得替我着想嘛。怎么,不如咱俩换个位置坐坐?"

掌律晏础大笑,说:"咱们正阳山的庆典,一场接一场,这些年实在是过于频繁了,让一洲修士目不暇接,山上朋友更是跑断了腿,估计都要有怨言了。李抟景若是还在世,岂不是要气得当场剑心崩溃?"

听闻建立下宗有了希望,除了吴提京和元白依旧无动于衷,其余祖师堂众人或多或少都有喜庆神色。

先前正阳山的一洲风评是稍稍差了点。尤其是那些老字号宗门,对正阳山说了不少失礼的言语,其中就有风雪庙大鲵沟的秦老祖,公然说了不少风凉话,大致意思是说正阳山功劳天下第一,别说一个下宗,将那下宗开遍九洲都是理所应当的事情。

晏础笑道:"如今下宗已经板上钉钉了,那么下下宗,也不是完全不可以想一想的嘛,只是不知道到时候秦老祖是否愿意挪步,出席咱们的庆典。"

陶烟波抚须笑道:"到时候我亲自向风雪庙大鲵沟下请帖,一封不行,就多寄几封。"

拨云峰在内的老剑仙们曾经对此也颇为郁闷,尤其是他们这些实打实去老龙城、大渎战场多次搏命出剑的正阳山老人。

今天议事内容,还有就是吴提京跻身金丹境后的开峰,开哪座峰,从今往后会在何处修行练剑。

如今闲置的山头，所剩不多了。其中有合称眷侣峰的大小孤山，一直闲置，不曾开峰，因为太久没有出现一对剑修道侣联袂跻身地仙。

为此正阳山专门订立了一条门规，任何两位道侣剑修，只要双双跻身金丹境，不但可以入主眷侣峰，还可以保留先前的山峰。

至于背剑峰，是祖山一线峰之外的第二高峰，正阳山的开山祖师爷在山巅搁放有一把长剑，曾经立下铁律，只有后世剑修、百岁剑仙才可以取走长剑作为佩剑。护山供奉袁真页平时就在此山修行。事实上，只要有谁能够取走长剑，不说背剑峰的峰主身份，其实就连正阳山的宗主之位都没有任何悬念。

再就是距离白鹭渡最近的青雾峰，山小，灵气稀薄，还吵闹，谁都不觉得是什么好地方。

袁供奉在大战落幕后，搬迁了三座南方大骊藩属的破碎旧山岳，虽然山岳折损得厉害，可毕竟是一国大岳所在，底子极好，其中一座，就给了那个从龙泉剑宗转投正阳山的年轻金丹境，但是最好的那座山头，据说是白衣老猿特意留给陶紫的。

此外，就只有碧海峰、玉琅山、溪云山、暑笼山，不好不坏，其实都不适合吴提京这么一位不世出的剑道天才。

最后是宗主竹皇一锤定音，拨给吴提京那座仙人背剑峰。

一时间祖师堂内神色各异。

但是更奇怪的是吴提京主动要求换一处山头开峰，想换成眷侣峰。

连竹皇和几位老祖师都一头雾水，只好将此事暂时搁置，打算先私底下问问吴提京为何如此选择。

散会之后，田婉独自御风返回那座被讥讽为"鸟不站"的茱萸峰。

这位名声不佳的女子祖师在山中独居，她到了修道之地，突然伸手按住额头，满脸痛苦之色。

原本是一个开花结果的大好时节。

在内，有老祖师夏远翠闭关多年，终于跻身上五境，然后是宗主竹皇、护山供奉袁真页。

山外，有风雪庙的魏晋，风雷园的李抟景、黄河、刘灞桥。

吴提京、被她悄然带回正阳山的苏稼，留在了眷侣峰。

李抟景转世的吴提京。而苏稼，正是那位正阳山可怜女修的转世，曾与李抟景名副其实地相爱相杀一场。原本再加上这一世的黄河、刘灞桥，一团乱麻。如果再加上其他处环环相扣的秘密谋划，一洲剑道气运，她至少可以占据四成，运气好，就是足足半数！

拿来炼化了，可以作为砥砺大道之物，至于剩下的精粹剑运，她一开始就是准备为他人作嫁衣裳的。因为她可以和北边某人做成一桩天大的买卖。不管他将来能否跻身十四境，都要答应她三件事。

"田婉"抖了抖袖子，神色立即恢复正常，啧啧道："这一手，堪称神仙手，勉强可以搁在彩云局里边。"

女子心思确实细密。

她神色痛苦，面容扭曲。只是一双眼眸却像是脱离了整个人，好似藩镇割据的存在，完全无动于衷，

她颤颤巍巍伸出一根手指，在脸上缓缓抹过，自言自语道："老实点，加上这次，已经两次，事不过三，再有一次不守规矩，我可就不和你客气了。到时候我就带着你到仙人背剑峰随地拉屎撒尿，再去对雪峰脱光了衣服翩翩起舞，不然就去离着白鹭渡最近的青雾峰，扯开嗓子大喊三遍：田婉喜欢袁老祖。"

田婉笑道："不小心被先生钓起了两条大鱼。"

其中一条，是北俱芦洲大剑仙白裳。借他山之石可以攻玉，所借之山，正是南边半个宝瓶洲的剑道。自然不只是为了跻身飞升境，而是奔着十四境去的。不过此人具体的合道契机依旧难以揣测。

至于另外那条大鱼，是中土阴阳家陆氏，而不是崔东山预料中的邹子。

至于正阳山的荣辱存亡，她自然是半点不在意的。烈火烹油一场，雪泥鸿爪而去。

田婉心思幽幽，忍不住叹了口气。她立即一巴掌打在自己脸上。

田婉稍有怒容，她又是一巴掌，势大力沉，两边脸颊都已红肿。

她笑嘻嘻道："你这娘们，真是狠起来，连自己都打。"

田婉，或者说与之"相依为命"的崔东山，双手笼袖，在屋内绕圈踱步。

已经远在天边的陆抬。依旧藏头藏尾的刘材。元白身边的婢女流彩，身在正阳山，相较于落魄山来说，则属于近在眼前。

玉液江水神叶青竹曾经寄给一线峰数封密信，不过那些看上去十分关键、其实无关紧要的零碎内幕，自然是落魄山那边想要主动让正阳山知道的，再顺便将那座祖师堂里边的老剑仙、大剑仙、年轻剑仙们拐到沟里去。而这些密信，都是大管家朱敛的手笔，说不定信上每个字，都是他亲笔所写，不过模仿了叶青竹的笔迹和口气，更说不定叶青竹就在一旁为老厨子红袖添香，素手研磨吧。

其实光靠落魄山，震慑得住一座玉液江水府，却绝对无法让叶青竹如此听命行事，合伙计正阳山，不惜与一座宗门如此为敌。能让她如此死心塌地投靠落魄山的，是一个扎马尾辫的青衣姑娘。

崔东山叹了口气，只是这种事情，怎么说呢，没法说。说了都算错，想了也是错，那么就只好不言不语不知不道不思量。

田婉,或者说崔东山,双手笼袖,站在门口,笑道:"那咱们俩就在这里,恭迎先生问剑正阳山?"

梳水国与古榆国交界处,风和日丽,青山绿水间有一对男女并肩而行,徒步登山,走向山巅一处山神庙。背剑男子,头别玉簪,青衫长褂布鞋。女子背剑匣,身穿一袭雪白长袍。人与景皆可入画。

山名竟陵,二十多年前建起山神祠庙,祠庙品秩不高,享受香火的是位当地百姓都不曾听闻的山神娘娘。当初由一位梳水国礼部侍郎主持封正典礼,州郡读书人一开始忙着攀亲戚求祖荫,可惜翻遍官家史书和地方县志,也没能找出柳倩是历史上哪位诰命夫人。

附近有一条著名的湟河流过,每逢梅雨季便有湟流春涨的景象,乱世结束的太平岁月,让人越发珍惜,尤为开颜。正值湟河大王府上举办一场婚宴,河神娶亲,这可是百年不遇的盛事,故而从本地官员到市井百姓,都十分喜庆,好似过年光景,顺带着竟陵山神庙这边的香火也比寻常好了几分。

前来拜访竟陵山神祠的男女正是一路御风南游的陈平安和宁姚。

陈平安在来时路上就和宁姚说过了旧剑水山庄的大致情况,宋前辈为何愿意让出祖业,搬迁至此隐居,以及与梳水国朝廷的买卖内幕,柳倩的真实身份——曾经的梳水国四煞之一——顺便提到了那位松溪国青竹剑仙苏琅,这会儿正笑着介绍道:"这处山头,当地俗称心意尖。湟河那边有崖刻榜书,朱红八字:灞上秋居,龙眠复生。那位湟河老爷,觉得是个好兆头,所以就将湟河水府建在了崖下水中,其实按照一般山水规矩,水府是不宜如此近山开府的,很容易山水相冲。"

宁姚问道:"湟河大王?什么来头?"

陈平安轻声笑道:"真身是一头巨鲶,湟河水浊,大道相亲,不过听闻这位河神平时喜欢以道人自居,喜好清谈,颇为雅致,所以不太喜欢湟河大王这个名号,只是湟河沿途的两国老百姓还是喜欢这么喊,难改了。"

宁姚说道:"纳妾就纳妾,说什么河神娶妻。"

陈平安立即收敛笑意,不再多说什么。

到了那处竟陵山神祠,零零散散的香客,多是士子书生,因为当年封正此山的那位礼部侍郎负责主持梳水国今年会试大考。

陈平安拈出三炷山香,点燃之后,自然不同于那些敬香祈福许愿的俗子,磕头礼拜就算了,毕竟于礼不合,他只是礼敬四方天地,都没有向殿内那尊山神娘娘朝拜,心声一句,然后放入香炉。宁姚甚至都没有点香,倒不是宁姚瞧不起柳倩的山水神祇身份,毕竟柳倩这座山神庙肯定承担不起宁姚的持香三点头,所以哪怕宁姚愿意,陈平安都会拦着。

那尊彩绘神像亮起一阵光彩涟漪,山神金身当中很快走出一位衣袂飘摇的女子,柳倩施展了障眼法,自有神通让前来祠庙许愿的凡夫俗子对面不相识。

陈平安和宁姚站在僻静处,柳倩神采奕奕,敛衽行礼,陈平安和宁姚抱拳还礼。

柳倩轻声道:"陈公子,这位可是剑气长城的宁剑仙?"

一般人,她哪敢这么问,一旦问错了人,眼前这位女子不姓宁,后果不堪设想。只是在陈平安这边,柳倩还是很心中有数的。

宁姚笑着点头。

之前听陈平安说起过柳倩和宋凤山的过往,能够走到一起,很不容易。

柳倩笑语嫣然,恍然道:"难怪陈公子宁愿走过千万里山河,也要去剑气长城找宁姑娘。"

陈平安笑问道:"宋前辈如今在府上吧?"

柳倩点头道:"上次爷爷江湖散心回到家中,听说陈公子回了家乡后,再走江湖,就近了,每次只到门口那边就停步。"

说起这个,柳倩就忍不住满脸笑意,以往那个不苟言笑的爷爷,如今就跟老小孩一般,凤山管着喝酒,他就偷偷喝。每次假装散步到门口,都还要故意避开凤山,后来凤山故意询问要不要再寄一封信去落魄山,催催陈平安,老人就吹胡子瞪眼睛,说"求他来啊,爱来不来,不稀罕"。不过这段时日,老人不再喝酒,就像在攒着。

陈平安问道:"嫂子是刚刚从湟河水府那边赶来?会不会耽搁正事?"

柳倩摇头笑道:"不耽搁。竟陵与湟河关系不错,这次河神娶亲,凤山和我就去那边帮忙接待客人,方才听到了陈公子的心声,我就先回了,并以山雀传信爷爷,凤山当下也已经动身,他直接去宅子那边,免得绕路,让爷爷久等。"

柳倩之所以挑选此地建造祠庙,其中一个原因就是宋雨烧和那湟河水神是故交好友,双方投缘,远亲不如近邻。

陈平安抱拳道:"那就有请嫂子带路。"

柳倩率先御风远游,陈平安和宁姚紧随其后,宅子离着祠庙还有百里山路,宋雨烧金盆洗手后退隐山林,以至于这么多年,偶尔去江湖散心,都不再佩剑,更不会翻完老皇历再出门了。

三人身形落在宅子门口,相较于以往青松郡的那座武林圣地剑水山庄,眼前这栋宅子可谓寒酸,门口站着一个须发皆白的老人,双手负后,身形微微佝偻,眯眼而笑。

陈平安手腕一拧,手中多出一把竹黄剑鞘,高高举起,轻轻抛给老人。

宋雨烧一愣,伸手接住剑鞘,疑惑道:"小子,怎么取回的?买,借,抢?"

说到最后,老人自顾自大笑起来,管他呢,这个小瓜皮不还是取回了剑鞘?

陈平安快步走向前，微笑道："按照江湖规矩，让人怎么拿走怎么归还。"

宋雨烧有些忧心："二十多年前，那厮就是个远游境宗师，早年看他那份睥睨气魄，不像是个短命鬼，武道前程肯定还要往上走一走，你小子没事吧？"

看得出来，陈平安当下有些伤势，莫不是就为了把剑鞘，受伤了？如此作为，太不划算。

那条气势汹汹的过江龙，随便一个摆头甩尾，对于梳水、彩衣在内十数国的江湖而言，就是一阵阵惊涛骇浪。

陈平安笑道："他叫马癯仙，是中土大端武夫，还是个领军大将，我去问拳时，他是九境瓶颈。"

柳倩脸色微白。哪怕已经知道陈平安是剑气长城的末代隐官，还是数座天下的年轻十人之一，可当她听说那人是九境瓶颈武夫，还是心惊胆战。

宋雨烧攥紧手中竹黄剑鞘，问道："问拳很是凶险？"

陈平安摇摇头，轻声道："我身上这点伤势，是因为跟别人切磋，跟马癯仙那场问拳没关系，半点不凶险。"

宋雨烧瞪眼道："口气这么大，你怎么不干脆跟曹慈打一架啊？"

陈平安点点头，眨眨眼："就是跟曹慈打的。"

反正今天我就是奔着喝酒来的。再说了，劝酒一事，谁高谁低，如今可不好说。

宋雨烧一时语噎，干脆不搭理这小子，做了牛气哄哄的事情，偏要云淡风轻说出口，像极了年轻那会儿的自己。宋雨烧转头笑望向那个女子："宁姚？"

宁姚抱拳道："晚辈宁姚，见过宋爷爷。"

宋雨烧抱拳还礼，然后抚须而笑，斜瞥某人："你这瓜怂，倒是好福气。"

一起进了宅子，柳倩取出了酒水，端上了几碟佐酒菜，宁姚和柳倩各自与宋雨烧、陈平安敬过酒后就离开了酒桌，让两人单独喝酒。

宋凤山还在赶来的路上，因为他还只是一位七境武夫，无法御风远游，自然不如身为一地山神的妻子柳倩这般来去如风。

宋雨烧一手持酒碗，一手屈指，轻弹横放在桌上的那把竹黄剑鞘，感慨道："你小子说得轻巧随便，不过我知道此事有多难。"

不单单是说问拳赢过九境圆满的马癯仙，老人是说陈平安为何能够走到今天，走到这里，落座饮酒。

陈平安提起酒碗，笑着说来得晚了，先自罚三碗，接连喝过了三碗，再倒酒，与宋前辈酒碗轻轻磕碰，各自一饮而尽，再各自倒酒满碗。陈平安夹了一大筷子下酒菜，得缓缓。

宋雨烧笑道："怎么跟马癯仙过招的，你小子给说道说道。"

这才是真正的佐酒菜。

陈平安只是粗略说了过程，反正也没几拳的事情。

宋雨烧喝过酒，抹了抹嘴，啧啧道："给你打得跌境了？"

陈平安点点头，抬起一只脚踩在长凳上："以后再敢问拳，就让他再跌境，跌到不敢问拳为止。"

宋雨烧抬了抬下巴，陈平安开始装傻，宋雨烧只得提醒道："问这么重的拳，不得喝大碗酒啊，家里碗小，你先喝两碗意思意思，这点自酿土烧，除了喝饱，都喝不醉人，别这么磨磨唧唧。酒桌上劝酒伤人品，不过光吃菜不喝酒，等着别人劝才喝，岂不是更伤人品。"

陈平安无奈道："等会儿等宋大哥上了酒桌，这种话前辈跟他说去。让宋大哥学我，先喝三碗再坐下。"

宋雨烧笑道："凤山憋着坏呢，前些年一直念叨着以后要是生个闺女，说不定能当某人的老丈人，现在好了，彻底没戏。等会儿，你自己看着办，搁我是不能忍。"

陈平安抹了把脸："找喝。"

宋雨烧踢了靴子，盘腿而坐，眼神熠熠，笑问道："在剑气长城那边见着了不少剑仙吧？"

陈平安点点头："都见过。"

在这之后，宋雨烧没有多问半句陈平安在剑气长城的过往，一个年纪轻轻的外乡人，如何成为隐官的，如何成了真正的剑修，在那场大战中，与谁出剑出拳，与哪些剑仙并肩作战，曾经有过多少场酒桌上的举杯，多少次战场的无声离别，老人都没有问。

陈平安也没有问为什么没有见到楚老管家和门房老祁，就只是问了些梳水国的江湖近况，得知横刀山庄那位武林盟主王毅然刀法越发精进几分，在松溪国青竹剑仙苏琅之后，成为江湖上第二位七境武夫，比宋凤山要早几年破境，而苏琅如今正闭关，据说有希望出关就跻身远游境。此次闭关之前，背剑绿竹、悬一截青竹的苏琅，还专程赶来拜访此地，和宋雨烧叙旧一场，算是一笑泯恩仇。

至于真实身份是小重山韩元善的大将军楚濛，早已权倾一国，彻底架空了皇帝。由于在那场打到宝瓶洲中部的大战中，韩元善战功显赫，在几场死战不退的苦仗中，调兵遣将，打得颇有章法，大快人心，所以风评一转，昔年人人得而诛之的楚党魁首，在庙堂、士林和江湖，名声都变得相当不错了，故而如今梳水国朝野上下，都传闻陛下有意禅让。因为孙媳妇柳倩是大骊谍子的缘故，宋雨烧知道了更多内幕。如今依旧是大骊藩属的梳水国皇帝陛下有意脱离这层身份，加上确实争不过那个身兼数职的大将军楚濛，或者说依附大骊宋氏的韩元善，于是等于皇帝、韩元善和大骊王朝三方做了笔台面下的生意，无须当今天子禅让，因为当皇帝的名义上还是梳水国一位寂寂无闻的皇子，当然是韩元善更换的身份，所以只改年号，无须更改国号。而功高震主的楚濛也会让人大吃一惊，功成身退，主动辞官告老还乡。以后的梳水国，不是大骊宋氏藩属，却只会更加胜似藩属。类似这样的秘密谋划，大骊肯定还有很多。

宋凤山赶来宅子后，被陈平安变着法子劝着喝了三碗酒，这才得以落座。

陈平安笑道："先前在文庙附近见着了两位渝州丘氏子弟，宋前辈要不要一起去趟渝州吃火锅？"

宋雨烧摆摆手说道："去不动了，火锅这玩意儿，不差那一顿。远路至多走到大骊那边，回头得空，就顺路去你山头那边看看，也别刻意等我，我自个儿去，看过就算，你小子在不在山上，不打紧。"

喝着喝着，曾经扬言在酒桌上一个打两个陈平安的宋凤山就已经眼花了，他每次提起酒碗，对面那家伙，就仰头一口闷了，再来句你随意，这种不劝酒的劝酒，最要命，宋凤山还能怎么随意？陈平安比自己年轻个十岁，这都已经比不过剑术了，难道连酒量也要输，当然不行。喝高了的宋凤山，非要拉着陈平安划拳，就当是问拳了。结果宋凤山输得一塌糊涂，两次跑到门外边蹲着，柳倩轻轻拍打其后背，宋凤山擦干抹净后，晃悠悠回到酒桌继续喝。宁姚提醒过一次，"你好歹是客人，让宋凤山少喝点"，陈平安无可奈何，以心声说"宋大哥酒量不行，还非要喝，真心拦不住啊"，宁姚就让陈平安拦着自己一口闷。

在屋外檐下，宁姚不得不与柳倩道歉。

柳倩笑着说："没事，机会难得，今天凤山醉酒只是难受一时，不醉可能就要后悔好久。"

宋雨烧到底是老江湖，其实喝酒比宋凤山多，却依旧没怎么醉，只是满脸涨红，打着酒嗝，劝宋凤山和陈平安都少喝点。

宋凤山还好说，醉倒睡去拉倒。陈平安如今毕竟是有媳妇的人了，如果今天喝了个七荤八素，到时候让宁姚在桌子底下找人，下顿酒还喝不喝了？

只不过陈平安酒量是真不差，宋雨烧喝到最后，见这小子喝得眼神明亮，哪有半点醉醺醺的酒鬼样子，老人只好服老，不得不主动伸手盖住酒碗，说："今儿就这样，再喝真不成了，孙子孙媳妇管得严，今天一顿就喝掉了半年的酒水份额，何况今晚还得走趟湟河水府喝喜酒，总不能去了只喝茶水，不像话，总是要以酒解酒的。"

陈平安说喝完酒，去趟彩衣国，就要立即赶路办件事，不能在这边住下了。

宋雨烧笑道："忙正事要紧，下次再喝个尽兴，不管是在落魄山还是这里，弄一桌火锅，彻彻底底分个高下。"

陈平安起身的时候，一个晃悠，宋雨烧缓缓起身，双指抵住桌面，身形可就更稳当了。至于宋凤山早就趴桌上了。

宋雨烧拿起竹黄剑鞘,隔着一张酒桌抛给陈平安,笑道:"送你了。"

接过剑鞘,陈平安走出屋子,到了院子里边,陈平安与宁姚向老人和搀扶起宋凤山的柳倩告辞一声,御风离去。结果没过几十里,陈平安就突然伸手捂住嘴巴,急急落地,要伸手去扶一棵树,结果手一落空,脑袋撞在树上,干脆就那么额头抵住树干,低头狂吐不止,宁姚站在一旁,伸手轻拍他的后背,无奈道:"死要面子。"

在她印象中,陈平安喝酒从没有醉过,就更别提喝到吐了。

陈平安今儿甚至都没有震散酒气、打消酒劲,就这样由着自己醉醺醺,让宁姚陪他走了几步路,等稍稍缓过劲儿了,再御风去彩衣国。

宁姚陪他走在山间小路,脚步缓缓,一袭青衫晃晃悠悠,她只得伸手搀扶住他的手臂。

醉酒的男人,轻轻喊着她的名字,宁姚宁姚。她哭笑不得,只得次次应着。

宅子那边,老人坐回酒桌,面带笑意,望向门外。

新一辈江湖人的为人处世,往往劝酒只是为了看人醉后的丑态。老江湖,是自己酒不够喝,才会劝酒不停,让朋友喝够。或是不缺酒水的时候,劝酒是为多听几句心里话。

可能每个老江湖,都像个酒缸,装满了一种酒水,名为曾经。

到了彩衣国那处宅子,见着了杨晃和莺莺这对夫妇,陈平安这次没有喝酒,只是带着宁姚去坟头那边敬酒,再回到宅子坐了一会儿。

离开宅子后,陈平安回望一眼。

四十年如电抹。身在江湖,许多故人已去,唯有故事停留,就像一场场刻舟求剑。

彩衣国胭脂郡内有一个名叫刘高馨的年轻女修,是神诰宗嫡传弟子,她下山之后当了好几年的彩衣国供奉,其实年纪不大,面容还年轻,却是神色憔悴,已经满头白发。

今夜她坐在屋顶,喝过了一壶酒,将酒壶搁放在脚边,摘下腰间一支自制竹笛。

明月高挂,笛声呜咽。人生如梦,笛中月酒中身,醉不醉不自知。

她向后仰倒,躺在屋顶上,抬起手,轻轻晃动手腕上的一串银铃铛,铃铛声里,好像有人路过心头。只是随着清脆悦耳的叮咚声一去不返。

她看了眼圆圆月,辛苦最怜天上月。

梳水国的山神娘娘韦蔚今天闷得慌,趁着大半夜没有香客,就坐在台阶上,从袖子里边掏出那本艳遇不断的山水游记,乐和乐和,百看不厌。

可惜了,这本山水游记,山上书商竟然没有再版,也就没有了让韦蔚期待已久的那些彩绘神仙图页了。一旁祠庙陪祀的两位神女陪着山神娘娘一起看书,其中一位眼睛一亮,脱口而出,说了"谆谆"二字。韦蔚抬起头,疑惑不解,干吗,你一个斗大字不识几个的,教我读书识字啊?

一位宫装妇人,虽身材矮小,却极有珠圆玉润的韵味,今天离开京城,重游长春宫。

当年是被赶出京城,不得不在此结茅修行,故而所见所闻,处处是愁云惨淡,寒蝉凄切,花开再美也会倏忽凋零,如今再看,却是处处风景如画,赏心悦目。

这位母凭子贵的大骊太后,如今是宝瓶洲一洲山河中当之无愧最有权势的女人。

两个儿子,一位是注定会名垂千古的大骊皇帝,一位是战功彪炳的大骊藩王,兄弟和睦,一起熬过了那场战事。

至于谁是真正的宋睦,谁是宋和,重要吗?反正在她这边,只是曾经重要过,她还为此伤透了心,如今却是半点不重要了。

藩王宋睦,在大渎畔的陪都,除了少个皇帝头衔,和皇帝何异?连六部衙门都有了。该知足了,所求不能更多了。

此次她莅临长春宫,身边除了几位随军修士出身的大骊皇室供奉,还跟着一位钦天监的老修士。

此刻长春宫的太上长老陪坐一侧。太后娘娘身后只站着一位捧剑侍女模样的女子,身姿婀娜,却以本命水法遮掩面容。

大骊没能挽留下曹溶担任宋氏供奉,殊为惋惜。这位在旧大霜王朝山中隐居多年的得道真人,据说是白玉京三掌教的嫡传弟子之一,是北俱芦洲清凉宗贺小凉的师兄。曹溶在老龙城和陪都战场多次出手,极为受人瞩目。

再就是那个白骨剑客蒲禳,一位来自倒悬山师刀房的女冠,也未能被大骊招徕,战事结束,就悄然离去。

一座宝瓶洲,在那场战事当中,奇人异士层出不穷,有群鱼跃龙门之大千气象。

唯一的问题,就是这些山上神仙,与皇帝陛下关系平平,却和那座陪都颇为亲近。

至于那些好了伤疤忘了疼的南方旧藩属,她还真没放在眼里,只是眼前,她有个近忧。

崖畔凉亭,管着钦天监的老人,此时就在和太后娘娘说那一国武运流转之事。她听得直皱眉。

主要是大渎之南,陆续出现了几位九境武夫,既有成名已久的远游境宗师,也有几个横空出世的崭新面孔,此外一些个年纪轻轻的炼神三境武夫,大骊刑部都秘密记录在册,姓名籍贯、师传、山水履历,都有详细记载。

反观大渎北方,尤其是大骊本土武夫,如果只说表面事,那么在最近二十年之内,就显得有些乏善可陈了。

大骊钦天监对此苦笑不已。

绝不仅仅是因为宋长镜当年凝聚一洲武运在身，更大问题是出在了旧骊珠洞天那边一个名叫落魄山的地方。

哪怕除去那个不可理喻的山主陈平安不谈，化名郑钱远游各洲的弟子裴钱，已经九境，此外大管家朱敛、种秋、卢白象、魏羡……哪个不是武运在身的宗师。

何况小镇那间杨家铺子，还有一对不容小觑的师姐弟，小名胭脂的女子苏店，以及桃叶巷出身的石灵山。师姐是金身境瓶颈，师弟已经是远游境武夫。可是按照大骊礼、刑两部档案秘录所载，却是苏店资质、根骨和心性都更好。

长春宫那位太上长老是第一次知晓这些山巅内幕，听得她差点道心不稳。

披云山附近的那座落魄山，都已经跻身宗门了？这么大的事情，为何半点消息都没有外传？而那个才不惑之年的年轻山主，就已是十境武夫了？魏檗办了那么多场夜游宴，竟然还能一直藏掖此事？

钦天监老人见太后娘娘神色明显有几分不悦，小心酝酿一番措辞，说道："关于武运一事，一直有那'炼神三境武夫死本国，止境武夫死本洲'的说法，落魄山有此底蕴，虽说浓厚武运如此凝聚一地，太过古怪，可是也不全算坏事，其实仍算花开墙内，毕竟在龙州地界，是我大骊山河本土之内。"

贵为大骊太后的妇人点点头，老修士就识趣起身告辞离去了。

妇人站起身，那位长春宫太上长老就要跟着起身，她头也不转，只是伸手虚按一下，后者就立即坐回原位。

她望向山外，皱紧眉头。

正阳山和落魄山，两座新晋宗门之间的那点旧怨，好像注定无法善了。不然披云山不至于如此帮着落魄山藏藏掖掖，换成一般山头，早就急不可耐，展示门派底蕴了。其实在她看来，当年那场发生在骊珠洞天的风波，算个什么事？

你陈平安都是当了隐官的上五境剑仙了，更是一宗之主，何必如此斤斤计较。至于你朋友刘羡阳，不也没死，反而因祸得福，从南婆娑洲醇儒陈氏游学归来后，就成了阮圣人和龙泉剑宗的嫡传。何必非要与那位正阳山护山供奉袁真页讨个说法？

她转头问道："朝廷这边出面从中斡旋，帮着正阳山那边代为缓颊，比如尽量让袁真页主动下山，拜访落魄山，道个歉，赔个礼？"

太后娘娘身边站立的女子是悄然离开辖境的水神杨花，腰间悬佩一把金穗长剑，她摇摇头，轻声道："奴婢回娘娘话，不说如今的正阳山绝不会答应此事，陈平安和刘羡阳同样不觉得可以如此一笔揭过。"

妇人伸手一拍亭柱，气恼道："合则利分则伤，甚至有可能会是两败俱伤的结果，这两家都是宗字头门派了，结果就连这点浅显道理都不懂？"

杨花默不作声。有些问题，问话之人早有答案。

妇人冷笑不已："好嘛，就这么两个宗门，这会儿还忙活着下宗选址呢。还是说陈平安和竹皇这两位剑仙觉得当上了宗主，就想着过河拆桥，可以有本事无视我大骊了？"

杨花说道："娘娘，他们大闹一场，其实对于我们大骊，也不全是坏事。若是双方摒弃前嫌，各自扩张太快，反而极容易生出是非。"

妇人变掌为拳，轻轻敲击亭柱。

杨花继续说道："尤其是陈平安的那个落魄山，云遮雾绕，深藏不露，崛起得太快了。再加上此人身为数座天下的年轻十人之一，尤其担任过剑气长城的末代隐官，在北俱芦洲还四处结盟，一个不小心，就会尾大不掉，说不定再过百年，就再难有谁掣肘落魄山了。"

妇人伸出手指，揉了揉眉心："咱们这个魏大山君唉，真是给我惹了个好大麻烦。"

对那魏檗，她还是愿意刮目相看，额外礼重几分的。毕竟披云山与大骊国运休戚与共，这些年，魏檗当那北岳山君，也做得让朝廷挑不出半点毛病。礼部、刑部以及与披云山来往频繁的官员，都对这位山君评价很高。直言不讳，五岳当中，还是魏檗行事最得体，因为行事老道，谈吐风雅，丰神玉朗，是最懂官场规矩的。

何况魏檗还有个把柄被大骊拿捏在手里，就在这长春宫内。

宋煜章，担任山神是先帝的意思。

身边的婢女杨花，涉险成为江水正神是她的安排。

她突然转头笑道："杨花，如今我是太后娘娘，你是水神娘娘，都是娘娘？"

杨花立即跪地不起，一言不发，长剑搁放在一旁。

妇人笑了笑，绕到杨花身后，轻轻抬脚，踢了踢杨花的浑圆弧线，打趣道："这么好看的女子，偏偏不给人看脸蛋，真是暴殄天物。"

她有些自怨自艾，伸手摸了摸自己的脸颊："不像我，修道无果，只能强对铜镜簪花，老来风味难依旧。"

她蓦然间眼神凌厉起来："这个陈平安，如果敢做得过分了，半点面子不给大骊，敢随便翻旧账，那就别怪我大骊对落魄山不客气。"

长春宫的太上长老听得惊心动魄。

妇人突然笑了起来，转过身，弯下腰，一手捂住沉甸甸的胸口，一手拍了拍杨花的脑袋："起来吧，别跟条小狗似的。"

杨花捡起地上那把长剑，恭敬起身，重新捧剑站在一旁。

妇人坐回明黄色绣团龙的垫子，突然问道："杨花，你有没有那个年轻山主的山水画卷？我记不太清楚他的模样了，只记得当年是个穷酸气的瘦黑小泥腿子。"

杨花点点头，从袖子里摸出一支卷轴，轻轻摊开放在石桌上，妇人大为意外，一根手指轻轻敲击画卷，看着画中的那个背剑青衫客，啧啧称奇道："只听说女大十八变，怎的男子也能变化这么大？是上山修道的缘故吗？"

妇人趴在桌上，想了想，从袖中摸出一片碎瓷，再喊来那位钦天监老修士，让他找出落魄山年轻山主，看看他这会儿在做什么。

老修士满脸为难，毕竟此事太过犯忌。

妇人笑眯眯道："他又不是仙人境，只会毫无察觉，咱们看过一眼赶紧撤掉阵法便是了。"

老修士只好听命行事，开始布阵，最终以那片碎瓷作为阵法中枢，施展神通，远观山河，水雾升腾，最后凉亭内，出现了一位年轻道士模样的男子。此刻好像在一处山头，正在远眺景色。

只见那人头戴一顶莲花冠，手持一枝白玉灵芝，轻轻敲打手心，身穿一件素雅青纱道袍，脚踩飞云履，背一把竹黄剑鞘长剑。

妇人歪着脑袋，好像无法想象，当年的陋巷少年会变成这么个人。

下一刻，她心弦一震，只见那个年轻道士抬头仿佛在与她对视，他眯眼而笑，抬起手中白玉灵芝，轻轻抹过脖子。

正阳山白鹭渡。

一个名叫曹沫的谱牒仙师在那处名为过云楼的仙家客栈要了间屋子，还是甲字房，直接报周瘦的名字就行了，不用花钱，因为此人将这间屋子直接租了一年，不然如今正阳山大办庆典，哪有空屋子留给客人。别说这处仙家客栈的甲字房，连周边两处郡城客栈，都挤满了来自四面八方的仙师老爷，毕竟一般的山上修士是没本事住在正阳山各处仙家府邸的。

月色中，陈平安搬了条竹藤躺椅，坐在视野开阔的观景台，远眺那座青雾峰，轻轻摇晃手中的养剑葫。

再过三天，是个黄道吉日，就会举办那位搬山大圣袁供奉跻身上五境的庆典。一座宗字头仙家，剑修如云，数目冠绝一洲，何况最近还有个小道消息，说正阳山下宗选址旧朱荧王朝一事已经敲定，那么正阳山即将成为宝瓶洲第一个开创下宗的宗门，后来者居上，一举超过了神诰宗、风雪庙和真武山这些老字号的宗门。

宁姚没跟着来这边，她直接回落魄山了。

陈平安用了一大串理由挽留宁姚，比如说问剑正阳山，不得有人压阵？再说了，刚刚收到崔东山的飞剑传信，田婉那婆姨和白裳都勾搭上了，那可是一位随时随地都可以跻身飞升境的剑修，他和刘羡阳两个万一遇到了神出鬼没的白裳，如何是好？可宁姚都没答应。只说白裳真要在正阳山藏着，如果还敢出剑，她自会赶到。

其实都要怪陈平安自己心急吃热豆腐，先前在竟陵山小路，趁着四下无人，酒壮了尿人胆，结果被宁姚挣脱后，去彩衣国路上，其实她就再没搭理他了。

陈平安收回视线，不再看青雾峰，抿了抿嘴唇，笑眯起眼。从没有见过那么羞赧的宁姚，怯生生的，哪怕只有那么一刻，脸红得像是桃花。

陈平安在腰间别好养剑葫，还喝什么酒呢。

在这白鹭渡现身的仙师"曹沫"，背剑远游，莲花冠，青纱道袍，真真是个满身道气、仙风缥缈的神仙中人。以至于仙家客栈负责待客录档的女修都怀疑这位道家真人，是不是某位故意不去正阳山诸峰仙府下榻的世外高人。

陈平安躺在椅子上，开始闭目养神，半睡半醒，直到天亮。

第二天，陈平安还是没有等到刘羡阳，倒是整座白鹭渡都被一人惊动了，过云楼所有客人都凭栏或凭窗，远远看着那位大名鼎鼎的剑修。

风雷园园主、剑修黄河终于来了。

其实有小半数来凑热闹的谱牒仙师、山泽野修都是奔着此人而来，就是想碰碰运气，看能否亲眼看到此人极有可能的那场问剑。

客栈闹哄哄，各处窃窃私语。

正阳山和风雷园那场长达数百年的恩怨，被宝瓶洲山上修士津津乐道了何止百年？

元白为何问剑风雷园，整个宝瓶洲都心知肚明。可元白身受重创，此生注定再无法破境，却依旧只是拖延了黄河的破境脚步而已。

李抟景、魏晋、黄河，是公认的宝瓶洲千年以来练剑资质最好的三人。

陈平安也坐起了身，远远望向那个在白鹭渡现身的剑修，李抟景的大弟子、刘灞桥的师兄。

第一次见到此人，是在那条打醮山的跨洲渡船上，凭借镜花水月，得以观看风雪庙神仙台的问剑。陈平安对黄河印象深刻，因为此人出剑极其凌厉，竟然直接打得仙子苏稼剑心崩碎。当时陈平安境界低，只是外行看热闹，等到真正成为剑修之后，回头再看，才明白黄河此人如果身在剑气长城，说不定早已是玉璞境，并且有资格成为米祐、岳青那样的巅峰剑仙候补。

黄河的到来，在白鹭渡出人意料又在情理之中的现身，让整个正阳山的喜庆气氛骤然凝滞几分，一时间各处飞剑、术法传信不断，迅速传递这个消息。

但是一线峰祖师堂门外，宗主竹皇此刻只和白衣老猿并肩而立。

两位玉璞境，一个笑意浅淡，胸有成竹；一个冷笑不已，嗤之以鼻。

当下正阳山可谓群贤毕至，诸峰住满了来自一洲山河的仙师豪杰、帝王公卿、山水正神。

已经有人赞叹不已，说当年战场之外，如今的正阳山可以算是聚集地仙最多的地方了。

比如神诰宗天君祁真带着嫡传弟子亲自来到了正阳山,已经落脚祖山一线峰。云林姜氏一位年轻书院君子,据说是下任姜氏家主人选,与同辈的姜韫,还有一位远嫁老龙城苻家的姜氏女子,都已经到了正阳山,一行人住在了老祖师夏远翠的那座峰头。而书简湖的真境宗新任宗主仙人境刘老成,升任首席供奉的玉璞境刘志茂,次席供奉李芙蕖,也都联袂现身,赶来道贺,下榻拨云峰。甚至连中岳山君晋青,都与大骊朝廷讨要了一份关牒,最终在对雪峰落脚。

同样跻身宗门的清风城城主许浑带着妻儿,以及一位上柱国袁氏子弟的女婿,一起住在了陶烟波的峰头。

据说大骊朝廷那边还有一位巡狩使曹枰,届时会与京城礼部尚书一起造访正阳山。

云霞山的老山主,和一位极年轻的元婴修士、如今的云霞山女子祖师蔡金简,也来到了正阳山。

更不谈那些正阳山周边的大小皇帝君主,都纷纷离开京城,一路上都遇到了极多的山水神灵。

大概唯一美中不足的,是风雪庙、真武山和龙泉剑宗,这三方势力都无一人来此道贺。

陈平安突然从藤椅上起身,瞬间来到栏杆处。

当他手持白玉灵芝做了那个动作后,对方显然立即识趣撤掉了某种掌观山河的神通。

许浑站在高楼栏杆处,这位清风城城主不觉得黄河今日问剑能够成功。

大小孤山合称眷侣峰,有个被悄悄接回师门的女子,姿容绝美,站在小孤山的崖畔,茕茕孑立,脸色惨白无色,反而平添几分姿色,越发动人心魄。

祖师堂外,竹皇笑道:"以黄河的脾气,至少得朝咱们祖师堂递一剑才肯走。"

白衣老猿双臂环胸,嗤笑一声:"最好加上陈平安和刘羡阳那两个废物,一起问剑。"

果不其然,如竹皇所料,黄河出剑了,不过是一剑接一剑,对正阳山诸峰一一问剑。

一线峰这边,宗主竹皇亲自接剑,打消那道剑光,其余群峰,护山阵法各自瞬间开启,然后老剑仙们凭此接剑,此外一些做客正阳山的高人都帮着接下一剑。

白衣老猿问道:"我去会一会他?"

竹皇笑道:"宗门大喜的日子,咱们就不要打打杀杀了,由着他去。不然传出去不好听,说我们正阳山人多势众,欺负一个只是元婴境的晚辈。"

黄河站在原地片刻,见正阳山没有一位剑修现身,便飘然离去,撂下一句话,只说下次再来，只问剑一线峰祖师堂。

陈平安躺回藤椅，松了口气，亏得黄河没有大打出手，不然自己跟刘羡阳算怎么回事。

这天夜幕中，刘羡阳优哉游哉乘坐渡船到了白鹭渡，找到了过云楼甲字房的陈平安，骂骂咧咧，说这个黄河实在太过分了。

刘羡阳也给自己搬了条藤椅，躺在一旁，双手抱住后脑勺，望向璀璨星空，笑问道："怎么个问剑？"

陈平安想了想，说道："你只管从山脚处登山，然后随便出剑，我就在一线峰祖师堂那边挑把椅子坐着喝茶，慢慢等你。"

第六章
少年过河

潋潋星河,翠峰如簇,远处正阳山几座山头仙府好像有老剑仙们呼朋唤友,正在举办私人雅集酒宴,处处烛光,映照得恍若火城。

天上星斗移,人间酒杯转,赏心悦目事。

三更灯火五更鸡,正是读书练剑时。

在距离青雾峰最近的这处仙家客栈,陈平安和刘羡阳都躺在藤椅上乘凉,刘羡阳早已经呼呼大睡,陈平安则闲来无事,正在翻阅一本历象漏刻部书册。陈平安合上书,放入袖中,轻声道:"到子时了。"

按照道家,有那"子时发阳火,二百一十六"的玄妙说法,修道之人拣选此时修行,淬炼体魄,熏蒸金丹,阴尽纯阳,体貌琼玉。按照白发童子的说法,年轻候补十人之一的米贼王篆圆,本是个寂寂无闻的小道观文书,就是无意间捡到了一部废弃道书,依循此法修行,山河鼎里炼冲和,才养就玄珠万颗。得道之时,有雾散日莹之契机,云开月明之气象。

这番措辞,自然是吴霜降在夜航船送给道侣天然的一份记忆,能够让擅长"兵解万物,化为己用"的吴霜降评价如此之高,那么这个王篆圆,不出意外的话,肯定会是未来青冥天下的一方雄杰,前提是别被白玉京二掌教盯上。如今百年,刚好是这位道老二坐镇白玉京,负责监察天下。陈平安猜测这个王篆圆极有可能已经悄然赶去了五彩天下,等到大门重开,等到陆沉主持白玉京事务,再回青冥天下不迟。

刘羡阳睁开眼睛,揉揉脸,打了个哈欠,换了个舒服姿势,身体蜷缩起来,双手笼袖，忍不住抱怨道："才子时？岂不是还得等十几个时辰，早知道就晚点来了，我不在家里，余姑娘就得一个人住在河边铺子，她胆子小，要是大半夜被水鬼敲门怎么办？"

陈平安双手叠放在腹部，望着那条挂在天幕的星河，笑道："赊月的胆子可不小。"

刘羡阳笑呵呵道："我和余姑娘，真是天定良缘。"

陈平安点点头，站起身，走到栏杆那边远眺渡口，哪怕是深夜，白鹭渡那边依旧不断有仙家渡船起起落落，其中有出身琼枝峰花木坊的女修，携花篦捉花来，花篦中所采花卉不是来自藩属山头，就是来自山下王朝各个著名道观寺庙，还有许多从别家山头购买而来的仙家瓜果，都必须走仙家渡船。早先正阳山是没有什么花木坊的，只是这二十年来，喜事连连，筹办庆典实在太多，在茱萸峰女子祖师田婉的提议下，便临时设立了，多是挑选一些资质寻常却年轻秀丽的外门女修，美其名曰采撷官、提篮娘。

刘羡阳依旧躺在藤椅上不愿挪窝，懒洋洋说道："事到临头，该想不该想的都想了，那就别再想太多，问剑一场屁大事，打得过就打，打不过就跑。"

正阳山诸峰，不是都喜欢开启镜花水月吗，刘羡阳都有看，一场不落，不过从没砸过钱。

陈平安趴在栏杆上，笑道："跑个屁，就没有打不过的道理。"

刘羡阳哎哟一声："这话说得很不像陈平安。"

夜凉无暑气，刘羡阳沉默片刻，问道："睡不着？"

陈平安点点头："习惯了。"

刘羡阳说道："先睡心，再睡眼，才能真正以睡养神，下五境练气士都晓得的事情，你看了那么多佛道两教书籍，这点道理都不懂？"

陈平安无奈道："知道跟做到是两回事。"

刘羡阳翻了个白眼："那就跟当年差不多，烧瓷拉坯，永远眼快手慢，没半点悟性，怨不得姚老头不收你当徒弟。"

陈平安笑着不反驳，刘羡阳说的本就是事实。

可要是避暑行宫一脉的剑修，或是亲身领教过二掌柜一箩筐飞剑的酒鬼赌棍在这边，估计能把一双眼睛瞪出来，天底下竟然还有这么跟隐官大人说话的人？

陈平安突然说道："韦月山终于带人上山了，多半是信不过客栈这边的眼力，要亲自筛选一遍住客的谱牒。"

刘羡阳疑惑道："谁？"

陈平安缓缓说道："韦月山，两百八十岁，出身旧白霜王朝花香郡的一个书香门第，仕途不顺，修行资质不错，被青雾峰相中根骨，山中修道两百三十年，现任白鹭渡管事，龙门境修士，不是剑修，如果年少就入山，有机会跻身金丹境。他是青雾峰如今最高的月字辈，也是金丹境剑修纪艳的二弟子。纪艳是青雾峰的上一任开峰祖师，她兵解离世后，门内青黄不接。纪艳大弟子魏岐，不通庶务，死活打不破龙门境瓶颈，最终道心失守，在山外闯下一桩祸事，出手斩杀了一位别门剑修，招惹了当时如日中天的朱荧王朝，掌律晏础亲自出手，对外说是拘押在了青雾峰牢狱，其实是暗中清理门户了，当时朱荧那位出身皇室的剑修应该就在场，亲眼看着晏础打杀此人，这才作罢，没有跟正阳山不依不饶。

"过云楼掌柜倪月蓉，观海境，和韦月山一样不是剑修，因为姿色不错，暗中依附了老祖师陶烟波，不过此事隐蔽，所以她这个见不得光的外妾身份，正阳山祖师堂修士也不是都知道。纪艳一死，每次一线峰祖师堂议事，瓜分剑仙坯子，青雾峰连残羹冷炙都抢不到，那些剑仙坯子自然谁都不愿意去青雾峰坐冷板凳。不过宗主竹皇早年和纪艳关系不错，年轻时两人差点成为道侣，所以于公于私，都愿意稍稍照拂几分，每隔三五十年，竹皇都会搬出山门规矩，好歹送给青雾峰一两位剑仙坯子，可惜青雾峰自己留不住人，至多过十几二十年，那些剑修就会转移峰头，与别处老剑仙们眉来眼去，然后更换祖师堂谱牒，离开青雾峰，转投别峰。也怪不得那些年轻剑修如此选择，毕竟青雾峰连个像样的剑修长辈都没有，去了那边修行，除了几部死物剑谱，是得不到任何活人指点剑术的，所以青雾峰已经两百多年没有一位金丹境剑修了。按照正阳山的祖师堂律例，如果整整三百年都没有一位金丹境，整个旧青雾剑修一脉就要让出整座山头。

"六十年前，倪月蓉曾经被陶烟波的嫡孙，也就是陶紫的父亲，打了十几个耳光，就在这过云楼里边。所以青雾峰一旦更换峰主，倪月蓉就休想去秋令山修行了，她得另谋退路，比如那座被正阳山老幼剑修都笑称为鸟不站的茱萸峰。当然，对她而言，只有一对主仆的对雪峰其实也不错。韦月山相对比较会做人，能挣钱嘛，在哪里都混得开，正阳山诸峰其实都愿意接纳这个生财有道的白鹭渡管事，最近这些年，他和出关就是上五境老剑仙的夏远翠时常有走动，光是山上小武库的方寸物，韦月山就送出去了两件，差不多已经掏光他的家底了，所以导致竹皇对此人意见不小。竹皇之前没有跻身上五境，就忍着韦月山的势利眼了，当下竹皇肯定已经打定主意，要让韦月山交出白鹭渡这块肥肉。未来谁接掌白鹭渡，竹皇心中有几个人选，其中一个候补，是我们的老朋友，就是那个前些年入赘琼枝峰的卢正淳。从福禄街，到清风城，再到正阳山，兜兜转转，世界就是这么小，好像总能碰上熟人。至于韦月山和倪月蓉的山下是非，那些个乌烟瘴气的恩怨情仇，我就不多说了，反正这两个都不是什么紧要人物。"

这一连串内幕，刘羡阳听得脑袋疼。

刘羡阳实在懒得记这些有的没的，陈平安一个人当账房先生就够了，他刘羡阳天生就是当掌柜、当师父的人，所以他只是打趣道："你怎么不去当个说书先生？"

陈平安转过身，笑道："你以为当说书先生就能随便挣钱，没有的事，我在剑气长城又不是没当过，结果想要从孩子那边骗几枚铜钱都难。"

刘羡阳坐起身，说道："你记了这么多乱七八糟的事情，怎么，要帮正阳山修家谱啊？"

陈平安揉了揉下巴："如果一线峰愿意花钱，出高价，我还真没意见。"

刘羡阳躺回藤椅，说道："他们来了。"

陈平安笑着走入屋内，去开门迎客。

黄河在白鹭渡出剑，一道剑光分十九，同时落剑诸峰，虽说雷声大雨点小，剑光都被山中各位本土剑仙、道贺客人打散了，虚惊一场，可如此一来，仍使得正阳山上下内外一个个都心弦紧绷起来，生怕在哪个环节出了纰漏，尤其是白鹭渡管事韦月山，好不容易查完了渡口那边的复杂档案，觉得没什么漏网之鱼，就火急火燎赶来鱼龙混杂的过云楼，要求过云楼再次仔细翻检、查阅所有客人的路引、关牒。韦月山登山之时，直接带了数位嫡传弟子，而且要求师妹倪月蓉务必亲自下场。来的路上，韦月山把黄河的祖宗十八代都给骂了一遍，着急投胎的玩意儿，怎么不直接去一线峰祖师堂里边闹事，在渡口这边遥遥出剑算哪门子的剑仙气概？

倪月蓉没觉得师兄是在小题大做，事实上，在韦月山登山之前，她就已经带人翻了一遍客栈记录，让几位心眼活络的弟子登门一一勘验身份，只是还有十几位客人，不是来自各大山头，就是类似住得起甲字房的贵客，客栈这边就没敢打搅。韦月山听说此事，当场就骂了句"头发长见识短"，半点面子不给，执意要拉上她一起敲门入屋，仔细盘查身份。倪月蓉心中恼火：不是你的地儿，当然可以随便折腾，半点不顾忌那些谱牒豪客的颜面，可我和过云楼以后还怎么做生意？

倪月蓉敲开门，韦月山见着了一个年轻道人，身材修长，戴莲花冠，外罩一袭布满云水气的青纱道袍，既有山上高门仙家的浓郁道气，又有豪门子弟的雍容风度。

其实一见到此人，韦月山就有些后悔了，尤其是那一顶象征道脉法统的莲花冠，看得韦月山这位龙门境修士心中直打战。他咳嗽一声，提醒师妹，你来说。

倪月蓉面带笑靥，柔声道："曹仙师，客栈这边刚得到祖师堂那边的一道训令，职责所在，我们需要重新勘验每一位客人的身份，确实对不住，叨扰仙师清修了。"

只见那位年轻道人微微皱眉，又洒然一笑，最终和颜悦色道："我那份山水关牒，不是按照山上规矩，扣押在你们客栈那边了吗，以正阳山的宗门底蕴，此物真假，应该不难分辨吧？怎么，还是不够，需要我报上师门的山水谱牒？我虽然不常下山走动，却也知道，这可就有点坏规矩了。正阳山此举，是不是有点店大欺客的嫌疑？"

看看，听听，当着迎来送往的渡口管事，最会察言观色的韦月山觉得眼前这位姓曹的外乡道人，要不是个正儿八经的道门谱牒，他韦月山都能把那封关牒给吃了。

韦月山见过不少浪迹云水、优游访仙的高人，眼前这位瞧着年纪轻轻的道人，只说那份金枝玉叶和仙风道骨的神人气度，绝对可以排进前十。

倪月蓉眼神幽怨，咬了咬嘴唇，轻声道："曹仙师，我们客栈这边真心不敢违背祖师堂啊，恳请曹仙师体谅，月蓉感激不尽。此事过后，一定亲自再登门与曹仙师敬酒赔罪。"

可那曹沫只是微笑不言。

倪月蓉便有些打退堂鼓。

他们这对师兄妹靠着青雾峰的近水楼台，又有恩师纪艳攒下的香火情，各自才有了这份差事，两人都不是剑修，如果是那金贵的剑修，在诸峰躺着享福就是了，哪里需要每天跟鸡毛蒜皮打交道，耽误修行不说，还要低声下气与人赔笑脸。

在正阳山，一个龙门境的练气士说话做事可能还不如洞府境的剑修来得硬气，尤其是那场大战过后，年轻剑修多跟随师长、祖师下山，虽说绝大多数剑修都没去过老龙城、大渎两岸这样的惨烈战场，正阳山为他们挑选的山下历练之处极有讲究，只是过个场，也出剑，不过注定都无性命之忧，但返山之后，个个越发眼高于顶了。其实真正把脑袋拴裤腰带上的，是拨云峰峰主这样动不动就在一线峰起身退场的老剑仙们，他们才会各自带着一拨嫡传弟子，舍生忘死，在老龙城、大骊陪都这种战场出剑杀妖。

姓曹？又是戴一顶莲花道冠。韦月山冷不丁想起一事，心中惊疑不定，试探性问道："敢问曹真人，可是在旧白霜王朝的山中修道？"

昔年在老龙城那边的战场上，曾经有位化名曹溶的道门仙人横空出世，术法通天，随便几手神通，抖搂得那叫一个惊世骇俗。

陈平安轻轻抖了抖道袍袖子，眯眼笑道："是又如何？不是又如何？"

韦月山悻悻然而笑，立即以心声提醒师妹，千万别惹恼此人，咱们可以收场了，曹沫此人极有可能与那位传闻是白玉京三掌教嫡传的仙人曹溶沾亲带故。

倪月蓉立即以心声询问师兄，要不然咱们与神诰宗那边通个气，询问一二？如今大天君祁真与嫡传高剑符几个就在祖山一线峰那边下榻。当时是宗主竹皇亲自下山，在山门口那边迎接祁天君这一行道门高真，至于那条神诰宗渡船，自然不用停靠在白鹭渡，而是直奔一线峰。韦月山正要回答师妹，眼角余光却见那位曹沫似笑非笑，好像一切尽在不言中。

韦月山心中有数，立即带着师妹告辞离去，为了这点事情，飞剑传信去一线峰叨扰神诰宗祁天君，简直就是个天大的笑话。祁真是一洲仙师的领袖人物，然后正阳山这边的小小白鹭渡、过云楼，一个龙门境、一个观海境，两个满身铜臭的小修士，问那身份尊贵的天君，你白玉京三脉当中的仙人曹溶门下，有无一个名叫曹沫的谱牒道士？

再说了，一座宝瓶洲，除了风雷园黄河这样不可理喻的元婴境剑仙，谁会吃饱了撑的前来挑衅正阳山？就算失心疯，有那胆子，可是有那本事吗？

陈平安关上门，转身走回观景台。

刘羡阳抬起头:"还以为需要我亲自出马。"

"都是些历来如此的人心。"

陈平安从袖中取出那枝白玉灵芝,轻轻拍打手心,好似就在推敲人心:"其实如果被过云楼这边察觉到不对劲,也是好事。以后我再做类似事情,就可以更加谨慎,争取做到滴水不漏。很多遗憾,其实力所能及,只是因为没想到,事后就会格外遗憾。不过这次住在这里,我其实没有刻意想要如何藏掖身份,你来之前,只有我一个待在这边,闲来无事,就当是闹着玩。"

刘羡阳问道:"为什么要提前几天来这边?"

陈平安开始躺在藤椅上闭眼打盹,沉默片刻,轻声答道:"一来担心文庙议事结束后,山水邸报正式解禁,虽说我早就托付先生帮着隐藏身份,一位副教主在议事当中,是给了些暗示的,不许外人离开文庙后轻易谈及剑气长城内幕,参加文庙议事的山巅修士又都是极聪明的人,所以不太会泄露我的隐官身份,尤其不会提及我的名字,不过事怕万一,一旦与正阳山问剑之人,不再只是泥瓶巷陈平安,会少掉很多意思。再者我早早待在这边,就坐在这里,远远看着正阳山诸峰剑气冲霄,如日中天,大晚上的,仙师御风身形多如夏夜流萤,可以帮自己修心养性,以后修行路上,时不时拿来引以为戒。"

刘羡阳脑袋枕在手背上,跷起二郎腿,轻轻晃荡,笑道:"你就是天生的劳碌命,一辈子都注定不如我自在。"

陈平安说道:"从不怕有盼头的忙碌,平时越忙我越心安,怕就怕那种只能苦兮兮求个万一的事情。从第一次离家起,我之所以这么忙,就是为了不再那么忙。"

刘羡阳嗯了一声,随口问道:"这次文庙议事,见着小鼻涕虫了?"

陈平安摇摇头:"在泞水县城,都走到门口了,本来是要见的,无意间听着了白帝城郑先生的一番传道,就没见他,只是和郑先生散步一场。"

刘羡阳啧啧道:"与郑居中结伴散步?好大风光,羡慕羡慕。"

陈平安神色无奈,摇头道:"羡慕个什么,其实那一路走得内心惴惴,如果可以的话,我其实一辈子都不想与郑先生有任何交集。你是不知道,在一场两两对峙的议事当中,郑先生当着两座天下山巅修士的面,直接宰掉了两个当时身在托月山的上五境妖族修士。我现在都怀疑,郑先生是不是曾经也去过骊珠洞天,化身福禄街或是桃叶巷的管事护院、铺子掌柜伙计、龙窑师傅窑工?男人女人?会不会其实一早就在我们身边出现过,打过照面聊过天?谁知道呢。"

刘羡阳抬起一只手掌,感慨道:"你说咱们家乡那么大点地方,怎么就有那么多的神人怪异。"

刘羡阳收掌握拳,自嘲道:"小时候,总觉得外边天大地大,一定要走出去看看,不承想出了远门,再回家乡,才发现巴掌大小的家乡,其实很陌生,好像一直就没认清过。"

陈平安笑道："故乡嘛，忘了谁说过，就是个瘦骨嶙峋的老人，长大之后，你记不住他，他记不住你。"

刘羡阳说道："你除了曹沫和陈好人，难道还有个化名，叫'忘了谁'？"

陈平安大笑起来。

刘羡阳听着陈平安的笑声，也笑了笑，年少时身边这个闷葫芦其实不太喜欢说话，更不怎么笑，不过也从不耷拉着脸就是了，好像所有的开心和伤心都小心余着，开心的时候可以不那么开心，伤心的时候也就不那么伤心，就像一座屋子，正堂、两侧屋子，住着三个陈平安，开心的时候，正堂那个陈平安就去不开心的陈平安那边敲门，不开心的时候，就去开心那边串门。

这么一个少年，其实挺可怜的。所以那些年里，刘羡阳就喜欢带着陈平安四处逛荡，后来身边再多出个小鼻涕虫，三个人一起走遍家乡。

高高的少年，瘦竹竿似的黑炭少年，时不时擤鼻涕的跟屁虫，各自穿着草鞋，走在乡野路上，一起憧憬着未来。

敲门声轻轻响起，是倪月蓉拎着酒登门赔罪来了。

陈平安没理睬，门外边的倪月蓉再次敲门，站了片刻，见依旧无人开门，便默默离去，省下一壶仙家酒酿。

位于一线峰半山腰的府邸内，天君祁真和嫡传高剑符相对而坐，正在对弈。

这座悬挂"长铗"匾额的宅子，历来都是正阳山举办庆典时为身份最尊贵的客人准备的。

高剑符笑道："风雪庙和真武山都没任何一人过来道贺，师父小心下次被他们笑话。"

头戴一顶鱼尾冠的祁天君拈起一枚棋子，摇头道："神诰宗毕竟不如他们闲云野鹤。"

宝瓶洲的神诰宗，北俱芦洲谢实的天君府，桐叶洲那边曾经的桐叶宗如今的玉圭宗，都是一洲山河的仙家领袖。

高剑符问道："竹皇是不是也破境了？"

祁真点头道："刚刚破境没多久，不然不会被你一个元婴境看出端倪。当然，竹皇心思细密，未尝没有故意泄露此事给明眼人看的意思，到底还是不太愿意全部风头都被袁真页抢了去。"

高剑符以心声问道："宋长镜与师父都是参加了议事的，以大骊宋氏跟正阳山的关系，照理说不该隐瞒陈平安的那几个身份，反正一封密信几句话就能说清楚的事，为何看上去一线峰这边好像还是被蒙在鼓里？"

祁真轻轻落子在棋盘，说道："宋长镜与大骊太后的关系十分微妙，这一点，就像大骊京城和陪都的关系。简单来说，宋长镜是在帮着大骊朝廷和那个妇人借机撇清关系，凭此告诉陈平安这位落魄山的年轻隐官，一些个山上恩怨，就在山上解决，不要连带山下。"

高剑符这位昔年与贺小凉一起被誉为金童玉女的道门地仙神色复杂。

祁真抬起头："怎么，很期待那个隐官的出现？"

高剑符点点头："若是这都能被陈平安问剑成功，我就对他心服口服，承认自己不如人，此后再无牵挂，只管安心修行。"

祁真笑道："懂得给自己找台阶下，不去钻牛角尖，也算山上修道的一门秘传心法。"

高剑符问道："如果他真敢挑选这种关头问剑正阳山，真能成功？还是学那风雷园黄河，点到为止，落魄山借此昭告一洲，先挑明恩怨，以后再徐徐图之？"

祁真说道："问剑一事，很难，但不是完全没有可能。不过陈平安一旦问剑，绝对不会很随意。一个能够当上剑气长城末代隐官的年轻人，既不会纯粹地意气用事，也不会做些没把握的蠢事。"

中岳山君晋青和剑修元白站在对雪峰一处高楼廊道。

元白苦笑道："晋山君此次不该来正阳山，很容易被大骊宋氏记账。"

晋青神色淡然道："我为何当这山君，你元白心里没数？"

元白说道："正因为清楚，元白才希望晋山君能够长长久久坐镇故国山河。"

晋青看了眼这个大道止步的天才剑修，惋惜道："身为旧朱荧子民，你的所作所为，足可问心无愧，但是在我看来，作为剑修，沦落至此，实在可惜。正阳山做事情，太不地道了。这趟我要是不来，你说不定连对雪峰都留不住，就竹皇、夏远翠这些人的脾气，说不定等到下宗选址成功，就会顺水推舟，说是让你重返家乡，其实是将剑修元白物尽其用，既能在我这边讨个好，又能打着你的旗号在旧朱荧境内招徕剑修坯子。至于元白的死活、名声，在正阳山看来，根本不重要。"

元白说道："故国的剑修坯子，只要都能够早早登山修行，我个人得失不值一提。越是剑仙坯子，贻误了时机，后果就越不堪设想。登山练剑越晚，一步慢步步慢。"

元白眺望对面那座常年积雪的山峰，轻声道："我希望将来有一天，旧朱荧子弟能够在正阳山占据数峰，相互抱团，不容外人欺辱。"

晋青犹豫了一下，以心声言语道："先前刘老成找到我，说是真境宗上宗那边，宗主韦滢有意与正阳山做笔买卖，作为交换，韦滢想要把你招过去，至于玉圭宗具体的交换条件，会付出什么代价，刘老成倒是没有细说，所以我想听听你的意见，有没有离开正阳山的想法？只要你点头，我来负责和刘老成、竹皇商量此事，你都不用露面。"

晋青说到这里，心中欣慰不已："能够被韦滢这么一位大剑仙如此器重，很难得的。韦滢此人，雄才大略，极有眼光。"

韦滢、魏晋、白裳是如今三洲剑修执牛耳者，而且三人都极有可能百尺竿头更进一步，有朝一日跻身飞升境。

作为一洲大岳山君，晋青擅长望气之术，这点眼光还是有的。

元白错愕不已，然后眼中有了些笑意，忍俊不禁道："晋山君这次是挖墙脚来了？"

晋青双臂环胸，冷笑道："不然给正阳山道贺吗？老子连礼物都没带，空手来的。"

正阳山财神爷陶烟波、陶紫、白衣老猿、清风城许氏夫妇以及嫡子许斌仙，六人齐聚陶家祖业所在的秋令山。秋令山是正阳山诸峰当中仅次于一线峰的风水宝地，甚至要比夏远翠的水磨峰更适宜修道练剑。

陶紫已经长成亭亭玉立的女子，许斌仙也是风流俶傥的世家子模样。早年有一位道门女冠云游至清风城，亲自为襁褓中的许斌仙赐名，寓意极好，文武双全山上人。

两个同龄人站在一起，神仙眷侣，珠联璧合，而两人也确实即将结为山上道侣。陶紫和许斌仙如今都是龙门境，不说百年结金丹，甲子金丹境都是有希望的。而且如今才三十岁出头的两位，还都是剑修。

白衣老猿语气生硬，直截了当问道："狐国失窃一事，难道就这么算了？"

真是天大的笑话，偌大一座狐国，凭空消失不说，这么些年，清风城依旧连谁是幕后主使都没能弄明白。

将来许氏向正阳山提亲，清风城还拿得出什么像样的彩礼？难不成许氏就眼巴巴等着正阳山这边的陪嫁嫁妆？

老祖师陶烟波拎着杯盖，轻轻拨弄茶水雾气，这个一向说话难听的袁供奉今天倒是难得说了句顺耳言语。

陶烟波听说那座狐国不翼而飞之后，甚至都有些后悔结这门亲事了。如果不是许浑已经跻身上五境，清风城又同样跻身了宗字头，秋令山和清风城早就可以阳关道独木桥各走一边了。没了狐国的清风城，大伤元气，陶紫嫁过去，太过委屈。

清风城也确实不像话，不然只要稍微有点线索，哪怕只是有几个猜疑对象，以许浑的境界和清风城自身的底蕴，又与大骊上柱国袁氏联姻，再加上秋令山这边，一座宝瓶洲谁敢不乖乖归还狐国？

许浑微微皱眉。

妇人笑容牵强，道："还在查。"

白衣老猿手心抵住椅把手："查什么查，怀疑是谁，直接找上门去，掘地三尺，不就找到了？怎么，莫不是你们清风城连个怀疑对象都没有？"

许斌仙微笑道："袁爷爷，我怀疑与落魄山有些关系，只是那边有龙泉剑宗和披云山，不好去闹。"

宝瓶洲的老字号宗门做不出这么缺德的事情。

白衣老猿瞥了眼这个打小就喜好身穿鲜红法袍的小崽子，冷笑道："阮邛和魏檗，不也才是玉璞境，再说了你们只是去找落魄山的麻烦，阮邛和魏檗哪怕要掺和，也有不少忌讳，落魄山又不是他们的下宗，怎么就不好闹了，闹到大骊朝廷那边去，清风城不理亏。"

风雪庙魏晋、书简湖刘老成、披云山魏檗、正阳山袁真页，剑仙、野修、山神、精怪，不同道路，先后跻身上五境，关键是这几位都身负一洲气运。

陶紫笑道："袁爷爷，清风城有他们的难处，事已至此，你就不要在伤口上撒盐了。"

白衣老猿转头笑道："臭丫头，这还没嫁人呢，就是泼出去的水了？让袁爷爷伤心。"

陶紫笑眯眯道："以后袁爷爷帮着搬山去往清风城，干脆就常年在那边修行好了嘛。至于正阳山这边，哪里需要什么护山供奉，有袁爷爷的威名在，谁敢来正阳山挑衅，那个风雷园的黄河，不也只敢在白鹭渡那么远的地方显摆他那点微末剑术？都没敢来看一眼袁爷爷呢。"

年轻女子娇俏而笑，白衣老猿爽朗大笑。许氏妇人掩嘴而笑，许斌仙会心一笑。唯有许浑面无表情，只是扯了扯嘴角，便开始低头喝茶，在心中叹了口气。这个小姑娘，真不是什么省油的灯，以后她嫁入清风城，是福是祸，暂时不知。不过只要自己能够跻身仙人境，万事好说。

陶烟波瞥了眼许浑，没来由说了一句："按照玉液江水府那边给的谍报，刘羡阳已经是一位金丹境剑修了。"

被许浑炼化为本命物的那件瘊子甲就是骊珠洞天刘羡阳的祖传之物。

许浑神色平静道："看来刘羡阳的修行资质确实很好，说明阮圣人收徒弟的眼光更好。"

陶烟波神色微变。

那个已经在正阳山开峰的年轻金丹境剑修名叫庾檩，年少时就已经是位毋庸置疑的剑仙坯子，曾经差点成为龙泉剑宗的嫡传，甚至还在龙泉剑宗的祖山神秀山那边修行过一段时日，只是不知为何，阮邛最后竟然将这么一位注定结丹的少年天才送下了山。于是庾檩与其余两位昔年龙泉剑宗的师兄妹转投正阳山。庾檩登山之初，就在一场祖师堂议事中被老剑仙陶烟波选中，带到了秋令山上修行。庾檩得到过陶烟波不少指点，哪怕后来开峰建府，其实依旧属于秋令山一脉的剑修。

许浑说阮邛挑选徒弟的眼光好，那么陶烟波对庾檩寄予厚望，又算怎么回事？

许氏妇人赶紧打圆场："错过庾檩，肯定是龙泉剑宗一大损失，庾檩如今已是金丹境,百年之内元婴境可期,定然会是秋令山的一大臂助,只等陶老祖跻身上五境,将来一线峰祖师堂议事,只要是陶老祖不点头的事情,就肯定通不过了。"

陶烟波抚须而笑:"不能这么讲,将宗主和夏祖师置于何地?"

然后妇人拿起茶杯,高高举起,开始转移话题:"此次庆典,地仙如云,是咱们宝瓶洲千年未有的盛事,我在这里以茶代酒,恭喜袁老祖。"

白衣老猿点点头,拿起茶杯,一饮而尽。

这位正阳山护山供奉突然说道:"回头找个机会,我随手宰了刘羡阳,就当是陶紫的嫁妆之一。"

在方圆八百里的正阳山私家山河之内有条碾伯河,河神祠庙建造在开颜渠旁,两位修士出门散步,夜游至此。

是继姜尚真、韦滢之后,真境宗的第三任宗主刘老成,身边跟着身为次席供奉的女子元婴境修士李芙蕖。

至于这次一起赶来正阳山道贺的首席供奉截江真君刘志茂,则独自与山上好友喝酒去了。

李芙蕖见刘老成一路无言,直奔开颜渠,好像是约了人在此?只是李芙蕖生性谨慎,宗主自己不说,她就没有多问什么。

刘老成远远瞥见开颜渠那里的一个身影,是位山上老友,独自坐在堤坝上喝酒,正是无敌神拳帮的老帮主高冕。

刘老成心情好转几分,不再沉默,随口问道:"那个来自仙游县的郭淳熙,是怎么回事?我看他也没什么修行资质,你怎么愿意收为不记名弟子?"

李芙蕖答道:"是姜老宗主的意思,他给了郭淳熙一件信物,让此人到了宫柳岛就指名道姓说要见我,我哪敢掉以轻心。"

刘老成点点头,说得通,姜尚真做事情,单凭喜好,没有什么常理可讲。

如今的真境宗,其实没什么明显的山头派系,至多就是刘志茂与他这个宗主关系疏远。不是刘老成和刘志茂都如此清心寡欲,无心权势,恰恰相反,真境宗这两位山泽野修出身的上五境,一个仙人境,一个玉璞境,一个出身宫柳岛,一个出身青峡岛,都在书简湖这种地方当过盟主,号令群雄,怎么可能一门心思只知修行,只是先前那两位来自桐叶洲的宗主,再加上那个老宗主苟渊,哪一个的城府和手段,不让人倍感心悸?

刘老成走到高冕那边,笑着打招呼:"老高。"

高冕转过头,瞥了眼李芙蕖,埋怨道:"都不知道带俩年轻些的姑娘陪酒,怎么当的宗主。"

刘老成笑呵呵地坐在一旁。

李芙蕖哪怕羞恼,也无可奈何,这位老帮主是怎么个人,一洲皆知。何况李芙蕖还清楚一桩内幕,昔年荀老宗主独自游历宝瓶洲,就是专程来找高冕叙旧,据说每天讨骂都乐在其中。所以无论是姜尚真,还是韦滢,对高冕都极为礼敬,李芙蕖自然不敢造次。况且无敌神拳帮这个山上仙家门派,在那场大战当中,门内弟子死伤惨重,尤其是高冕,据说在大渎畔的战场上,差点被一头大妖直接打断长生桥,如今堪堪保住了金丹境。所以今夜只要高冕这个出了名喜欢镜花水月的老不羞,别毛手毛脚,只动嘴皮子说荤话,李芙蕖就都愿意忍了。

　　刘老成接过高冕抛过来的一壶酒,仰头痛饮一大口。

　　高冕说道:"贺仙子是肯定遇不到了,只是不知道能否瞧见苏仙子。"

　　刘老成摇头道:"苏稼都不是剑修了,正阳山也不是个有人情味儿的地方,她不太可能回来。"

　　高冕说道:"不回也好。"

　　刘老成问道:"门派那边?"

　　高冕咧咧嘴:"来正阳山之前,我就已经让位了,一个狗屁金丹境,没脸发号施令。唯一可惜的就是无敌神拳帮这么个好名字,估计要被那帮嗷嗷叫的兔崽子们改掉了。"

　　刘老成说道:"你别不爱听,以后不管你是不是帮主,我和真境宗这边,都会帮忙盯着你的那份家业。"

　　高冕摆摆手:"不爱听,老刘你自罚半壶,反正醉倒了,还有芙蕖妹子背你回去,记得两只手老实一点。"

　　刘老成说道:"我打算让李芙蕖担任你们帮派的供奉。"

　　高冕点点头:"随便,我如今不管事了,只要芙蕖妹子不觉得掉价就行。"

　　李芙蕖说道:"乐意至极。"

　　高冕转过头,身体前倾,伸手一把推开刘老成的脑袋,望向李芙蕖,问道:"咋的,被高某人的英雄气概折服,偷偷仰慕很久了?"

　　李芙蕖微笑道:"真没有。"

　　高冕问道:"喜欢姜尚真、韦滢那样的小白脸啊?"

　　李芙蕖头皮发麻,默不作声。

　　高冕收回手,和刘老成酒壶磕碰一下,各自饮酒。

　　高冕环顾四周,开颜渠畔遍植梅花,老人唏嘘不已:"山人多少福,消受此梅花。"

　　刘老成突然以心声说道:"老高,别这么无精打采的,见不着心仪的仙子美人,却有热闹可看。"

　　高冕嗤笑道:"热闹?黄河那样的?我看没啥意思。不过等到下次黄河问剑一线峰,我是肯定要赶来亲眼看一看的。"

刘老成笑着不再说话。

高冕疑惑道:"多大热闹?"

刘老成伸手指了指一线峰。

高冕震惊道:"何方神圣,如此狗胆?"

刘老成卖了个关子:"等着就是。"

高冕灌了一口酒:"不管如何,只要敢在一线峰闹事,成与不成,无所谓,我都要朝此人竖起大拇指,是条汉子。"

一处山上酒局,皆是早早约好,故人重逢于此。

到了正阳山的不同山头,各自撇下师门长辈,然后赶来赴会喝酒,韩靖灵因为是一国君主,所以能够在这座山峰上有个单独的宅子。

除了早已是石毫国皇帝的韩靖灵,担任兵部尚书数年之久的黄鹤,刘志茂大弟子田湖君,以及她的两位师弟秦催和晁辙,此外还有黄鹂岛岛主的师弟吕采桑,昵称圆圆的鼓鸣岛少岛主元袤,还有那个范彦,曾经所有人眼中的傻子,如今的池水城之主。所以除了那个顾璨,其实所有人都到齐了。

最终众人所谈之事,自然都是围绕着曾经将他们拉拢在一起的顾璨,这位白帝城郑居中的嫡传弟子。只是所有人,都有意无意绕开了另外一人,那个在青峡岛当账房先生的青衫外乡客。

仙人境韩俏色和琉璃阁柳道醇的师侄,小白帝傅噤的师弟……顾璨这个混世魔王,在离开书简湖后,好似鲤鱼跳龙门,一步登天了,况且传闻顾璨自身已经是玉璞境的山巅修士,在中土神洲都有了那个"狂徒"的名号……

关于顾璨的一桩桩一件件,都是今夜极能佐酒下菜的谈资。

可能除了别有一份心思的田湖君,其余所有人都觉得能够在书简湖认识顾璨与有荣焉。

酒席上,有十数位身穿彩衣的琉璃女子,虽是傀儡,但翩翩起舞,姿容极美,只是关节扭转,吱呀作响。

田湖君的师父刘志茂今夜所拜访之人,是披云山林鹿书院的副山长、昔年黄庭国那条似乎一直在故意压境的万年老蛟。因为刘志茂修行水法,故而与老蛟是旧识了,事实上,刘志茂与钱塘江风水洞的那条蛟龙关系也不差。

刘志茂以心声询问了一个好奇已久的问题:"为什么将那份本该属于你的气运故意让给袁真页?"

年迈儒士模样的老蛟微笑道:"我这偏安一隅的小小水裔,哪敢与搬山大圣争先破境。"

刘志茂笑着举杯:"有道理。"

拨云峰那边，一洲各地山神齐聚，以南岳储君之山的采芝山神为首。

附近的水龙峰，是正阳山掌律祖师晏础的山头，各路水神水仙，酒宴相约在此，以神位品秩最高的雍江水神为首。

两拨山水神灵，在今夜推杯换盏，因为真正在庆典之上，喝酒反而没有这么随意。

在老祖师夏远翠的满月峰，来自云林姜氏的那拨贵客在此落脚，其实来的都是姜氏的年轻子弟，只不过个个身份特殊，观湖书院君子姜尚，师父是刘老成的姜韫，远嫁老龙城苻家的姜笙。此外两个不姓姜的客人，其中苻南华已经去别处山峰会友了，夫妻两个，貌合神离，相敬如宾，互不干涉；至于那个由青鸾国大都督一步步累迁为大骊陪都吏部左侍郎的韦谅，和苻南华一样离开了满月峰，各自找酒喝。

先前许氏妇人的那句客套话，其实不全是恭维，天时地利人和，好像都在正阳山，如今这方圆八百里之内，地仙修士聚集如此之多，委实罕见。所以一处酒席上，有谱牒修士喝高了，向身边好友询问，需要几个黄河才能问剑成功。有人说至少三个，有人说得有五个黄河才行，毕竟黄河资质再好、剑术再高，如今也才元婴境，如今正阳山，哪怕不谈各路客人，他们自家就有两位上五境修士。再加上宗主竹皇、陶烟波和晏础三位元婴境老剑仙，说五个，其实已经很给黄河面子了。兴高采烈议论此事，聊到最后，得出一个结论，便是一位飞升境大修士都不敢在此捣乱。

一条驶向正阳山的大骊官家渡船上，船主人是大骊历史上的第二位巡狩使曹枰。

关翳然是来蹭吃蹭喝的，这会儿正在一间船舱内喝着一碗冰镇梅子酒，酒桌上其余两人都是自己多年好友，虞山房和戚琦，他们跟关翳然一样，都曾是大骊边军的随军修士。风雪庙女修戚琦，身姿纤细，却挎一把剑鞘极宽的大剑。至于退出沙场多年的虞山房，富态了不少。

作为翊州云在郡的关氏子弟，关翳然先是投军入伍，担任边境随军修士，凭借军功在大骊边军当中一步一步攀爬，大骊铁骑南下，关翳然成为负责驻守书简湖云楼城的驻军武将，后来又和文官柳清风、同为将种子弟的刘洵美，一起担任大渎监造官。关翳然卸去齐渎督造官职务后，在京城户部补缺，只是没有像当时的柳清风那样升迁为一部侍郎，作为关老尚书嫡玄孙的关翳然，官品反而不如柳清风这个外人，当时在大骊京城，尤其是篪儿街和意迟巷，惹了不少猜测，多是打抱不平的议论。

而虞山房早年在关翳然的授意下，担任了大骊当年新设的督运官之一，专职管着走龙道那条山上渡船航线。

山下王朝的漕运水路，山上仙家的渡船航线，一个流淌着源源不断的银子，一个更是流淌着神仙钱。

督运官，官品最高的，起初是大骊正三品，后来再升一级，从二品，督运总署建在大渎之畔，不在大骊陪都之内，负责宝瓶洲大大小小三十余条山上航线。只是等到大战落幕，大骊版图缩减一半，所以如今只剩下不到二十条。

虞山房管着的那条南北向的走龙道，极为重要，所以哪怕他官品不算太高，只是从四品，但属于督运衙署最早的那拨"老人"，加上手握实权，走龙道航线又极为关键，是个油水极多的位置，所以这二十多年来，虞山房在大骊地方官场上混得相当不错。另外加上职责所在，与一洲各家仙师打交道极多，积攒了不少的山上私谊香火情。

桌上的佐酒菜是一大盆醉虾，关翳然啧啧称奇道："哟，老虞，如今很会做官啊，都晓得下本钱行贿了？"

这一大盆可不是寻常的河虾，而是走龙道里边的"河龙"，被宝瓶洲南边昵称为"银子"，是山上山下老饕清馋们的心头好。

关翳然一手持碗，一手用筷子拨弄着那些醉醺醺的"银子"，多是半寸长，但是也有几条一指长短的"河龙"，挑中一条，夹了一筷子给戚琦，说道："咱俩算是沾虞督运的光了，今儿吃的都是实打实的雪花钱。"

虞山房笑骂道："行你大爷的贿，是老子砸锅卖铁，用自个儿俸禄买来的，不吃拉倒。"

关翳然一脚踩在长凳上，勾着肩膀，等到戚琦细嚼慢咽了，才与虞山房偷偷一挑眉头，虞山房嘿嘿一笑。

戚琦放下筷子，离开屋子去找人闲聊。她是来自风雪庙大鲵沟的兵家修士，这次还有个高她一辈的同门，文清峰出身，一样担任过多年的大骊随军修士。不过风雪庙对正阳山观感极差，尤其是戚琦所在的大鲵沟，所以她这次下山，与那位文清峰前辈一样，纯粹就是和朋友聚一聚，等到渡船靠近正阳山，她们就会下船。

今夜渡船上，除了在京城当官的关翳然，还有在陪都那边的刘洵美。

不过关翳然曾是苏高山麾下武将，刘洵美却是实打实的曹枰心腹爱将。

戚琦在船头那边见到了那位悬佩大骊边军战刀的女子，还是一年到头没个变化的那种装扮，只要卸甲，就是窄袖锦衣、墨色纱裤，一双绣鞋，鞋尖坠有两颗好似龙眼的宝珠。戚琦喊了声"余师叔"，女子转过头，点点头，没什么神色变化。戚琦却早已习以为常，能够让师叔余蕙亨有笑脸的，大概就只有风雪庙神仙台的那位师叔祖了。

曹枰是大骊朝廷著名的儒将，气度风雅，此刻这位巡狩使的脸色却极为别扭。

祖宅在泥瓶巷的曹峻，曾经是刘洵美的左膀右臂，但是按照辈分，却是曹枰的……老祖宗。

所以在座三人，吊儿郎当的曹峻，退出大骊军伍多年，游历了一趟桐叶洲，这会儿正忙着向昔年的顶头上司刘洵美溜须拍马，很是玩世不恭；领大骊陪都兵部右侍郎衔的刘洵美只能是眼观鼻鼻观心，如坐针毡；曹枰同样一言不发，实在是不知道该如何称呼曹峻这位"年轻"剑修，按照家谱记载，虽说辈分没有剑仙曹曦那么高，而且骊珠洞天曹氏一脉也分出不同的分支堂号了，可曹峻的辈分依旧摆在那里。

拂晓时分，一位头别玉簪、身穿青纱道袍的年轻道人从过云楼下山，一路散步到了白鹭渡。

渡口附近熙熙攘攘，不断有谱牒仙师得了通关文牒，祭出一艘艘仙家符舟，或是骑乘各种仙禽坐骑，去往正阳山群峰，山泽野修基本上都会转去周边州郡城池落脚。

散步半个时辰，年轻道人回到山上，不承想倪月蓉已在门口那边候着了，说是客栈这边备好了早点，恳请曹仙师赏光。

不承想这位道门真人依然婉拒此事，这让倪月蓉心中愤懑不已，真是摆了个天大的架子。

陈平安回到观景台的时候，刘羡阳还躺在藤椅上酣睡。

走到栏杆旁，陈平安犹豫要不要偷偷隐匿身形，独自去趟仙人背剑峰。只是想了想，还是暂时作罢。

如今一洲五岳，大骊宋氏和山上宗门都避而不谈。

曾经整个宝瓶洲都姓宋，大骊王朝的五岳就是宝瓶洲的五岳，没有任何问题。但是等到大骊宋氏恪守盟约，主动让出将近半壁江山，让各大藩属纷纷自主，新大骊版图缩减一半，那么除去北岳的其余四岳就有些玄妙了，所以只有披云山和魏檗，最为闲适。反正不管怎么更改，北岳都没问题，处境最尴尬的，还是旧朱荧版图上的中岳山君晋青。

因为中岳竟然成了新大骊国境最南端的一座大岳，而更改山岳称号一事，可不只是大骊宋氏山水谱牒上改个名字那么简单，不但中岳自身会伤筋动骨，还要连累储君山头，以及辖境内的所有山河气数。听说晋青在魏檗这边总是吃瘪多，占不着什么便宜。可几位山君里边，晋青还真就喜欢和魏檗较劲，时不时飞剑传信一封到披云山，说哪位大文豪又有崖刻榜书、传世诗篇了，当然也会向魏檗虚心请教举办夜游宴的学问，毕竟在这件事上，魏山君是老前辈了，数洲公认。

其实魏夜游这个绰号，最早是从落魄山开始流传的。好像是陈灵均率先提出，然后被那个按时来落魄山点卯的香火小人给发扬光大了，带回了州城隍，如今这家伙，身边跟了一群的小喽啰，说是要帮盟主裴钱在州城里边建立小分舵，每天操练演武，拎着小树杈当枪矛，一来二去，整个龙州就都知道了魏夜游，龙州传遍了，就等于整个北岳地界都听说了。

陈灵均打死没承认，说魏山君冤枉死他了，当时青衣小童站在崖畔石桌那边，声泪俱下，捶胸顿足，信誓旦旦，说他是这样的人吗？肯定是老厨子喝酒说昏话啊，不然就是裴钱，肯定是她，就这家伙给人取绰号的本事，她在落魄山自称第二没谁敢称第一，再说了，还有可能是小米粒一时口误啊。总之就成了一笔糊涂账。

事情的真相是，裴钱最先抛出的说法，不过当年她是私底下和暖树、小米粒开玩笑,然后周米粒一听,这个说法,可神气啊,倍儿响亮,巡山时就忍不住叨了几句,然后就被陈灵均听了去,言者无意听者有心,鬼使神差的,就有了后来的"名动北岳"。

结果一向最不把官场当回事的州城隍,差点都要亲自走一趟披云山,向山君魏檗致歉请罪。

再符合事实,也不能摆在台面上埋汰人啊。

偌大一个北岳地界,还管着大骊宋氏龙兴之地的魏檗,当真是个云淡风轻好说话的山君老爷?

从落魄山搬去棋墩山的山神宋煜章是怎么个下场?这是什么山水官场平调的事儿吗?

当年魏檗去往北岳和中岳的辖境接壤处,做什么?串门啊?明摆着同为大岳山君的晋青若不低头,魏檗就要出手了。

宝瓶洲一洲版图上,魏檗是第一个跻身上五境的山神,又是第一个成为仙人境的山神,会不会还是第一个跻身飞升境的山神?照目前的形势来看,悬念不大,只要大骊宋氏能够保住一洲半壁江山。

那个香火小人真是被吓惨了,很少见到州城隍那么严肃,是真生气了。他当时怯生生站在香炉里,双手死死攥住炉子边缘。以前总是闹着离家出走,其实每次不过是在外边逛一圈就回家,比如在落魄山多点个卯,在红烛镇附近的"老家"馒头山衣锦还乡。好在那家伙只是黑着脸半天,坐在门槛上生闷气,最后只是和他说了句"以后别乱说话"。

陈灵均其实自己也心虚,不过还是嘴硬,与那香火小人安慰了几句,说犯个错咋了,人非圣贤孰能无过,人之常情,再说了,犯错咱哥俩也认啊,又不是不认,魏山君要打要骂,随便,谁皱一下眉谁就是孬。陈灵均安慰着那个臊眉耷眼没精神的小家伙,说到这里,青衣小童和站在石桌上的香火小人对视一眼,哈哈大笑起来,因为他们俩其实都不是人嘛。

香火小人越笑越觉得可笑,捧腹大笑还不够,又在桌上打起滚来。

今天米裕刚好来这边散心,看着桌边桌上的一大一小,眼神温和,落座后,看着桌上的瓜子,笑问道:"就这么点儿?"

陈灵均白眼道:"小米粒不在家,我又不晓得她把瓜子藏哪儿了。省着点嗑啊,如果不是好兄弟,能分你这么多?看看这家伙,就一颗瓜子,不能再多了。"

正在对着一颗瓜子"凿山"的香火小人使劲点头,突然又与陈灵均对视一眼,大笑起来。

他这么多年风雨无阻来落魄山这边点卯,裴钱、景清、暖树、小米粒,都是理由。

这仨各自嗑瓜子,陈灵均随口问道:"余米,你练剑资质,是不是不太行啊?听说好多年没有破境了。"

陈灵均补了一句："没别的意思啊，可别多想。"

米裕笑道："说实话，资质还凑合，其实不算太差。"

陈灵均怒道："干吗呢，在兄弟这边，扯啥虚头巴脑的，挺俊俏一人，怎的还打肿脸充胖子了，我不允许你糟践自己。"

米裕气笑道："都什么风土人情。"

陈灵均嘿嘿笑道："资质不行就不行，说出来让兄弟乐和乐和，也是好事嘛。"

老爷、裴钱、小米粒都不在家，暖树那个笨丫头又是忙这忙那的，所以有些闷。

香火小人咳嗽一声，提醒景清大哥不要太飘，余米好歹是位剑修，别太埋汰人。

米裕笑道："骗你做什么，吹牛又不能当饭吃，资质确实凑合。"

米裕是七岁跻身的中五境，十九岁跻身的金丹境，四十二岁破境跻身的元婴境，在那之后，就是很长一段岁月的停滞不前了，等到磕磕碰碰跻身了玉璞境，就又开始雷打不动了。

旧避暑行宫隐官一脉的洛衫、喜欢面壁的殷沉、财迷纳兰彩焕这些个，算是米裕的同辈剑修，当年都是仰着头看他的。齐狩则是很年轻的晚辈，厮杀路数，还是走米裕的那条老路。

当然也不是说这条路就是米裕第一个走，纳兰夜行、晏溟都走过，更早，会有更老的剑修，最早的，大概就是龙君了。

可能是因为米裕年轻时候太出彩，金丹、元婴两境之时的杀妖履历，风光无限，连避暑行宫的上任隐官萧愻都对米裕刮目相看，尤其杀妖手段狠辣，剑仙当中，其实吴承霈、陶文都对米裕印象极好，只是从未公开言语替米裕说话而已。所以后来剑气长城对米裕的嘲讽，很大程度上是一种失望，是哀其不幸怒其不争，是这么一位年纪轻轻就被誉为候补巅峰人选的天才剑修，怎么就成了个绣花枕头的软绵废物，怎么破开元婴境瓶颈会那么难，跻身了上五境，出剑更是不复当年元婴境的一半风采。

剑心毁了。

不然剑气长城的老人、年轻人，甚至是孩子，都不至于对一个玉璞境剑修那么挑剔，孙巨源、高魁等等不也都是玉璞境？怎就没有那么多的骂名？

陈灵均说道："余米，如果觉得山上闷，我可以带你出门耍耍，黄庭国的那条御江，晓得不？吃香的喝辣的算什么，每次宴席，那些个水神府的女官，啧啧，身姿曼妙，花枝招展得很，那水蛇腰，那大腚儿，当然了，我是不觉得有啥好的，一个个穿得那么少，天底下的布店都要开不下去了，但是每次喝酒，一大帮醉醺醺的大老爷们，眼神如飞剑，嗖嗖嗖全贴上去了，哈哈，余米，你就是剑修……"

香火小人又开始捧腹大笑。

陈灵均一瞪眼,傻乎乎乐和个锤儿,陈大爷在和兄弟聊正事呢。香火小人以迅雷不及掩耳之势收起笑声,白捧场了。官场难混。

米裕笑道:"好意心领了。不过不用出门,我这个人念旧,不喜欢挪窝,山上待着就很好。"

想要去的地方,其实就两个,北边待过几年的彩雀府,南边的老龙城,听说如今仙师们驱山入海,苻家在内的几个大族着手重建老龙城,而让米裕念念不忘的是老龙城最南边的那处荷花浦,那是米裕最大的遗憾。

说没就没了。那是他第一次踏足浩然天下陆地时见到的第一处景色。

陈灵均问道:"老爷咋个跑南边去了?"

米裕笑道:"有剑要递。"

陈灵均就不再多说什么。

大骊王朝皇帝宋和第一次离京南下,驻跸陪都。很快就会巡游中岳,再去老龙城遗址祭奠英烈。

藩王宋睦今天陪同皇帝陛下出城。兄弟二人,在宗人府谱牒上更换过名字的皇帝、藩王,一起走在齐渎水畔。

大骊供奉、扈从都只是远远跟着。

宋集薪打趣道:"陛下怎么没去参加文庙议事,一口气看遍浩然山巅老神仙,这种机会,可是错过就再无,太可惜了。"

宋和笑道:"想去是肯定想去啊,只是皇叔更适合在那边替大骊发声,我要是刚当皇帝那会儿,心里边肯定要埋怨几句,如今就算了。"

京城那边,吏部老尚书关老爷子,那个名叫关莹澈的读书人,一个活到百岁高龄的凡夫俗子,走了多年。还有几个上柱国姓氏的老人,都是意迟巷、篪儿街的主心骨,更是大骊王朝的砥柱重臣,帮着大骊宋氏打赢了卢氏王朝,打下了一洲山河,最后他们自己都没能敌过无情岁月。陪都这边的礼部老尚书柳清风也已经卧病不起。

大骊庙堂的很多老人,哪怕是不需要赶赴战场的文官,都在一一老去,然后有人老得走不动路,去不了朝会,不得不一一离开官场,好像唯有京师花木最古者,关家书屋外边的青桐,韩家紫云垂地、花香满街的藤花,报国寺的一本牡丹,依旧有幸年年遇春风。

国师崔瀺在京城的府邸,宅子大,曾经是座旧国公府,里边却简陋,有一座两层的小书楼,被国师命名为人云亦云楼。如今也已经没了主人。

皇帝笑道:"风水轮流转,让人目不暇接。"

大骊宋氏王朝的很多读书人,在早年大骊还是卢氏王朝藩属国的时候,对于这个宗主国有过太多歌功颂德的山水诗篇、游记,比卢氏王朝的本土人氏更像卢氏子民。

写自家大骊乡土,才情缺缺,可是写那卢氏王朝,文思泉涌,哪怕搜肠刮肚也要写。

说那卢氏王朝的贩夫走卒都能吟诗,处处是书香门第。山上仙风道骨,江湖草莽高义,路不拾遗。

那会儿的大骊诗篇都在边塞风沙里,被铁骑的阵阵马蹄声写就,与之诗词唱和的是凛冽的风雪。

宋和笑问道:"是不是只有我们宝瓶洲,山不高,水不深,修道之人不是那么神仙?"

山下的大骊王朝,曾经立碑山巅:山上修士犯禁者,杀无赦。

宋集薪答道:"一半是大骊铁骑的马蹄声够响,一半是国师的功劳。"

宋和又问道:"是不是错了先后顺序?"

宋集薪笑道:"陛下所言极是。"

宋和是崔瀺的弟子,宋集薪则算是齐静春的学生。

宋和停下转头,望着这位功勋卓著的大骊藩王,名义上的弟弟、事实上的兄长,说道:"我亏欠你很多,但是我不会在这件事上对你做出任何补偿。"

宋集薪笑道:"陛下,这种话就不要再说了,我今天也只当没听见。"

宋和感慨道:"大骊有皇叔,是国之大幸。"

宋集薪点头道:"毫无疑问。"

宋和跟着笑了起来:"其实问题不复杂,只要你比我活得更久就行了,三五年,十年都不成问题。你觉得呢?"

眼前这位大骊藩王,好像都不是中五境练气士,柳筋境?果真是个留人境?但是学了些强健体魄的拳脚功夫?

宋集薪笑呵呵反问道:"多活不止十年怎么办?"

宋和笑道:"那就再说?"

宋集薪微笑道:"身为臣子,当然听陛下的。"

宋和问道:"为什么先生笃定两座天下一定会再大打一场?"

宋集薪摇头道:"国师的想法,反正我这种凡夫俗子是理解不了的。"

皇帝称呼崔瀺为先生,藩王敬称崔瀺为国师,亲疏有别。

大骊王朝是浩然天下唯一一个在大战落幕之时,就已经开始着手备战下一场战事的王朝。

大骊皇帝昭告一洲的那份纸上契约,白纸黑字,明确写了,只要是战功足够之地,战后大骊会归还各国山河,恢复国祚,大骊宋氏也确实信守承诺了,如今才会只剩下鼎盛时期的半壁江山,再不是那一洲即一国,而浩然天下的万年历史上,能够达成这项壮举的,其实唯有大骊宋氏。

皇帝轻声道:"我们好像都会很快老去。"

宋集薪笑道:"听说青冥天下和最新的五彩天下,就都没这个规矩。"

青冥天下的王朝官员,从庙堂到地方,甚至必须得有个道士度牒才能当官。而那边当皇帝的,往往也是境界很高的练气士,所以相较于浩然天下的王朝、藩属,青冥天下多有那"国寿千年"的王朝。

皇帝最后问了一个问题:"如果事情闹大了,你我该怎么办?"

宋集薪笑答道:"如今大战在即,陛下管这些山上恩怨做什么?"

一位年轻骑卒开始随军离开驻地,去往一艘山岳渡船。

听说又要打仗了。至于去往何方,与谁打仗,都无所谓,大骊铁骑每有调动,马蹄所至,兵锋所指,皆是大胜。

命可以丢,仗不能输。说出这句豪言壮语的大骊武将,名叫苏高山,这位将官位做到武臣最高位的大骊巡狩使,说到做到。

骑队路过一处乡野村落。年轻骑卒转头望向一处山坡,一群在那边嬉戏打闹的孩子雀跃不已,开始追逐他们这支骑军。其实投军入伍没几年的年轻人笑眯起眼,抬起手臂,重重敲击胸口。

很多年前,他一样曾经奔跑在山脊那边,当时山下也有个大骊铁骑武卒,做出过一样的动作。

唯我大骊,名臣如云,猛将如雨,铁骑甲浩然。

正午时分,仙家客栈,凭栏处,云在脚下。

刘羡阳伸了个懒腰,拧转手腕,蹦跳了两下。

陈平安缓缓卷起袖管,轻轻跺脚,什么莲花冠,什么青纱道袍,一并消散。青衫背剑。

刘羡阳目视前方,笑道:"你自己小心点,大爷我可是要一步一步登山的。"

以前曾经想过,是不是挑选一个中秋圆月夜,独自梦游问剑正阳山。只不过此次问剑,更好,因为人更多。

陈平安笑着点头。

约莫还有小半个时辰就是正阳山庆典,不少修士都已经在祖山一线峰,或是赶往途中。

群峰之间,剑光、流萤无数条,纷纷涌向一线峰。

刘羡阳十指交缠:"一个不小心,我已经玉璞境了。"

陈平安说道:"巧了,我刚刚气盛转归真。"

刘羡阳笑容灿烂道:"今天就让这一洲修士都知道大爷姓甚名谁,一个个都瞪大眼睛瞧好了,教他们都知道昔年骊珠洞天,练剑资质最好、相貌最俊俏的那个人,原来姓刘名羡阳。"

陈平安笑眯起眼,点头道:"好的好的,厉害的厉害的。"

如今的两位剑修,就像曾经的两位少年好友,要高高跃过一条龙须河。

刘羡阳高高举起手掌,陈平安与之重重击掌。

刘羡阳率先拔地而起,身形若长虹破空,直接落在一线峰山脚,朗声道:"问剑者,刘羡阳!"

正阳山祖山上修士多是面面相觑,鸦雀无声。

刘羡阳停顿片刻,大概是觉得先前那个措辞太文绉绉,没啥意思,就又换了一个更民风淳朴的说法:"老子叫刘羡阳,今天要拆你们祖师堂!"

第七章
问剑做客两不误

刘羡阳今天现身,既无佩剑,也无背剑,两手空空。其实原本是想背一把剑的,好歹装装剑修样子,只是见陈平安背了把剑,关键瞧着还挺人模狗样的,他就只好作罢了。

刘羡阳此刻气定神闲,双臂环胸,就那么站在山门口牌坊不远处,仰头看着那块榜书"正阳"二字的匾额,然后脸上神色逐渐别扭起来。

之前陈平安那家伙跟他开玩笑,说你那名字取得好,是不是羡慕正阳山的意思?愣是把刘羡阳给整蒙了半天,而且被恶心坏了,喝了一壶闷酒都没缓过神来。正阳山真是造孽啊,明儿问剑,得与他们祖师堂提个意见,不如听句劝,改个名字。

昨天在过云楼那边喝酒,玩笑之余,陈平安丢出一本册子,说是明天问剑可能用得着,刘羡阳随便翻了翻,只记了个大概,没上心。

年老一辈的,竹皇、夏远翠、陶烟波、晏础等人在内的这些个老剑仙,本命飞剑如何,问剑风格如何,有哪些撒手锏,那本陈平安帮忙撰写的"家谱"上边,都有详细记载。

还有年轻一辈的剑仙们,尤其是那拨有可能率先现身问剑的,柳玉、庾檩、吴提京、元白……册子里边一个不落,都榜上有名。

不是刘羡阳自负,当真眼高于顶到了目中无人的地步,而是当一个人身边有个朋友叫陈平安的时候,就会后顾无忧,格外轻松。

不过刘羡阳确实很自信,他从小就是如此,学什么都很快,不但入门快,只需要随便花点心思,任何事情就可以登堂入室。就像烧瓷一事,十数道手艺环节,道道关隘,都是学问,可刘羡阳只花了小半年的工夫,就有了老师傅数十年功力积淀的精湛水准。

姚老头那么个眼光挑剔的龙窑窑头，一样只能对他念叨几句手艺之外的大道理，什么"瓷器烧造，是火中由来物，却得悉数褪了火气，才算一等一的上佳物件，之后搁放越久，如置水中，悄悄磨砺百千年，越见莹光"。

陈平安这家伙，就要笨了点，做事情又认真，所以就只能乖乖跟在他后头，有样学样，还学不好。

刘羡阳半点不着急，既然已经放话问剑，就根本无所谓谁来领剑，最好就这么拖着，让正阳山内外的一洲修士多领略一番刘大爷的玉树临风。

刘羡阳看着那匾额实在糟心，就干脆收回视线，开始闭目养神。

当时从客栈御风赶来此地，途中回望一眼过云楼，发现陈平安已经不知所终了，不晓得这家伙鬼鬼祟祟，这会儿偷摸去了哪里。反正肯定不是一线峰祖师堂那处的"剑顶"，不然早就闹开了。所以说陈平安这家伙还是厚道，不抢风头，让自己在山门口这边问剑。

这样的朋友，不用太多，一个足够。

日炼千岁梦，夜游万年人。说的，就是我刘羡阳。

白鹭渡管事韦月山，匆匆忙忙御风赶到山上过云楼，然后和师妹倪月蓉面面相觑。

和曹沫一同住在这处甲字房的好友，不是一位来自老龙城的山泽野修吗？怎就突然变成了龙泉剑宗的嫡传刘羡阳？由此可见，那位头戴莲花冠的道门真人关牒作伪是毋庸置疑的事情了。

可化名曹沫的那位年轻道人，身上那件青纱道袍，织造考究，满身云水气，手捧一枝白玉灵芝，更是为那隐士山中客的道气画龙点睛一般，衬托得那曹沫何等仙气缥缈，哪怕这厮说自己不是道门中人，都没人信啊。

至少青雾峰这对师兄妹，直到这一刻，都觉得那人只是虚报名字，定然还是一位名载道统、身负道牒的道家仙师。莫不是这趟远游，是靠着头顶那个莲花冠，为刘羡阳那场必死无疑的问剑护道而来？

倪月蓉哭丧着脸，心中恨那刘羡阳活腻歪了找死都不找个好地方，更恨极了那个帮凶曹沫。倪月蓉一袖子打烂身后那张她不去看都显碍眼的藤椅，跺脚道："这两个挨千刀的王八蛋，好死不死，是从我这儿漏去一线峰闹事的，宗主和老祖们动怒，回头责怪我办事不力，怎么办啊？"

韦月山安慰道："未必全是坏事，山下不是有个说法，老百姓建造房子，不闹不红火嘛，有点小磕小碰，反而会是好事。这两个藏头藏尾的，都没黄河的那份气度，我猜撑死了是一位金丹境剑仙，外加一位元婴境的道门修士，就他们俩，搁在别处，抖搂威风不难，在咱们这儿，注定掀不起什么风浪，只是帮着助兴罢了。"

倪月蓉轻轻点头，只是难掩哀愁神色，一双水润眸子中尽是委屈。

一线峰山巅祖师堂门外广场上,只有那拨来自琼枝峰花木坊的年轻女修还在忙着将各色花卉瓜果摆放在众多几案上,贵客观礼一事,座位的安排,每一把椅子的摆放和落座,都不能有丝毫纰漏,不然就是得罪人了,所以回头她们还需要各自领着一拨人入座。

此刻并无任何一位正阳山剑仙在此看护,因为没必要,这处山门重地,禁制森严,山顶剑气纵横,细密无缺漏,剑气凌厉,剑意沉重,使得山巅处无任何花草树木能够存活生长,连那山峰石壁都得依凭阵法和术法淬炼,才不至于崩碎,所以祖师堂本身,就是一座天然的护山大阵,连她们都需要悬佩正阳山秘制斋戒牌,才能够呼吸顺畅,行走自如。换成寻常金丹境剑修擅自登顶,置身此处,就像一场实力悬殊的问剑,一着不慎,就会触发剑气,运气好,重伤远遁下山,运气不好,就算把身家性命交待在一线峰了。

这些姿容秀美的莺莺燕燕们,当下虽然忙碌,却井然有序,个个满脸喜庆,她们偶尔的窃窃私语,都是闲聊那些名动一洲的年轻俊彦,比如自家山上的吴提京,还有龙泉剑宗的谢灵,以及真武山那个辈分极高的余时务,据说是个相貌极英俊、气质极温和的男子,至于那个书院君子周矩,更是有趣极了,贤人君子贤人再君子轮流来。当然肯定也会聊那南岳范山君的女子身份,以及北岳魏山君的那份风神高迈,容仪俊逸。

正阳山的一线峰,除去那条普通的登山神道主路,还有十条由剑仙亲手开辟出来的登山"剑道",世代相传,传承有序,只是其中七条,都已经先后登顶,这就意味着正阳山历史上出现过七位证道的玉璞境剑仙,最近一位,正是老祖师夏远翠。其余三条,距离山顶还有些差距,其中就有拨云峰、翩跹峰和对雪峰历史上三位元婴境开辟出来的剑道。

这就是正阳山旧十峰的由来。

所以祖师堂又名为剑顶,寓意一洲山河内此地已是剑道之巅。

证道长生,逆天行事,只在争字。后世剑修,入我山中,当不惜性命,仗剑登顶,脚踩山河,身边再无旁人。这些都是正阳山弟子早就烂熟于心的祖训。

离着山顶不远处,竹皇领着三四十号仙师在一座停剑阁暂时休歇,原本等着诸峰贵客来此汇合,人到齐后,由宗主竹皇领着所有的宗门嫡传、观礼贵客,按照正阳山祖例,一起从停剑阁徒步登山,需要不急不缓走上约莫两炷香工夫,一起登上剑顶,再走入祖师堂敬香,之后就正式开始庆典,将护山供奉袁真页跻身上五境的消息昭告一洲。

不承想来了个自称刘羨阳的悖逆之辈,丧心病狂至极,说是要问剑、拆祖师堂。故而有旧十峰和新十峰之分的正阳山诸峰客人,好像都不约而同地停了步,不着急赶赴祖山,只等着看好戏了。

一线峰宗主竹皇、满月峰玉璞境夏远翠、秋令山陶烟波、掌律晏础,这些老剑仙都已经身在停剑阁。至于护山供奉袁真页,正阳山年轻弟子心目中的搬山老祖,当然也不会缺席。

除去正阳山自家的祖师、嫡传弟子,山外所有剑修,哪怕是身份尊贵的观礼客人,都需要在停剑阁摘下佩剑。所以曾经李抟景才会笑言,是那剑修,又肯去正阳山那处小山头摘剑赏景的,不配当剑修。

因为离庆典还有小半个时辰,所以目前已经身在一线峰停剑阁的修士都是和正阳山世代交好的老仙师,对那个年轻剑修不合时宜的挑衅都面有怒容,竖子狗胆,太过猖狂了,阮邛怎么教出这么个不知礼数的嫡传弟子。

竹皇略带歉意,与诸多山上好友们笑道:"让诸位看笑话了。"

先有黄河问剑于白鹭渡,后有刘羡阳现身于祖山门口,都要问剑,确实闹腾了点。

白衣老猿双手负后,独自走到栏杆处,眯眼俯瞰山脚门口,小崽子还挺识趣,知道双手奉送一颗脑袋,来为自己的庆典锦上添花,若是随便一两拳打杀,会不会太可惜了?

一干看戏之人眨眼工夫就发现好戏落幕了,似乎不太像话。

一位与大骊王朝颇有渊源的老仙师,先小心翼翼酝酿措辞,然后笑道:"那无知小儿,实在是井底之蛙,宗主都不用如何理会,直接赶走就是了。"

竹皇摇头道:"此人与我们正阳山曾经小有过节,再者此人祖上还与正阳山牵扯到一桩旧事,想必今天问剑,刘羡阳酝酿已久,很难善了。"

那位老仙师听闻此言,立即心领神会,就不敢再当什么正阳山和龙泉剑宗的和事佬,很容易里外不是人,犯不着。

掌律晏础略作思量,以心声问道:"宗主,不如飞剑传信庾檩,让他立即离开雨脚峰,去领这剑?"

庾檩与刘羡阳,双方年纪差不多,而且都是金丹境剑修。庾檩若是输了,不还有个对雪峰元白,晏础早就觉得此人碍眼至极,每次议事,只会半死不活坐在门口当门神,元白最好是与刘羡阳在山门口搏命一场,一并死了算数,以后祖师堂还能多出一把椅子。

不过这位掌律老祖师很快就摇头,自己否定了这个提议,改口道:"不如直接让吴提京去,毫不拖泥带水,几剑完事,别耽误了袁供奉的庆典吉时。"

山上问剑,一般就两种情况,要么胜负立判,转瞬间就有了结果。当年在风雪庙神仙台,黄河对上苏稼,就是这般场景。不然就是双方问剑,实力相近,本命飞剑又不存在克制一方的情形,故而极其耗费光阴,动辄剑光照耀人间,一路转战万里山河。虽说前者居多,可后者也经常出现。晏础就怕那个刘羡阳只是为了扬名立万而来,打赢一场就收手,而且用心险恶,故意拖延时间,说是问剑,其实就是在正阳山诸峰之间御风乱窜。

一场问剑开始之后,旁人总不能随便打断,当下正阳山贵客如云,难道就这么等着问剑结束?任由那个刘羡阳肆无忌惮地在自家山头乱逛?

竹皇想了想,虽然有了决断,依旧没有一言堂的打算,而是以征询意见的口气问道:"我觉得先输一两场,其实是没什么问题的,龙门境、金丹境、元婴境剑修,各出一人,只要赢了最后一场就行,你们意下如何?"

晏础皱眉不已,脱口而出道:"今天岂可输剑,众目睽睽之下,这会儿说不定连那北俱芦洲和桐叶洲的修士,都在睁大眼睛瞧着咱们正阳山,能赢偏要输,如此儿戏,咱们这些老家伙还不得被三洲修士笑掉大牙?"

我正阳山,堂堂宗门,立身之本,一直就是冠绝一洲的群峰剑道可登天,结果在一洲瞩目的关键时刻,被一个小崽子找上门来问剑,还要故意输一场?你竹皇这个当宗主的,是不是脑子进水了?还是说你觉得护山供奉袁真页的脸不是脸?可以任由外人随便踩在地上?再说了,那龙泉剑宗,还带着个剑字,天晓得是不是那阮邛小肚鸡肠,自己不敢来,就故意让弟子刘羡阳来拆台?

夏远翠倒是觉得竹皇师侄的想法比较稳妥,极有官场分寸,老祖师抚须而笑,没有以心声言语:"咱们好歹给那位阮圣人留点面子。年轻人脑子拎不清,死要面子,做事情说话,难免没个轻重,他自己找死,咱们这些也算是他半个长辈的人,总不能真的打死他。"

晏础笑着点头。

夏远翠这次以心声说道:"琼枝峰那边不是有个名叫柳玉的小姑娘,前不久好像刚刚跻身了龙门境?柳玉输了,再让庚檩下山领剑就是了,即便两人都输了,问题也不大,拿下第三场就是,咱们正阳山,就当观礼客人们多看一两场热闹。"

陶烟波有些佩服远翠祖师的城府和心机了。

先柳玉,再庚檩,都曾是在龙州神秀山练剑多年之人,所以能算是刘羡阳的半个同门。若是赢了,显而易见,是正阳山剑道高出龙泉剑宗一大截;若是输了,明眼人都知道正阳山是待客之道,让刘羡阳借此机会与"同门"叙旧两场。双方输赢其实都在早先那条剑道上。而且正阳山一旦让这两位下山领剑,明摆着对刘羡阳今天的问剑就没当真,宗门胸襟,气量极大。

再说了,客气了前两场,正阳山这边第三场接剑,剑仙一个不留神,出手稍重,断了谁的本命飞剑或是长生桥,哪怕意料之外,也是情理之中。

当年为了拖延黄河破境,正阳山祖师堂议事之时颇为头疼,就在于山上问剑一事,讲胜负之外,更讲颜面。毕竟当时的正阳山,还远远没有今天这般的底气,丢不起半点面子。

比如当时夏远翠年纪大、辈分最高,境界也高出黄河一个境界,就不宜赶赴风雷园,竹皇是一山宗主,毕竟是与李抟景一个辈分的老剑仙,与黄河问剑,于礼不合,所以也是差不多的尴尬境地。此外陶烟波和掌律晏础,还真不敢说对阵同境剑修的黄河有什么胜算。所以，最后才推出了一个临时从客卿身份转为供奉的元白。

今时不同往日，大有不同了，正阳山新旧诸峰的老剑仙们，再不是自觉毫无胜算，而是谁都不乐意下山，看似白捡个便宜，其实是跌了价，和那个不知天高地厚的愣头青纠缠，对付个年轻金丹境，赢了又如何？注定半点面子都无的苦差事。

宝瓶洲的年轻十人，为首的是真武山马苦玄，此外还有谢灵、刘灞桥、姜韫、周矩、隋右边、余时务这些个，都是曾经在一洲战事中大放异彩的年轻天才。候补十人当中，还有竹皇的关门弟子吴提京，名次极高，位居榜眼。

这二十人当中，可没有什么叫刘羡阳的人，别说刘羡阳了，姓刘的都没有一个。

竹皇问道："那就这样了？"

几位老剑仙都觉得此事可行。

最后晏础捏出一柄以独门秘法炼制的符剑，飞剑传信琼枝峰，剑光如一泓秋水，画出一条弧线，直奔琼枝峰。

仙人背剑峰由于无人看守，所以在此结茅修行的护山供奉袁真页去往祖山之后，就开启了山水禁制。

白衣老猿心中微动，摊开手掌，远观山河，一山地界，心意所至，山水景象纤毫毕现，最终却没有发现异样。袁真页只当是常有的鸟雀撞山，或是某些过路修士的气机余韵，不小心误碰了山水禁制。

竹皇察觉到护山供奉那边的异样，立即以心声问道："有事？"

白衣老猿摇头笑道："没事。"

竹皇笑着点头。确实，如今正阳山，无大事烦心，只有诸多喜事。

琼枝峰的开峰老祖师是一位道号灵姥的女子剑仙，名为冷绮，她跻身金丹境已经两百年之久，悬佩双剑，分别名为清水、天风，她又精通仙家幻化一途，故而有"两腋清风，羽化飞升"的山上美誉。

当时和庚檗一同登山的三位剑仙坯子中就有柳玉，少女当年被琼枝峰成功争抢到手，一举成为此峰祖师冷绮的嫡传弟子。

冷绮得到掌律师伯的符剑传信后，难得有几分笑意，这位峰主面容极老，鹤发鸡皮，眼神凌厉，在琼枝峰积威深重，说一不二，不过面对柳玉这位新收的嫡传，却是极为慈眉善目。她轻声道："一线峰那边晏掌律来信了，希望你御剑去往祖山，和龙泉剑宗刘羡阳问剑一场。信上说了，一炷香之内，让你尽力就好，输赢无所谓。"

只是官场言语，能当真吗？

柳玉明显有些紧张，山中修行，无论是在神秀山，还是在琼枝峰，真正的捉对厮杀，与人正儿八经问剑，生平还是第一次，尤其对方还是阮圣人的嫡传，而且她还需要在一洲山巅仙师前辈注视下出剑，如何能够不局促。

冷绮便笑道:"这场切磋,就当是叙旧好了,一场问剑,玉儿你争取打得漂亮些。只是切记一事,最后几剑,莫要坠了琼枝峰历代祖师的威名。"

柳玉轻声道:"师父,龙泉剑宗那边早就知道我的飞剑和神通。那人又是阮圣人嫡传,可能会占尽先手。"

她的本命飞剑名为荻花,飞剑一经祭出,剑化千百如荻花漫天。

冷绮微笑道:"不打紧,只需照我说的去做,你不用想太多。"

柳玉深吸一口气,长剑出鞘,脚尖一点,飘然踩剑,御剑下山,去往一线峰山门口。

掌律晏础见着了琼枝峰那道婀娜身影,便施展神通朗声道:"琼枝峰龙门境剑修柳玉领剑!"

如果这位琼枝峰亲传和雨脚峰庾檐成为一对道侣,然后将来顺势占据千年无主的眷侣峰,晏础还真不介意传授她一门剑术,说不定小姑娘还能以龙门境修为赢了自己这位元婴境老剑仙呢。

琼枝峰这边,等于是入赘此山的卢正淳站在道侣身边,他心中大石终于落地。

卢正淳的道侣是冷绮数十位再传弟子中资质最好的一个。

说实话,卢正淳之前真担心那个姓刘的踩了狗屎,成为阮邛嫡传之后,玩阴招,暗戳戳报复自己和家族。

这会儿他自然心情大好,与刘羡阳同样来自骊珠洞天,但是两人出身如有云泥之别。卢正淳是福禄街卢氏子弟,他哪里能够想到那个当年差点被自己打死的家伙,会摇身一变,成为剑修不说,还是阮邛这种大人物的嫡传?

被打死最好。不对,是被打个半死,断了长生桥才最好。然后下次故人重逢,就有意思了。

他那道侣笑着以心声道:"夫君,以后可要多多上心挣钱啊。"

卢正淳微笑点头:"责无旁贷,绝不让娘子为钱烦忧,受人半点白眼。"

一线峰山门口。

久等的刘羡阳睁开眼睛,竟然是这个柳玉。

双方之前没打过照面,因为在刘羡阳回乡之前,柳玉几个就已经离开神秀山了。

柳玉飘然落地,收剑归鞘,单手掐剑诀致礼,有那丝丝缕缕的剑气萦绕嫩葱一般的手指,她自报名号道:"琼枝峰,剑修柳玉。"

刘羡阳叹了口气,有点小麻烦,昔年下山三人当中,只有眼前这个小姑娘,其实原本是可以成为龙泉剑宗嫡传的,只是她痴情于那个庾檐,就跟着来到了正阳山。

刘羡阳笑道:"柳姑娘只管出招。"

柳玉点点头,并无半句客套言语,直接就祭出了本命飞剑荻花。方圆数十丈之内,一时间仿佛皆是铺天盖地的荻花飘荡。

刘羡阳伸出一只手，只是轻轻抖腕，以精粹剑气凝聚出一把长剑。成百上千的荻花漫天飞旋，瞬间遮掩住刘羡阳的身形。

刘羡阳这会儿其实尴尬至极，之前陈平安就曾开玩笑，说其他剑修领剑都好说，但是一定要好好想想，如何对付琼枝峰的柳玉。

柳玉拔剑出鞘，身形一闪而逝，掠入占据地利人和的那座剑阵。早年在龙泉剑宗，几位登山更早的前辈都曾传授过她坐镇剑阵之法，尤其是那个当时名声不显、后来名动一洲的师兄谢灵，更教给她一门玄之又玄的化形道诀。柳玉听从谱牒恩师之命，除了飞剑和剑阵，她此外皆以龙泉剑宗传下的剑招和刘羡阳递剑。

一道道剑气带出条条流萤，在那无数荻花之间斩向刘羡阳。

流萤轨迹飘忽不定，剑光交错，刘羡阳却只是以剑气驱散近身的所有荻花飞剑，手中那把并非实物的长剑，东一下西一下，将那些颇为好看的流萤剑光一一斩断。这个柳姑娘怎么回事，欺负我在山上修行怠懒吗？剑阵也好，剑招也罢，我好歹是见过几眼的，真心不用如何多学就会啊。

片刻之后，柳玉心中默念剑诀，那些被刘羡阳斩掉的散乱剑气各有衔接，就像编织成筐，将不知为何只守不攻的刘羡阳围困其中，剑气猛然间一个收束，如绳索蓦然勒紧。

刘羡阳懒得多想破解之法，就依葫芦画瓢，随手和柳玉掐一样剑诀，一处凭空生发而起的剑阵砰然散开，撞在一起，力道拿捏得极好，刚好破阵，又不伤人，各自剑气两两抵消得干干净净，顺带着将那些虚实不定的荻花飞剑撞飞，如花绽放更多。刘羡阳不愿意显得太过，终于主动轻轻递出一剑，哪怕刻意收力，剑光仍是如弧月，璀璨刺眼，直奔柳玉，结果柳玉先以数百片雪白荻花护在身前，荻花被剑光一斩而碎，她只好再以手中剑格挡在身前，两侧肩头仍是被剑光如水一样一冲而过，法袍稀烂，一条胳膊和肩头有三处明显伤口，鲜血模糊，惨不忍睹。

刘羡阳比那柳玉更呆滞无言，因为觉得心累。就像当年跟小鼻涕虫吵架再打架，假装打得有来有回，自然比打得那个小小年纪就满嘴飞剑的小王八蛋抱头痛哭更累人。

柳玉想起师父一炷香之内打得漂亮的说法，她一咬牙，硬着头皮，不惜耗尽自身灵气，运转那把本命飞剑，片片荻花萦绕四周，护住一人一剑，虽然数量远远不如先前，但是每一片荻花都蕴含雪白剑气，颇为可观，如风吹一边倒，一大团荻花迅猛飘向那个她原本有机会喊师兄或是师弟的剑修。

刘羡阳叹了口气，丢出手中那把长剑，长剑悬停身前，居中一剑左右两侧依次出现了数百把如出一辙的长剑，剑气浓淡、剑意轻重皆无丝毫偏差。像个读书懒散的乡塾蒙童，随手写了无数个一竖笔画。

可在山中修士眼中，刘羡阳那一手剑阵，如铁骑一线布阵，剑气浩荡。

那团煞是好看的飞散荻花撞在剑阵之上，激起数丈高的雪白碎屑，如潮水拍崖，徒劳无功。

柳玉只得收起飞剑的那份本命神通，敛为一把通体雪白的袖珍飞剑，强忍着神魂颤抖牵扯起的剧痛，一闪而逝，剑光画弧，掠向刘羡阳后心处。

刘羡阳无动于衷，只是望向那个女子的眼眸，发现了些端倪。

这个心肠柔软的傻姑娘唉。你说你喜欢谁不好，偏偏喜欢那个色坯庚檩，哪怕下山改换宗门，去哪里练剑不好，偏偏来了这座门风早就歪斜到阴沟里去的正阳山。

刘羡阳横移一步，躲过那把雪白飞剑，手背轻轻一敲，将荻花击飞，然后不再故意拖延这场问剑，反正明眼人都知道如何了，门外汉也不至于觉得琼枝峰剑修柳玉太过不堪一击。

随着刘羡阳心念一起，山门口附近的天地灵气便如获敕令，倏忽间便凝出不计其数的长剑，高处如滂沱大雨落人间，低处如春草繁密生发。

柳玉手持长剑，脸色惨白，站在原地，纹丝不动，甚至不敢收回那把飞剑荻花。因为她仿佛置身于一座剑林，森罗万象，剑气交错如天劫地禁。

柳玉此刻被千余重叠攒簇的剑尖所指，整个人如坠冰窟。

刘羡阳一挥手，剑林随之消散，笑道："柳姑娘可以回山了，以后好好修行，为人千万别与谁学，只管潜心修习剑术，一定大道可期。"

柳玉提剑抱拳，一言不发，收起本命飞剑，失魂落魄，御剑返回琼枝峰。

刘羡阳其实比柳玉更憋屈，高高举起手臂，勾了勾手掌，示意再来。

刘羡阳一步跨出，走过牌坊山门，开始走上台阶。你们要是不来，就我来。

一线峰停剑阁那边，掌律晏础再次开口笑道："雨脚峰剑修，庚檩领剑。"

一道剑光从雨脚峰亮起，风驰电掣，直奔祖山门口。

这位身形落在山门口的年轻剑修，长袍玉带，头别木簪，面如冠玉，正是金丹境剑仙雨脚峰主人庚檩。

庚檩有意无意站在山门外，对那个拾级而上的背影笑道："刘羡阳，请你转身下山。"

刘羡阳转过头，脚步不停，扯了扯嘴角："喜欢说梦话？那就躺下。"

扑通一声。庚檩这位年纪轻轻的金丹境剑仙就那么脑袋一歪，倒地不起。

刘羡阳看也不看身后那个躺地上睡觉的家伙，继续迈步登高之时，笑道："在这里补一句：今天玉璞境之下，都不算向我领剑，金丹境也好，元婴境也罢，反正你们爱来几个就来几个。"

正阳山诸峰修士再次全部哑然。

先前那次是觉得荒诞，有人竟敢选择今天问剑正阳山，这次更是觉得匪夷所思，等到此人当真问剑正阳山了,"辛苦"赢了一位龙门境的女子剑修,不算什么壮举,只是那个已经开峰的庚檩算怎么回事?要说是这位金丹境剑仙领剑再让剑,可天底下有这么让剑的路数?一剑不出,就倒地装死?

一线峰停剑阁,宗主竹皇在内的几个老剑仙脸色终于凝重起来。

谍报有误,刘羡阳绝不可能是什么金丹境,应该是元婴境剑修!

就连那位搬山老祖都忍不住皱了皱眉头,差点就要亲自去山下出拳,只是被竹皇劝阻下来,说下一场接剑,不是他这位宗主的关门弟子吴提京,就是依旧保住一个元婴境的对雪峰元白。如果不小心再输,导致正阳山连输三场,就再论。

所谓再论,就再不是刘羡阳和正阳山的那点私人恩怨了,而是没有任何回旋余地,比如先打杀了那个刘羡阳,之后正阳山还要还礼龙泉剑宗,他竹皇会和师叔夏远翠,再加上所有元婴境剑仙联袂问剑神秀山。或者将半死不活的刘羡阳拘押在山中,等着那个阮邛主动前来赔礼道歉,诚意足够,就将刘羡阳的尸体抛向山脚。可若是阮邛诚意不够,又如何?那就让龙泉剑宗变成第二个风雷园。

白衣老猿冷笑道:"不管是吴提京还是元白,我等会儿都要下山,拎着小崽子的一条腿,返回这处停剑阁。"

竹皇笑着点头:"袁供奉说了算。"

正阳山正好没理由对付龙泉剑宗,今天刘羡阳大闹一场,就是最好的理由。

夏远翠以心声言语一句。竹皇轻轻点头,临时改变主意,亲自飞剑传信小孤山。

掌律晏础再没有开口通报身份,但是很快就有一位生面孔的剑仙从眷侣峰那边赶赴祖山。竟是位驻颜有术的女子剑修,一身夜行衣装束,干脆利落,背一把乌鞘剑。

女子御剑之时,并无任何气势,剑光平平,剑意不显,但是正阳山内外的所有看客都心知肚明,她必然是一位神意内敛的元婴境剑仙。

更为惊奇的还是正阳山诸峰弟子,因为谁都不知道,这位来自眷侣峰的女子祖师到底是谁。

陈平安之前离开过云楼,一路潜行,稍稍绕路,到背剑峰的山脚才悄然现身。他站在一条溪涧旁,拈出一张金色材质的开山符,确定了那道禁制所在,伸出手掌,轻轻一拳,瞬间开山破阵,跨入其中后,左手收起开山符入袖,右手拈着一张雪泥符,再施展本命水法,水雾升腾,刹那间,青衫消散,归于平静,不起半点灵气涟漪。

等到那道巡游视线飞快掠过,再等片刻,陈平安并没有撤掉那张雪泥符,而是开始缓缓登山,闲庭信步,如游览自家院内的风景,只是一路登高,无声无息。

至于刘羡阳那边的问剑,陈平安并不担心。

那就各忙各的。约在一线峰祖师堂碰头就是了。

山上客卿分记名和不记名,供奉仙师其实也是如此,分台前幕后。道理很简单,许多山上恩怨，需要有人做些不落话柄的脏活，出手会不太光彩，正阳山就有这样的幕后供奉，身份极其隐蔽，绝大多数在一线峰中有座椅的祖师堂成员，都一样只是知道自家山中供奉着这么几位重要人物，却始终不知是谁。

陈平安一样没本事查出对方的具体身份，只知道正阳山旧十峰之中，至少藏有两位行事隐秘的幕后供奉，其中一个在眷侣峰的小孤山，绰号添油翁，另外一个就在这座背剑峰，绰号植林叟。

陈平安没觉得一座山头存在这类人物是什么错，只是按照落魄山四处搜集而来的谍报，这两位影子一般的见不得光的存在，每次只要下山，就一定会斩草除根，动辄灭门。所谓的鸡犬不留，就真的是那字面意思了，山上斩首，不露痕迹，山下家族，一并株连殆尽，不留丝毫后患。难怪那头老畜生，曾经在小镇那边，能有底气说那番豪气干云的言语：正阳山开山两千六百年，有怨报怨，从无过夜仇。

陈平安环顾四周，脚步不停，只是有些失望。

那位做惯了脏活累活的植林叟竟然迟迟没有发现自己。

一般来说，能够做这种勾当的山上修士必然精通隐匿潜行、擅长察觉细微动静以及保命遁法三事。

难道需要老子敲锣打鼓登山，才晓得出门迎客？我那弟子郭竹酒可不在浩然天下，借不来锣鼓。

先前在一处名为翩跹峰的山头，有一位德高望重的外乡老元婴看热闹不嫌事大，也全然无所谓是否会被翩跹峰这边记恨，站在山巅崖畔，挥手聚云，凭空使出了一道镜花水月仙法，好让峰中俗子不至于白白错过祖山那边的风波。

此峰主人是正阳山三位女子祖师之一。此外两位，分别是琼枝峰冷绮，一位金丹境剑修，还有那个管着山水邸报和镜花水月的茱萸峰田婉。一般来说，同样是女子峰主，一直是翩跹峰瞧不起只会躲在山上享清福的琼枝峰，琼枝峰再瞧不起那处鸟不站，最后田婉则不敢瞧不起谁，与谁都笑脸和气。因为翩跹峰与拨云峰一样，山中剑修下山历练处是在老龙城这样的惨烈战场。

下榻正阳山此峰的，多是山下王朝、藩属的帝王将相，例如石毫国君主韩靖灵，就在此休憩，只不过因为国力孱弱，正阳山就只给他这位小国君主安排了一个偏远的小宅子。翩跹峰虽然女修居多，但是山中剑修，无论男女，皆杀气极重，正阳山如此安排，将一大堆山下豪门交给翩跹峰，自有深意。

原本就要陆续乘坐符舟赶往一线峰道贺的众人各自停步暂留山中，或是离开宅院，看着那幅山水画卷，一时间议论纷纷。

"谁啊？"

"不知道，都没听过名字。"

"是大骊境内那个龙泉剑宗的刘羡阳,没什么名气,没听过很正常。"

"记起来了,是那谢灵的师弟。"

"目前算是阮圣人的小弟子,不过肯定当不上关门弟子。"

山上仙家,尤其是宗字头门派,最有意思和嚼头的某个人物,其实都不是某位宗主、老祖师的开山弟子,而是那个关门弟子,此人一定是惊才绝艳之辈,才有资格"让师父收山,为门派关门",就像山下市井门户殷实人家里边的幺儿,肯定备受宠爱。

对龙泉剑宗有些粗略了解的供奉仙师们,开始兴致勃勃为身边君主公卿、嫡传再传介绍起此人。

刘羡阳是旧骊珠洞天本土人氏,近水楼台先得月,极其幸运,成了龙泉剑宗阮邛的嫡传弟子。刘羡阳是第一代弟子当中辈分最低的一个,名字最晚纳入神秀山金玉谱牒。好像年少时还曾跨洲游历,在南婆娑洲醇儒陈氏书院那边求学多年。

名气远远不如他那几位师兄师姐,大师兄董谷已是元婴境,虽然不是剑修,却深得阮邛器重,主持宗门具体事务多年。

金丹境剑修徐小桥,最早的风雪庙剑修,犯下大错,被风雪庙谱牒除名,跟随阮邛修行,最终成为嫡传之一。

至于谢灵,更是大名鼎鼎,是一洲山上皆知的修道天才,更是北俱芦洲天君谢实的子孙。阮邛弟子当中,这位出身桃叶巷的年轻人,在宝瓶洲山上名气最大、修行资质最好,被外界视为龙泉剑宗下任宗主的唯一人选。

有人忍不住询问:"那刘羡阳是不是剑修?境界如何?"

结果是人人茫然,就连和龙泉剑宗打过交道的老仙师也不知真相,毕竟阮圣人嫡传当中连开山大弟子董谷都不是剑修。

"为何要与正阳山问剑?而且专门挑选今天?难道这个刘羡阳与正阳山有生死大仇?"

还是无一人知晓内幕。

可既然刘羡阳扬言问剑,多半是剑修无疑了。只是境界再高又能高到哪里去,毕竟刘羡阳都不是宝瓶洲年轻十人和候补十人之一。

一些个老成持重的老仙师,所思所想要更高更长远些,不会满脑子都是打杀事。

"正阳山谋划已久,下宗选址旧朱荧王朝,极有讲究,分明是要与龙泉剑宗争抢宝瓶洲剑道宗门的头把交椅。"

有些恩怨,很正常。比如庾檩那么个年轻天才,早先不就是在神秀山修行多年,莫名其妙就来了正阳山。

"不管怎么说,这家伙的胆子是真大。"

"胆子大有什么用,被山中某位剑仙一剑砍个半死,就会是一洲的笑话,以后就再没脸下山游历了。还要连累师门，和正阳山将某些山上恩怨给挑明了，到底是年轻人，做事情不过脑子，太冲动了，不明智。"

"到底是年轻人之间的私人恩怨，意气用事，还是？"此人话说一半。因为剩下的言语不宜直说。还是阮邛的意图？

上五境修士，兵家圣人，出身风雪庙，还是宝瓶洲最负盛名的铸剑师。何况阮邛还有个大骊首席供奉的显赫头衔，所以他的一举一动都会牵连极广。

再看祖山大门那边与那位龙门境女子剑修对峙的刘羡阳，瞧着只有招架之力。

有人疑惑不已："就这样？"

一旁有人开玩笑："这家伙的胆子和口气，是不是比他的境界高太多了？"

所以等到第一场问剑领剑结束，不单是翩跹峰，其余诸峰都有符舟重新升空，去往一线峰，大概是觉得没什么热闹可看。

然后等到雨脚峰庾檁倒地睡觉，符舟渡船又纷纷返回诸峰，继续观看镜花水月，毕竟在一线峰那边悬停渡船近距离看热闹就太过分了。

一个年轻谱牒修士没来由冒出一句："怎么觉得咱们有点北俱芦洲的意思了？"

此话一出，附和极多。

祖山登山主道台阶上，刘羡阳停下脚步，转头望去，有点意思。他遥遥看见了一位以往一场场镜花水月中都不曾见过的女子剑修。看样子是位深藏不露却杀力极高的元婴境剑仙？其实她不该露面的，遥遥递剑比较好啊。

双方问剑之前，白衣老猿大笑道："刘羡阳，是替你刘家那个废物先人跟正阳山磕头认错，认祖归宗来了？"

刘羡阳揉了揉脸颊，没有理睬。因为骂人这种事情，还是陈平安那个蔫儿坏的家伙更擅长。

背剑峰上，那个确实蔫儿坏的一袭青衫双手负后，看着那把斜插在山顶的古剑。

一个佝偻老人缓缓登山，沙哑笑道："你这小娃儿，这里可不是什么着急投胎的好地方。"

陈平安转头望去，是一个鬼物，却不是修道之人，他跟着笑了起来："难怪，原来老前辈不是剑仙，是个九境武夫，不知道是那搬山大圣的拳法老祖宗，还是和搬山大圣学拳多年的徒孙辈？前辈说得对，这儿风水不行，不宜投胎，下辈子很难做人。"

这位绰号植林叟的幕后供奉眯眼而笑："哪来的后生，这么会说话，稀罕稀罕，喜欢喜欢，等下把你小子的脑袋拧下来，陪老夫好好聊个几年天。山中寂寥，为了答谢你这后生，魂魄点灯一事就免了。"

陈平安抬起一脚，踩在那把长剑的剑柄上，笑呵呵道："咱俩皆是夜游客，各自半路撞见鬼，看在是半个同道中人的分儿上，给你一个飞剑传信搬救兵的机会。"

那个老鬼物嘿嘿笑着:"听口气,和袁真页结仇不小?现在山外的年轻人,耍了几天拳脚,就都这么能耐了吗?"

陈平安啧啧道:"好大的狗胆,竟敢直呼其名,得喊搬山老祖。"

老鬼物搓手道:"好好好,以后和你聊天,肯定极能解闷,姓甚名谁,老夫拳下不杀无名鬼。"

陈平安轻轻一脚踩倒长剑,微笑道:"小地方来的,名字不值一提。"

老人一步前跨,一拳递出,结果被陈平安伸手抵住拳头,九境武夫的鬼物见一击不成,立即退去。之后身形鬼魅,围绕着那一袭青衫递拳不停,眨眼工夫,一鼓作气递出百余拳,拳拳可杀山上金丹。一袭青衫只是站在原地,单手负后,以右手随便挡下对方拳脚。

最后一拳递出时,这位植林叟一个借势后撤,已经从袖中拈出一张符篆,要彻底远离背剑峰,这个不速之客,竟然是位易容成年轻相貌的止境武夫!

后颈一凉,老人被陈平安一手攥住。陈平安将他往地上一摔,一脚狠狠踩中其背脊,背脊当场断折,老鬼物被迫魂魄流散,又被一袖悉数打烂。

问拳双方,都已经分出了生死,却好像都还不知道对方姓名。

陈平安一踩脚,不远处地上那把长剑弹起,御风远游之时,随手握在手中,去往一线峰祖师堂。最终循着一条登顶"剑道",身形飘落在剑顶广场,山巅四周剑气好像装聋作哑,又好像全然没有察觉到有外人闯入其中,反正陈平安就直接走向了那座祖师堂的大门。

一位率先发现陈平安的花木坊女修目瞪口呆了一会儿,然后轻声问道:"你是?"

所有女修,只见那一袭青衫除了背剑,手中还随意拎着把剑,转头笑道:"客人。"

第八章
兵解正阳山

刘羡阳停下脚步,转身站在台阶上,看着那个负责第三场问剑的正阳山剑修。

看那剑光痕迹,女子来自眷侣峰当中的小孤山,她一身夜行衣装束,面容冷峻,气势沉稳,一看就不是什么省油的灯。

她之前明显一直在小孤山那边仔细观战,尤其是第二场,庾檩输得太过古怪,似乎一旦近刘羡阳身,就会落入某种阵法禁制,所以她没有直接御剑落在一线峰山门附近,而是在祖山与满月峰之间停下,御剑悬空,与本命飞剑极其神异的刘羡阳只是遥遥对峙。反正剑修之间的问剑,距离一事,从来不是真正的问题。

天风吹拂,女子一身黑衣,脚下长剑拖曳出一条雪白流萤,身后山峰满是青翠颜色,就像从一幅青绿山水画中御剑而出的女仙。

刘羡阳看着那位长得不好看、御剑姿态却极出尘的女子,觉得受益匪浅,下次问剑谁家祖师堂,绝不能再听陈平安的安排了,傻了吧唧落在山门口,徒步登山,得学这位前辈,脚踩长剑,化虹而至,然后一个骤然悬停,尤显精髓的是现身处,得挑选个风景绝佳的形胜之地,变成一位所有观战人眼中的画中人。

黑衣女子双手掐剑诀,指尖浮现一轮淡金色弧月,这位隐居小孤山数百年之久的剑修算是以此表明身份,她来自正阳山满月峰,此刻与问剑之人自报身份,算是致礼。

刘羡阳立即还礼,单手掐剑诀,不过没有报上龙泉剑宗嫡传的名号,只是单纯介绍自己的籍贯和名字:"旧骊珠洞天,槐黄县刘羡阳。"

女子神色淡然道:"分生死?"

刘羡阳微笑道:"胜负、生死都随便。早就想要领教一下你们正阳山条条登顶剑道是怎么个高法了。"

女子说道:"今天就让你如愿。"

一线峰和满月峰的山间有一抹浅淡白云飘过,但是主动绕过了那个身姿婀娜的御剑身形。显而易见,女子早已祭出了一道护身术法,防止被刘羡阳的不知名飞剑偷袭。

祖山随之开启护山大阵,整座一线峰,除去剑顶,四处云雾升腾,台阶上如溪水流淌无声,流水极为清澈,刘羡阳低头看去,整条台阶就像铺了一层仙师织造的青色地衣,在日光照耀下,影影绰绰。此阵并不针对刘羡阳,只是庇护一线峰的山水,免得被一场山巅剑仙之间的凶狠问剑肆意打碎了山中大好风景。

不知名的女子剑修身形蓦然消散,与此同时,一线峰高处凭空出现了一把金色长剑,是正阳山某处除名旧峰的镇山之宝。

随后剑身扭曲出数道弧线,电光交织,就像一条雷部神将遗落人间的金色长鞭,天幕有雷声轰鸣,刹那之间,这把不同寻常的古剑迅猛拖曳出数百丈长的金色光彩,在高空拉扯出一个半月弧度,一鞭狠狠砸向站在一线峰台阶上的刘羡阳。

刘羡阳单手掐剑诀,指尖出现一粒金光,双指并拢,轻轻画圆,一条金色光线随之拉伸而出,在刘羡阳身边出现一条圆线,刘羡阳再打了个响指,一条圆线变成一颗笼罩住刘羡阳的金色圆球,如一轮被炼化拘押的大日,变得袖珍可爱,仿佛被仙人随手搁在了台阶上,金光浓稠如水,熠熠生辉,有飞升之象。

剑修刘羡阳居中站立,衣袖飘摇。

一鞭落地,从登山神道到山门牌坊,迅速有阵法涟漪凝聚而起的青色地衣,层层叠叠而起,最终被那条弧线雷光凿出一条深达数丈的裂缝。

一线峰半山腰以下的山头,从那条粗如井口的雷鞭当中分散出数百条金色雷电长蛇,奔走不停。

如果不是有祖山大阵护持山根水运,仅是这一鞭落下,那条登山神道就算毁了,牌坊楼更要被一鞭分为两半。只是这道气势如虹的雷电长鞭独独无法砸开那个刘羡阳的金色圆阵,整个一线峰山脚处,都是无数条雷电长鞭的电光交错,编织成网,宛如有一尊身形掩映在云海中的雷神,持鞭胡乱轰砸人间。

诸峰观战修士,所有不是地仙的谱牒修士,个个屏气凝神。

一处天地灵气微动,女子现出缥缈身姿,抬起一只晶莹剔透的左手,山上地仙被誉为"金枝玉叶"的筋骨经脉纤毫毕现。她右手呈虚握状,缓缓一抽,微微皱眉,这位鬼修,似乎在忍着神魂震颤的剧痛,从左手心处抽出一把翠绿色狭长法刀,好似一条幽绿江河炼化而成,铭刻古篆"并刀"二字,刀身似水,微微荡漾摇曳。

刘羡阳瞥了眼远处女子拔刀"出鞘"的异象。

从一线峰这边到满月峰山巅,毫无征兆地倾斜拉出一条雪亮直线,剑光笔直,瞬间穿透那位女子的身形,剑光去势犹然激荡无匹,直接再将满月峰一处峭壁凿穿,一条剑光长线去往天幕,经久不散。

　　女子鬼物身形散开,化作一团阴风瘴气,只是心口被剑光刺透处,留有拳头大小的剑气旋涡。

　　持刀鬼魅,头颅、躯干、四肢都已自行分割开来,再由她体内丝丝缕缕的剑气藕断丝连,勉强维持人形。

　　那把被她以心意驾驭的金色长剑在空中长掠不停,依旧不断有金色雷电在疯狂鞭打一线峰山脚的那条山路,每一次长鞭砸地,就是一阵雷鸣震动。

　　偌大一座正阳山祖山,就像一处山水盆景,蓦然开出一朵脉络分明的金色花卉。

　　女子一刀遥遥劈出,并无璀璨刀光绽放,天地间只是出现一条细如发丝的灰线。

　　刘羡阳依旧站在原地,纹丝不动,他双指横抹,轻声道:"水落归墟。"

　　在鬼物剑修和刘羡阳之间的空中凭空出现了一道虚无长河,那条灰线竟只是一扯便落入其中。

　　此后刀光如洪水决堤,只是一一汹汹滚落于那座"归墟"中,最终连道道金色雷光都被一并收入其中。

　　好像问剑双方的一河之隔,就是天壤之别。

　　先后三场问剑,从头到尾,刘羡阳都没有使用学自龙泉剑宗的剑术。

　　问剑正阳山一事,他就没跟那个打铁的阮师傅打过招呼,反正只要阮邛不拦着,刘羡阳就当他答应了。

　　刘羡阳瞥了眼头顶,四方云聚,而且呈现出不同寻常的墨黑色,只要不是瞎子,都知道是那女子剑修的手段,刘羡阳知道这一记剑术,是拨云峰的成名绝学穿云。

　　正午时分,阳光照射之下,穿透黑云帷幕,好似有八条剑光从天而降,剑尖直指刘羡阳。

　　刘羡阳心意微动,围绕一线峰的八方之地涌现出了八条剑气长河,冲霄而起,远处几条长剑密密麻麻攒簇在一起形成的汹涌江河,剑气森森,绕过一线峰后山,拉扯出数条战线,好像一支支轻骑,赶赴那些金光过黑云处的战场。最终,半空中,浩浩荡荡的剑阵江河,与那女子元婴境驾驭的云中落剑,针锋相对,如沙场上一支支铁骑对撞冲阵。

　　毕竟是位正儿八经的儒家弟子,化用几篇那些圣贤文豪的述剑诗,刘羡阳还是会几手的。

　　鬼修女子看也不看那穿云剑阵,身形蓦然散作七道虹光,虹光如箭矢散开,最终凝为身形虚幻的八位持剑之人,通体由雪白光线交织而成,分别有一剑递出,剑光变作一只只神异白驹，它们在前奔途中，倏忽现身，倏忽消逝，行踪不定，一起扑向一线峰刘羡阳。这是那翻跬峰的一门压箱底剑术——光阴似箭，白驹翻跬。

练气士的化形之术，一向不太入流，连旁门左道都算不上，最下乘的，是那鸟雀走兽，或是仙家鸾鹤之流，若是能够现出大如山岳的蛟龙之相，或是某些凶悍异常的远古异种，并且能够拥有一两种与之对应的本命神通，才算上乘。翻跬峰这门幻化之术，就颇为不俗，能够让得道之士、地仙之流，粗略模仿那种传说中跳跃在光阴流水之中的灵物白驹，再携一缕剑意用以杀敌。

刘羡阳以剑气凝出一把长剑，随意挥剑数下，将数头轨迹诡谲的白驹悉数斩碎于空中。这时一头亮如月光的白驹蓦然身形下沉，躲过那道剑光，马蹄轻踩地面，转瞬之间就来到一线峰台阶后方，刘羡阳头也不转，就是向后一剑，沿着台阶往下狂奔的白驹崩碎如瓷，最终仍有四头光阴白驹撞在刘羡阳的金色剑阵之上，雪白光彩与金色日光一同炸碎。

女子剑修早就在等这一刻，她终于祭出了本命飞剑，整个满月峰地界，天地灵气被汲取一空，瞬间漆黑一片，如白昼转瞬间就坠入黑夜，夜幕沉沉。

一线峰那边，阵法地衣由浅绿色转为幽绿色泽，满月峰上空，浮现出一轮皎皎圆月，以迅雷不及掩耳之势沉归碧海。恰好人间坠月之处，便是刘羡阳所站之地。

刘羡阳依旧没有挪步，只是神色有些古怪。

这一场问剑，差不多可以了，再拖延下去，没啥意思。

明月依旧坠海，并无任何凝滞，但是一瞬间，犹有后手剑术的那个女子鬼修便心神失守，如坠云雾中，许多或白描或彩绘的人生画卷——在眼前展开。

这种毫无道理可言的异样，除了问剑双方，哪怕神诰宗祁真这样的仙人境道门天君，一直在以掌观山河的神通观战，没有错过任何细微细节，依旧无所察觉。

而这位幕后供奉，此刻其实可算半个玉璞境的元婴境鬼物，竟然也并不清楚，自己正在游历自身的一幅幅人生画卷。

这就是刘羡阳那把本命飞剑的可怕之处。

梦中出剑，随意杀人。

任何一个人，都逃不过酣睡，每个人的睡眠都是一条长河。而刘羡阳每次入睡，就是一场溯流而上的远游，关键是他看过任何人一眼，此后就可以随意去往那个人的那条人生长河。所以谁一旦与刘羡阳作同境之争，谁就处于一个极其危险的境地。

宁姚、斐然、绶臣、陈平安，可能只有这些剑心极其坚韧的剑修，才可以在同境之时，有那还手之力，各凭神通，稍有胜算。

因为刘羡阳梦中问剑的唯一"瑕疵"，就是刘羡阳入梦与人相见，是刘羡阳的一场顺流而下，却是他人的光阴逆流，也就是说，宁姚、斐然这些剑修，或天资堪称无敌，或剑心极为稳固，甚至是两者兼备，故而极有可能在第一个瞬间就意识到不对劲，如人在梦中恍恍惚惚，却依稀自知寤寐而梦，如果在那一刻，被梦中问剑之人剑心异常清澈通明，凭此仗剑破开一场梦境，就可以避开刘羡阳越往后越凌厉的出剑。

这就是刘羡阳愿意一直拖着不来正阳山问剑的原因，只要不曾跻身玉璞境，老子就不算无敌。不然陈平安那小子真能苦口婆心拦住他？从来只有刘羡阳教陈平安做事的道理。

一线峰台阶上的刘羡阳，没有一剑劈砍，去挡下那轮明月坠海，而是第一次挪步退让，施展缩地山河手段，去了半山腰。明月滚落在地，沿着台阶往上一路碾轧，追随刘羡阳的身形，刘羡阳只得不再藏掖境界，蓦然现出一尊身高百丈的法相，抬了抬袖子，以玉璞境修士的袖里乾坤，将那轮"登山"明月收入袖中。大袖鼓荡，绢布撕扯迸裂声响不绝于耳，明月如滚球，四处乱撞，刘羡阳伸出手指，抵住袖子，袖中那轮明月渐渐安稳下来，最终因为失去了女子鬼物的心神驾驭，好似无源之水，在袖中砰然而碎，在小天地中散作无数雪白月色，月光微微渗出袖子，好个山上仙师的壶中日月长。至于另外那个"刘羡阳"，就陪着那个女子鬼物走在一条光阴长河当中，两人一同顺流而下，一一看遍她的人生往事。

一位满月峰女子剑修，她那五六百年的修道生涯，看似光阴漫长，实则只在各自心神的刹那间，而且如果不是刘羡阳心有所动，改了主意，以她迟迟没有察觉到梦境的处境，刘羡阳在梦中随便递出一剑，她就会至少被一剑消磨掉百年道行，并且还会被斩碎极多魂魄，况且以她本就腐朽不堪、好像只是苦苦支撑的魂魄，又能经得起刘羡阳梦中几剑？

刘羡阳叹了口气，停下脚步，轻轻喊出她的名字，一条光阴长河随之停滞，那个悠游回顾整个人生的女子鬼物猛然"惊醒"，环顾四周，才发现自己不是一位刚刚跻身龙门境的女修，身边也没有那个刚刚还在一起憧憬未来的师妹，更不在什么满月峰。她想要运转本命飞剑，却发现那把和主人相依为命的涸泽依旧在本命窍穴当中，可是她心神微动，不管如何牵引，却好似被一座山岳死死堵住了气府大门，飞剑如何都不得出门杀敌。

刘羡阳看了眼"天外"，笑道："还剩下点时间，带你见一见真正的山巅风景好了。"

之所以破例，是因为这个女子鬼物可能是正阳山某个将来的"柳玉"。

下一刻，女子只觉得四周景象变化，然后心弦紧绷，窒息得喘不过气来。

只是一瞬间，一位好歹剑心依旧是元婴境的鬼物竟然当场道心崩溃。

在那一望无垠的无穷大战场上，无数金身神灵高高在天，不计其数的妖族在地，天地间厮杀不断，尸骸遍地，如山脉绵延。而她与刘羡阳所站之地，竟是一头大妖手持法刀的刀尖之上，身高不知几千丈的大妖，一脚踩在山岳上，探臂持刀挑起，一双猩红眼眸，眼神炙热，它仰头望天，战意盎然。

刘羡阳淡然问道："司徒文英，看在你很不像正阳山剑修的分儿上，我才带你来这边，你最后还有没有什么想说的话？"

两人视野所及，战况惨烈。只不过刘羡阳见怪不怪了，可是那个名叫司徒文英的鬼物剑修却是感到惊心动魄，只是眼见景色，就已经让她头晕目眩，道心失守。

有那一双金色眼眸的彩甲神灵矗立在大地之上，摊开手掌从天外接引一条璀璨星河，握住后作为一条长鞭，高高抡起，鞭打大地，大地支离破碎，沟壑纵横。

有那女子模样的巨大神灵，她御风落地之时，高处云海密布，数以万计的金色闪电瞬间垂地，好像使得天地接壤。

有大妖一手扯过神灵的"渺小"身躯，撕开之后，随手丢弃一半，剩余一半放入嘴中，大口咀嚼，却又被一根从天而落的金色长戟倾斜着钉穿胸膛，它竟然狞笑着一个身体前倾，自己撕开身躯，再反手攥住那杆长戟，一个重重踏地，丢还给天上一尊金身神灵，长戟被后者接住之前，数十位位于低处的神灵被一穿而过，长戟主人接手之后，看也不看一眼悬挂堆积在长戟上的神灵尸骸，只是轻轻抖腕，震散手中兵器上的那串"糖葫芦"……

司徒文英颤声道："这就是你的本命飞剑？"

刘羡阳扯了扯嘴角："不然？天上凭空掉下个玉璞境，又刚好被我刘羡阳接在手中吗？"

司徒文英呆滞无言，沉默许久，最后心知必死的她，竟然反而笑了起来："如此收场，意外之喜。"

刘羡阳蹲下身，说道："我终于明白那些话的意思了。"

昨天在过云楼，跟朋友躺在藤椅上一边喝酒一边闲聊，反正闲着也是闲着，两个最要好的朋友东拉西扯，什么都说。

最后喝酒微醺，陈平安笑眯眯望向天幕，说了些心里话。

他说有意思的事，有意义的事，都不容易做到。有意思的难事，做成了，未必有什么意义，但是一件有意义的事情，做成了，一定很有意思。

满月峰上的几拨观礼仙师，甚至都能够清晰感到一线峰那边大地震颤的余韵。

至于拨云峰和水龙峰两地，来自一洲各地的两拨山神水神相聚，他们对于山根水运的感知更加敏锐，相较于一般修士，更容易确定一场问剑带来的后果，足可长久改变地貌。

云林姜氏偏房支脉庶出的姜韫和老龙城苻南华，都是当年去骊珠洞天寻访机缘的外乡人，加上双方曾经在大渎战场上碰过面，算是半个熟人，这会儿并肩而立，一起看着前方那幅气势恢宏的问剑画卷,符南华轻声问道:"两人都是元婴境剑仙?"

姜韫点点头:"毋庸置疑。"

可能刘羡阳还不止。

不过姜韫的兴趣还不在那场问剑,而是正阳山的祖山大阵,类似一枚至少半仙兵品秩的兵家甲丸,才能护得住一线峰在双方问剑期间不至于被剑光流散、术法轰砸得满目疮痍,不然等到大战落幕,之后诸峰客人登山观礼,遍地坑洼,尤其是半山腰以下的仙家府邸处处断壁残垣,就好玩了。

不承想最是枯燥乏味的山上观礼,还能变得这么有趣。

果然惹谁都别惹骊珠洞天走出的那拨"年轻一辈"。

不谈已经是大骊藩王的泥瓶巷宋集薪和杏花巷出身的马苦玄,只说桃叶巷谢灵,前些年独自一人游历途中,斩妖除魔,术法神通层出不穷,极其果决,况且犹有两位杨家药铺的纯粹武夫,也曾在一处古战场遗址闹出过一场动静不小的山上风波,至于福禄街赵繇返乡担任大骊官员之后,处理起山上纠纷,更是心狠手辣。不承想今天又多出个刘羡阳。

符南华那个身材臃肿的妻子和韦谅坐在观景亭内。姜笙问道:"刘羡阳什么时候才能一路打到剑顶啊?"

韦谅以心声笑道:"小生姜,急什么,心急吃不了热豆腐,耐心等着吧。"

那个刘羡阳分明留力极多。

姜笙眼睛一亮:"还有热豆腐可吃?"

韦谅点头道:"说不定还会很烫嘴,甚至端个碗都觉得烫手。"

姜笙摇头道:"不可能吧,就算那个姓刘的是位玉璞境剑仙好了,他能够走到剑顶,就已经实属侥幸了。"

关于正阳山的底蕴,云林姜氏那边自然一清二楚,而她又是姜氏老祖最宠溺的心尖儿,再加上当年逼着她委委屈屈下嫁老龙城一事,老祖一直愧疚着呢,她每次省亲回娘家,那位事务繁重的姜氏老家主都会专门抽出时间亲自陪着她散心。

韦谅笑道:"天下仙家只分两种,山头和散沙,哪怕是宗字头的山上豪门,其实只要到了某个临界点,就会瞬间变得人心崩散。前者,有桐叶洲玉圭宗、太平山,宝瓶洲风雪庙、真武山;至于后者,可就多了,不过有些藏得浅,有些藏得深,正阳山属于后者中的后者。

"如果今天只有刘羡阳一人问剑,确实到不了那个临界点,就像小生姜说的,止步于一线峰剑顶,至多再大闹一场,要么被正阳山留下,要么被龙泉剑宗某人带下山,算是为宝瓶洲山上增添一桩茶余饭后的谈资。"

韦谅说到这里,看着那个站在一线峰台阶上的年轻剑修:"当然,刘羡阳已经很厉害了。不到五十岁的玉璞境剑仙，之前只有两人能够做到。"

姜笙闻言震惊，刘羡阳是玉璞境剑仙？只是更大的惊世骇俗，还是韦谅所谓的"之前两个"，她忍不住问道："两个？不是只有风雪庙魏晋吗？"

韦谅笑呵呵道："看来你们那位姜氏老祖还是不够心疼小生姜啊。"

姜笙好奇道："是谁？如今在哪里？这样一位年轻剑仙，怎的半点名气都没有？"

韦谅卖了个关子："远在天边，近在眼前，如今他就在诸峰某处山中，这个家伙，就像……端了一大碗滚烫豆腐，登门做客，结果主人不吃也得吃，一个不小心，就不只是烫嘴了，可能还要烫伤肝肠。"

姜笙恍然道："先前我还奇怪呢，韦叔叔为何愿意百忙中赶来正阳山这边白白浪费光阴。"

韦谅点点头，眯眼感慨道："不得不来，因为需要向一个年轻人学那物尽其用的拆解之法。"

韦谅这位"爷爷，儿子，孙子，其实都是一个人"、当了一代又一代青鸾国大都督的法家修士，沉默片刻，突然自嘲而笑，道："真是气死个人，当年那小子多淳朴一人，好嘛，如今竟然都可以让我捏着鼻子向他虚心请教这门学问了。"

一线峰停剑阁那边，宗主竹皇见到那位有大功于山门的女子鬼物后，眼中满是怜惜和愧疚，怜惜她是女子，却身世可怜，沦落至此，愧疚是自己身为宗主和玉璞境，今天却还需要她离开小孤山，来向刘羡阳领剑。

夏远翠则神色复杂，这里边涉及一桩尘封已久的宗门内幕，哪怕陶烟波和晏础这样位高权重的正阳山老人，都只是私底下有些猜测，谁都不会轻易提及，只知道有位元婴境的女子鬼修隐姓埋名，接替了添油翁一职。

白衣老猿见到她后，神色不悦，以心声与几位老剑仙道："她的那条贱命，可不是她一人的性命，关系到祖山的大阵，她一旦魂飞魄散，就会从根子上折损大阵枢纽，那笔神仙钱的损耗不去说，宗主何必如此糟践一山气数，事后谁来弥补？"

一向城府深沉的夏远翠脸上破天荒有些怒容，道："袁供奉这话说得就有些伤人了。"

这位按照谱牒记载早已离世的幕后供奉、女子元婴境剑修，暗中担任正阳山的添油翁。寓意所添香油是一线峰祖师堂的祭祖油灯，可以为一座山头续香火。

她出自满月峰，曾是夏远翠最得意嫡传之一，与那个被李抟景亲手打杀、再将尸骨曝晒在风雷园广场上的女子是师姐妹。

她们两个都曾有机会，从有意专心练剑的师尊夏远翠手中接任峰主一职，帮忙处理庶务，甚至有望成为山主，要知道当年正阳山诸峰当中，现任宗主竹皇虽然练剑资质极佳，却始终不是那个资质最好的剑修。

只是她们大道坎坷,一个身死道消,一个心怀怨怼,自己选择走上条断头路,变成如今这般不人不鬼的模样。

因为她们,或者说整个正阳山,都遇到了那个命中相克的风雷园剑修李抟景。

竹皇劝道:"夏师伯,袁供奉说话从来对事不对人的。"

历代添油翁男女皆可,但必须是剑修,一旦担任这个职务,就等于是个半死之人,因为不但会从祖师堂谱牒上除名,一笔勾销,还会随便找个由头,比如闭关失败、兵解离世,彻底隐居幕后。而且每次现身递剑,做所之事往往极为凶险,次次都是搏命之举。

在夏远翠和竹皇分别跻身玉璞境之前,变成鬼物之后的司徒文英,其实才是正阳山那个杀力最大的剑修,她的存在,就是为了对付李抟景极有可能的问剑正阳山,以免李抟景一路登山如入无人之境。正阳山自然不敢奢望司徒文英能够剑斩李抟景,只是有点类似元白与黄河的那种问剑。这等手段,只是群峰孱弱之时,山门为求自保,不得已而为之的无奈之举。

白衣老猿冷笑不已。他自然清楚夏远翠和竹皇打的什么算盘,两人早就嫌弃这个鬼物婆娘碍眼了,以前的正阳山缺她不得,得由她防着那个在世时不可匹敌的李抟景,免得被李抟景单凭一己之力就拆掉整个祖师堂,再打断那些登山剑道,可如今嘛,她就成了老皇历上边的污迹,交由外人帮忙抹掉最好,毕竟如今的正阳山再不缺她这半个玉璞境剑仙了。

夏远翠是凭此功劳准备舍了一个见不得光的嫡传不要,好将来与竹皇在祖师堂议事时,换取一拨剑仙坯子。至于宗主竹皇,别看先前满脸遗憾、愧疚难当,其实整个正阳山最想司徒文英死个干净彻底的,就是从元婴境变玉璞境、从山主变宗主的他自己。

不过白衣老猿心知肚明,却没觉得有任何不对,竹皇不如此心狠手辣,怎么当宗主?夏远翠不如此算计,如何让满月峰不断壮大,在下宗祖师堂占据数量最多的座椅?

那个女子鬼物的本命飞剑名为涸泽,品秩极高,一经祭出,可造就出方圆数十里的无法之地。

飞剑将天地灵气涸泽而渔的神通,只是其中之一,再加上她所擅长的独门剑术,与人问剑厮杀,走的是玉石俱焚的路数。此外她凭借飞剑,寅吃卯粮,等于一位元婴境剑修在阳寿无忧的情况下,依旧不惜化作鬼物,放弃了阳神身外身和整副皮囊,借来了半个玉璞境的境界。而且她的魂魄早已和正阳山护山大阵融合,无法离山太久,否则神魂腐朽极快,所以不同于背剑峰那个植林叟,每次下山都可以晃晃悠悠,好似游历山河,只需要出手斩草除根时速战速决即可,她每次秘密下山,都是斩首。

为祖师堂续香火的添油翁,为正阳山剑林斩草除根的植林叟,这两位绰号名副其实的幕后供奉，一位元婴境剑仙，一位九境宗师，分工明确，偶尔下山合作杀人，配合得天衣无缝，不留半点蛛丝马迹。

竹皇突然以心声说道："今天的意外够多的了，绝对不能再出任何意外。所以下一剑，夏师伯、陶师弟、晏掌律，有劳了。"

竹皇再补上一句："我会通知大孤山那边，所以还会加上吴提京的那把本命飞剑。"

夏远翠点点头，财神爷和掌律祖师虽然有些犹豫，可还是答应了此事，只要做得神不知鬼不觉，那个刘羡阳只会连怎么死的都不知道，诸峰观战众人当中，一样只当是刘羡阳被女子鬼物一剑斩杀，而不知其中玄妙。

剑修当中，竹皇、夏远翠、陶烟波、晏础，就是两玉璞境，两元婴境。加上司徒文英这个鬼修，平时可算半个玉璞境，搏命之后，完全可以视为一个杀力卓绝的玉璞境剑仙。

何况正阳山在剑修之外，还有护山供奉袁真页，已经是玉璞境。而且背剑峰那边，还有个作为植林叟的幕后供奉，一位以秘术吊命的老鬼物，是九境武夫大宗师。

如此看来，如果诸峰跟随祖山一同开启护山大阵，再加上那座剑顶，杀个仙人，甚至是仙人境剑修，都不是问题，绰绰有余。但是这类大剑仙，哪怕加上南北两洲邻居，整个三洲山河屈指可数，白裳、魏晋、姜尚真、韦滢，除此之外，还有谁？

再者，仙人境剑仙，或是飞升境大修士，如今谁敢在宝瓶洲胡来？真当中部大渎上空的那座仿白玉京是死物？

故而天时地利人和都在正阳山。

眷侣峰的大孤山崖畔，一位背剑的黑衣青年瞥了眼不远处小孤山那边，有个孤苦伶仃的女子。他眼神冷漠，收回视线。附近有一截枯木横出崖外，他走上去，一脚将枯木踩断后，身形轻灵，一跃腾空而起，背后长剑铿锵出鞘。

吴提京御剑而行，这位被视为正阳山千年以来练剑资质最好的年轻剑修腰间不悬佩剑，只有剑格至剑柄这一小节。好像曾经有过一把长剑，只是失去了剑身。

飘然御剑之时，吴提京缓缓呼吸吐纳，衣袖猎猎作响。

我辈山中剑修之属，粹然手战之道，内实精神，身如猿鸟，寄气托灵，剑气沛然若水溢江河，剑意灵犀如芙蓉出水，剑道浩瀚高远似列星旋转。

刘羡阳和那女子鬼物的问剑，声势极大，异象横生，处处是剑气残余的紊乱涟漪，又牵着一座祖山大阵的鼻子走，所以先前陈平安离开背剑峰，隐匿身形，循着一条剑道，不过稍稍小心，就拎着那把捡来的古剑成功登上剑顶。

被山顶女修询问是谁，陈平安笑着说自己是客人之后，在一线峰祖师堂门槛外边突然停下脚步，转头望向那些花木坊女修，一个个看过去，然后好像自言自语道："既然都已经被我看穿了，你是不是可以让刘材、对雪峰流彩，或者说远游陆抬，暂缓与我问剑一事？以后机会多的是，你邹子算尽天事，何必急于一时，比如等我去往五彩天下？或是远游青冥天下之后？"

对雪峰，元白身边的婢女流彩的一双眼眸熠熠生辉，然后她迅速低下头去，似乎破天荒有些犹豫不定。连元白都没有察觉到她这个细微动作。

广场上一个琼枝峰女修瞥了眼那位青衫剑仙，嘴角翘起一个弧度，然后轻轻点头，好像答应了此事，下一刻，女修就恢复了正常神色。

这位花木坊女修自己其实浑然不觉，而元白身边那个来自皑皑洲天井福地的婢女流彩毫无征兆地身形消散，就此离开对雪峰，甚至来不及与元白言语一字。

大骊陪都那边，仿白玉京剑光一闪，只是很快就撤回了。好像一个玉璞境剑修的阴神远游，根本不值得出剑。

来正阳山之前，陈平安曾去往中部大渎，不是靠着任何身份，就可以登上那座仿白玉京，而是凭借两个别洲修士的名字。然后陈平安只见着了一个身形缥缈、面容模糊的无境之人。

当时陈平安开门见山道："我来找出白裳，或者邹子，你按照规矩，负责出剑。不过我不敢保证一定找得出来。"

因为按照大骊那条只适用于山巅的规矩，所有别洲仙人境剑修和飞升境大修士，没有主动向大骊朝廷递交通关文牒，擅自踏足宝瓶洲版图，一经发现，就要被问剑。

但是那份关牒，只需要寄给仿白玉京，无须与大骊京城或是陪都打招呼。这其实又是一桩怪事。

那个不知身份的无境之人，点头笑道："规矩之内，理所应当。"

正阳山茱萸峰的那个"田婉"，曾经飞剑传信给自家先生一封信："白裳一，邹子九。"

总之崔东山有十成十的把握，其中一人必然正躲在暗处，伺机而动。而其实当时陈平安就已经身在赶赴仿白玉京的途中。

陈平安此刻站在这处视野开阔的剑顶，转头瞥见对雪峰那边的剑光去向，久久没有收回视线。

如果只是单纯翻阅关于正阳山的谍报，他绝对不会对元白身边那个名叫流彩的婢女有太多猜想。可一旦涉及茱萸峰田婉，尤其是陈平安心中一直提防的某个万一，他就绝对不敢掉以轻心了。

直到这一刻，那个真身并未在宝瓶洲的"邹子"远去，陈平安终于可以真正松口气了，没来由想起两个佛家说法：草寇大败，贼过挽弓。

好了，这场问剑正阳山，终于再无后顾之忧了。

至于什么白裳，只要敢来宝瓶洲阴险递剑，就别走了，去落魄山做客好了。不过相信以白裳的性情，就算偷摸跨洲远游，也已经意识到仿白玉京那边的动静，注定只会悄然返乡，不过更大可能，这位野心勃勃的北方剑仙，还是只会选择袖手旁观，远远看戏。

一位花木坊女官急匆匆快步向前，壮起胆子伸手拦在门口，小心翼翼劝阻道："这位剑仙，剑顶祖师堂是我们头等禁地，去不得！擅自闯入，是要惹天大麻烦的。"

陈平安笑道："不会有什么麻烦，我和你们那位搬山老祖是老朋友了，我之所以有今天的成就，很大程度上是拜他所赐。你要是不放心，就飞剑传信竹皇，我刚好有点事情要跟他好好聊一下，停剑阁那边人多嘴杂，不合适谈正事，就有劳姑娘传信了，我就先去挑把椅子了。对了，我叫陈平安，来自落魄山，再就是提醒你们宗主，让他最好独自一人来这剑顶。"

女官正犹豫不决，不承想青衫背剑的男子身形一闪而逝，就已经跨过门槛，走到了祖师堂里边，而她那条胳膊就悬在空中。女官收起手，急得满脸涨红，差点落泪，在自己眼皮子底下闹出这么大的纰漏，事后回了琼枝峰，还不得被祖师骂死啊。她一跺脚，只得转过身去，赶紧飞剑密信宗主竹皇，说有个不懂规矩的客人，自称是陈平安，来自落魄山，竟然先行闯入祖师堂了，好像已经开始挑选属于他的那把椅子落座，此人还大言不惭，说宗主最好是一人来祖师堂谈事……

陈平安一手负后，一手拎剑，确实在那边挑选椅子，一直走到主位那把属于宗主竹皇的椅子前。因为今天是那位搬山大圣的庆典，所以一线峰这边专门将护山供奉那把本就极为靠前的座椅，破例放在了与竹皇并排的首位。于是陈平安就坐在了这把椅子上，望向大门那边，手持长剑拄地，轻轻拿起放下，安安静静等着竹皇露面待客。

那个花木坊女官根本不敢逾越祖师堂规矩，擅自走入其中，她只能站在门口那边，然后当她瞧见祖师堂里边的场景时，霎时间脸色惨白，这个看着和和气气的不速之客，到底怎么回事啊，不要命了吗？

陈平安将两排座椅一一看过，都知道各自是属于谁的位置，一线峰祖师堂，虽说以前没来过，可是完全不陌生。

满月峰的夏远翠，秋令山的陶财神爷，水龙峰的晏掌律，拨云峰那位曾经和郦采一起出剑的老剑仙，翩跹峰女子剑仙，琼枝峰祖师冷绮，茱萸峰田婉，李抟景转世的吴提京，被阮师傅看不上眼的雨脚峰庾檩，身边藏着小半个"剑修刘材"的对雪峰元白……

确实是个剑仙如云的好地方。

如果只是一座正阳山，没什么。可加上大骊朝廷、田婉，有田婉，就会有个图谋极大的白裳，有邹子，就更会有刘材。

比如说那个刘材，在陈平安看似最意气风发之际，突然一个寂寂无闻的正阳山子弟横空出世，拦在路上，选择以剑修换剑修的代价，最终让剑气长城的末代隐官变得再不是剑修。

对于数座天下的复杂形势而言，这可能是一个极有意思的情况，会是一个极其意外的变数。可是对于落魄山的年轻山主来说，却是一个根本无法想象"将来"的惨淡结局。

而这件事，邹子就像是通过数座天下年轻十人的那份名单，早早跟陈平安打过了招呼，并且有意无意泄露了刘材的那两把本命飞剑。

说不定这份榜单，正是邹子的幕后手笔。

有朝一日，剑修问剑剑修，堂堂正正，一场捉对厮杀。而且还事先提醒过你这位年轻隐官，并且让你陈平安提早准备多年，来应对这场对手名字、本命飞剑都明明白白告诉你的问剑。

陈平安深吸一口气，只是暂时没了燃眉之急，可那场只会由邹子来决定时间地点的问剑，是注定避不开、逃不掉的。

其实陈平安不管怎么打破脑袋去想个为什么，都始终想不明白邹子为何要如此针对自己。

无所谓了。人生路上，哪怕不知道许多的为什么，不也还是该如何就如何。

来了。

正阳山宗主竹皇，果然只是单独一人。

陈平安笑着没有起身。

竹皇以剑气隔绝出一方小天地，站在门口那边，他第一时间就瞥见了对方手中那把背剑峰古剑。竹皇这位玉璞境剑仙宗主眯起眼，向那位年轻山主沉声问道："陈平安，想要做什么？"

陈平安依旧在以剑鞘底端轻轻敲击地面，微笑道："讨杯茶喝，再谈正事？"

竹皇攥住袖中一枚世代相传的白玉符箓，冷笑道："哦？你配吗？"

下一刻，一线峰剑顶所有剑气瞬间聚拢，凝为一个云遮雾绕的高大身形，就站在宗主竹皇身边。

那一袭青衫依旧老神在在，无奈笑道："这还没谈，就谈崩了？"

竹皇只见陈平安张开手，他手中那把正阳山开山祖师的佩剑挂地静止。然后陈平安抬起手，抖了抖袖子，从中滚落出一颗头颅，他脚尖再一拨，将那位植林叟的脑袋踢向大门口，脑袋撞在了门槛上："竹皇，你就不想想，为何我在你们地盘上都宰掉个九境武夫了，结果还得跑来一线峰主动打招呼，你才知道此事？"

竹皇神色阴晴不定。他身边那位仙人，其实随时都可以朝那个年轻人出剑。

陈平安伸出一只手掌，朝向竹皇那把座椅，笑呵呵道："你来都来了，我又能逃到哪里去，不如坐下聊？"

竹皇没有挪步，只是问道："那个刘羡阳，是否已经是玉璞境？"

陈平安懒得聊这个，你不会自己猜去啊。他只是随手将门口那颗头颅打碎，然后准备起身，笑道："给你机会好好聊，偏不好好聊是吧？那等会儿连同刘羡阳和我在内，所有前来一线峰观礼的贵客们,就在祖师堂遗址上边,大家一起晒太阳好了。"

竹皇笑了起来,一步跨过门槛,身后那位仙人却留在了祖师堂之外。竹皇边走边说道:"陈山主,记得小心说话,聊岔了,沾亲带故,可是会死很多人的。"

陈平安微笑道:"已经被你吓了个半死。"

竹皇刚走到一半,就瞬间祭出一把本命飞剑,与背后门口那位仙人各自出剑,强行破开一座极其诡异的剑阵。但是下一刻,好像那个陈平安只是抖搂了一手剑术,就再无多余动作。

不过在再无半点剑气交错的一线峰剑顶,出现了一幅好似山水画卷的绝美风景。就像一座山头,花开次第,然后有数百道传信飞剑拖曳着一条条剑光流萤,向四面八方分散开去,剑光风驰电掣,去往诸峰山头,最终悬停在一位位观礼客人身边。

与此同时,陈平安已经双手握住那把背剑峰古剑的首尾两端,笑道:"别着急打架啊,这可是你们正阳山开山两千六百年,最重要的一件传承信物,一个不小心被我拧断了,到时候怪谁?"

竹皇没有收起那把本命飞剑,但是那个说话做事都好像脑子有病的年轻山主又做了一件不可理喻的事情,竟是直接将那把长剑抛还给他,然后再次伸手笑道:"坐。"

竹皇甚至没有接住那把祖师遗下的镇山之宝,只是让门口那位仙人代劳。

竹皇落座时,心情古怪至极,在自家祖师堂,谁是主人,谁是客人?

然后陈平安开口第一句话,就让竹皇好像听到了一个天大的笑话。

"竹皇,不如你先将袁真页从你家山水谱牒上除名?然后我再辛苦一点,亲手帮你清理门户好了,你觉得可行不可行?"

竹皇心中震怒不已,以至于猛然站起身,咬牙切齿道:"陈平安,你觉得呢?!"

只见陈平安气定神闲,笑着点头道:"我觉得可行。"

一线峰台阶上,刘羡阳刚刚收起一轮明月在袖中,晃了晃袖子,满载而归,不虚此行,回头好送给余姑娘,蚊子腿也是肉嘛。

而在那处玄之又玄的古战场,女子鬼物问道:"你在明处,还有个落魄山的陈平安躲在暗处,对不对?"

刘羡阳笑着不说话。我跟你又不熟,没必要掏心掏肺。

司徒文英蓦然脸庞扭曲,布满狰狞神色,却是怒其不争的眼神,怒道:"你们如此潦草问剑,意义何在?!"

刘羡阳被她问得有些蒙。就像一个恶贯满盈的凶寇,临死之前,突然问那行侠仗义的大侠,打死我就够了吗?就算不够,我也不能打死你两次啊。

司徒文英好像疯了一般,开始说疯话:"除了我,你们此次问剑,还能杀掉谁?竹皇、夏远翠、陶烟波、晏础，这些个老王八蛋，最后到底有几人会被打断大道根本？正阳山当真会伤筋动骨吗？难道你们就不知道，正阳山这帮老不死的，最擅长之事，就是隐忍不发，就是这么一年一年，熬死了风雷园李抟景，熬出了一个宗字头，如今连下宗都快有了！"

只是她很快颓然。

事实上，两个年轻剑修好像都还没到五十岁，能够如此问剑正阳山，已经很不容易了，堪称壮举。虽有遗憾，大快人心。

上梁不正下梁歪，祖师、传道人、亲传、再传，正阳山永远只会是正阳山。

道貌岸然，知道内幕的外人就只是知道了，至多是像那风雪庙大鲵沟秦老祖那般，言语恶心正阳山几句。

可惜世间再无李抟景。

这个有剑修肝肠如雪，但是藏污纳垢更多的正阳山，开山两千六百年，永远都是阴谋诡计占据主位，就像这些"剑术"，才是真正却无形的祖师堂头把交椅。

而拨云峰、翩跹峰这样门风极正的山头，以前祖师堂议事，哪次不是一个个先行离场？随着正阳山的蒸蒸日上，他们注定只会越来越沦为傀儡角色，这些真正的纯粹剑修，他们每一次问心无愧的出剑，都藏着祖师堂极其功利的谋划，所有剑修不惜命的递剑，一场场在山外看似慷慨激昂的舍生忘死，其实都是祖师堂里边的买卖和算计。最后得利最多的，反而是那些不用出剑的剑修。

所有曾经上山之时，都还朝气勃勃的少年少女，可能最终都会变成下一个陶烟波、晏础、冷绮、倪月蓉。

刘羡阳神色尴尬。主要是这位前辈女修，好像比他这个寻仇的外人，更像是正阳山的生死大敌，他有些不适应。

司徒文英身形开始消散，魂魄飘摇，化作缕缕青烟，但是她浑然不觉，或者说全然不在意，只是说道："就算你们今天真的拆了一线峰祖师堂，其实你们还是没有成功，甚至会帮倒忙。曾经李抟景一人力压正阳山三百来年，其实反过来说，正是这个李抟景，就像一块最好的磨剑石，造就出了今天正阳山的宗门底蕴，让群峰剑修同仇敌忾。你们不知道这些，所以你们只是看着出剑凌厉，是剑仙风采，又很不像剑仙。"

司徒文英惨然一笑："因为你们的问剑，只会和李抟景是一样的结果。你和那个陈平安，有想过这个问题吗？"

刘羡阳老老实实摇头："我从不想这些。毕竟我的仇家，只有那个差点一拳打死我的老畜生。我这次登山，就是来砍他的。至于正阳山诸峰风气如何，我可管不着。上梁不正下梁歪，偷鸡摸狗，男盗女娼，是你们自家事，我又不是你们家的老祖宗，犯不着忧心家风门风。"

不过有句话刘羡阳没说出口。不过你放心，有人肯定会想，那家伙都好心好意帮你们重新编纂祖谱了。

司徒文英心死如灰，放声大笑道："正阳山该死之人，我肯定是其中之一，但是没有听到更多长剑断折声，我实在心有不甘！"

司徒文英这辈子最伤心处，不是李抟景喜欢师姐，不喜欢更早相逢的自己，而是竹皇当年居心叵测，私底下故意告诉刚刚跻身元婴境的她，那个李抟景其实最早喜欢之人是你，但是你的师姐，是夏师伯心中钦定的峰主人选，更有可能，她将来还会入主祖师堂，李抟景是权衡利弊之后，才改变了心意。

等到后来司徒文英察觉到不对，已沦为鬼物，她找到当时已经顺利当上山主的竹皇，结果后者笑着跟她说了句："你痴情于李抟景，却根本不知道自己喜欢之人是怎样一个人，你也配让那个李抟景喜欢，竟然还有脸来找我兴师问罪？"

司徒文英笑了笑。

好像她这一生，总是这般不称心，所留恋之人事，都与美好无关。

忽然春天，蓦然夏天，突然秋天，已然冬天，然后就再无来年的春暖花开了。

也曾少女情动，怕被郎道，奴面不如花面好。

她在这一刻，泪流满面，但是终于了无牵挂，就又有些可有可无的开心，细细碎碎，拼凑不起来，可到底是一份久违的轻松。

刘羡阳本想问她，要不要干脆换个地方修行，剑哪里练不得，树挪死人挪活。只是再一想，刘羡阳就将这些话咽回了肚子，她之前也没说错，她是个该死之人。再者，她还是个一心想死之人。

回头来看，她此次离开山头，参与这场问剑，司徒文英一开始就更希望是她死。

果不其然，司徒文英说道："很高兴你是一位玉璞境剑仙，不然你被我打死，世间就又多枉死一人，我还得返回小孤山，继续当那添油翁。"

另外那个刘羡阳察觉到了剑顶的异样，笑了起来，于是这个刘羡阳突然和这个鬼物说道："司徒文英，你信不信我那个朋友可以帮你们正阳山一分为二，有朝一日，清浊分明？剑修是纯粹剑修，王八蛋就是与王八蛋凑一堆？而且这群王八蛋，接下来的日子，肯定会一天比一天难熬！"

司徒文英摇摇头："想要相信，不敢相信。外边那个世道，我就不多看一眼了，就当是相信你们做到了。"

她转过身，与刘羡阳抱拳而笑，她此生的最后遗言，好像依旧是一位正阳山纯粹剑修该说之话："刘羡阳，帮我捎句话给你那朋友，希望你们两个年轻剑仙，始终愿意礼敬拨云峰、翻跻峰的那些正阳山纯粹剑修，再顺便干死那帮每次都是最后离开祖师堂的老王八蛋！"

刘羡阳抱拳，像是开玩笑，又不像在说玩笑话："那我与陈平安说一声，那小子一向听我的。这家伙，打小就是个闷葫芦，阴得很，你们正阳山那帮老狐狸，只是活得久，其实狐狸不过他。"

幸好老子没拉着陈平安，一人出剑，一人出拳，从山脚一路打到山顶，活活打死那头老畜生肯定没问题，不过多半就没机会跟司徒文英吹这牛了。

司徒文英不再言语，只是安安静静看着这个年轻剑仙的眼睛。

好像这样的清澈眼神，正阳山真的不多。

一线峰台阶上，刘羡阳突然一屁股坐在地上。而那个悬停空中的司徒文英，逐渐烟消云散。所负剑运，自身灵气，全部法宝，众多本命物，一点不带走，她就这么全部归还给了正阳山。

在外人看来，就是一场声势浩大的问剑，一位有几分玉璞境气象的女子剑仙原本还稍稍占据上风，剑术道法皆极其出彩，结果莫名其妙就身死道消了？

刘羡阳站起身，然后继续登高，一边拾级而上，一边破口大骂道："来个该死一直没死的玉璞境，跟我好好问剑一场行不行，求你们这帮龟孙子！"

对雪峰高楼廊道中，中岳山君晋青大为讶异，方才身边那个年轻女子莫名其妙化作一道剑光远游，去势之快，简直匪夷所思。他只得问那元白："怎么回事？你身边这个婢女，如果没看错，至少得是玉璞境，还是位剑仙，你都不知道？"

元白比晋青更是茫然，摇摇头，无奈道："毫不知情。"

然后他笑了起来："无所谓了，如此也好，以后她再去找那主人，就容易了。"

晋青气笑道："好个元大剑仙，真不是一般的心宽啊。"

元白趴在栏杆上，神色有些疲惫，又有些释然，心境轻松几分："再不心宽的话，都要被一口气活活憋死了。"

在那之后，元白和中岳山君一起抬头，看到了"剑顶花开"那一幕，之后就有其中一把传信飞剑悬停在廊道中。

元白发现今天自己的脑子有点不够用了。

晋青神色玩味，竟是直接接住那把传信飞剑，却也不看密信内容，而是直接将其捏碎，笑道："元白，她都走了，你还愿意留在这里吗？听我的，去真境宗吧，咱俩离得近，再与真境宗联手，更能看顾旧山河，你要是继续留在正阳山上，反正我是绝对不会主动帮你拣选剑仙坯子的。"

花开各处的飞剑，有些是有的放矢，通知某些观礼之人可以离开了；有些就只是障眼法了，谁接，打开密信内容，谁就一头雾水；更有一些，除了让正阳山诸峰的某些剑仙不明就里，还会是裤裆糊黄泥巴，谁接谁后悔，将来恨不得剁手。

元白苦笑道："如此儿戏吗？我毕竟是一线峰谱牒上边的记名供奉，想要脱离正阳山,哪有这么简单,竹皇等老狐狸不会答应的。"

晋青扯了扯嘴角:"你觉得我是那种意气用事的?没点把握,会让你如此冒冒失失下山?最后和你说一句,除了玉圭宗韦滢、真境宗刘老成,还有人答应了一事,会让旧朱荧王朝版图上的剑修绝不在一处乌烟瘴气之地练剑。元白!再婆婆妈妈的,你就留下,以后悔青了肠子,也别来找我诉苦,我只当宝瓶洲再无剑修元白!"

元白欲言又止。

晋青斜瞥了一眼剑顶,冷笑不已,然后转过头,拍了拍元白的肩膀:"当断不断反受其乱,元白不该在此粪坑里讨生活。"

元白点点头,晋青伸手召来那条引人注目的渡船,带着元白乘坐渡船,稍后会路过一线峰附近。

晋青站在船头,先瞥了眼帝王将相扎堆的翻跬峰,再望向山水神灵扎堆的拨云、水龙两峰。

满月峰那边的崖畔凉亭,一把传信飞剑悬停,如飞雀停留枝头。

韦谅笑道:"别接。"

姜笙却接了飞剑,打开密信一看,哑然失笑,空白一片,没有内容。然后她转头歉然而笑。

韦谅揉了揉额头,无奈笑道:"没事,反正手欠的,不止你一个。"

不远处的苻南华和姜韫那边也各自收到了一封密信,姜韫倒是毫不犹豫就打开了密信,会心一笑,信上说:蜂尾渡感谢指路。

然后姜韫就与韦谅和姜笙招呼一声,说是走了。

姜笙疑惑道:"不观礼啦?按照正阳山定下的时辰,可是马上就要开始了。"

姜韫摇摇头,御风离去,就此离开正阳山。

苻南华打开信后,满脸阴霾,最终冷哼一声,信上的措辞,让他心惊胆战:你苻南华和老龙城欠我两条命,如果愿意今天先还上一条,你就留下,以后原本属于你的城主之位,刚好可以让贤给你大哥或是二姐。

韦谅以心声笑道:"南华,你可以先行离去,真的,别逞强。再就是以后离这个写信之人远一点,越远越好,你们双方最好从此就别打照面了。"

苻南华愣了愣,最终还是小心起见,与韦谅抱拳告辞离去,至于那位山上道侣、家中妻子,他下山时没打招呼,她也毫不挽留,甚至问一句都没有。

飞剑处处悬停。

有正阳山诸峰剑修,看也不看,当场打碎传信飞剑。但是更多人,尤其是前来观礼道贺的山上贵客,大多觉得有意思,有些误以为是正阳山折腾出来的新奇花样,有些是纯粹看个热闹。其中又有诸峰剑仙,尤其是多位在正阳山祖师堂有座椅的,打碎了飞剑,竟然又有飞剑登门,一次两次过后,就又有人犹豫过后,还是打开了密信观看内容,其中就有拨云峰、翩跹峰和琼枝峰在内的峰主剑仙们……

拨云峰老剑仙看完密信后,一巴掌将那飞剑打烂,气呼呼道:"什么乱七八糟的小把戏?!竟然有人在祖师堂那边如此造次?!"

密信之上,倒不是什么难听言语,只是一句没头没脑的话,说是预祝拨云峰剑修在异乡出剑顺遂。

翩跹峰那边也是差不多的情况。

倒是那座琼枝峰,女子祖师冷绮看完内容极多的那封密信之后,哪怕故作镇定,实则内心早已掀起惊涛骇浪,肝胆欲裂,一时间竟是都不敢去往祖师堂一探究竟。

北俱芦洲,一位走在大漠黄沙里看押货物的老镖师拿起水囊,喝了口水,笑了笑,那就再等等好了,给你两三百年的练剑光阴就是。

这个年轻隐官,脑子是真不坏。

他叹了口气,也是个难得的好人。

没来由想起当年在小镇,那个经常远远站着徘徊不去的馋嘴孩子。等到卖糖葫芦的摊贩开口道破,孩子便再没有出现在汉子的视野中。

什么是人性?

是每次拿了一小袋米独自回家,道谢之后,在自己心中还有一声声不惹人烦的道谢。

是在得知隔壁邻居同龄人就要离乡时,哪怕对方当时嘴上还说着刺耳的难听话,依旧会由衷说一句质朴言语:路上小心。

是朋友刘羡阳躺在病榻上,生死未卜,与药铺杨掌柜求了又求,还是无用,依旧鞠躬,才出门去。

这些都是极其美好的事情。邹子并不否认,甚至极为认可。

真正的人性,其实就是任何人身上都会有的一种局面,是人之神性与人之兽性的一场拔河,长此以往,是谓修行,山上山下皆是如此。

但是没办法,在他看来,这个世道,天地广袤,容得下很多位各显风流的十四境修士,唯独容不下一位前无古人后无来者的十五境剑修,而这件事情,与善恶无关。

此事,不是什么天数使然,不是什么命中注定,是有人不断自求而来的某种偶然的必然,至少就目前看来,在几个人选当中,这个成功返乡的年轻隐官,越来越接近那个最大的"一"。将来可能会暂时放缓脚步,或是绕路,会停步,可最终去向仍是一个。

所以邹子原本确实打算在今天,让人与陈平安问剑一场。

正阳山会在最目中无人的一刻,被陈平安和刘羡阳联手从一洲山巅打落到尘土。

陈平安只要稍微后知后觉,亦是同样的下场。

可既然陈平安察觉到了此事，按照他一贯谋而后动的行事风格，肯定就有了诸多谋划，比如那个"田婉"，还有姜尚真，甚至有可能还有刘景龙，会拈出几张三山符，再通过那把本命飞剑，联手陈平安的笼中雀，还有大骊朝廷留在大渎、专门针对山巅大修士的一座仿白玉京……

螳螂捕蝉，黄雀在后，弹弓在下。

正阳山，陈平安，剑修刘材，邹子。

除了一座正阳山，所有局中人，其实都是互为诱饵的玄妙处境，只看谁算计更远、筹划更全。

陈平安才是正阳山这场庆典最大的观礼之人，而且等他落座一线峰祖师堂，就会反客为主。

刘羡阳今天来拆祖师堂，陈平安就负责"兵解"正阳山，从上到下，由内到外。

所以刘羡阳只管独自登高，潇洒问剑，因为有个陈平安负责与正阳山在人心问剑。

一线峰祖师堂内，依旧只有两人落座，很凑巧，刚好是山主与山主，宗主与宗主，玉璞境对玉璞境。

那一袭青衫喝着茶水，没来由笑着说了句："崩了崩了。"

竹皇微微皱眉，这厮还要装神弄鬼？

不过没事，登山之人刘羡阳很快就会接不住下一剑了。到时候再看看，你陈平安有无喝茶的闲情逸致。

正阳山地界边缘的一处小国州城，靠着仙家术法的镜花水月，当地百姓以及各路不入流的谱牒仙师、山泽野修，都能够在这边凭借正阳山拨云峰的一件镇山之宝拨云镜远观庆典。

像沅州治所这样的地方，还有三处，刚好东南西北各一地，围绕正阳山。

南北两国都抽调出了数支精锐边军，协同正阳山修士负责当地治安。不过说到底，就只是做做样子，不光光是正阳山剑修如云和宗门地位的如日中天，更根本的原因是宝瓶洲一洲修士，都早已习惯了大骊铁骑当年设置的那条严苛律例，稍稍犯禁，从无漏网之鱼，谱牒仙师不但自己遭罪，还要殃及祖师堂，山泽野修被追捕拘禁，甚至是当场斩杀，如今哪怕一些大骊条例已经逐渐解禁，惯性使然，修士还是显得格外安分守己。

只说一事，各地剑修，不论出自哪座山头，在一洲版图之内，多年以来，几乎再无一人会在市井大街之中横冲直撞、肆意御剑了。

剑修尚且如此，更何谈其他修士。

只是今天这场庆典，还没开始就让人看得目不暇接，反正也没几人看得出缘由和深浅,就是瞧着精彩。

只不过有正阳山剑修在城内巡游,倒是也没谁敢喝彩,毕竟那个问剑的外乡人,赢了一场又一场,那些个正阳山的神仙老爷,脸色难看极了。

董谷、徐小桥、谢灵,三位龙泉剑宗的宗主嫡传,这会儿就在一处酒楼看着那镜花水月。

董谷神色凝重:"师父的意思,是不管刘师弟今天怎么闹,哪怕问剑输了,我们最后都要带走刘师弟,问剑之内,只要是捉对厮杀,生死胜负,不用多管,刘师弟死在山上,都不管他。但是问剑之外,绝不能让正阳山修士仗着人多势众,强行留下刘师弟。"

简单来说,就是刘羡阳问他的剑,问剑结束后,龙泉剑宗就要接走刘羡阳,生要见人死要见尸,总之正阳山休想留下刘羡阳。

董谷分别递给徐小桥和谢灵一张来历不明的剑符,能够缩地山河,在转瞬之间去往一线峰山脚。

说到这里,董谷望向两个师妹师弟,说道:"我们差不多可以赶过去了。"

徐小桥默默点头。

谢灵微笑道:"他们敢留下刘师弟,就得加上我问剑一场了。"

只要相处久了,好像没有人会不喜欢刘羡阳。这个家伙,与世无争,不计虚名,开得起玩笑,见到谁都乐呵呵笑嘻嘻。

心高气傲如谢灵,也一样由衷认可自己和刘羡阳的师兄弟名分,甚至内心深处,谢灵觉得刘羡阳担任大师兄,或是以后接掌宗主位置都无妨,就是懒了点,远远不如师兄董谷那么做事勤勉。至于谢灵自己,安心修道就是了。

正阳山北方,一处小县城,此处都没有正阳山设置的镜花水月。不过一行山上修士故意不靠近正阳山,只是在此喝酒。刚刚这里又有一个小热闹,一拨愣头青外乡人,不算什么过江龙,就敢跟地头蛇抢地盘,结果就被人包了饺子。几十号孔武有力的江湖中人团团围住了酒铺,然后走出一个白衣飘飘的中年文士,手持折扇,无视双方剑拔弩张的氛围,毕竟实力悬殊,一帮小崽子早就自己心虚了,白衣文士笑着用合拢折扇轻轻拨开一个外乡佬的短斧,独自落座,结果就被一个看不清形势的憨傻少年拿柴刀架在了脖子上,白衣文士依旧满脸笑意,问桌对面那个唯一坐着的高大青年,知不知道自己是谁,后者点头,白衣文士就提起折扇,头也不转,敲了敲肩膀上那把柴刀,与那高大青年笑问一句:"既然知道了,然后呢?"

说完这句话,白衣文士突然端起酒碗,狠狠泼了对方一脸酒水。

不等高大青年忍气吞声,低头认错,那个手持柴刀的少年,直接一刀就砍得那个白衣文士耷拉了脑袋。

对峙双方面面相觑。

第八章 兵解正阳山

坐在角落的那桌山上修士中有一位姿容极美的女子，她大概没想到是这么个结果，忍不住笑出了声，只是立即又收敛了笑意。

在座四人来自真武山。

马苦玄，按辈分他得喊一声师叔的余时务，马苦玄的开山大弟子，既是兵家修士又是纯粹武夫的一个少年，名为忘祖，以及婢女数典。

马苦玄一脚踩在长凳上，满脸笑意，就对那拨地头蛇施展了定身术，然后与那拨年纪不大的愣头青们笑道："发什么呆，杀了人，还不赶紧跑路？"

少年们哄然逃散。

马苦玄看着那个一边跑路、一边还不忘拿起手中柴刀往别人身上擦拭血迹的少年，以心声笑道："回头如果你大哥骂你闯祸，你又气不过，然后还有胆子回来这边，我就收你当徒弟，以后跟我上山当神仙。"

马苦玄望向正阳山方向，拈起一颗盐水花生丢入嘴中："最大问题，还在于那个曹巡狩的态度，礼部侍郎那棵墙头草，肯定还是要看此人的眼色行事，如果曹枰选择偏向正阳山，就好玩了。忘祖，你那个以后问拳之人，现在就在正阳山那边，不过你不一定需要问拳。"

马苦玄喝了口酒，瞥了眼余时务。

余时务笑着与那木讷少年解释道："此次登山问剑，不出意外的话，陈平安一开始是注定不会出手的。而刘羡阳凭借境界和那把本命飞剑的古怪神通走到剑顶，没有问题，大不了就在那边被几个正阳山祖师剑仙们围殴一场，但是想要拆掉那座祖师堂，得靠那个没有陪刘羡阳一起问剑的陈平安。因为真正的问剑，往往不用与谁出剑，拆解人心，其实才是最上乘的剑术。"

马苦玄呵呵笑道："正阳山剑仙们吓死个人。"

余时务神色微变，叹了口气，摊开手心，一手掐诀，最后收起双手，一手持碗，一手拈起一粒花生米，轻轻嚼着，以心声说道："我们可以走了。"

马苦玄脸色阴沉："余时务！来之前，你是怎么说的？这是我唯一一个捡漏的机会！结果你让我就这么走了？"

余时务点点头："是的，可以走了。"

马苦玄死死盯着这个神色平静的家伙，片刻之后问道："真是唯一机会？这次错过就无？"

余时务还是点头："至少在我看来，好像是这样的。"

马苦玄这个以跋扈狂妄名动数洲的家伙，难得流露出一抹疲惫神色。

他这次下山，就是奔着跟陈平安换命而来。因为按照余时务先前的说法，陈平安极有可能会失去剑修身份。不承想临了临了，竟然说要走。只是马苦玄很快就眼神凌厉起来，笑着喝完碗中酒水，事出有因，未必结果。也好，天底下就该没什么既定之事。

马苦玄本就不是一个喜欢钻牛角尖的人，他重新变得懒散随意起来："等那个柴刀少年回来，我就终于有个不那么废物的嫡传弟子了。"

正阳山南方一处深山老林的僻静山头。

两个女子站在山巅。一个是没有当真返回落魄山的宁姚，一个是从落魄山悄悄赶来的赊月。

昨天明月夜中，圆脸姑娘随便几眼，就看到了那个独自坐在山顶的宁姚，赊月犹豫了半天，还是打算见她一面。朋友的朋友的道侣，就是自己的朋友嘛。

剑气长城的宁姚唉，赊月其实早就仰慕得很呢。

只是当她从月色中现身的一瞬间就后悔了。

因为当时宁姚睁开眼睛，哪怕她背后剑匣都没有长剑出鞘，光是那份若有若无的剑意，就让赊月只觉得自己现身就死。

不过宁姚很快就收敛了剑气，笑着起身道："抱歉，忘了是你。"

赊月立即现身，有点高兴，宁姚是说忘了，说明之前宁姚是听说过自己的。

不过之后两人坐在那边，也没什么话可聊，就是各自发呆。

一个想着刘羡阳的笋干老鸭煲好吃极了，可不能吃不着了，毕竟那位正阳山的搬山老祖，听刘羡阳说好像又破境了，那就是一位不容小觑的飞升境啊。

宁姚其实也没怎么用心温养剑意，想着先前跟那个家伙的一场对话。

"你说陆芝是不是其实喜欢阿良？"

"没有的事。"

她有点不相信。

陈平安解释道："如果陆芝喜欢阿良，阿良就不会那么说她了，只会逃得远远的。"

她点点头，听上去真是那么回事。

她转过头，好像在说，你真懂啊。

当时那人无可奈何，又开始装傻。

这会儿赊月绞尽脑汁，终于找到了个话题，轻声说道："早前在河边铺子那边，刘羡阳好几次练剑都比较凶险，都需要我帮着护道，醒过来的时候，刘羡阳满脸血污，受伤不轻，所以他这个玉璞境其实来得挺不容易的。"

宁姚说道："因为刘羡阳觉得自己需要照顾陈平安。"

赊月将信将疑，小心翼翼瞥了眼宁姚，小声说道："隐官大人哪里需要别人照顾。"

宁姚笑道："天底下其实也就刘羡阳会这么认为，陈平安也会这么觉得，反正他们俩觉得这是天经地义的事情，不用讲什么道理。你是很晚才到的小镇，所以不知道这个。"

赊月哦了一声,你是宁姚,所以你说啥就是啥。

宁姚突然转过头,打趣道:"以后是不是得喊你嫂子了?"

赊月笑容尴尬,憋了半天,反问道:"那我喊你弟妹?"

宁姚无言以对。

圆脸姑娘顿时觉得自己真是聪明得一塌糊涂。

宁姚站起身,转头遥遥看向一线峰附近的问剑迹象,问道:"赊月,你就不担心刘羡阳的安危?"

赊月还是坐着,摇头道:"不担心啊,他说了,打不过就跑,谁追他谁吃屁。"

宁姚微笑道:"你多少还是有几分担心的。"

赊月愣了愣,然后看到那位已经是飞升境的女子朝北边轻轻撇了撇头。

赊月立即懂了,原来是你担心那个心黑手狠的年轻隐官啊。

于是她们就一起御风北去,宁姚说只需要在白鹭渡那边落脚。

赊月使劲点头,善解人意道:"男人嘛,都是要面子的,不太愿意女人掺和这些。"

宁姚没来由说道:"有些人是不要脸的。"

赊月小声道:"你骂陈平安就行了,骂刘羡阳做啥嘛。"

宁姚没好气道:"没骂刘羡阳。"

赊月哈哈哈干笑几声,转头偷偷看了眼宁姚,这会儿身边的女子很娘们呢。

后山一条靠近祖山却没有靠岸的渡船,没有收到来自剑顶的传信飞剑。但是曹峻却按约打开了一封密信,信上内容,让曹峻嘿嘿而笑,极好。

"师兄让我捎话,你愿意去剑气长城就去。下船之前,朝琼枝峰随便丢几剑,意思意思。"

曹峻觉得必须得还礼,所以独自离开渡船,什么巡狩使,按辈分小了去了,没必要打招呼,只是与刘洵美说了句"以后再见,要么是在山下江湖,要么是在剑气长城以南的战场了"。

曹峻离开渡船后,去了琼枝峰那边,自报名号:"大爷我姓曹名峻,祖籍是那槐黄县泥瓶巷,与刘羡阳是同乡!"

然后就对着琼枝峰接连三剑。

又是个元婴境剑仙?

问剑完毕,打完收工,曹峻就此御剑远游,直接跨海远游剑气长城遗址。

屋漏偏逢连夜雨的琼枝峰上,观礼客人个个朝自称曹峻的家伙骂娘不已,山上女修们更是战战兢兢。但是最忧心之人,还是那个冷绮,因为这位琼枝峰女子剑仙收到的那封密信上内容极多。

琼枝峰谁谁某年某月在某某地方做了什么勾当,事无巨细,精准异常。

除此之外，信上还有一句："我要是北俱芦洲的那个姜尚真，都能帮你们琼枝峰写七八本艳情小说。"

而密信上边的最后几句话，尤其刺眼："你不是看不起过云楼倪月蓉，你只是羡慕她的容貌年轻。你年轻时候就有本事爬上满月峰夏远翠的床，如今境界高了，反而爬不上了，是不是很憋屈？琼枝峰一脉女修，三百年内，就有一十六人被你亲手送给山上仙师和山下权贵，琼枝峰难道是一处青楼，你冷绮难道是个老鸨？那你怎么不好歹拿到点钱？"

一艘中岳山君的渡船路过满月峰时，元白和晋青就站在船头，那个女子鬼物的下场元白看到了，他叹了口气，道："看在山君的面子上，才没让我去接剑。"

晋青嗤笑道："可惜老子这次出门就没带面子，给不了谁。"

晋青不但带着元白离开，先前还暗中传信中部几个大骊藩属，或是旧朱荧王朝藩属的君主，提醒他们小心被殃及池鱼，真要看戏，就跑远点。

元白朗声道："对雪峰元白即刻起，不再是正阳山剑修！"

大隋太子高煊，既没有收到来自剑顶的密信，事先也不知道会有这场问剑，却与山君晋青一样，乘坐渡船离开了翻跌峰。而且那位林鹿书院的副山长突然现身，笑着说顺路，捎他一程。

田湖君在内的三位刘志茂嫡传，一样同时离开了所在山头，只不过走得相对没那么明目张胆。

南岳储君采芝山的山神收到了一封飞剑传信，说是下山后，帮忙将此物转交给范山君，是一枚玉牌，篆刻有"峻青雨相"四字。

信的末尾，让这位高居储君之山的山神不用着急答应此事，只是为何会来，不妨先想想这个问题。

刘老成笑问道："老帮主，如何，热不热闹？"

高冕爽朗大笑，起身道："那就跑远点，咱哥俩继续看热闹。"

韦谅起身御风离去。反正我没什么名气，这次就是跟着云林姜氏蹭吃蹭喝来了，既然已经大致看清楚了那份手段，就可以下山了，反正这场观礼，多我一个不多，少我一个不少。

至于李芙蕖，本就是上次落魄山跻身宗字头仙家的五位记名客卿之一，其余四个是南婆娑洲龙象剑宗供奉酡颜夫人、北俱芦洲符箓修士桓云、皑皑洲女子剑仙谢松花、北俱芦洲金乌宫元婴境剑修柳789清。何况在这之外，还有两位不记名客卿，更让李芙蕖动容——指玄峰袁灵殿！风雪庙大剑仙魏晋！所以李芙蕖一样没有得到飞剑传信就直接化虹离去，毫不遮掩自己的远游身形。

神诰宗祁真与嫡传笑问道："怎么讲？"

高剑符神色释然,笑道:"回山修行。弟子实在懒得多看一眼隐官的运筹帷幄,糟心。"

祁真笑着点头,这也算修行。

男女受情伤时,心中的怒火会将所有美好的记忆烧成灰烬,但是此后所有嫉妒的火苗都会死灰复燃。只有将一切看开,才是真正迈出解开情字死结的第一步。

高剑符最后问道:"师父,是悄无声息离开,还是?"

祁真笑道:"回头好与真武山和风雪庙几个故友赚几杯酒喝。"

说到底,祁真是更希望自己的神诰宗,未来能够与龙泉剑宗和落魄山这样的宗字头打交道。

偌大一座桐叶洲顷刻间山河覆灭,反而是宝瓶洲死死挡住了蛮荒天下的推进步伐,这让祁真实实在在明白一个道理,其实就两个字:人心。

清风城许氏那边,许浑看完了一封密信,然后这位上五境修士攥紧密信,密信瞬间被捏碎。他脸色铁青,死死盯着妻子。脑子不用,等着生锈!

刘羡阳说了,当年本就愿意主动卖出一件祖传瘕子甲,给谁不是给,虽说还是强买强卖,但是没关系,你们后来毕竟主动归还了一座狐国,这笔债,就当两清了。记得替我与许夫人道一声谢。她的那个师兄柴伯符,当年牵线搭桥,劳心劳力,帮忙将这笔买卖做成了,换了一份大道前程,家贼难防,不可不察。信的末尾,那个落魄山的年轻山主,直言不讳告诉许浑,如果愿意留下帮助正阳山这个姻亲,那是最好,刘羡阳和他就在祖师堂那边等着清风城许氏。

巡狩使曹枰所在的那条渡船,在曹峻离去后,犹有一位自己赶来这边的剑仙留在船上。

风雪庙魏晋,跟曹枰、关翳然、刘洵美,此刻在一间屋内。

关翳然在魏晋来屋子落座之前,已经和刘洵美一起故意撇下那位礼部侍郎,单独与巡狩使大人说了一笔买卖,或者说是关翳然递出了早就准备好的一封信,真正的密信。

曹枰没有答应,也没有拒绝,只是让刘洵美请了魏晋过来,问了一个问题:"那个年轻山主,说话可信吗?"

魏晋点头道:"下了酒桌,就都可信。"

曹枰笑了笑:"明白了。洵美,你去与侍郎大人知会一声,就说我有事先走了,让他留下继续观礼便是。"

正阳山诸峰之间,不断有修士御风离去,不断有渡船远去。

一线峰祖师堂内,陈平安依旧喝着茶,在得知一个消息之后,宗主竹皇也开始喝茶,因为不管山外任何意外,好像加在一起,都不如这个消息来得让竹皇感到意外。

所以竹皇认认真真开始考虑对方的那个说法,正阳山主动剔除袁真页的谱牒名字,再让此人打死曾经的护山供奉。

当真需要如此？难道就没有半点回旋余地了？还是说杀心一起，干脆剑走偏锋，不管不顾宰掉这个手段阴险、恶心人至极的年轻人？

陈平安突然放下茶杯，起身走向大门口那边，笑道："我得去迎接一下搬山老祖。"

第八章 兵解正阳山

第九章
观礼正阳山

刘羡阳见暂时没有剑修过来拦路,登高之时,转头看了眼一线峰和满月峰之间,两峰犹有片片白云悠悠掠过,只是从今往后,世间再无一位女子御剑乘云,着一身漆黑如墨的夜行衣,背靠青翠欲滴的满山草木。这样的问剑,实在无法让刘羡阳觉得有半点意思。

刘羡阳今天接连三场登山问剑,琼枝峰、雨脚峰、满月峰各有一位剑修前来领剑。

最终柳玉败退撤回;贵为雨脚峰峰主的庾檩还躺在地上睡觉,没人敢去捡;最后一位展现出玉璞境气象的元婴女鬼,只知出身满月峰却没有自报姓名的女子剑仙,更是身死道消。

青山夜夜等明月,白云劝饮壶中物。

刘羡阳拿出一壶酒水,一边登高一边喝酒。

终于走到了一线峰临近半山腰处,离停剑阁还远,更别提那座剑顶的祖师堂了。

可看样子,先前飞剑传信,好似山中次第花开,应该是陈平安已经按照约定,在那边挑了把椅子,正喝茶等他。陈平安这家伙有一点好,打小就不说大话,兜里只有一文钱绝不说两文钱的事,说到就是做到。

其实除去诸峰青山,好似遇人不淑,难下贼船,此外绿水白云,都不该来此正阳山。

刘羡阳这一路骂骂咧咧,嚷着正阳山赶紧再来个能打的老王八蛋,别再恶心他刘大爷了,只会让女子和兔崽子来这边领剑,算怎么回事。

刘羡阳一个个指名道姓过去,将那宗主竹皇、满月峰夏远翠、秋令山陶烟波、水龙峰晏础骂了个遍，再次发扬一洲罕见家乡独有的淳朴民风，顺便帮这几位老剑仙都取了个绰号，黄竹子、冬近绿、逃不掉、晏来，再串联到一起，就是冬天的竹子绿黄绿黄，晏来了逃不掉，正好，今天你们正阳山可以红白喜事一起办。

说来古怪，满月峰、秋令山这些自家老祖师被骂惨了的山头，剑修们个个义愤填膺，却没半点要离山出剑的迹象。反而是拨云峰、翩跹峰这些个完全可以置身事外的山头，已经有数拨年轻剑修陆续御剑离开，赶赴一线峰。

明知会输，甚至可能会死，一样得了自家祖师的默认许可，或是就在峰主剑修的亲自带领下，去会一会那个年轻剑仙刘羡阳。

停剑阁这边，宗主竹皇先前突然说有事要去趟剑顶，却和任何人都不说做什么，去见谁，这让夏远翠在内的三位老剑仙倍感意外。竹皇向他们提出的那个大好谋划，因为那个幕后供奉添油翁的突兀战死，落了个空。司徒文英的魂魄早已与一线峰护山大阵融合，原本只要停剑阁这边和她打声招呼，她哪怕与刘羡阳问剑落了下风，只需要运转大阵，搅乱天地气象，帮忙遮人眼目，停剑阁这边夏远翠在内的三位老祖师就可以相互配合，悄然出剑，神不知鬼不觉剑斩刘羡阳。

掌律晏础当时急匆匆以心声询问，既然事情有变，接下来如何递出那一剑。竹皇好像有点心不在焉，竟然只说让他们见机行事。夏远翠气得差点当场撂挑子，你这个师侄怎么当的宗主，甩手掌柜吗？！

停剑阁这边，哪怕竹皇微笑着向众多观礼客人道歉一句，就此飘然离去，犹有一个玉璞境两个元婴境共三位老剑仙坐镇此地，其中老祖师夏远翠拥有两把本命飞剑，一名月晕，别称地上霜；另外一把更是杀力卓绝，能够杀人于无形，名为伤心。

陶烟波作为正阳山管钱的财神爷，佩剑名为玉漏，来自一处古蜀国遗迹，本命飞剑名为秋波。飞剑秋波，虽然名字颇为妖媚，剑路却极其阴狠，剑气好似秋风肃杀，一旦入体，剑气凛洌，洗涤肝肠，挨了飞剑受伤的练气士，人身小天地的各大气府稍有灵气运转，便会寒气渐生转冷，最终体内灵气凝结如冰，有那锥心之疼。

掌律晏础的本命飞剑名为山螟。

何况还要再加上一个会暗中出剑的吴提京。这位宗主竹皇的关门弟子，本命飞剑鸳鸯，能够先伤修士心中道侣的道心，再反过来伤及修士自身神魂，比夏远翠的飞剑伤心更能让人伤心，飞剑拥有的简直就是一种最不可理喻的神通。所以正阳山祖师堂内，知晓此事的不少剑仙私底下都曾经向竹皇详细询问一事：何谓心中道侣？竹皇也不藏私，笑言一句："只要修行路上，曾经真心喜欢过，都算。"

至于弟子吴提京另外那把飞剑，竹皇和谁都不曾提及过名字。所以只要司徒文英不至于输得那么毫无征兆，正阳山就完全可以让那个刘羡阳连怎么死的都不知道。

白衣老猿双臂环胸，斜瞥了一眼满脸大失所望神色的夏远翠，冷笑道："司徒文英这个空有修为剑心却稀烂的废物，今天算是丢尽了满月峰的脸面。亏得她不是在雨脚峰修行，不然就坐实了雷声大雨点小的说法。"

夏远翠心中其实比袁真页更恨那个嫡传弟子，委实是个成事不足败事有余的东西，只是被袁真页如此在伤口上撒盐，在火上浇油，气得夏远翠对这位护山供奉直呼其名了："袁真页！不要仗着功劳大，就可以信口开河，论山门资历，你还不如我！"

白衣老猿扯了扯嘴角，道："功劳簿上边，可不谈什么资历。"

一个一辈子只会躲在山中练剑再练剑的老剑仙，除了辈分和境界，还能剩下点什么？所以在袁真页看来，夏远翠还不如陶烟波、晏础这样实打实做事情的元婴境剑修。

之后不等夏远翠跟袁真页掰扯什么，竹皇就去了剑顶，再有祖师堂飞剑散花群峰中，之后就是一条条渡船离开正阳山地界。

陶烟波惊愕不已，夏远翠更是脸色阴沉，掌律晏础尤其难堪，因为今天他算是庆典正式开始之前，正阳山几个老祖师当中露面最多的一个，几场问剑，都由他来昭告一洲，事到如今，虽然摸不着头脑，全然不知为何会落到如此境地，晏础却已确定一事，当下还有无数外人通过一处处镜花水月在看戏。

陶烟波以心声询问："神诰宗那边？"

夏远翠无奈道："祁真只说临时有事。"

晏础忍不住骂娘道："有事？有个屁的事！这个天君是急着去青冥天下白玉京见祖师吗？那你他娘的倒是跻身飞升境啊！"

夏远翠反问道："真境宗那几个怎么说？"

陶烟波叹了口气，神色疲惫道："这伙人莫不是吃错药了，一个个无视符剑询问。"

等到曹枰一走，三位老剑仙顿时面面相觑。连那位被宗主竹皇说成"对事不对人"的护山供奉都再不说什么挖苦言语了。

所以刘羡阳一路走到半山腰处，都没受到什么阻拦。

直到两拨来自不同山头的剑修落在一线峰半山腰。两拨剑修分别来自拨云峰和翻跕峰，在正阳山新旧诸峰中拥有少有的好风气。其实眼前两拨纯粹剑修又何必跟秋令山、满月峰这些山头同流合污。

身为一山掌律的晏础略作思量，就向半山腰处的两峰剑修下了一道祖师堂严令，让两拨剑修不管如何都要拦下刘羡阳，不让他继续登山，不计生死！

不过刘羡阳只是和两位带头的剑修心声言语了一句，然后两位正阳山金丹境剑仙就瞬间受了轻伤。

之后拨云峰老金丹境剑修依旧不愿让出道路，率先和弟子布起一座剑阵，结果刹那之间，剑阵刚起就散，十数位年龄悬殊的剑修一个个摇摇欲坠。

刘羡阳瞥了眼这群拨云峰剑修，发现还是没有让路的意思，他也不惯着他们。下一刻,连同那位曾经和剑仙郦采并肩作战的老金丹在内,所有剑修悉数倒地不起。

翩跹峰那边,峰主女祖师亲眼看着那个女子鬼物剑修身形消散,知道些许内幕的她内心悲哀不已。于公,她依旧让人带着本脉剑修赶赴正阳山,拦阻刘羡阳登山;于私,她懒得去了,所以只是提醒那位龙门境剑修大弟子,尽力而为,不必拼命。

等到翩跹峰又起剑阵,又是倒地不起一大片。

刘羡阳绕过地上歪七倒八的两拨剑修,摔了手中酒壶,继续独自登山。

之后有秋令山和水龙峰的两拨剑修赶来凑热闹,只是相较于前边两拨人的神色坚毅、生死无怨,好像即便面对的问剑之人只是个金丹境,后来的两拨人仍十分心虚,就像在面对一位飞升境剑修。最有意思的是,先到一线峰的水龙峰剑修,落脚之处离刘羡阳并不算近,结果后到祖山的秋令山剑修就更加礼让了,落在了更远的神道台阶上,估计后边再有一峰剑修赶来,就得直接在停剑阁那边落脚了。

刘羡阳视线扫过,突然抬起手臂,吓了水龙峰剑修们一大跳。其中有个年轻剑修下山历练过数次,甚至还跟随师门长辈一起去过所谓的中部战场,一个慌张之下,他就率先祭出了一把本命飞剑,剑光一闪,直奔刘羡阳而去,结果飞剑被后者双指夹住,丢在地上,一脚踩住。

刘羡阳瞪眼道:"都还没说开打,你小子就偷袭?讲不讲江湖道义了?"

刘羡阳从袖子里摸出一本粗略版本的祖谱,开始迅速翻页,偶尔抬头,问一句某某人是不是某某,有些点头的,运道极好,安然无恙,有些点头的,出门没翻皇历,蓦然七窍流血,身受重伤,直不隆咚砰然倒地,其中一个龙门境剑修更是当场本命飞剑崩碎,彻底断去长生桥,更多倒地不起的剑修,也有飞剑断折的,只是堪堪保住了一条未来注定会极其艰辛的修行路。

刘羡阳合上册子,然后所有站着的水龙峰剑修虽受伤不算太重,但全部倒地睡去。

刘羡阳继续登高,见着了秋令山那拨个个脸色微白的剑修,又拿出那本册子,开始点名。

毕竟这么多年,看多了正阳山的镜花水月,几乎都是些熟悉面孔,可是和册子上的名字对不上号,不晓得对方姓甚名谁。

秋令山剑修这边都很聪明,被点名的人都面无表情,可是没奈何,身边的聪明人总是有些蛛丝马迹的视线游移,那么刘羡阳就不客气了,所有被点名却敢装聋作哑的,一律重伤,而且没有让他们就地晕厥过去,好几个都在地上打滚,其中一个在山上口碑极好的观海境老剑修下场尤其凄惨,先是本命飞剑断折再崩碎,然后被打断长生桥,最后还被刘羡阳一挥袖子,将尸体摔出一线峰,重重摔落在山门口庾檩那边做伴。

册子上边,记录这位观海境剑修丰功伟绩的篇幅不短,一桩桩一件件,触目惊心。

停剑阁那边,晏础沉声道:"不能再等了!我来主持祖山大阵。"

夏远翠和陶烟波一起点头。

晏础看着一线峰之外的群峰，心情沉重异常，没来由感慨道："怎么会变成这样？"

白衣老猿默不作声，突然瞪大一双眼睛，杀意浓郁，煞气冲天，身形拔地而起，整座停剑阁都为之一震，这位护山供奉却不是去往剑顶那边，而是直奔背剑峰！

要么干脆不来观礼，像龙泉剑宗、风雪庙和真武山这样，半点面子都不给正阳山。既然来了，都已经下榻诸峰府邸，临了又走，这在山上会犯极大的山水忌讳，比起黄河和刘羡阳的先后两场问剑，更不符合山上规矩。

神诰宗的天君祁真是名义上的一洲修士领袖，位于南涧国边境的神诰宗，作为宝瓶洲诸多仙家执牛耳者，一向行事稳重，对待山上诸多纠纷恩怨不偏不倚。神诰宗不但独占一座清潭福地，宗主祁真更是身兼四国真君头衔，所以这位道门天君所在的那条渡船走得最为让看客惊心动魄，因为以祁真的术法神通，走得悄无声息并不难，但是祁真偏偏没有如此作为。

牵一发而动全身，再加上之前中岳山君晋青的提醒，只说翩跹峰上的皇帝君主和将相公卿，一下子就足足走了半数之多。

真境宗的道贺之人，更是直接走了个一干二净，仙人境的宗主刘老成和无敌神拳帮的老帮主高冕，两位老友联袂远游离去。身为首席供奉的截江真君刘志茂，次席供奉李芙蕖，同样没有隐藏踪迹，各自缓缓御风，离开正阳山。

在山水神灵谱牒一途，地位极为崇高的大山君晋青，更是直接和正阳山撕破脸皮，大挖墙脚，众目睽睽之下，竟然带走了剑修元白，元白更是当场宣布自己脱离正阳山。此外南岳储君之山的采芝山神和雍江水神，各自领着辖境内的一大拨山水神灵一道缩地山河，就此消失无踪。更有钱塘江风水洞的老蛟，乘坐一条来自大隋王朝的渡船，跟随那位从披云山林鹿书院副山长升任大伏书院山长的程龙舟一同离去。

那个自称祖籍在泥瓶巷、和刘羡阳同乡的曹峻，朝着琼枝峰递出三剑后，大概是觉得意犹未尽，又偷摸回了正阳山地界，到仙人背剑峰那边祭出了一把炼制、修缮多年的本命飞剑，飞剑围绕背剑峰四周山脚飞行，刹那间山脚开遍荷花。之后曹峻再手持佩剑，从上往下，剑光自斩而落，将无人看守的背剑峰一分为二。让你这位搬山老祖当年踩塌曹爷爷在泥瓶巷的祖宅屋顶。曹峻一剑斩开山头后，才重新御剑，大摇大摆离去，还撂下一句话："开峰者，曹爷爷是也！"

和正阳山关系极为不错的云霞山的一对师徒争执不休，山主老仙师都要觉得这个嫡传是不是鬼迷心窍了，又不说缘由，只劝自己离开正阳山，不要再观礼道贺了。老仙师气笑不已，询问蔡金简知不知道一旦如此行事，就等于和正阳山断绝所有香火情了？难道就因为一个龙泉剑宗嫡传弟子的问剑，再多出几把云遮雾绕的传信飞剑，云霞山就要全部舍了不要，从此与正阳山对立？

云霞山十二峰中最为年轻的元婴境女子祖师蔡金简说弟子知道，可正因为如此，所以才必须离开此地。

老山主老成稳重，说再看看，毕竟还有个云林姜氏，书院君子姜山暂时"按兵不动"，留在了满月峰上。

蔡金简对恩师劝说无果，只好独自离开。结果片刻之后，老仙师就追上了蔡金简，因为刚刚得到了一封密信，大骊巡狩使曹枰走了，只留下那位来自京城的礼部侍郎。

满月峰上，姜山走出府邸，来到凉亭那边，发现姜韫、韦谅和苻南华都已离去，只留下个"身材臃肿"的妹妹。

姜笙问道："大哥，你也收到飞剑传信了？"

姜山摇摇头。

姜笙好奇问道："韦谅说这次来这边，是为了向人请教一场拆解，说得玄乎，你知不知道是什么意思？"

姜山伸手指了指那些离开正阳山的各方渡船，无奈道："不是明摆着的吗？"

姜笙一脸茫然："啊？不是说拆正阳山那座祖师堂吗？我还以为能拆出一朵花来。"

说到这里，她自顾自笑道："先前飞剑繁密，如花开山顶，风景确是极美。"

宝瓶洲毕竟不是北俱芦洲，拆祖师堂这种事情不常见。

姜山以手指揉了揉眉心，道："是也不是。"

韦谅，不显山不露水，可正是此人在幕后亲手制定了大骊朝廷那份山水规矩，最终立碑山巅，使得山上一洲修士都得循规蹈矩，听令行事。担任大骊陪都礼部尚书的柳清风则暗中筹划了如今一洲神祇的谱牒品第。

简而言之，这两人都不是大骊本土人氏，却都能够在大骊庙堂官居高位，所以都算国师崔瀺颇为器重的"得意门生"，只是不记名而已。大骊官场上的一般人，自然不清楚这等内幕。

姜笙问道："大哥，你既然留下了，是打算等会儿去一线峰那边观礼？"

姜山还是那句话："是也不是。"

姜笙恼羞成怒道："一个个的，从姜韫到韦谅再到大哥你，还能不能说人话了？！"

姜山笑道："满月峰离一线峰这么近，什么风景瞧不见，不用非要去剑顶凑热闹。"

水龙峰上，茱萸峰女子祖师田婉飘然落在一处府邸，悄悄找到了一位年轻面容的龙门境修士，这家伙此刻如丧考妣，桌上还有一盘酒泼蟹，吃了一半，剩下一半，实在是没心情继续吃了。

他发现田婉后，只见那个婆姨疯了一般，满脸感激神色，使劲挥动袖子："天才兄，天才兄，终于有幸能够和你见上一面了！此次问剑，必须要记你一笔头功！"

那个剑修愣在当场，既不知这个田婉为何要在这种时刻来找自己，说这些没头没脑的混话，更想不明白，好像从眼神、脸色到言语，这位茱萸峰女祖师都像换了个人。

他印象中的田婉，对谁都是低眉顺眼笑意盈盈的，而眼前这位，似乎笑得过于灿烂了些。

其实名义上管着正阳山情报的是他眼前这个来自鸟不站的田婉，只不过他是掌律晏础的得意弟子，深受老祖器重和信赖，这些年来，轻而易举就将田婉这个婆姨给架空了，所以连他都觉得田婉太过蠢笨，空有一把祖师堂座椅。他简直就是不费吹灰之力，十成才智，就像才用了一半，就已经拿下了至关重要的谍报大权。

而这些年里，光是搜寻落魄山谍报一事，他就干得任劳任怨，百般努力，手段迭出，可谓收获匪浅，不但和有个龙窟的清风城许氏往来紧密，还和福禄街卢氏在内的几个大姓以及西边大山的几个仙家门派，都有极其隐蔽的书信往来，他甚至都和冲澹江水神娘娘搭上了线。只是他怎么都没想到，那个龙泉剑宗的刘羡阳，似乎不是什么金丹境剑修，难道真是自己的谍报错啦？

停剑阁这边，只是一瞬间，夏远翠在内的三位老剑仙就心弦紧绷，如临大敌。

下一刻，那个刘羡阳就已经站在了陶烟波和晏础两人之间，一手搭住一位老剑仙的肩膀，却是以心声向夏远翠笑道："别动，动就死。"

夏远翠强行咽下一口鲜血，看着那个好像同时问剑三人的年轻剑仙的一张脸庞上已经开始渗出细密鲜血。

但是三人当中境界最高的夏远翠都不需要什么权衡利弊，就迅速放弃了出剑和此人分生死的打算。不着急，仙人背剑峰那边还有个袁真页，剑顶祖师堂还有宗主竹皇。至于陶烟波和晏础，好像被施展了定身术一般，实则是心神沉浸在小天地当中。

刘羡阳双手按住那两位老剑仙的肩膀，转头向夏远翠笑道："年纪越大，胆子越小？辈分越大，脸皮越厚？"

早就赶来停剑阁的那三四十号观礼仙师，无一人仗义执言，或是对刘羡阳大骂几句，只是极有默契，人人默默挪步，远离四位剑仙。

夏远翠以心声说道："刘羡阳，你既然拥有如此玄妙的本命飞剑，今天就更不该在此地，会不小心伤及大道根本的。"

虽然没有选择搏命出剑，夏远翠其实一直在凝神观察刘羡阳的动静，先前电光石火之间问剑一场，确实是自己输了一筹，但是这个年轻人，竟敢同时问剑三人，这会儿已经鲜血流淌不止，浑身浴血，看样子，撑不了多久。

刘羡阳说道："好像司徒文英是你的嫡传弟子？一开始我还不太理解她的破罐子破摔，这会儿算是明白了，碰到你这么个传道恩师……算了，跟你没什么可聊的，反正你们满月峰，以后得改个名字。"

那条大骊官家渡船犹在一线峰外悬停,曹枰却已经乘坐符舟离去,既没有刻意大张旗鼓,也没有刻意隐匿踪迹,但只要是个明眼人,就都心中有数。

很大程度上,曹枰参加观礼,要比云林姜氏的道贺更有分量。再者那条大骊朝廷渡船上,与这位巡狩使同行的官员只是一位礼部侍郎,终究不是名义上管着一国山水谱牒的那位尚书大人。而且即便是京城礼部袁尚书真的和同为上柱国姓氏出身的曹枰破天荒打破了"袁曹不同路"的那个大骊官场规矩,双方愿意一同亲临正阳山,正阳山依然不敢有任何偏袒。

那位"被迫"独自留在渡船上的礼部侍郎只得急匆匆飞剑传信大骊京城,希望自家衙门那位袁尚书能给个明确说法,免得自己做错事说错话。

关翳然和刘洵美这两位出身意迟巷、篪儿街的豪阀子弟,一起在渡船观景台那边看热闹,一旁虞山房被戚琦一手肘打在肋部,只得开口向关翳然问道:"真是那小子折腾出来的动静?"

早年在书简湖,有个面容消瘦却眼神明亮的账房先生,和他们这帮沙场武夫一起在酒桌上喝过酒,那家伙的酒量酒品硬是了得,劝酒功夫更是出神入化,别人喝高了,都是拼了命嚷着老子没醉,那家伙倒好,怎么看都是再多喝半碗就得去桌底下转圈的,结果一碗又一碗,确实是那个喝得最多的人,愣是还能次次走着离开酒桌。

关翳然笑着不说话。

渡船不远处,风雪庙女修余蕙亭站在一位按辈分算是师叔的俊逸男子身边,这个在大骊随军修士当中以常年冷脸、杀敌凶狠著称的女子,脸微红,柔声问道:"魏师叔,你怎么来了?"

男子淡然说道:"闲来无事,随便散心。"

他其实早就后悔当那不记名的客卿了。指玄峰袁灵殿,到底是北俱芦洲的修士,他魏晋可不是,和落魄山离得不近,也实在不远。所以魏晋打定主意,这次只要离开了正阳山地界,就跨洲出海,重返剑气长城。上次在那边是一场守城战,这次故地重游,就可以去更南边出剑。

离开渡船的一艘符舟之上,巡狩使曹枰再次拿出那封密信。

说是符舟,其实是一艘庞大楼船,戒备森严,除了曹氏私人扈从,还有大骊边军铁骑的随军修士,更有宋氏朝廷安排的大骊皇家供奉。

曹枰倒了一碗酒,自饮自酌,重新仔细浏览起这封落款署名"落魄山陈平安"的密信。

信上说三百年之内,落魄山保证上柱国曹氏的香火不会出现某些最坏的意外。此外,三百年内,公开的、私底下的,只要是曹氏勘验过的人选,有资质跻身七境武夫、金丹境地仙的,无论是修道美玉,还是剑仙坯子,都可以送来落魄山修行。

字迹是极工整的小楷，处处锋芒收敛。如果说当真字由心生，那么写这封信的年轻山主，要么是一个城府极深的大奸大猾之辈，要么就是一个很讲规矩的人。

信上还说，如果曹氏不希望和落魄山牵扯太深，落魄山可以暗中帮忙引荐，送往北俱芦洲的太徽剑宗、浮萍剑湖，或是披麻宗，还可以是南婆娑洲的龙象剑宗。

曹枰放下手中密信，手指轻敲桌面。

曹氏本就是大骊上柱国姓氏，关键还出了他这位武臣出身、勋贵已达极致的巡狩使，一个家族，文武两份殊荣皆已位极人臣。从此高枕无忧？恰恰相反，接下来才是一个真正考验曹氏家族为官火候的阶段，一着不慎满盘皆输。曹氏想要安稳，维持住这份来之不易的风光，答案不在庙堂，而在山上，并且只能是山上。所以关翳然给出的这封密信，不是锦上添花，而是雪中送炭，是一个可解曹氏燃眉之急的极好契机。

如果未来三百年之内，不断有曹氏家族子弟，以及那些在曹氏这棵大树底下好乘凉的附庸门阀士族，或是通过各个渠道秘密找寻出来的修道坯子，能够陆陆续续成为落魄山在内的五六个宗门的嫡传，这意味着什么？这就是一个家族在山上的开枝散叶。相较于庙堂官场上的门生故吏花开花谢，一朝天子一朝臣，山上的香火情绵延，其实何止三百年。自然旱涝保收多了。只要山上经营得当，曹氏甚至可以主动在大骊庙堂上退一两步。

上柱国袁氏早先以家族庶子和清风城许氏嫡女联姻，其实亦是同理。

落魄山，前不久刚刚跻身宗字头仙家，这等大事，曹枰当然知道。

信上却提及了落魄山之外的数个宗门，尤其有个南婆娑洲的龙象剑宗。

送信之人，是关翳然。这是一个身上好像贴满了官场护身符的年轻人，从先帝，到皇帝陛下，到整个曾经都姓"关"的大骊吏部，甚至大半个六部衙门的老人，不论文武，都对关翳然寄予厚望，并且愿意将其视为半个自家子弟，当然也包括曹枰自己，他对关翳然一样极其看好。

等到风雪庙一位大剑仙都说此人可信时，曹枰就心中有数了。这笔山上买卖，完全可以做。

一位大骊供奉轻轻敲门，曹枰微微皱眉，收起密信入袖，说道："进来。"

这位来自京城的宋氏供奉轻声道："曹将军，我在下船之前，听那位马侍郎的口气，为正阳山压阵好像是大骊太后的意思，我们这一走，是不是有些不妥？"

听口气，好像，是不是。曹枰心中冷笑不已，跟老子打官腔？国师一走，就又开始玩这套了？

曹枰拿起桌上一本兵书，问道："谁？"

那位供奉硬着头皮说道："太后娘娘。"

结果曹枰只是微微眯眼，依旧一脸听不懂的神色。

一位大骊铁骑中流砥柱的巡狩使，懂与不懂，可以完全看心情，供奉却不敢不懂，他不再多说一个字，小心翼翼告辞离去。

曹枰开始翻看兵书，一个妇道人家，也敢向我发号施令？她当自己是军神宋长镜，还是皇帝陛下？

一线峰剑顶。所有的花木坊女修个个花容失色，只是她们仍然不敢擅自离开祖师堂广场。

陈平安走到祖师堂门口那边，跟竹皇说要迎接搬山老祖，他跨过门槛后，与门口那个由正阳山剑气凝成的仙人相距不过几步路。

竹皇还在消化那个意外。

先前这个年轻人喝茶期间，大言不惭，说可以让这场道贺庆典变得树倒猢狲散，你竹皇不信的话，大可以坐着一边喝茶，一边拭目以待。

"你们正阳山一洲无敌，家大业大，创建下宗已经是大势所趋，中土文庙和大骊宋氏答应了此事，自然就没谁拦得住，我当然也不例外。

"但是我保证可以做到一件事，让这一切都变得与你竹皇无关，以后正阳山弟子每每提起你竹皇，至多赞誉一声上任宗主、中兴老祖，功莫大焉。

"因为正阳山的山水谱牒上，宗主和护山供奉你只能选取一个，只能活下来一个。"

竖子狂妄，大放厥词?！

可是眼睁睁看着那一艘艘渡船远游离去，竹皇越发心惊胆战。

陈平安抖散卷起的袖子，瞥了眼背剑峰那边，那头老畜生是被曹峻出剑牵引过去了。

陈平安双手笼袖，笑着教训起一位宗主："大事心静，小事心稳，有事心平，无事心清。竹皇，你修心不够啊。"

沉默片刻，陈平安微笑道："竹皇，决定好了没有？等下袁真页现身剑顶，就当你拒绝了我的那个提议，一座正阳山打算和袁真页生死与共。"

竹皇唯有沉默。

竹皇眼中不远处的那一袭青衫指了指自己的脑袋："是不是觉得我只会耍这个？"

那人自问自答："确实只是些不入流的小手段，不值一提。没事，接下来就让你们正阳山，用你们开山两千六百年来那个最擅长的道理，把道理还给你们。"

一人独自登山，其实也不算，因为刘羡阳手里拖着个重伤昏迷过去的夏远翠。

在这一线峰剑顶，正阳山祖师堂重地，陈平安和刘羡阳就此相聚。

刘羡阳随手将夏远翠丢在广场上，看着门口那个笑眯眯的家伙，气笑道："老子下次再来问剑，如果再听你的徒步登山，就跟你姓！"

陈平安笑道："你随便找个位子坐下喝酒，接下来就轮到我问剑了。"

刘羡阳挑了张几案，坐下喝酒啃瓜果。

白衣老猿从背剑峰赶来，身形轰然落地："陈平安！刘羡阳！"

刘羡阳怒道："把老子的名字摆在前边！"

陈平安转头看了眼祖师堂内刚刚起身的竹皇。

竹皇一步跨出祖师堂，神色复杂道："袁真页，从现在起，你就不再是正阳山护山供奉了。"

白衣老猿狞笑道："竹皇，你再说一遍?!"

竹皇刚要言语，陈平安收回视线，摆摆手："晚了。"

青衫背剑，一步缩地山河，背后长剑铿锵出鞘，率先去往一线峰山门口。

站在剑顶崖畔的陈平安，始终双手笼袖，望向那个白衣老猿："继续当你的护山供奉好了。"

脚尖轻轻一点，陈平安微微后仰，身形如虹倒掠而去，在空中画出一道弧线，最终落在长剑之上，御剑悬停在一线峰山门口。

满月峰上空凭空出现一位身形佝偻的老人，双手负后，微笑道："落魄山，武夫朱敛。"

青雾峰上空，有个年轻女子淡然道："首徒，武夫裴钱。"

水龙峰那边出现一位御风而起的白衣少年，笑嘻嘻道："得意学生，崔东山。"

反正今天曹晴朗不在，这小子暂时不适宜露面。

白衣少年身边站着一个黑衣小姑娘，手持绿竹行山杖，高高扬起脑袋，大声道："落魄山右护法，周米粒！"

一位青衫长褂的中年男子站在翻跎峰上空，笑眯眯道："落魄山首席供奉，周肥。"

一位极其俊美的年轻剑仙嗓音温醇，在琼枝峰之上自我介绍道："次席供奉，剑修米裕。"

拨云峰和翻跎峰的所有剑修都呆滞无言，披云山，剑仙，余米！此人杀力极大，杀妖动辄拦腰斩断，或是一道剑光当头劈开。早年在老龙城战场上，这位剑仙的横空出世，仅次于道门仙君曹溶。

一个姿容极美、眼神冷冽的女子站在雨脚峰上空，淡然道："剑修，隋右边。"

是那个战场上出剑不要命的真境宗剑仙?！怎么成了落魄山的剑修？

一位气度儒雅的老夫子在别处现身，微笑道："武夫，种秋。"

此人好像在西岳战场现过身？

朱敛、裴钱、种秋，这三位落魄山的纯粹武夫，皆可御风悬空。这意味着，三人至少也该是远游境武夫。

"这个裴钱，曾经有过一个化名，郑钱。"

"哪个郑钱?"

"还能是哪个?就是那个跟曹慈问拳四场的女子武夫。"

没有人觉得跟曹慈问拳,连输四场,有什么丢人现眼的,反而会让人由衷感到敬畏。

第一,不是谁都敢跟曹慈问拳的。第二,任何武夫问拳,曹慈就一定接拳吗?第三,郑钱问拳四场,曹慈竟然都接下了!

一位身穿雪白长袍的高大女子笑意盈盈,轻声道:"落魄山掌律,长命。"

身为化外天魔的白发童子,向石柔借了她那副皮囊,一双眼珠子滴溜溜转,原本挺好看一女子,就显得有些贼兮兮了,只见她趾高气扬道:"落魄山,石掌柜!"

今天比较收敛了,只以玉璞境气象示人。

陈灵均俯瞰脚下那座水龙峰,冷笑道:"记住了,大爷我来自落魄山,姓陈名景清!"

一条满身浓郁水运的元婴境水蛟站在琼枝峰上空,只是报了个名字:"泓下。"

她好像多说一个字都恨不得挖个地洞钻下去。

本该隶属于清风城的狐国之主竟然现身,自报名号。她天然妩媚,不笑也极能蛊惑人心,缓缓道:"落魄山,沛湘。"

来宝瓶洲挑选弟子的玉璞境老剑修于樾只觉得今儿得劲得劲,再不遮掩一身剑气,御剑升空,放声大笑道:"落魄山记名供奉,玉璞境剑修,今天暂且化名于倒悬。"

客卿?不能够,至少得是记名供奉起步!

魏晋察觉到一道视线,叹了口气,站在栏杆那边随口说道:"客卿,魏晋。"

白鹭渡那边,圆脸姑娘有些尴尬,自己怎么办,就说龙须河边上的铁匠铺子,余情月?想了想,她就没有现身,只是折断一把芦苇,蹲在白鹭渡水边百无聊赖拨水玩。刘羡阳这个骗子,那个搬山大圣哪有什么飞升境。

白鹭渡,有背剑女子脚尖一点,升空悬停,神色平静道:"飞升城,宁姚。"

而作为落魄山主人的那一袭青衫,在正阳山山门口那边御剑悬空,微笑道:"落魄山前来观礼,山主陈平安,开始问剑。"

陈平安,朱敛,裴钱,崔东山,周米粒,周肥,米裕,长命,陈灵均,种秋,隋右边,泓下,沛湘,于倒悬,魏晋,宁姚。

一线峰,满月峰,青雾峰,水龙峰,拨云峰,翩跹峰,琼枝峰,雨脚峰,秋令山,茱萸峰,大小孤山……

落魄山一山,观礼正阳山群峰。

这是一场别开生面的观礼,宝瓶洲历史上从未出现过,说不定从今往后千百年,都再难有谁能够模仿此举。

随着竹皇一声令下,正阳山诸峰所有镜花水月都已经关闭。竹皇手持玉牌,亲自主持祖山大阵,那位好似由正阳山剑道显化而生的仙人,以视线巡视新旧诸峰,仅是目光所及,便有无形剑气将一些别家修士各展神通施展的镜花水月悉数打碎。对此,竹皇也是无奈之举,家丑不可外扬,今天能够遮掩几分是几分。

白衣老猿死死盯住门口那边的宗主,沉声道:"你再说一遍。"

竹皇不愧是一等一的枭雄心性,神色异常平静,微笑道:"既然没有听清楚,那我就再说一遍,即刻起,袁真页从我正阳山祖师堂谱牒除名。"

白衣老猿双手握拳,手背处青筋暴起,冷笑道:"竹皇,你真要如此悖逆行事?稍稍遇到一点风雨,就要自毁山门基业?你真以为这两个小废物可以在这里为所欲为?"

竹皇在心中幽幽叹息一声,这两个年轻人,还不够为所欲为吗?

当年那趟下山,你这位护山供奉,为秋令山陶紫护道,一同去往骊珠洞天,当年既然你都出手了,为何不干脆将两个少年一并打死?偏要留下后患,连累正阳山?结果如今陈平安和刘羡阳两人,都已经是杀力极高的剑仙,刘羡阳的本命飞剑品秩如何?夏远翠三人都没能拦下。而那个陈平安,袁真页你是不知道,先前在背后祖师堂内,这个年轻人是如何落座喝茶的,又是如何玩弄人心于股掌之中的。今天这场问剑,刘羡阳当然很可怕,更可怕的是这个躲在幕后笑眯眯看着一切的陈山主!

一宗之主,与一山供奉,本是最该同仇敌忾、并肩作战的双方,但谁都没有以心声言语。

问剑结束的刘羡阳坐在几案后边,一边喝酒,一边吃瓜。

对那竹皇,刘羡阳大为佩服,觉得就这家伙的心性和脸皮,真是天生当宗主的一块好料。

先前在停剑阁那边,刘羡阳一人同时问剑三位老剑仙,不但赢了,还拽着夏远翠来到了剑顶,这会儿夏老剑仙舒舒服服躺在地上晒日头,忙得很,一边受伤装死,一边默默养伤,温养剑意,大概还要脑子急转,想着接下来自己到底该怎么办,从地上捡起一点脸面算一点。

老祖师夏远翠置身事外了,陶烟波和晏础倒是失魂落魄,急匆匆赶来了剑顶。

两位老剑仙身后跟着一大帮观礼客人,他们因为早早现身停剑阁,好像只能一条道走到黑,只求着剑修如云的正阳山这次能够渡过难关。

听说竹皇要剔除袁真页的谱牒名字,陶烟波心中如掀起惊涛骇浪,顾不得什么礼数,对宗主直呼其名,勃然大怒道:"竹皇,你是不是鬼迷心窍了?!说疯话也要有个度,退一万步说,就算你是正阳山宗主,今天也没有资格独断专行,擅自将一位护山供奉除名!"

竹皇神色如常,心中却苦笑不已,还扯什么祖师堂规矩,一个不小心,我背后这座祖师堂都要没了。而且新旧诸峰,唯有你陶烟波的秋令山和袁供奉是如何都撇不清关系的,一线峰倒是还不至于。伤筋动骨难免,可总好过换个宗主,由你们从头再来。尤其缺了我竹皇坐镇正阳山,注定难成气候。

等到那一袭青衫倒掠出一线峰,御剑悬停山门外,一些个原本想要驰援正阳山的观礼修士都赶紧停下脚步,谁敢去触霉头?

以至于到最后,竟然唯有许浑独自一人御风赶来祖山,落在了剑顶之上,显得极为孤苦伶仃。

这让陶烟波和晏础稍稍心稳几分,今天意外不断,噩耗连连,总算有了个好消息。

许浑虽然来了,却难掩凝重神色,因为他的这个登山举措属于孤注一掷。

清风城和正阳山,两座宝瓶洲新晋宗门互为援手,是一荣俱荣一损俱损的关系,何况许浑身上那件瘊子甲,嫡子许斌仙与秋令山陶紫的那桩婚事,再加上幕后袁氏的某些授意,都不允许清风城在此关头举棋不定,做那墙头草。

竹皇对陶烟波笑道:"那咱们就先开一场祖师堂议事好了,只需点头摇头,就会有个结果。"

竹皇笑道:"陈山主,能否稍等片刻?之后一场问剑,如果势不可免,正阳山愿意领剑。"

山脚那边,陈平安双手负后,脚踩在那把夜游之上,鞋底离着长剑犹有一尺有余的高度,微笑点头:"可以,至多给你们一炷香的工夫,过时不候。"

随后竹皇立即飞剑传信诸峰剑仙,让所有正阳山祖师堂成员,无论供奉客卿,立即赶来剑顶,诸峰各脉所有嫡传弟子,则务必齐聚停剑阁。

一线峰山路上那几拨拦阻刘羡阳登山的群峰剑修,这会儿能醒来的都已经清醒,靠自己爬不起来的,也都被长辈或是同门搀扶起来了,方才得了宗主竹皇的传令,要么去剑顶议事,要么去停剑阁相聚。

一道道剑光流彩起自诸峰间,蛇有蛇路鸟有鸟道,按照祖师堂订立的御剑规矩,高高低低,循着轨迹纷纷赶赴祖山,只是剑修们再无平时那种闲适心情,毕竟各自山头高处的空中,还有一位位不是剑仙就是武学大宗师的俯瞰视线,总觉得稍有不如意,就有剑光直下,或是拳意如虹劈空而至,打得他们摔落在地,生死不知。

其中白鹭渡管事韦月山、过云楼倪月蓉,小心翼翼御风去往一线峰,两个师兄妹这辈子还从未如此同门情深。

琼枝峰那个女子祖师冷绮更是尴尬无比,那个米裕,剑气如阵,遮天蔽日,她自觉根本破不开那些霞光剑气,何况一旦出剑,岂不是等于向米大剑仙问剑?先前飞剑传信上的内容,已经让她战战兢兢,后来剑仙曹峻又是胡乱三剑,砍得琼枝峰三处属于风水宝地的形胜之地满目疮痍,再无半点仙家气派。可她本人是祖师堂成员,琼枝峰嫡传弟子也需要立即赶往停剑阁,若是滞留山中,像话吗?

米裕有些犹豫,要不要放走那个婆娘去议事,放了吧,没面子,不放吧,好像有点不爷们,显得是在故意刁难女子,所以一时间倍感为难,只得以心声询问周首席,虚心请教良策。

姜尚真笑呵呵以心声建议道:"米次席,这有何难,不妨开一道小门,只允许一人通过,不足一人高,山中莺莺燕燕,低头鱼贯而出,做飞鸟离枝状,岂不是难得一见的山水画卷?"

米裕恍然,不愧是当首席的人,比自己这次席确实强太多,他就按照周肥的法子做了,那一幕画卷,确实惹人怜惜。

与此同时,米裕眯起一双眼眸,查看琼枝峰与邻近诸峰的观礼客人们,看看有无怜花惜玉之辈面露怒容,为琼枝峰仙子们打抱不平,觉得自己是在欺负人。

陶烟波心中焦急万分,这位管着一山财库的秋令山老剑仙,怎么都没有料到竹皇当真会举办祖师堂议事,而且铁了心是要在门外议事,这成何体统?没规没矩,无章无法,丢人现眼至极地举办这么一场议事。竹皇竟敢如此作为,真是一个什么脸都可以不要的玩意儿!

陶烟波悲愤欲绝,恨竹皇今天行事的绝情,更恨那些观礼客人的背信弃义,前来观礼又离去,今天酒都不喝一杯,山都不登半步,当我们正阳山是个茅厕吗?!

只是好像需要这位正阳山财神爷记恨之人实在太多,陶烟波都得挑挑拣拣去大骂不已,可是那个大权在握的巡狩使曹枰,与正阳山下宗是近邻的山君岳青,真境宗的仙人境宗主刘老成,陶烟波甚至都不敢在心中破口大骂,只敢腹诽一二。

曹枰此人的观礼,在很大程度上,原本就等于是大骊铁骑边军的道贺,何况曹枰还有一个上柱国姓氏。要说如今整个宝瓶洲山下谁最著称于世,其实不是宋长镜,不是大骊的皇帝陛下,甚至不是任何一位山巅修士,而是袁、曹两家祖师,因为一洲版图,从帝王将相达官显贵,到江湖市井,再到乡野村落,家家户户的大门上都挂着这两位文武门神的彩绘挂像呢。已经脱离大骊藩属的南方诸国,许多老百姓依旧是习惯悬挂这两位的门神画像。当地朝廷和官府哪怕有些心思,也不敢强令百姓更换为自家文武庙英灵的门神画像。

袁氏在边军中扶植起来的中流砥柱,不是袁氏子弟,而是在那场大战中凭借煊赫战功升任大骊首位巡狩使的大将军苏高山,可惜苏高山战死沙场,但是曹枰却还活着。

天君祁真和神诰宗至多是看不惯正阳山,未来不太可能真和正阳山计较什么。可书简湖真境宗、中岳山君晋青,则是板上钉钉要和正阳山站在对立面了。这就意味着正阳山下宗选址旧朱荧王朝境内,会变得极其不顺,下绊子,穿小鞋,不会少。

相较于陶烟波的心急如焚,一旁的掌律晏础脸色阴晴不定,思来想去,忧心之余,竟是灵光乍现,有几分柳暗花明又一村的感觉,天塌下来,个高的先顶上,比如宗主竹皇、师伯夏远翠、袁供奉。

此外,秋令山与落魄山关系糟糕至极,今天绝无半点善了的可能性。可自家的水龙峰,与陈平安和刘羡阳,与落魄山和龙泉剑宗,可是素来无仇无怨的,事已至此,险象环生,最后到底如何收场,还是没个定数,给人感觉,仿佛宗门覆灭在即,只是不论如何,留得青山在不愁没柴烧,落魄山这场问礼,再咄咄逼人,哪怕真如刘羡阳所说,会拆了剑顶的祖师堂,可总不能当真——打碎新旧诸峰吧?那么有无可能,谋划得当,帮着自家水龙峰以及与自己亲近的数脉山头因祸得福?

刘羡阳其实受伤不轻,却也不重,他厚着脸皮,向花木坊一位相貌相对比较平常的女修讨要了一块帕巾,撕下一片裹缠起来,这会儿正仰着头,堵住鼻血。

唯一奇怪之处是晏础和陶烟波这两个元婴境,被自己拽入梦境中,在河畔砍上几剑后,竟然伤势远远低于预期。

刘羡阳懒得多想,只当是正阳山这两位老剑仙确实不是纸糊的元婴境,还是有点能耐的。

如果不是陈平安那小子说留着这两位还有用处,刘羡阳一个发狠,陶烟波和晏础就不用登山议事了。

在陈平安下山之前,刘羡阳和他有过一番心声言语,因为实在好奇,这小子到底是怎么做到的,能够让竹皇如此好说话。

"你给竹皇灌了什么迷魂汤,让他愿意主动从谱牒上将那头老畜生除名?"

"让他二选一,在他和袁真页之间,只能活下一个。竹皇信了。"

"听你的口气,好像可以不信?"

"正常人都不信啊,我脑子又没病,打杀一个正儿八经的宗主?至少渡船曹巡狩那边,就不会答应此事。"

刘羡阳当时就瞥了眼竹皇,觉得这家伙如果知道真相,会不会跳脚骂娘。

"哪怕竹皇有九成把握,告诉自己不相信此事,可只要不是十成十的把握,他就宁肯舍弃掉一位护山供奉。听上去很没道理,可其实没什么稀奇的,因为这就是竹皇能够坐在那个地方跟我聊天的缘由,所以只要他今天坐在这里,哪怕换一个人跟我聊,也一定会做出同样的选择。当然,这跟你问剑登山太快,以及诸峰渡船走得太多,其实都有关系。不然只有我在祖师堂里边唾沫四溅,磨破嘴皮子,喝再多茶水都没用。"

拨云峰和翩跹峰的两位峰主老剑仙都已经赶来剑顶。

刘羡阳对拨云峰、翩跹峰这些所谓的纯粹剑修,其实印象也一般,不坏,也不好。不坏,是因为他们在宝瓶洲战场上出剑不犹豫;不好,是因为身为剑修,他们没去过剑气长城。

宝瓶洲修士从原本最窝囊废的一拨山上仙师，变成了如今浩然天下最有资格挺直腰杆的修道之人，所以诸子百家练气士、山泽野修，如今很少看得起别洲修士，不过最佩服北俱芦洲的剑修，仗剑南游，敢杀敢打，说死就死，北地第一人白裳、浮萍剑湖郦采、太徽剑宗掌律祖师黄童、来自鬼蜮谷的白骨剑仙蒲襜……哪个不是剑光纵横千里河山，能让夜幕亮如白昼的剑仙？

但是偏居一隅的宝瓶洲修士，其实不太在意一件事，就是他们最佩服的北俱芦洲，尤其是那些剑修，个个跋扈，天王老子都不怕，与谁都敢出剑，唯独只佩服一地，那一处名为剑气长城。

而以一地剑修抵挡一座天下万年的剑气长城，哪怕是对某人观感不好的那撮剑修，都不得不承认一件事，这个某人，幸好是自己人。而这个人，就是那个和刘羡阳一起问剑正阳山的朋友。

刘羡阳啃着瓜果。

司徒文英，你其实可以晚走一步多看几眼的。

刘羡阳伸手捻动堵住鼻子的帕巾，再抬起手，使劲挥了挥，向远处一位上五境修士笑呵呵打招呼道："清风城许城主，咱俩好像是第一次见面。你好啊，我叫刘羡阳，跟你媳妇儿子都很熟的。关于那件我家祖传的瘊子甲，陈平安已经跟你说了吧，许城主放一百个心，那就是我的意思，既然是一桩买卖，哪怕价格不是太公道，可到底还是买卖，我当年就认，今儿也认。"

许浑转头看向这个看不出伤势轻重的年轻剑仙，一言不发，自己和刘羡阳没什么可聊的。

刘羡阳见他装聋作哑，怎的，大家都是玉璞境修士，你因为不是剑修，就可以瞧不起人啊？

刘羡阳气不打一处来，啧啧道："是陈平安忘记提醒你，让你今天最好别登山，还是你觉得剑顶这边，我已经无力再递剑了？"

刹那之间，一条长河之畔，许浑瞬间披挂上瘊子甲，运转本命术法，如一尊神灵矗立大地之上，只是转瞬间，许浑就惊骇地发现，山河变幻，自己已置身于一处不知名战场，仰头望去，四周皆是双足就已高如山岳的金甲神灵，踩踏大地，每一步都有山脉如土堆被肆意开山。这些远古神灵好似正在结阵冲杀，使得许浑显得无比渺小，光是躲避那些脚步，许浑就需要心弦紧绷，驾驭身形不断飞掠，其间被一尊巍峨神灵一脚扫中身躯，躲避不及的许浑发现自己依旧站在原地，但是魂魄就像被牵扯而出、拖曳而走，那种惊人的撕裂感，让身披瘊子甲的他有绞心之痛，呼吸困难。这位以杀力巨大著称一洲的兵家修士，只得施展一个不得已而为之的遁地术。之后每一次神灵踩踏引发的大地震颤，对他而言就是一阵神魂飘摇，如同置身于熔炉之中被烹煮炼化……

许浑知道真正的敌人是谁,他竭力运转神通,观察刘羡阳的动静,而对方根本没有刻意隐藏踪迹。只见在那大地之上,刘羡阳竟是能够脚尖轻点,随意踩在一尊尊过境神灵肩头,甚至是头顶,刘羡阳始终带着笑意,就那么仿佛居高临下,俯瞰人间,看着一个不得不隐匿于大地之中的许浑。

刘羡阳笑道:"白瞎了咱们老刘家的这件瘊子甲,换成我穿戴在身,至少能够多远游个千年光阴。"

许浑刚要言语,刘羡阳就已经打了个响指,如同整条光阴长河随之停滞不前,一尊尊金甲神灵或双足踩踏大地,或单脚触底,一脚高悬抬起,大地之上,有大妖尸骸,只是鲜血流淌,就如汹汹江河滚走,有那神灵的兵器崩碎散落,处处金光绵延千百里……在这幅天地异象的静止画卷当中,刘羡阳身形飘落在地,轻轻踩脚,说道:"许浑,咱俩做笔买卖如何,就按照你们清风城的规矩走,没意见吧?"

许浑知道这个小兔崽子在说什么,是要自己交出身上这副已经被他大炼为本命物的瘊子甲!

刘羡阳微笑道:"有意见也可以,我身边可没有什么搬山大圣帮忙护阵,只好带你多走几处战场遗址,都是老朋友了,谢就不用了。刘大爷为人做事,脑壳儿贴两字:厚道。"

本来一笔陈年旧账已经两清,结果你许浑非要登山,当我刘羡阳眼瞎,当真瞧不见那件瘊子甲?!就没你这么欺负人的山巅老神仙。

刘羡阳不由分说,带着许浑走过一处又一处的远古战场,逆流而上,越走越远,然后清风城城主见到了一尊本该早已陨落的神灵,神灵位列十二高位之一。

那尊神灵高悬天外,只是因为实在太过庞大,以至于许浑抬头,一眼就能够看见对方全貌,神灵有一双神性粹然的金色眼眸,法相森严,金光照耀,身形大如星辰悬空。

那尊神灵只是微微挪动头颅,大道气象便如斗转星移,他微微皱眉,好像瞧见了一只胆敢在光阴长河中肆意乱窜的蝼蚁。

只是被那份大道气息远远压制,许浑瞬间就已经七窍流血,身躯神魂出现了无数条细微撕裂痕迹。许浑再顾不得什么,高声喊道:"刘羡阳,救我!"

刘羡阳盘腿坐在天幕处,摇头道:"可你身边也没有陈平安这样的朋友啊,谁来救你?"

许浑道心几近崩溃,哪怕面对一位仙人境修士,都不至于让他如此绝望,他扯开嗓子喊道:"刘羡阳,还你瘊子甲!"

不承想刘羡阳扯了扯嘴角:"既然已经卖给你了,我就没打算买回来啊。"

刘羡阳单手托腮,就那么遥遥看着一尊职掌雷部诸司的高位神灵将许浑连体魄带神魂一并五雷轰顶。

当然许浑承受的这份伤势，就像需要跨越玄之又玄的万年光阴流水，大打折扣了，兴许十不存一？反正刘羡阳自己梦游远古，步步为营，足够小心，迄今为止，还没真正领教过任何一位高位神灵的杀力，最为凶险的一次，只是被更高位的神灵随便瞥了一眼，然后刘大爷就被迫摔出了梦境，乖乖在床上躺了好几个月。

那个肩挑日月的老夫子陈淳安，曾经在崖畔闲聊时，与当时还没认出他身份的刘羡阳笑言一句：大概那条光阴长河，就好似一条打了无数个死结的绳子，有无数的蚂蚁，就在上边行走，生生死死，流转不定，可能所谓的纯粹自由，就是有谁可以离开那条绳子？

剑顶那边，几位老剑仙都察觉到了异样，然后清风城许浑整个人就像鲜血如花绽放开来，身形踉跄，一个向后仰去，摔落在地，然后艰难起身，摇摇晃晃，看了一眼依旧气定神闲坐在几案后边的刘羡阳，竟是直接御风离开了剑顶。

夏远翠再不敢装睡，趁着所有人注意力都在许浑身上，老剑仙一个鲤鱼打挺，飘然落地，站在了晏础身后。晏掌律立即横移两步，再后退一步，和夏师伯并肩而立。

刘羡阳自言自语道："我还是厚道。"

发现一大拨视线往自己而来，刘羡阳拍桌子怒道："看什么看，剑顶路不平，许城主是自己摔倒在地的，你们一个个的，不一样只会看戏，就唯独怪我不去搀扶啊？"

刘羡阳伸手捂住鼻子，又赶紧仰起头，重新扯开两片帕巾，分别堵住鼻血，然后埋头吃瓜，继续斜眼看热闹。

那天晚上，刘羡阳和陈平安各自躺在藤椅上，身旁那个家伙，双手笼袖叠放腹部，说："咱们俩问剑，最多砍几个人，没有太大意思，让正阳山那些剑仙反目成仇，相互问剑，在人心上砍得血肉模糊，可能更有意思些。你放心，到时候心头挨剑最多的，肯定是那头老畜生。"

袁真页担任正阳山护山供奉千年光阴，兢兢业业，功劳苦劳皆是首屈一指的大，搬山徙岳迁峰，护山千年中曾经打退明处暗处的强敌一拨又一拨，私底下还要做那些脏活累活，最后，却在众目睽睽之下，在原本属于自己风光无限好的一场庆典之上，落到众叛亲离的田地。

当时，刘羡阳侧过身，好奇询问："你就这么恨袁真页？"

其实照理说，陈平安虽然确实记仇，但不至于非要这么滴水不漏，算计一头才玉璞境的护山供奉。

陈平安沉默片刻，摇摇头，又点点头，然后笑容灿烂，给了刘羡阳一个意料之外又情理之中的答案，确实是陈平安会说的话，会做的事。

"他当年差点打死你啊，所以我从学拳第一天起，就开始记仇了，老子一定要让那头畜生身心俱死！"

一波未平一波又起。

清风城许氏家主,一位攻守兼备的堂堂玉璞境兵家修士,竟然好像被那刘羡阳看了一眼,就给打伤了,英雄意气,慷慨赴会,带着伤势,黯然离场。

故而正阳山内外,就有了个不约而同的想法。谁评的宝瓶洲年轻十人和候补十人,眼睛呢?为何没有刘羡阳这么一号人物?!

而那个罪魁祸首的"眼瞎之人",茱萸峰的"田婉",这会儿正在水龙峰一处宅子里边,脚踩长凳,啃那剩下半盘的酒泼蟹,一旁站着的,是个快要疯了的龙门境修士。作为掌律老祖师晏础的得意门生,管着一山谍报的重要角色,他打破脑袋都想不明白,这个女子祖师今儿到底是怎么回事,又是称呼自己"天才兄"的,又是夸赞自己"天纵奇才,千年不遇"的,然后又开始说些没头没脑的糊涂话,说:"刘兄你未能登评,怨不得曾经的我啊,没事,回头见着了刘大哥,我就自己甩自己十七八个大嘴巴子,作为赔罪。"

刘羡阳未能入选年轻十人,看似是吃了岁数大的亏,其实是田婉这个婆姨有意为之,入选之人,年纪最大四十岁,当年刘羡阳刚好四十一岁。

师兄邹子在幕后评选数座天下的年轻十人和候补十人,师妹田婉就依葫芦画瓢,故意选择刘羡阳到了四十一岁的时候,才为正阳山精心挑选出了那两份居心叵测的榜单。

那个管着正阳山情报的修士颤声问道:"田祖师今天来这边,是有事要与晚辈商量吗?"

以前他对这个田婉一向是直呼其名的,但是今天的田婉,跟个疯婆子差不多,他心慌。

田婉斜瞥了他一眼,嗓音还是那个嗓音,只是从眼神到脸色,绝对不正常:"天才兄,都不稀罕与我同桌饮酒吃蟹?怎么,瞧不起人?信不信我衣衫不整地跑出门去,扯开嗓子说你垂涎美色,酒后乱性,非礼我?"

那个龙门境修士只得战战兢兢坐下,破天荒为田婉倒了一杯酒,小心翼翼提醒道:"田祖师,宗主有令,咱们得去一线峰了。"

只见田婉蓦然跷起兰花指,媚眼如丝:"急什么,喝了酒再走不迟。"

可把修士恶心坏了。

一线峰山门口那边,那个说愿意多等一炷香工夫的青衫剑仙环顾四周,微笑道:"规矩之内,各凭喜好行事。"

米裕瞥了眼脚下的琼枝峰,留在山中的女子有的正仰头望向自己,一双眼眸好似被秋水润泽了。把米裕气得不轻,一个个的,真当老子是不挑食的老光棍了?也不打听打听,家乡那边,老子之所以混得名声那么差,至少半数是那帮老少光棍的嫉妒使然。

老剑修于樾闻言大喜,摩拳擦掌。

柳玉离开琼枝峰后，没有直接去往祖山停剑阁，而是一个急急坠落，落在了一线峰山门口，搀扶起气息孱弱悠悠醒来的庾檩。她满头汗水，颤声问道："陈山主，我们能走了吗？"

陈平安点点头，笑道："当然。"

庾檩和柳玉其实跟这场问剑没什么关系，两人只不过是被竹皇这些老剑仙抛出来故意恶心刘羨阳和龙泉剑宗的。

柳玉心性不坏，可眼前这个庾檩，就算了，确实和正阳山十分投缘，一早就该在此修行。

陈平安以心声与这位雨脚峰的年轻峰主说道："装样子都装不像，难怪会被赶出龙泉剑宗，以后在这正阳山，再接再厉，有样学样，争取先练出个元婴境，学陶财神、晏掌律那般出剑，再练出个玉璞境，就又可以学夏老祖师了。"

庾檩嘴唇颤抖，脸色铁青。

在今天之前，他哪怕在龙泉剑宗那边受了一份奇耻大辱，可到了正阳山之后，他依旧是一等一的天之骄子，甚至都跻身了金丹境，成为一位四十岁的年轻剑仙，并且已经开山雨脚峰，能够收取嫡传弟子，雨脚峰一脉剑修，从此开枝散叶。他心中充满了憧憬，迟早有一天，他会问剑龙泉剑宗，问剑神秀山！

陈平安转头笑道："还不走？走的时候，记得演戏演到底，不然活蹦乱跳的，明明有力气问剑却不敢问剑，以后名声不得烂大街？只会连这么个正阳山都要混不下去。"

对不用掺和到其中的宝瓶洲各路修士而言，今天简直就是远远看个热闹就都看饱了，差点没被撑死。

先有风雷园园主黄河在白鹭渡现身，遥遥递出一剑，剑光分散，同时落剑诸峰，就像为外人观礼正阳山揭开序幕，替今天的典礼开了个好头。

原本有此一幕山水画卷就已经不虚此行，哪怕是去不了一线峰落座喝酒的山泽野修，也不算白跑一趟正阳山地界了。

宴席上仙家酒酿是酒，市井酒水一样是酒，不一样的价格，一个喝神仙钱，一个同样可以喝够热闹。

再有龙泉剑宗嫡传剑修刘羨阳现身祖山山门口，一场场问剑，意外迭出，让旁人只觉得目不暇接，心中倍感过瘾。琼枝峰柳玉、雨脚峰庾檩、满月峰女子鬼物各自领剑，结果都未能拦下刘羨阳登山的脚步，非但如此，拨云峰和翩跹峰的两座剑阵，面对刘羨阳的问剑，竟是纸糊一般，不堪一击。之后秋令山和水龙峰两拨剑修，更是死伤惨重，跌境的跌境，断剑的断剑，还有一具观海境剑修的尸体，更是被刘羨阳直接抛到了山门口。

而且谁都没有料到，负责把守停剑阁的三位老剑仙，都未能拦下这位之前在宝瓶洲寂寂无闻的年轻剑仙。刘羨阳不但成功登顶，还让夏远翠这位德高望重的满月峰老剑仙,与庾檩沦落至同样境地,还被他拽去了剑顶。

在这期间,就像与这些问剑遥相呼应,一条条仙家渡船,一位位山巅修士,或光明正大,或悄无声息,陆续离开正阳山地界。

天底下有这样的观礼吗?

一位位纯粹武夫、剑仙,御风悬停在高空,分别脚踩诸峰。这不明摆着是要搬山一场吗?落魄山今天所搬之山,就是正阳山。

至于那个作为落魄山主人的青衫剑仙,现身山门口那边,到底会如何问剑,无法想象。

有刘羡阳一场场问剑在前,诸峰看客们多少觉得很难再有更大的意外了。

柳玉和庾檩离去后,陈平安仰头望向剑顶那边,向那场祖师堂议事之人善解人意地出声提醒道:"一炷香过半了。"

言语之际,剑顶上空出现了一粒精粹至极的剑光。连魏晋都抬头望去,聚精会神地瞧着那粒剑光,好像觉得颇为意外。

只见最初那一粒芥子大小的剑光,瞬间拉伸出条条气势如虹的璀璨剑光,皆笔直一线,朝四面八方各自迅猛蔓延而走。然后一道道剑光同时悬停止步,总计十条雪白直线依稀可见,凝滞处,凝聚出'甲''乙''丙'……'壬''癸',总计十个剑气凝聚而成的蝇头小楷,金光熠熠,璀璨夺目。

十个剑意浓郁的金色文字开始缓缓旋转,十条剑光长线随之转动,在正阳山一线峰上投下一道道纤细阴影。

之后是剑光往四周迸射,这次是十二地支的剑道演化,又细分出十二条剑光轨迹,各有文字,开始驾驭那些比天干稍短数丈距离的剑光长线有序旋转,这使得一线峰之上多出了十二道可以忽略不计却极其惊心动魄的"荫凉"。

紧随其后,圆心处的那粒剑光,又分出二十四条剑光直线向外绽放开来,而剑光顶端处,有二十四节气的金色文字蓦然悬停,而且相较于天干地支的纯粹直线,这些文字现身之后,有仿佛达到天人感应之境的剑道显化出一年四季中的二十四种不同节气景象。

在那之后,犹有二十八条剑光扯起,犹如二十八星宿,列星旋转在天,最终形成一条圆形星河。

之后是三十六座山峰显化而生,如海市蜃楼,矗立在天空一道道剑光分割出来的版图中。

然后是六十甲子年表,如同一个古怪的账房先生,在为天地间悠悠岁月排列年份。

犹有七十二条剑光,仿佛是从三洲摹拓而来的江河,再被仙人以大神通,将一条条蜿蜒大水强行拉直。

在那之后,是一百零八条最短直线剑光,最终通过顶端好似一百零八颗宝珠的金色文字,再次衔接为圆。

一圈圈剑光,层层叠叠,密密麻麻,剑气冲霄,遮天蔽日,剑意浩然,井然有序。

一人问剑,列阵在天。以至于整座正阳山祖山,剑顶和停剑阁所有修士都被笼罩在剑光阴影当中。

要说自创拳招一事,比起那场功德林问拳中那个自称新拳"不到三十"的曹慈,陈平安是有点逊色。可老子是剑修啊,你曹慈有本事自创个剑招试试看?

陈平安想了想,好像这也太不要脸了,不能拉着好友曹慈这么做比较。

突然横移一步,一袭青衫飘然落地,陈平安抬起手臂,双指并拢,轻轻碰了碰发髻间的玉簪子。

剑顶那边,其实已经开始议事,所议论之事,很简单,各自表态,点头表示答应剔除袁真页在正阳山金玉谱牒上边的名字,摇头表示拒绝。但是有些老祖师犹犹豫豫的,很不爽利。

陈平安后退一步,伸手握住夜游的剑柄。

他是事后才知道,齐先生当年曾经和那头搬山猿说过,如果在他年轻时,他离开骊珠洞天,就会一脚踩踏正阳山。

陈平安深吸一口气,身形微微佝偻,如此一来,反而轻松太多,喃喃道:"那就走一个?"

手持夜游,一剑横扫,剑光绽放,一线横切正阳山山脚,直接斩断正阳山一座祖山的山根。不但如此,陈平安右手持剑,剑尖直指山门,左手一敲剑柄,整座一线峰被一挑而起,高出地面数丈!

随后天空中那座剑阵,稍稍缩小规模,然后以迅雷不及掩耳之势轰然坠地,瞬间打烂整座剑顶祖师堂,尘土飞扬,惊世骇俗。

你们继续议事就是了。我先开峰,再挑山,拆掉祖师堂。

第十章
剑光直落

这座剑修数量冠绝一洲的正阳山,不是号称咱们宝瓶洲的小剑气长城吗?正阳山新旧诸峰的年轻一辈剑修,都是如此诚心诚意认为的,正阳山之外的不少仙家门派也是如此附和的。

其实对于那座远在天边的剑气长城,以及那座更远的飞升城,宝瓶洲谱牒仙师和山泽野修都没什么印象。如果不是魏晋的那场游历,以及之后殃及整个浩然天下的惨烈战事,山上修士只会更少谈及剑气长城。

而正阳山一线峰的那座剑顶大阵,不是被誉为又一座仿白玉京,可以随便斩杀仙人境练气士吗?

几乎所有诸峰观礼之人,先前都在仰头远眺那座匪夷所思的悬空剑阵,气象万千,动静实在太大,由不得谁不去看那堪称惊心动魄的壮观一幕。

怎样高的境界,多少的剑气,如何的修心,才能造就出这座引来天地共鸣的恢宏剑阵?什么时候我们宝瓶洲,在风雪庙魏晋之外,既有刘羡阳这样飞剑玄妙、看谁谁倒地的剑仙,又有这样一位剑术卓绝、出神入化的剑仙了?

最终以至于只有寥寥无几的幸运儿看到了山脚处的陈平安飘然落地,手握长剑,剑光乍现,先是一条弧线,一闪而逝,然后是年轻剑仙斩断山根,再轻敲剑柄,一剑挑起一线峰,好似不费吹灰之力。

故而只看到剑阵砸地的人,个个只恨光阴长河无法倒流逆转,不能瞧见山脚处那位青衫剑仙的真正问剑。

不是说好了，一炷香过后再与正阳山问剑？这个落魄山山主，怎么说话不算数！不愧是一位山巅剑仙。

在陈平安毫无征兆地问剑之前，尤其是剑阵未曾现世时，大体上，看客们更多的注意力还是在那些来自落魄山的各路人马身上。

满月峰山巅更高处，那个率先开口的老管家朱敛，虽说身材矮小，相貌平平，却分明是一位拳法通天的山巅境武夫，一身浑厚拳意凝为实质，如水流泻，四散而去，如仙人揉碎天上处处白云。

"此人在落魄山，是什么身份，竟然可以第一个现身报上名号？"

"莫不是大骊本土边军武夫出身，曹巡狩才愿意如此给落魄山面子？"

"天晓得，这个落魄山，实在云遮雾绕，太过藏拙了，简直就是崛起得莫名其妙，难道落魄山是大骊暗中扶持起来的山头，和阮圣人的龙泉剑宗，一明一暗？"

"如此说来，曹巡狩先前离去，是不是就说得通了？"

位于正阳山地界边缘的青雾峰上，发髻扎成丸子的年轻女子是陈平安开山大弟子裴钱。她已经是宝瓶洲最新一位止境武夫了，不过她此刻暂时压境在了远游境。

按照师门规矩，落魄山武夫下山游历，以诚待人，必须先跌两三境。

"果真是那个郑钱！先在金甲洲出拳杀妖，后与大端曹慈问拳，再回咱们家乡，在陪都战场赶上了那场战事，可惜听说出拳极多，外人却很难靠近，多是惊鸿一瞥。我有个山上朋友，有幸亲眼见过这位女子大宗师出拳，听说极其霸道，拳下妖族，从无全尸，而且她最喜欢独自凿阵，专门拣选那些妖族密集的大阵腹地，一拳下去，方圆数十丈的战场，刹那之间就天地清明，最后注定只有郑钱一人可以站着，所以传闻如今在山巅修士当中，她已经有了'郑清明''郑撒钱'这两个绰号，大致意思，无非是说她所到之处，就像清明时节撒纸钱，四周都是死人。诸位，试想一下，若是你我与她为敌？"

"下场可想而知，正阳山今儿算是踢到铁板了。惹谁不好，招惹郑钱这种大宗师。"

"可她说自己是落魄山的开山大弟子，算是落魄山年轻山主的武学嫡传？可那山主分明是位剑仙呀！如何教她拳？"

"多半是落魄山另有高人教拳，她只是跟随年轻山主上山修行，其实空有身份？"

"是极是极，否则这个听说还很年轻的山主，既是陆地剑仙，又是九境武夫，未免太过不讲理了。"

水龙峰空中是那个自称山主得意学生的崔东山，这位白衣少年，眉心一粒红痣，丰神玉朗，今天也跌一境，只显露出一身玉璞境修士气象。

他身边的落魄山右护法周米粒，这个瞧着境界不高的黑衣小姑娘，境界更是深不可测，是唯一一个只以洞府境修为观礼的客人。

傻子都知道，绝对不可以小觑了这位右护法。毕竟这个貌似是水裔精怪出身的小姑娘,按照身份,可是落魄山的护山供奉,天下名山仙府,能够担任护山供奉的存在,往往和掌律祖师一样,在山门之内是最能打的,只不过一个对外御敌,一个对内执掌祖师堂门规戒律。多半是她今天不屑以真实境界观礼正阳山。

翩跹峰那边那个自称首席供奉的周肥,青衫长褂布鞋,山下游学书生模样,可他虽然双鬓霜白,依旧青衫风流,背剑之外,脚下犹踩一把长剑,剑仙风采。背后长剑,名为甲午生,是周首席跟崔老弟借来的,脚下这把,姜尚真早年得自北俱芦洲一处秘府,名为天寻。

向崔东山借剑,那么还剑之时,就得一并给出这把天寻,姜尚真对此自然是没有意见的。用崔老弟的话说,就是我与周首席是换命交情的挚友,就不与周首席客气了,周首席与我客气的时候,就更不用客气了。

刘老成、刘志茂、李芙蕖,真境宗的一宗主两供奉,其实都没有离开正阳山太远,依旧在关注正阳山形势,遥遥见着了此人,三人唯有苦笑,这个真境宗历史上的首位宗主、玉圭宗的上任老宗主,做事情从来如此不合常理。哪怕刘老成和刘志茂这种野修出身的凶悍桀骜之辈,并且先后跻身了上五境,面对姜尚真,依旧是半点多余的杂念都不敢有,斗力打不过,要说钩心斗角,更是远远不如。

琼枝峰那位玉璞境剑仙,年轻面容,俊美异常,一双丹凤眼眸细细眯起时,简直可以让女子见之心醉。关键是这位次席供奉,一身黎然剑气恢宏如瀑垂天,霞光熠熠,将他脚下整个琼枝峰笼罩其中,最终还细分出两道同源不同流的剑气霞光长河,一高一低,分别萦绕琼枝峰山峰缓缓旋转,使得一山地界,半山腰处那条朝霞剑气泛起层层金光,山顶附近晚霞绚烂如火烧。剑气如此沛然,却依旧不伤人丝毫。以至于琼枝峰那个女子祖师冷绮最后只能带着她的嫡传们,一个个屏气凝神,低头走过那道小门。

秋令山,自称掌律长命的高大女子,一袭白袍,道风缥缈,所站之处,宝光流溢,是一份毋庸置疑的仙人气象。

水龙峰,青衣小童模样的陈灵均,脚踩一只大炼为本命物的龙王篓,双臂环胸,只要离了骊珠洞天那座小镇,陈大爷在哪里不是大爷?陈灵均心中惋惜不已,贾老哥、白忙、陈浊流这几个好朋友、好兄弟,今天一个都不在场,不曾见到自己的飒爽英姿,是他们的一桩生平憾事了。

武夫种秋,老夫子的武学境界在落魄山并不算高,只是远游境瓶颈,可种秋同时还是一位精通儒家练气的金丹境瓶颈修士。昔年在家乡藕花福地被江湖誉为文圣人武宗师的南苑国师,确实极有可能在更加天高地阔的浩然天下,将这个说法变得名副其实。

雨脚峰,剑修隋右边,之前某天明月夜中,她在书简湖中辟水夜游,悄然跻身了元婴境。

被一头飞升境化外天魔入驻其中的掌柜"石柔",此刻站在茱萸峰上空,在骑龙巷披挂杜懋遗蜕多年的石柔,借此机会,终于以女子本来面貌重见天日。化外天魔目中所见风景,远在骑龙巷的石柔一样清晰可见,甚至比神人掌观山河更加清晰,整个正阳山地界,都被她们收入眼底。

元婴境水蛟泓下,只觉得自己今天站在这儿就是唯一一个凑数的尴尬存在。要说境界,泓下确实是要比那个黑衣小姑娘高几境,可是自家落魄山,多怪的门风,天底下独一份,反正从不看这个啊。再说了,泓下如何敢跟周米粒这位右护法相提并论。所以泓下打定主意,反正这趟观礼完毕,回乡之后,她就躲在莲藕福地里边了,不到玉璞境,再不出门。

狐国之主元婴境沛湘的现身,也让正阳山诸峰客人喧哗不已,他们呼朋唤友议论纷纷。

清风城许氏不一直都是正阳山最坚定的山上盟友?难不成清风城也暗中倒戈向落魄山了?这个即将开创下宗的正阳山,难不成一线峰祖师堂年复一年的敬香烧香,烧的都是假香火吗?被礼敬的那些挂像上的历代祖师爷都如此吝啬祖荫,半点不愿意庇护后人?不然何至于沦落到这么个处处树敌、群敌环伺的境地?

而落魄山,到底有几个山巅盟友?不都说落魄山只是魏山君手底下,一个帮着披云山挣钱洗钱的附庸小门派吗?

至于沛湘自己,反而如释重负,她这个在元婴境停滞已久的狐魅,直到这一刻挑明了落魄山供奉身份,彻底与清风城当众撕破脸,道心才清澈通明起来,隐约之间竟有一丝瓶颈松动的迹象,以至于沛湘心神沉浸于那份大道契机的玄妙道韵中,身后条条狐尾,不由自主地砰然散开。只见她这个元婴境地仙的法相蓦然大如山峰,七条巨大狐尾随风缓缓飘摇,拖曳出阵阵炫目流萤,画面如梦如幻。

那个公然宣称"化名"于倒悬的落魄山供奉,看架势好像又是一位玉璞境剑仙?

任何一个单独拎出来都足够惊心动魄,但是今天不一样,这些好像都没什么了。

真正让宝瓶洲所有观礼客人,甚至是所有通过镜花水月观看这场庆典的别洲修士感到震撼的,是最后两个现身之人。

风雪庙魏晋!

飞升城宁姚?

客卿魏晋。

这位自报头衔与名字的风雪庙大剑仙,当之无愧的宝瓶洲剑道第一人,此刻就站在一线峰附近那条大骊渡船上,凭栏而立。

去剑气长城杀妖,问剑天君谢实两场,可以说,以魏晋的境界、威望、杀力,他一个人,俨然就是一座宗门。

如果魏晋不是性情散淡，太过孤云野鹤，行踪如云水不定，不然只要他愿意开宗立派，随随便便就能成，而且注定不缺弟子。一洲山河版图，所有剑修坯子，假设他们可以自己选择山头，必然会舍弃龙泉剑宗和正阳山，主动跟随魏晋练剑。

道理很简单，宝瓶洲一洲剑道，就是魏晋挑起来的。是魏晋让三洲修士知晓一事：我宝瓶洲山巅处亦有剑仙，气概风流，不输别洲。

而白鹭渡那边，背剑匣的女子，宁姚？剑气长城和第五座天下的那个宁姚？

绝无可能。只说一事，她去了崭新天下，怎么来的浩然？文庙为她破例吗？还是她凭自己的本事仗剑飞升啊？

所以用屁股想都知道，多半是同名同姓了。况且这个背剑女子的现身和御风悬停，动静都不大，甚至远远不如米裕、隋右边和于倒悬这三位剑仙。

余蕙亭站在魏晋身边，以心声轻声问道："魏师叔，他真是剑气长城的那个米拦腰？"

那个家伙，她认得，最早相逢于山水间，此人当时与长春宫一帮娘们厮混在一起，还自称认识魏师叔，当时她误以为他是个油嘴滑舌之辈。后来此人偷摸去了魏师叔的神仙台，窃取那棵万年松的树枝，山主明明发现了，却依旧没有阻拦，而且言谈之中，好像颇为忌惮这位剑修，认定他是一位玉璞境剑仙。余蕙亭当时还只是将信将疑，心想说不定此人当真认得魏师叔。

魏晋点头道："是的。米裕在剑气长城修行资质都算是出类拔萃的，只是他以前出剑一贯作茧自缚。地仙两境之时的米裕，跟玉璞境的米裕，是一个天一个地。"

余蕙亭又忍不住望向白鹭渡那边的年轻女子："魏师叔，她是？"

魏晋淡然道："要是不信，自己去问。"

余蕙亭作势要御风离去，师叔魏晋无动于衷，她只好悻悻然收起那份气机涟漪。

她只是轻声问道："魏师叔要跟着出剑？"

魏晋无奈道："需要吗？"

余蕙亭疑惑道："毕竟正阳山剑顶那边，还有个由多条剑道凝聚而成的仙人。"

魏晋摇摇头："只要宁姚出剑，弹指间就破碎。"

不太喜欢说话的魏晋，又补了一句："何况咱们这位喝酒没输过的隐官大人，不会给正阳山这个机会。"

余蕙亭心神震撼："隐官？！"

魏晋讶异道："你不知道？"

余蕙亭满脸委屈，她咋个知道嘛。

魏晋不再言语，确实烦人，还是应该早点去剑气长城，找左先生请教剑术，才不会烦心。

吴提京先前隐匿在暗处，出剑极其果决，几乎是刘羡阳一去停剑阁，他就与玉璞境的夏远翠同时出了剑。

这位境界暂时只是金丹境的年轻剑修不但祭出了那把名为鸳鸯的本命飞剑，还将第二把拥有两种本命神通的飞剑一并祭出。两种神通，皆不讲理，既可帮助自己临时破境，又可以架起一座玄之又玄的长生桥。

先前吴提京等于是在自己和陶烟波、晏础三人之间架起了一座虚无缥缈的长生桥，所以一旦谁遭遇某种致命伤，就都可以伤势均摊，至少再无性命之忧，面对剑修生死一线的问剑，这简直就是能够更改胜负生死的一记无理手。

不承想，最终还是没成，刘羡阳还是继续登山去了。

吴提京抹了把脸。他满脸血污，是鸳鸯飞剑的某种伤势反扑，这点轻伤不伤大道根本，吴提京完全没当回事，真正担心的，是通过这把本命飞剑，瞧见了两个女子。

刹那之间，吴提京好像冥冥之中神魂剥离，一个身处云海中，仰头望去，面对那条真龙的一双金黄眼眸，哪怕眯起眼睛，它，或者说她，那份浓厚气运在身的大道气息，依旧令人感到窒息。另外一个自己，仿佛置身于一轮天上明月中，脚下是一座陌生天下，所见之人，是个面容、身形都极其清晰的圆脸女子，她倒是没生气，就是觉得好奇，眨了眨眼睛，似乎在询问你是谁啊。

所以吴提京几乎是出剑的瞬间就已经收剑。

此次出剑，本来就违背本心，只是作为祖师堂谱牒修士，不得不为师门递出两剑，等到剑顶那边竹皇扬言要将白衣老猿从谱牒上边除名，吴提京失望至极，这种剑修，不配当自己的传道恩师。

去了趟茱萸峰，吴提京却没有找到那个带自己上山的田婉，他就留下一封书信，与她道谢一声，算是感谢田婉带自己登山修行。再去了趟小孤山，见了苏稼一面，不知为何，总觉得熟悉。吴提京虽然性情孤僻，但是对于修行一事却极有天赋，好像是与生俱来的，知道这是山上的某种夙愿和宿缘，与前世有些牵连，不过吴提京没觉得因为一个女子，自己的练剑一事就可以拖泥带水。最终这位才及冠年龄的天才剑修决定干脆悄然离开正阳山，打算当个云水生涯的山泽野修去。

在哪里练剑不是练剑，竹皇传授的剑术，吴提京本就没觉得有什么高妙之处，一学就会，学成了都不觉得有何大裨益。至于竹皇是否藏私，有那压箱底的上乘剑术尚未传授，吴提京对此根本无所谓，不学也罢。

吴提京身形化作一缕细微剑光，悄然而走。

吴提京又突然停滞不前，因为他敏锐察觉到前方一处树荫中出现了一粒不同寻常的光亮，是绝对不该在这个时辰出现的月色。

白鹭渡那边，一个闲着也是闲着的圆脸姑娘，一边用芦苇拨水，一边随口询问道：

"你是谁？去哪儿？"

吴提京现出身形，干脆利落道："吴提京，准备出山游历。"

那个女子嗓音只是哦了一声，就再无下文。

吴提京等了半天，结果那点月色消散后，就没有动静了。

可正当吴提京准备重新赶路的时候，又有些许月色凝聚在别处树荫中："你干吗发呆不动，我又没拦着你，无冤无仇的，不过得提醒一声，以后你就是出门在外的人了，千万别这么瞎出剑，亏得我不是剑修，对吧？"

吴提京不是什么疑神疑鬼的人，如果对方没说这些话，他说走也就走了，但是对方这番言语，越听越像是不打算善罢甘休的意思，就由不得他不屏气凝神，以备对方不依不饶地要求切磋一场，毕竟确实是对方占理，分生死胜负，吴提京都觉得在情理之中。吴提京略作思量，处处剑光直落，所有草木树荫、山石影子中一处不落，皆有剑光搅碎荫凉。最后一道剑光更是一个有意无意的稍稍放缓，然后落在自己的影子中。

白鹭渡那边的赊月疑惑道："你是不是有病啊？剑修了不起啊？"

吴提京皱眉道："你到底要不要拦我？"

赊月丢了手中那丛芦苇，起身气笑道："事不过三，赶紧下山！"

吴提京再无犹豫，身形重新化作一抹剑光离开正阳山。

宁姚察觉到赊月那边的情形，以心声问道："有事？"

圆脸姑娘赶紧摆手，哈哈笑道："没事没事。"

宁姚说道："有事就说，不用客气。"

赊月赶紧说道："那必须啊。"

宁姚觉得这个赊月跟刘羡阳挺般配，都心大，还喜欢不见外。

早已撤出正阳山地界的云霞山老山主一直在掌观山河，剑顶那边许浑摔地那一幕，委实是瞧着触目惊心。老仙师抚须而叹："金简，为师幸好听你的劝，不然就要步那清风城许浑的后尘了，我一个人的生死荣辱如何不打紧，一旦连累云霞山，说不定就要令宗门前功尽弃，再无希望跻身宗字头，险之又险，幸甚幸甚。"

蔡金简只是轻轻嗯了一声，她神色复杂，抬起手，揉了揉脖子。

昔年小巷中，她一个不小心，曾被一个陋巷少年以碎瓷抹杀。

她活着离开骊珠洞天之后，机遇连连，先是出人意料地侥幸成功跻身金丹境，开峰，成为云霞山祖师堂一员，然后以地仙修士身份走了趟大骊朝廷开启的飞升台，得以破境跻身元婴境，山上山下，竟然都会被尊称一声老祖师了。而且在师门山头那边，有"观云海"一事，云海滔滔，云雾霞光尤为殊胜，蕴藉天地灵气，被誉为"天上尤物"。蔡金简还有一桩福缘，如今更是毫无悬念的云霞山下任山主，因为师父已经决定此次观礼之后就闭生死关，要么打破瓶颈跻身玉璞境，要么兵解离世，不管如何，都要争一争宗字头衔,所以蔡金简就会顺势接任山主一职。

短短不到三十年,蔡金简好似做梦一般。只是她经常会想起一人,好像不愿少想,却又不敢多想。

那个来自大骊京城的礼部左侍郎董湖站在渡船观景台那边,忧心忡忡,巡狩使曹枰一走,老人可就没了主心骨。

其实这位老侍郎,对刘羡阳,对陈平安,半点不陌生,恰恰相反,老人对那两个昔年小镇少年印象深刻。

当年他就是那个为朝廷走了一趟骊珠洞天的礼部官员,他当时是右侍郎,负责对那座牌坊楼拓碑,如今不过是更换了一个字,从右变左,一年年的,就成了老侍郎,老人这一辈子,都算交待在了那座礼部衙门。早年担任过几年的大骊陪都吏部天官,不算升官,只是官场平调,算是由他这个老成持重的京城礼部老人带一带那拨意气风发的年轻人,免得年轻人太过激进,失了分寸。后来等到那个柳清风上任,他就让出了位置。等到战事落幕,董湖顺利得了个学士头衔,可惜不在六殿六阁之列。

老人对什么落魄山、泥瓶巷,可谓熟悉至极,当年第一次见到那两个少年,就是在河边的铁匠铺子,尤其是陈平安,当年还只是个黑瘦少年,就已经靠那几袋子来之不易的金精铜钱悄悄成了西边五座山头的主人。不过少年背着一箩筐泥土爬出井口的时候,大概是看到了一群陌生面孔的官老爷,当时有点蒙,陌巷少年那会儿很是憨厚淳朴啊。

所以完全可以说,位列大骊朝廷中枢的董老侍郎,是看着当年那个泥瓶巷少年,如何一步步通过几袋子金精铜钱买下山头,租借给圣人阮邛,又是如何与棋墩山魏檗结识,最终选择落魄山作为祖山,开山立派,有了牛角山渡口的。之后年轻山主就是数次远游,不断买下更多山头,招徕更多人物入山。所以老人现在既忧心自己的处境,又有些许幸灾乐祸,当是拿来排忧解闷、苦中作乐了。

因为正阳山之前跻身宗字头,是另外那位共事多年的礼部同僚负责主持的仪式,而上次清风城跻身宗字头,只是大骊陪都的一位礼部侍郎主持的。照理说,等到落魄山跻身宗门,要么是陪都那边的礼部尚书出面,要么就该是他了。结果落魄山那边竟然无视了大骊朝廷,所以那个礼部右侍郎、曾经的门生、得喊他一声座师的小兔崽子,在酒桌上没少拿这件事笑话他。

董湖打算再等等看,等正阳山议事堂那边商量出个结果,等陈平安问剑完毕,再做决断。

至于大骊太后娘娘的某些暗示,以及上柱国袁氏的某些明示,可以当真,也可以不当真。

如果说北边邻居北俱芦洲是浩然九洲当中最有资格目空一切的一个大洲,南边桐叶洲是最窝里横且底蕴深厚的那个,那么在那场大战之前,山河版图最小、最可怜的宝瓶洲,就是个窝里都横不起来的小地方,山低,水浅,想要被别洲修士骂一句庙小妖风大、水浅王八多,都做不到。所以宝瓶洲是最不关心别洲山上风云、也最不被别洲修士当回事的。

当然今时不同往日,修道之人的眼光都高,口气都大了。

一座属于正阳山新峰之列的半山腰,一栋府邸高楼处,一长排的看客拥挤着,男女老幼皆有,不过都是山上的谱牒仙师。他们此刻全在栏杆这边看热闹,有人冷笑不已,稍稍低声言语,说着一番公道话,说这个落魄山,不过是仗势凌人之辈,如此咄咄逼人的跋扈做派,哪怕一时风光,岂能长久?说不定等会儿,就要形势颠倒,被那正阳山祭出剑顶大阵,两道剑光一闪,什么年轻剑仙,哪怕不死,也会摔出一线峰。一旁好友呵呵而笑,可不是,一个一个现身,都不知道从哪里冒出来的货色,自报名号,当是饭堂子伙计,给咱们报菜名呢?

有人好奇询问,落魄山,北岳披云山边上,那处牛角山渡口附近,是不是有这么个山头?可那边已经有了魏山君的披云山,还有阮圣人的龙泉剑宗了啊。怎么还能容得下如此庞然大物的仙家山头?有人附和点头,深以为然,说按照常理,旧骊珠洞天坠地生根,降为福地山秩,支撑起一个剑道宗门,怎么都该耗尽山水底蕴了。

大概是这么聊天没啥意思,立即有人继续先前的那个话题,笑着说这些来自落魄山的高人,不是剑仙,就是武夫宗师,不然就是些身负证道气象的山泽精怪大妖,反正全是些了不得的陆地神仙,还不许他们显摆显摆啊。

突然冷不丁有个人,说了句大煞风景的言语,提醒诸位还是要慎言。

一时间冷场不已,再无人开口说话,纷纷望向那个家伙,好像来自彩衣国附近的那座朦胧山?

朦胧山山主吕云岱,实在再也不敢由着这帮王八蛋信口开河了。老子不是踩着狗屎,而是踩中粪坑了。你们这么帮着正阳山仗义执言没问题,问题在于老子跟那个年轻剑仙有仇啊,当年老子的那座朦胧山比正阳山更早挨了一场问剑!

况且吕云岱还察觉到了一道视线,就是奔着自己来的。他先前之所以留着不走,就是觉得自己躲藏隐蔽,毫不显眼,落魄山跟正阳山狗咬狗,打生打死,双方死伤越多越好。结果好了,这帮脑子进水再被驴踢了的傻子,非要东拉西扯,就快让自己被人盯上了。果不其然,怕什么来什么,一个心声在吕云岱心湖响起:"躲什么?如果没记错,你跟我家先生,是老朋友了?先生主动拜访过你们朦胧山祖师堂?"

吕云岱脸上惨白无色,他憋了半天,颤声道:"能够被陈山主亲自问剑,朦胧山荣幸之至,受宠若惊,受宠若惊了。"

远在别峰上空的崔东山笑眯眯道:"看在你这么会说话的分儿上,就饶你半条命,至于你旁边的那些年兄年弟年姐年妹,只要是开口说公道话的,你都帮忙记下来,而且接下来你就顺着那几个家伙的言语,继续闲聊下去。你们这一窝小猪崽,养肥了过年杀。说话没大没小,行事没轻没重,做人没对没错,伸长脖子铆足劲嗷嗷叫,可是过不了年关的。"

梳水国一处山神庙,韦蔚带着两位神女瞧着镜花水月,看得目不转睛、捧腹大笑、叫好不已,等到竹皇撤掉镜花水月,她又开始大骂不已。

山清水秀处,宋雨烧和孙子孙媳妇一起看着镜花水月,老人吃着火锅,只是笑着轻声说了一句:"臭小子,出息了,不孬。"

仙游县临近一座仙家山头,一个上了岁数的武馆老人和那门派算是借看一场镜花水月,白发苍苍的老人,双拳紧握,轻放膝盖,腰杆挺直,好像忘了喝酒。

长春宫,大骊太后脸色阴沉似水。

其余两洲。

浮萍剑湖,郦采带着荣畅、隋景澄、陈李和高幼清这拨嫡传弟子看得津津有味。

北边的大剑仙白裳没有远游至宝瓶洲,他笑言一句:"今天这个山头肯定觉得憋屈,说不定再过一两百年,就要觉得与有荣焉了。"

大源王朝一个刚刚成为太子的少年,趴在桌上,盯着那幅镜花水月的山水画卷,啧啧道:"我这师父,不但拳法无敌,剑术也无敌啊。"

天君谢实喃喃自语:"看样子,又要等着被问剑了?"

清凉宗,那位女子宗主单手托腮,只看画卷中的一人。

还有大泉王朝。

落魄山,曹晴朗、暖树、岑鸳机、元宝、元来等等,都凑在了一起。

甚至包括中土神洲在内的诸多别洲,其实不少山巅门派都在通过各种仙家手段,遥遥欣赏小小正阳山的这场庆典和问剑。

小孤山那边,只剩下一个苏稼,绝代佳人,幽居空谷,茕茕孑立,零落依草木。

于樾以心声试探性问道:"剑气长城的那个米裕?"

米裕疑惑道:"你是?"

这个公然宣称自己化名"余倒悬"的浩然剑修,难道是因为姓"余"的缘故,跟自己这个"余米"攀亲戚来了?

于樾哈哈笑道:"我是流霞洲蒲禾老儿的好哥们,他对米剑仙佩服得很,回了家乡,在酒桌上多有提及米剑仙,赞不绝口,尤其对米剑仙在战场上的出剑路数极为推崇,相当敬佩。"

一口一个米剑仙?看在对方算是自家人的分儿上,米裕忍了又忍。他绷着脸色,保持微笑,点头道:"好说。"

于樾大概是觉得这么聊天就对路了,继续爽朗笑道:"米剑仙,我真名于樾,以后咱们就是一家人了,当然了,米剑仙是次席供奉,我才是一般供奉,比不了的。"

米裕都懒得废话了,只是点点头。

于樾眼见着自己暂时没有递剑的机会,就继续闲聊,没话找话:"看米剑仙这一身剑气,破境跻身仙人境指日可待。"

没完了是吧?

哦,你于樾先前自称玉璞境剑修,然后到了老子这边,就米剑仙了?还破境?

所以米裕忍不住骂道:"滚你的剑仙,剑仙剑仙你全家都是剑仙,老子就是个破烂玉璞境,一边凉快去!"

于樾尴尬不已,老子好不容易才憋出来了几句好话,你米裕怎么还骂上人了呢?

只是于樾也不生气,再难听的话,蒲禾都骂过,何况自己终究不曾去过剑气长城,被骂几句咋了,老剑修反而舒坦几分。

青雾峰那边,裴钱眯起眼,山上有些言语嗓门大了点,当她耳聋吗?

崔东山在跟周首席唠嗑。

姜尚真笑道:"看来咱们桐叶洲下宗选址一事,不但会提前很多,也会顺利很多。"

就今天这么一闹,桐叶洲那边谁还敢拦三阻四?

这次问剑正阳山,姜尚真可没出任何力,只是早先随口跟陈平安提了一嘴,说韦滢那小子,很看好朱荧王朝出身的剑修元白。

作为水到渠成、众望所归的落魄山首席供奉,姜尚真其实是很不介意铆足劲搭把手的,比如让刘老成、刘志茂,无缘无故,就各自挑选一座山峰,大打出手,至于真境宗和玉圭宗最后如何收场,那是韦滢的事,你找姜老宗主去啊,反正跟我周肥无关。

至于李芙蕖,算了吧,她当落魄山的记名客卿,会当得他姜尚真窝心不已。就她?当个记名的外门杂役就足够了。

其实他们是临时被喊来这边观礼的。这就说明这位山主,是觉得下宗选址一事,有必要加快脚步了,而不是先前预想的步步为营,环环相扣。

看来中土文庙之行和一趟北俱芦洲之行,让年轻山主改变了不少想法。

崔东山使劲旋转两只雪白袖子,嘿嘿笑道:"也就是我为人厚道,做事讲究,不然让田姐姐出来遛一遭,都能让竹皇宗主自己把一对眼招子抠出来,摔地上踩几脚,才觉得自己眼瞎得天经地义。"

姜尚真点头道:"必须厚道,极其讲究了,毕竟咱们落魄山的门风就摆在那里。"

姜尚真突然说道:"崔老弟,我们现在就可以考虑一百年之后的事情了。比如如今再传弟子的亲传、再传,他们以后的下山历练。会不会一个不小心,其中就有类似正阳山剑修这样的存在,山上不是,山下就一定,不是吗?"

崔东山不说话，但是神色严肃。

姜尚真笑道："想什么呢？这种问题，不至于让你这么为难吧？"

崔东山说道："我在想，以后咱们订购其他门派的山水邸报，是勤俭持家，山头上拢共只买一份，还是反正人人财大气粗，各买各的，人手一份。"

姜尚真一开始是想笑，但是越想就越笑不出来。

崔东山笑道："如何？是不是发现这种小事才是真正的问题？"

姜尚真好奇道："有答案了？"

"有。"

"何解？"

"看先生的意思。"

姜尚真这次是真的哑然失笑了，朝远处的白衣少年竖起大拇指，好个得意弟子。

姜尚真学那年轻山主，双手笼袖，不知道今天自己能否做点什么，不然怎么坐稳首席供奉的交椅？

凡夫俗子，秉烛夜游者，风雨飘摇，道路泥泞，最需要什么？不是草鞋，而是一把雨伞。

崔东山转过头，发现身边额头渗出汗水的小姑娘神色认真，不知不觉，皱着两条微黄疏淡的眉毛。

崔东山眼神温柔，笑道："小米粒，咋了，想家啦？"

黑衣小姑娘哈哈一笑，扯了扯大白鹅的袖子，使劲攥着手中的行山杖。小米粒板着脸，尽量让自己看上去比洞府境更高些，却悄悄跟崔东山说道："小师兄，我有点紧张唉。"

崔东山赶紧将周首席晾在一边，与小米粒笑道："紧张什么，有小师兄在，还有大师姐在，再说了，又不需要你打架，咱们落魄山的右护法大人，对付这帮小喽啰，大材小用了不是？等会儿，你就拿着行山杖，只负责调兵遣将，指哪儿打哪儿，别的不说，反正我跟周首席，只听你的排兵布阵。"

小米粒挠挠脸："可我也没看过兵书啊。"

崔东山伸手揉了揉小米粒的脑袋，结果被她抬手挪开，崔东山再放在她脑袋上，又被她拍掉，等他再伸手，小米粒转头瞪眼道："吗呢吗呢，小心我凶你啊！"

崔东山这才笑着收起手。

那个被留在山中的清风城许氏妇人，先前仰头望去，盯着那个狐国之主，咬牙切齿，恨之入骨，她心中念念有词：沛湘你这个婊子养的，今天竟然还有脸抛头露面？怎么，是勾搭上了那个掌柜颜放，还是偷偷爬上了那个泥腿子贱种的大床？是谁勾引的谁？！

远在白鹭渡那边的宁姚一挑眉头，因为察觉到了那个妇人的心声。

除了一线峰山顶那头搬山猿，宁姚其实都没怎么在意上心，反倒是落魄山这边的自己人，剑修隋右边、狐国狐魅沛湘，宁姚都有轻描淡写的视线一扫而过，然后就注意到了许氏妇人。

于是宁姚就真的"各凭喜好行事"了。许氏妇人和许浑一起登船后，渡船刚刚离开峰头，顷刻间，一条仙家渡船好像碎成千万片。

没有任何剑光、剑气、剑意，而且渡船上的众人，没有察觉到任何气机涟漪，以及丝毫异样。

宁姚只以心声跟那个妇人言语一句："管住嘴，别找死。"

之后宁姚要比风雪庙魏晋更早发现陈平安要出剑的迹象。

然后她忍住笑。

当着一位搬山老祖的面搬他的山？这种事情，也就他想得到，做得出了。

山脚的一袭青衫，只等了半炷香光阴，就一剑将正阳山祖山挑高数丈，然后剑阵落在剑顶，砸烂了那座祖师堂。

惊天动地的异象过后，山巅尘土飞扬，又渐渐飘散，恢复清明。

一线峰寂静无声。正阳山新旧诸峰，更是但凡有修士处，皆落针可闻。

陈平安收剑归鞘后，微笑道："只算问剑一半，你们还有半炷香，可以继续议事。"

一直没有点头也没有摇头的陶烟波心颤不已。

女子剑修陶紫没有留在停剑阁，而是去了剑顶，她想要略尽绵薄之力，为袁爷爷鼓气。

白衣老猿双臂环胸，瞥了眼自己看着长大的陶紫。她已经从一个粉雕玉琢的小姑娘，变成了一个亭亭玉立的少女，再变成一个即将出嫁的漂亮女子。

看到陶紫眼中的那抹熟悉神色，袁真页这位护山供奉终于开始有一丝痛心了。

陶紫脸上闪过愧疚神色，她迅速转过头，好像不敢正视白衣老猿，只是她又极快转回头，满脸的天真无邪，眼神看似清澈坚定。

白衣老猿有些茫然，看了眼那座祖师堂的废墟，最后又看了眼那个长大了的秋令山女子。

这就是正阳山吗？

山脚那边，众人见那个青衫剑仙竟摘下了背后长剑，随手一丢，剑鞘插入牌坊楼中。

陈平安卷起袖子，一手负后，一手朝山顶递出手掌："老畜生，来，趁着还是正阳山的护山供奉，下山试试看，打死我。"

这番言语，已经足够狂妄。不承想之后一句言语，更是让人目瞪口呆。

山门外的一袭青衫，意气风发，眉眼飞扬若年少一步跨河的少年："半炷香之内，老子不还手！"

悬空剑阵坠地，打烂祖师堂，剑气涟漪四散，整座一线峰风起云涌，尤其是古树参天的停剑阁那边，被剑气所激，木叶纷纷落，飘来晃去，悠悠落地，一大帮正阳山嫡传弟子好似提前步入了一个多事之秋，满眼都是愁。

这一次，再没有人觉得那个落魄山的年轻剑仙是在说什么失心疯的痴人梦呓了。

停剑阁后边，有一棵正阳山开山祖师当年亲手栽种的梧桐树，两千多年生长无恙，耸干入云中，故而今天落叶尤其多。

剑顶之上，宗主竹皇和剑阵仙人只是护住了祖师堂内的神主牌位、香炉和历代祖师爷挂像，其余一切，如精心打造的代代传承的座椅，一根根价值连城的仙木梁柱，炼造工艺比皇宫大内更考究的地砖，好像都已变成过眼云烟，与尘土同散。

这场违反祖例、不合规矩的门外议事，只有茱萸峰田婉和宗主竹皇的关门弟子吴提京两人没有到场，就连雨脚峰的庾檩都已经御剑赶来。竹皇先前提出要将袁真页除名之后，直接就跟上了一句："我竹皇，以正阳山第八任山主，跻身宗门后的首位宗主，以及玉璞境剑修三重身份，答应此事。之后诸位只需点头摇头即可，今天这场议事，谁都不用言语。"

此后满月峰夏远翠率先附议，掌律晏础犹豫了半天，不理睬秋令山陶烟波的心声劝说，还是跟着点头附和，和满月峰、水龙峰关系亲近的那些山头、几条剑脉，比如琼枝峰冷绮在内，都没什么选择余地，当然是跟随这几位位高权重的老祖师，跟白衣老猿划清界限。

正阳山的十几位供奉、客卿，在竹皇、夏远翠和晏础都表态后，纷纷点头，今天舍了个袁真页，总好过他们亲自下场，与那落魄山大打出手，到时候伤及大道根本，找谁赔？只说先前那座由一粒金光显化大道的悬天剑阵，实在太过气盛，仅仅那些剑光落在山中的倒影，就让他们如芒在背，众人都各自掂量了一下，若是被那些剑光切中身躯皮囊，只会是刀切豆腐一般。

如果竹皇不是这么个意思，早先愿意收拢人心，他们其实不介意锦上添花，供奉、客卿职责所在，会帮着一线峰祭出几道看家本领的仙家术法。可既然竹皇都如此态度了，谁都不是什么愣头青，不会意气用事，拼了身家性命和大道前程不要，去为正阳山雪中送炭。

反倒是拨云峰、翩跹峰在内的几座旧峰的峰主剑仙，竟然都摇头否决了宗主竹皇的建议。其中一位老金丹，更是直接大骂宗主竹皇此举是自毁千秋家业，昏聩、昧良心，无半点道义可言，只会让正阳山历代祖师为此蒙羞。被外人打上山来，非但不带头出剑退敌,反而宁肯被人牵着鼻子走,抛弃一个劳苦功高的护山供奉。你竹皇连一位剑修都不配当,如何能够担任宗主,所以今天真正需要议的事,不是袁真页的谱牒名字要不要一笔勾销,而是你竹皇还能否继续担任宗主……

竹皇微笑道:"先前说了,你们点头摇头即可,不用开口。"

结果老金丹就被那位剑阵仙人直接拘押了起来,仙人伸手一抓,将老金丹收入袖里乾坤当中。

刘羡阳挪动屁股,换了一张桌子,继续喝酒吃瓜。

一位女子祖师转头望向刘羡阳,怒目相视道:"刘羡阳,你和陈平安问剑就问剑,何必如此大费周章,阴险行事,躲在幕后呼朋唤友,费尽心思算计我们正阳山,真有本事,就学那风雷园黄河,从白鹭渡一路打到剑顶,如此才是剑仙作为!"

刘羡阳非但没有针锋相对,反而如小鸡啄米,使劲点头道:"对对对,这位上了岁数的婶婶,你年纪大,说得都对,下次如果还有机会,我一定拉着陈平安这么问剑。"

吵架这种事情,家乡小镇藏龙卧虎,高手如云,年轻一辈,除了福禄街和桃叶巷那些富家子弟,比如赵繇、谢灵,可能本事稍微差了点,其余哪个不是自小就耳濡目染,条条小巷,锁龙井旁,老槐树下,龙窑田垄间,门对门墙隔墙,哪里不是磨砺嘴皮子功夫的演武场。

那个头戴一顶金丝冠冕、身穿翠绿法袍的女子祖师果然被刘羡阳这番混不吝的言语气得身体颤抖不已。

白衣老猿向前踏出一步,神色淡然道:"还有半炷香,你们继续聊。我去会一会那个得志便猖狂的泥腿子。"

刘羡阳一手抬起酒杯,一手竖起大拇指:"袁老祖一洲无敌,曾经换拳宋长镜,脚踢披云山,踩碎各家祖宅无数,泥瓶巷曹氏的,二郎巷袁家的,最西边李家的,桃叶巷谢氏的,全无敌手,谁敢和搬山老祖秋后算账?如今又已破境,对付个陈平安,还不是手到擒来。"

正阳山诸峰祖师,还有一众供奉客卿,闻言皆悚然。这位护山供奉,当年游历骊珠洞天,到底招惹了几方势力?难怪那个自称祖籍是在泥瓶巷的曹峻,会先后问剑琼枝峰和背剑峰。还有那位大骊巡狩使曹枰。袁、曹两姓先祖,出自骊珠洞天,一文一武相得益彰,帮助大骊宋氏在北方崛起,站稳脚跟,不至于被卢氏王朝吞并,最终才有了今天大骊铁骑甲浩然的光景,这是一洲皆知的事实。

竹皇笑道:"刘剑仙就不要开玩笑了。"

刘羡阳这几句话,当然是胡说八道,可是这会儿谁不疑神疑鬼,三言两语,就无异于火上浇油、雪上加霜,正阳山经不起这样的折腾了。

护山供奉袁真页身后现出一尊老猿法相,他重重一跺脚,在剑顶和停剑阁之间落

第十章 剑光直落

脚，同时运转搬山一道的本命神通，将一线峰踩下。一线峰轰然落地，一山周边的山水气运随之稳固几分。

先前那个泥瓶巷的小贱种竟敢斩开祖山，再一剑挑起一线峰，使得祖山离地数丈高。

袁真页这一手脚踩山岳落地生根的神通，抖搂得堪称霸气绝伦，使得不少客卿供奉都心中惴惴，会不会跟着竹皇一边倒，一个不小心就会押错赌注？到时候不管竹皇如何斡旋补救，至少他们可就要和袁真页实打实结仇了。

白衣老猿收起背后法相，一身罡气如江河汹涌流转，大袖鼓荡猎猎作响，狞笑道："竖子成名，拳下受死！"

袁真页拔地而起，高高跃起，脚下一山震颤，魁梧身形化作一道白虹，在高空一个转折，笔直一线，直扑山门。

刘羡阳站起身，扶了扶鼻子，拎着一壶酒，来到剑顶崖畔，蹲在一处白玉栏杆上，一边喝酒一边观战。

一道浑厚无匹的拳罡如仙剑飞剑，使得天地间雪亮一片，将山门外一袭青衫所站位置打出一个湖泊一般的凹陷大坑。

停剑阁那边，正阳山诸峰嫡传弟子们翘首而观，看到袁老祖这一拳递出后，一个个目眩神摇，有年轻剑修攥紧拳头，默默喝彩。

不少观礼客人都是首次亲眼见到袁真页出手。好个护山供奉，确实名不虚传，袁真页这一拳势大力沉，分明可杀元婴境修士。说不定那些体魄坚韧的远游境武夫，挨了这一拳，都要当场分尸，血肉崩碎。

可山门外那处无水的"湖泊"之上，一袭青衫依旧纹丝不动，悬空而停，面带笑意，一手负后，一手轻轻挥动，驱散四周尘土。

白衣老猿身形落在山门口，转头瞥了眼那把插在牌坊楼中的长剑，收回视线后，盯着那个靠着运气一步步走到今天的青衫剑仙，问道："需不需要留你全尸？不然你们落魄山那帮废物阻拦不及，事后收尸都难。"

陈平安没有任何言语，只是朝白衣老猿勾了勾手指，然后微微侧头，双指并拢，轻敲脖子，示意袁真页朝这里打。

袁真页眯起眼，脚下砰然一声，大地沉闷而晃，一线峰地底深处的山根都出现了撼动余韵，导致周边天地灵气涟漪飘摇。如果说双方对峙是一幅山水画卷，那么所有施展掌观山河的山上看客，在这一刻都会发现此处山河画卷出现了一阵摇晃。白衣老猿身形一闪而逝，下一刻，一袭青衫被一拳凶狠横扫，打中脖颈，瞬间横移出去数十丈。

陈平安轻轻抖了抖手腕，身形瞬间止步，晃了晃脖子，满眼笑意，好像在说让你试试看，就别留力收手，与我客气什么？

剑修哪怕得天独厚，能够淬炼飞剑的同时，反过来温养神魂体魄，炼剑淬体两不误，事半功倍，使得号称山上四大难缠鬼为首的剑修，既能够一剑破万法，又拥有媲美兵家修士和纯粹武夫的身躯，即便那位来自落魄山的青衫剑仙，和好友刘羡阳都已是玉璞境，可是一位玉璞境剑仙，真能将人身小天地打造得身若城池，如此坚不可摧？

直到这一刻，那些知晓"郑钱"身份的观礼修士才有些相信，她说不定真是这位年轻山主的开山大弟子。

而白衣老猿委实是山巅宗师之风，每出拳一次，都并不乘胜追击，递拳后就停步，好像故意给那青衫客缓一缓、喘口气的休歇余地。

这位身负气运的上五境护山供奉，虽是毋庸置疑的修道之士，可确实一向以拳脚功夫名动宝瓶洲。

白衣老猿脸色阴沉："狗崽子当真不还手？！"

当下不曾背剑的一袭青衫始终默不作声。

袁真页嗤笑不已，拉开一个古朴拳架，他双膝微屈，微微低头，如背负山岳之姿，拳架一起，便有鲸吞天地灵气的异象，本该天然冲突的灵气与纯粹真气竟然融洽相处，悉数转为一身雄浑拳意。不但如此，拳架大开之后，身后拳意竟如山中修士的得道法相，凝为一座座高山，脚下拳罡则如江河汹汹流淌，与那道门真人的步斗踏罡有异曲同工之妙，铺设出一幅道气盎然的仙家图案。最终白衣老猿脚踩一幅宝瓶洲崭新的五岳真形图，递拳之前，白衣老猿如上古仙人提起巨山，脚踩河川。

淬炼搬山之属神通，熔铸拳意为山河一炉。

陈平安瞥了眼那幅半吊子的真形图，看来这位护山供奉这些年也没闲着，还是被他琢磨出了点新花样。

青雾峰有位山中看客赞叹不已："如此拳法，可谓登峰造极，非武夫人力所能及。"

裴钱斜眼看那人，差点没忍住，像对付骑龙巷左护法那般，按住对方的狗头，让他瞪大狗眼，等到她师父出手，好好看看什么叫真正的拳法。

众人只见那魁梧老猿有开天辟地的气势，朝年轻剑仙当头一拳砸去。

白衣老猿转瞬之间就站在了那一袭青衫原先所处的位置，而那个年轻山主竟然依旧不还手，由着那一拳打中额头。是老猿此拳一起，就已经注定避之不及？

从一线峰"湖上"，到满山青翠的满月峰，刹那之间拉伸出了一条青色长线。

几乎所有人的视线都下意识望向了满月峰，一袭青衫悬空而立，但是此人身后整个满月峰的山脚，罡风吹拂，席卷山峰，无数仙家大树悉数断折，一些被殃及池鱼的仙家府邸就像纸糊纸扎一般，被那份拳意削碎。只说青衫剑仙的那条倒滑路线，就在双峰之间的地面之上割裂出了一条深达数丈的沟壑。

白衣老猿如影随形，又是一拳，拳罡璀璨绽放，白光刺眼，大如井口，直直撞去。一拳用那原本背靠青山的青衫彻底打穿了整座满月峰!

袁真页循着那个被凿开的"山门道路",微微撑开一身沛然浑厚的霸道拳意,道路上山石崩碎无数,他最后一脚踩踏更多山崖,使得满月峰一处后山榜书崖刻崩毁大片。袁真页魁梧身形化虹而去,他抡起一拳,将果真打定主意不还手的陈平安打得身形风驰电掣般摔向秋令山位于半山腰的那座消暑湖。

挨此重拳的一袭青衫,倒退去势极快,只是临近水面之时,身形骤然悬停,脚尖轻点湖面,溅起一圈层层扩散的涟漪。青衫飘摇,仙人立水。

陈平安脚下整座湖泊却是当场炸开,沸水滚滚,掀起滔天巨浪,水雾升腾,许多在附近水榭楼阁遥遥观战的修士顿时成了落汤鸡。

这惊心动魄的一幕,看得夏远翠眼皮子打战不已。你们俩打就打,换地方打去,别糟践我家山头的风水宝地!

白衣老猿一拳当头砸下。听说你小子从小就喜欢求神拜佛,那就乖乖舍身结缘水裔去!

陈平安只是伸出手掌,随便挡住那一拳。

一青衫剑仙、一白衣老猿,双方身形下坠途中,消暑湖湖水荡然一空,登岸向四面八方一冲而去,最终沿着秋令山下山去了。秋令山的那条登山神道上,就像有条溪涧以台阶作为河床,哗啦啦作响向山脚倾泻而去。

消暑湖附近的此山嫡传和观礼修士手忙脚乱,只得各凭手段,抵挡那份拍岸激荡升空的铺天巨浪,最头疼的地方还在于其中蕴藉的拳意,与那湖水一并遮天蔽日,势不可当,以至于许多修士术法被搅了个粉碎,本命物也被打得晃荡如片片浮萍,道心不稳,刚刚祭出便连忙收起。

神仙打架,俗子遭殃。山巅之下,所有不是地仙的练气士,和那山下市井的凡夫俗子何异?

人人惊骇不已,那位搬山老祖,仅仅担任正阳山护山供奉就有千年光阴,那么居山修道的岁月只会更长,有此道法拳意,还有几分道理可讲,可那个横空出世的落魄山年轻剑仙,撑死了和刘羡阳是差不多的年纪,哪来的这份修行底蕴?

宝瓶洲评选出来的年轻和候补十人,真武山马苦玄的修行根骨、天赋,姜韫、刘灞桥的师承,谢灵的家世、福缘,不管他们如何崛起,终究有迹可循。可陈平安?

消暑湖不但湖水一空,就连湖底泥泞都已散开,水下秋令山山根青石裸露。

水落石出,不过如此。造就出这般场景,不过是白猿递拳,青衫接拳,一拳而已。

陈平安站在略带几分润泽水汽的青石上,脚下青石不断响起崩裂声响,消暑湖水底如同多出一张蛛网。陈平安抬了抬手,施展水法,掬水重新入湖中。

白衣老猿站在岸边,脸色如常。数拳过后,一口纯粹真气气贯山河,犹未用尽。

夏远翠以心声与身边几位师侄言语道："陶师侄，我那满月峰不过是碎了些石头，倒是你们秋令山好好一座消暑湖，遭此风波劫难，修缮不易啊。"

晏础说道："烟波，半炷香可是又过去一半了，还没有决断吗？其实要我说啊，反正大局已定，秋令山不管点头摇头，都改变不了什么。"

这位掌律老祖师的言下之意，自然是好心好意，提醒这位辈分相同的陶财神，好歹为秋令山保留一份英雄气概，传出去好听些，过河拆桥，是竹皇和一线峰的意思，秋令山却不然，风骨凛凛，有机会让所有留在诸峰观礼的外人刮目相看。

对晏础而言，陶烟波的秋令山最好是打肿脸充胖子到底。陶烟波管着正阳山的所有钱财运转，比他这个出身水龙峰的掌律祖师其实更有实权。若是水龙峰与秋令山从今往后能够互换位置？

竹皇脸色不悦，沉声道："事已至此，就不要各打各的小算盘了。"

先前所谓的一炷香就问剑，虽是陈平安随口胡诌的，却正是竹皇身边这位剑顶仙人能够维持当下境界的大致时限。

这家伙难道是正阳山肚子里的蛔虫，为何什么都一清二楚？故而竹皇内心深处真正忌惮的，不是什么剑仙，不是什么山主，而是这份处处绵里藏针的心思。

消暑湖内，水被陈平安以术法掬入湖中后，水位轻浅，清澈见底。

陈平安终于开口说话了，他笑问道："当年在小镇束手束脚，情有可原，怎么在自家地盘，还这么娘们唧唧？怕打死我啊？"

袁真页终究还是个练气士，所以昔年在骊珠洞天之内，境界越高，受压制越多，处处被大道压胜，连每一次的呼吸吐纳都会牵扯到一座小洞天的气运流转，稍有不慎，就会消磨道行极多，最终拖延破境一事。以袁真页的地位身份，自然知晓黄庭国境内那条岁月悠悠的万年老蛟，以及在东南地界钱塘江风水洞潜心修道的那位龙属水裔，都一样有机会成为宝瓶洲首位玉璞境的山泽精怪。

估计这位护山供奉，当时就已经将上五境视为囊中物，并且打定主意要争一争"第一"，以便收拢一洲大道气运在身，所以至多是在窑务督造署那边，遇见了那位白龙鱼服的藩王宋长镜，他一时手痒，才忍不住与对方换了拳，想着以拳脚帮忙砥砺自身道法，好百尺竿头更进一步。

袁真页狞笑道："见过找死的，没见过你这么一心求死的，袁爷爷今儿就满足你！"

白衣老猿的老者面容呈现出几分猿相真身，头颅和脸庞瞬间毛发生发，如无数条银色丝线飞动。

老猿身形长掠，一腿扫中那袭青衫的肋部，将其踹出秋令山，横飞向附近的琼枝峰。

一脚之下，气机混乱如大雷震碎于弹丸之地，整座秋令山向外阵阵散出，如一排排铁骑过境,所过之处,山石崩碎,草木化为齑粉,府邸炸开,连秋令山之外的云雾都为之倾斜,仿佛被拽向琼枝峰那边。

从头到尾,信守承诺绝不还手的青衫剑仙蜻蜓点水,脚尖分别踩在一处仙府屋脊、古树枝头和一竿绿竹之巅,然后停步。

负责看守琼枝峰的落魄山米次席忙不迭收起漫天遍野的霞光剑气。

白衣老猿撞入那片竹林当中,使得琼枝峰山中无数翠绿颜色瞬间绽放开来,数十万绿竹竿破土而出,胡乱飞掠。

只是袁真页这一次出拳极快,能够看清之人寥寥无几。更多的人只能依稀看到那一抹白虹身形在丛丛翠绿当中势不可当,拳意撕扯天地,至于那青衫,就更不见踪迹了。

下一刻,一抹青色画弧掠出琼枝峰,极长弧线,刚好绕过了一座拨云峰,然后途经一座藩属小山头。白衣老猿缩地山河,蓦然现出真身法相,巨大手掌横扫出去,将整一截青色山头直接打断,山若飞剑,撞向那一袭青衫,后者随手挥袖,山头当场在空中崩碎稀烂,乱石飞剑如雨落,那道青色身形借势以更快速度飞向十数里外的雨脚峰,老猿法相大步跟随,一个肩靠到雨脚峰山头,撞得一峰山头再次崩裂开来,激射向陈平安。

与此同时,老猿法相一脚戳地,深陷地下,他轻喝一声,再脚尖一挑,将地上一座小山头的山根踩断,将小山头整个挑到空中,和雨脚峰山头,一前一后,都砸向那个青衫剑仙。

凶性爆发的搬山老猿又连根拔起两座藩属小山峰,一手一个攥在手中,砸向那个不知死活的小兔崽子。

老猿的巍峨法相一步跨过山水,一脚踩在一处昔年南方小国的破碎大岳之巅,目视前方。

陈平安双指并拢作剑斩,将雨脚峰山头居中劈开,他又左手挥袖,将那山头原封不动砸回原位,再双指轻点两下,竟是直接将那两座藩属小山定在了空中。

一袭青衫缓缓飘落在青雾峰之巅。

裴钱连忙落地,站在师父身边,不然不像话。

陈平安笑道:"没事,老畜生今天没吃饱饭,出拳软绵,稍稍拉开距离,胡乱丢山一事就更像柳絮飘摇了,远不如我们小米粒丢瓜子来得气力大。"

黑衣小姑娘闻言笑得合不拢嘴,怀抱行山杖,赶紧抬起双手挡住嘴,淡淡的眉毛,眯起的眼眸,桌儿大的高兴。

她哪有那么厉害,没得没得,好人山主瞎讲的,你们谁都别信啊,但是真要相信,我就没法子让你们不信哩。

崔东山笑嘻嘻道:"右护法今儿都不用出手,就已经威名远播嘞。"

小米粒笑哈哈道:"虚名,都是虚名。"

陈平安再以心声跟裴钱说道:"盯着一线峰那边,谁敢冒头,你就打回去。"

裴钱点点头:"晓得了。"

陈平安轻踩地面,身形瞬间离开青雾峰,悄无声息,相较于白衣老猿名副其实的力拔山河,确实毫无气势可言。

一袭青衫掠过那两座好像被施展定身术的山头,拖山而行,与那尊脚踩山岳的老猿法相遥遥对峙。

剩下的半炷香即将结束。

陈平安以心声笑道:"放心吧,一线峰那边,至少陶紫肯定会出手的。记得第一次在福禄街那边瞧见,就知道她是个顶聪明的人,可袁老祖你要是再这么以无敌之姿横行山河,她还怎么为你打抱不平?三拳,最后三拳,袁老祖好好掂量,是继续让外行看个热闹,还是让行家看门道,我都随意。"

言语之后,将那拖曳的两山分别丢去两处,为拨云峰藩属山头和雨脚峰山顶充当山尖。

白衣老猿蓦然收起法相,站在山顶,深呼一口气,仅仅是这么一个再寻常不过的吐纳,便有一股股强劲山风起于数峰间,罡风吹拂,风卷云涌,摧崖折木。屹立于山巅的袁真页环顾四周,千里山河在脚下匍匐,视野当中,唯有那一袭青衫碍眼至极。

如那泥瓶巷贱种所说,确实约莫还能递出三拳。

袁真页一身道法拳意交融,仿佛数千年修行道法为天,积攒打磨千年的拳意为地,以人身小天地作为一架长生桥,合二为一,最终达到天地合的玄妙境地。

生平意气最高处,所递第一拳,以伤换命,相当于止境武夫拳意巅峰一拳。

小泥腿子就该一辈子在泥泞中摸爬滚打。侥幸得势,偏不知珍惜,不懂得乖乖躲起来享福的道理,还敢来正阳山摆阔,那就一拳打得你粉身碎骨,悉数跌落人间,只会比那个被李抟景将一副白骨曝晒于风雷园广场上的满月峰女修下场更惨。若有意外,还有第二拳待客,相当于仙人境剑修的倾力一击。最后一拳,什么剑仙,什么山主,死一边去!

一线峰那边,陶烟波满脸疲惫,诸峰剑仙,加上供奉客卿,总计接近半百的人数,只有屈指可数的七八位正阳山剑修摇头。此外都是点头,答应竹皇的那个提议。

按照祖师堂规矩,其实从这一刻起,袁真页就不再是正阳山的护山供奉了。

竹皇说道:"袁真页,收手吧,虽然你不再是正阳山的谱牒仙师,但是我愿意向落魄山求情,不管我们正阳山付出什么代价,都可以保证让你今天活着走出正阳山地界,之后就请你离开宝瓶洲。"

竹皇同时以心声跟那位青衫剑仙说道:"陈山主,只要袁真页将来出海,试图远游别洲,我就会亲自带着夏远翠和晏础,配合你们落魄山,合力斩杀此獠!"

陈平安置若罔闻，只是笑眯起眼，没拒绝，不答应。

袁真页一样无动于衷，白衣老猿转头看了眼剑顶，一张老猿面相上没有任何表情。

可能是哀莫大于心死，可能是身负一洲气运的搬山老祖实则胸有成竹，犹有后手，倒转形势。

白衣老猿眼中所见，心中所想，是今年山中那棵古梧桐树，尚未入秋，就已落叶。以往岁月里，花开花落，叶绿叶黄，都无人打搅，只有扫帚划抹地面的簌簌声响。

袁真页一脚踩碎整座山岳之巅，气势如虹，杀向那一袭悬在高处的青衫。

一身圆满拳意，仿佛比山岳更高。一拳递出后，如雷池开裂再迸射。

几乎所有人都下意识仰头望去，只见青衫客被那一拳打得瞬间消失无踪。

作为递拳一方的袁真页竟是倒滑出去十数丈，双袖粉碎，两条肌肉虬结的胳膊变得血肉模糊、筋骨裸露，触目惊心，然后白衣老猿倏忽间身形攀高，怒喝一声，朝天幕处递出第二拳。千里山河的天上，唯有雷声阵阵，连绵不绝，不见青衫客。

那雷声炸响，仿佛近在耳边，许多境界不够的修士都不得不捂住耳朵，竭力运转体内灵气护住道心。

留在诸峰观礼的地仙修士纷纷施展术法神通，帮助身边痛苦不已的修士打散那份纷纷如雨落的道法拳意涟漪。

袁真页双手负后，双拳骨肉消融，耳膜已碎，披头散发，鬓角雪白发丝被耳孔流淌出来的鲜血浸染，黏在了一起。

一线峰停剑阁那边，有个年轻女子剑修娇叱一声："袁爷爷，我来助你！"

身穿紫衣的貌美女子，好像置生死于度外，竟是孑然一身就要御剑去往天幕。只是她刚刚御剑离地十数丈，一个扎丸子发髻的年轻女子就御风破空而至，伸手攥住了她的脖子，然后一个猛拽，将她从长剑上边拽落，随手丢回停剑阁广场上。摔了个七荤八素、狼狈不堪的陶紫正要驭剑归鞘，那个女子武夫却伸手握住了剑锋，轻轻一拧，便将断为两截的长剑随手钉入陶紫身边的地中。

这次观礼的修士都学聪明了，不再捡芝麻丢西瓜，瞥了一两眼停剑阁那边的动静，就继续和白衣老猿一同望向高处。

那人接下两拳，依旧没还手。

这都没有死？答案显而易见，那个家伙不但没死，反而安然无恙，毫发无损。

天幕处，一袭青衫，好像闲庭信步，拾级而下。

只见那个青衫客停下脚步，抬起鞋子，轻轻落下，然后脚尖踮动，好像在说，踩死你袁真页，就跟踩死只蝼蚁一样。

袁真页瞪大眼睛，只剩森森白骨的双拳紧握，他仰头怒吼道："你到底是谁？！"

他绝对不相信，这个从天而降的青衫客，会是当年那个只会抖搂小机灵的泥腿子贱种!

陈平安笑道:"当年的泥瓶巷窑工,现在的落魄山山主,不都是姓陈名平安,不然还能是谁?"

陈平安抬起双手,手心处,分别凝聚浮现出一轮日、一轮月。

大日熠熠粹然,明月皎皎莹然。

日升月落,日坠月起,周而复始,形成一个宝相庄严的金色圆形,就像一条神灵巡游天地的大道轨迹。

陈平安再手腕拧转,是五行之属的本命星辰显化而生,五彩颜色,刚好围绕日月缓缓旋转。

日月星辰,如获敕令,围绕一人。日月共悬,银河挂空,循规蹈矩,悬天流转。

在这之后,是一幅幅山河图,宝瓶洲、桐叶洲、北俱芦洲若隐若现,或彩绘或白描,一尊尊点睛的山水神灵在画卷中一闪而逝,其中犹有一座已经远游青冥天下的倒悬山。

转瞬之间,一袭青衫居中而立,神人在天。

饶是姜尚真都有些心神震动,忍不住问道:"崔老弟,这是哪门子的剑术?!"

崔东山笑眯眯道:"当然是剑术,不过也算是先生首创的拳法,拳剑皆可,不用分家。纯粹武夫,万年以来,天下气盛,此为巅峰。"

崔东山挥动雪白袖子:"是我的先生嘛,不值得大惊小怪。"

不然先生怎么能够和那个曹慈拉近武道距离?靠的就是前无古人后无来者的十境气盛这一层。

裴钱神采奕奕,看吧,果然还是自己聪明,师父教拳可以,至于喂拳,是绝对不行的。

假借石柔皮囊的化外天魔一个忍不住,故伎重演,振臂高呼:"隐官老祖武功盖世,剑术无敌,去他的白玉京真无敌,道老二就当你的千年万年第二……"

不过这个附身石柔的白发童子总算记得施展术法隔绝天地,不让自己的话语泄露出去,美中不足,总觉得不够尽兴,毕竟隐官老祖都听不见铁骨铮铮的肺腑之言。

赊月看了一会儿那轮明月,又屏气凝神定睛仔细看,最终叹了口气。虽说那家伙回乡后,在铁匠铺子那边,大概是看在刘羡阳的面子上,归还了半成的月魄精华,可是这个年轻隐官,心手都黑。读书人什么脑子嘛,学什么像什么。难道说自己回了小镇,也得去学塾读几天书?

赊月问道:"这头老猿会跑路吗?"

宁姚摇头道:"不会,身心俱死。"

渡船那边,余蕙亭只觉得惊心动魄,喃喃道:"难怪能够在剑气长城当上隐官。"

魏晋说道："袁真页要祭出撒手锏了。"

余蕙亭好奇问道："魏师叔，怎么说？"

魏晋默不作声，自己不会想吗？哪怕想不到那个真相，无非再等个一时半刻，自然而然就知道答案了，问什么问，意义何在？

余蕙亭误以为魏师叔是在想事情，追问道："魏师叔，莫不是那位护山供奉下一拳会更加凶狠霸道，想着换命？"

魏晋都懒得转过头看她，难得摆一摆师门长辈的架子，淡然道："听说你在山下历练不错，在大骊边军中口碑很好，不可自满，戒骄戒躁，以后回了风雪庙，修心一事多下功夫。"

他的言下之意，其实是提醒余蕙亭在山中修行，需要多动脑子。

余蕙亭没想那么多，只当是神仙台最不近人情的魏师叔破天荒在关心人，她一下子笑靥如花。魏晋就知道自己白说了。

袁真页脚踩虚空，再一次现出搬山之属的巨大真身，一双淡金色眼眸死死盯住高处那个曾经的蝼蚁。

他身上有一条条淬炼而成的气运长河，流淌在作为河床的筋骨血脉当中，这就是一洲境内首位跻身上五境的山泽精怪得到的大道庇护。

陈平安同样是一双金色眼眸，只是比袁真页更为浓郁且精粹。他冷笑道："怎么，非要我说自己是朱厌，你才好认祖归宗？"

袁真页厉色道："狗杂种继续笑，一拳过后，玉石俱焚！记得下辈子投胎找个好地方……"

陈平安勾了勾手指，来，求你打死我。

半炷香已过，可以再给你多出一拳的机会。

崔东山忍了忍，结果还是没能忍住，捧腹大笑。

姜尚真也是无可奈何，找谁比拼气运消耗和大道压制，都别找咱们家这位被浩然、蛮荒两座天下处处针对的年轻山主。

至于那位搬山老祖的混账话，就不用斤斤计较了，反正他很快就会彻底闭嘴。

姜尚真以心声询问道："两座天下的压胜分明还在，为何好像没那么明显了？是找到了某种破解之法？"

崔东山一语道破天机："先生只是真正想明白了一句佛家语，欲要度众生，实为众生度。所以才能够顺势跻身某种境界，时时迷障在法中，处处机缘法无碍。先生是先有此心，再有此境的。"

姜尚真点头道："厉害厉害。"

不过姜尚真很清楚，崔东山只是说得轻巧，陈平安真正做起来，绝对是一场身心煎熬。

崔东山白眼道："废话。"

剑顶那边，刘羡阳晃了晃手中的空酒壶，随便丢到白玉栏杆外边。他双手抱住后脑勺，昔年仇怨，俱往矣。

落魄山竹楼外，已经没有了正阳山的镜花水月，但是没关系，还有周首席的手段。

曹晴朗在内，人人一捧瓜子，都是小米粒在下山之前留下的，劳烦暖树姐姐帮忙转交，人人有份。

魏檗离开披云山，在这边悄然现身，隐匿踪迹的元婴境剑修崔嵬也随之现身，轻声打招呼："魏山君。"

魏檗笑着点头："辛苦了。"

崔嵬一时间无言以对。我一个雾色峰祖师堂的记名供奉，在自家山头盯着，辛苦什么。

魏檗似乎也觉得自己这么说有些不对劲，自嘲道："这个习惯，是得改改。"

之前巡视三江接壤之地的红烛镇，在那卖书的店铺，水神李锦都要打趣笑言一句，说自己是宝瓶洲的山君、雾色峰的山神。魏檗觉得挺有道理，李水神的言语很风趣啊。谁是官场上司，谁是辖境下属？所以就从书铺白拿了几十本书。

桌上，今天刚好来落魄山点卯的州城隍庙香火小人儿勤勤恳恳，负责帮忙收拢瓜子壳，堆积成山。

见着了那个魏山君，身边又没有陈灵均罩着，曾经帮着魏山君将那个绰号扬名四方的小家伙赶紧蹲在"小山"后边，只要我瞧不见魏夜游，魏夜游就瞧不见我。

当袁真页现出真身之后，在正阳山方圆千里之地，哪怕是市井百姓，人人仰头就可见那位护山供奉的庞大身形。

至于那些观礼修士，实在想不明白，那位来自落魄山的青衫剑仙，到底是如何在这头老猿手底下挨过一拳又一拳的。

老祖师夏远翠突然以心声言语道："师侄，你的选择，看似无情，实则英明。换成是我来决断，说不定做不到你这般果决。"

不管如何，下宗宗主一事，没了秋令山来争，满月峰嫡传剑修是有更大希望挑起这份重担了。

晏础点头道："两害相权取其轻，回头来看，宗主此举没有半点拖泥带水，实在令人佩服。"

唯有陶烟波呆滞无言，从今往后，自家秋令山该如何自处？在这人心崩散的正阳山诸峰间，秋令山一脉剑修可还有立足之地？

再不是什么护山供奉的袁真页，以真身白猿身姿朝头顶高处递出生平道法最高、拳意最巅峰的一拳。

老猿出拳之前,放声大笑:"死则死矣,休想让老夫向你这个贱种求饶半句。"

胜负如何,半炷香内,出拳不停的袁真页,岂会当真心中没数?

袁真页那一拳递出,天空中出现了一圈金色涟漪,朝四面八方迅猛扩散而去,整个正阳山地界,都像是有一层景象壮阔的金色浪花缓缓掠过。

老猿出拳的那条胳膊,如一条山脉不断裂开,悉数崩碎,大雨滂沱肆意飞溅。

老猿在空中依旧维持着那个一往无前的递拳姿势,但是那一袭青衫周边数里的小天地依旧是日月星辰井然有序,大道流转循环不息。

断去一条手臂的老猿,肩头微微倾斜,刚好抵住那座小天地的边缘地带,大道相冲处,星光四溅,火雨漫天,无比绚烂。

陈平安说道:"那就换我。"

天地异象骤然收敛,十境武夫,归真一层,拳法即剑术,好似万年之前的一场剑术落向人间。

天幕处出现一个巨大旋涡,有一条仿佛在光阴长河中巡游千万年之久的金色剑光破空而至,砸在老猿真身头颅之上,打得袁真页头朝地直接摔落到正阳山大地,刚好砸在那座仙人背剑峰之上。

剑光直落,经久不散,如一把无形中让天地衔接的金色长剑,钉穿老猿头颅之后,斜插入地面。

袁真页匍匐在地,咆哮不已,他双手撑地,竭力想要抬起脑袋,挣扎起身,随后那袭青衫笔直一线而下,站在他的头颅之上,使得袁真页面门瞬间低垂,不得不紧贴背剑峰。

陈平安高高举起手臂,掌心处五雷攒簇,如天劫凝聚,一个迅猛下按,打中袁真页脖颈。他再左手探臂,在一线峰山门牌坊上的长剑夜游化虹而至,一袭青衫手持长剑,拖剑而走,在老猿脖颈处缓缓走过,剑光轻轻划过。最终就这么将袁真页的一颗巨大头颅割开,然后任其滚落山脚。

一袖之中,符箓不断掠出,如一条长河,将袁真页那副失去头颅的身躯悉数打烂。

那颗头颅在山脚处,双眼犹然死死盯住山顶那一袭青衫,一双目光逐渐涣散的眼珠子,不知是死不瞑目,还有犹有未了心愿,如何都不愿闭上。

陈平安朝他点点头。袁真页不知为何,好像明白了那个泥瓶巷昔年少年的意思,他微微点头,终于闭上眼睛,和满月峰鬼物女修司徒文英是如出一辙的选择,将一身玉璞境残余道韵和仅存气运皆留下,送给这座正阳山。

先前原本可以选择炸碎金丹和元婴的老猿,最后唯有一个念头,好像在和山顶那人言语:算我求你,别杀陶紫!

而那一袭青衫,好像未卜先知,当时点头的意思,是在说一句:我不是你。

袁真页魂魄消散，依稀可见一位身形缥缈的白衣老者，身形佝偻，站在山脚头颅旁，他此生最后言语，是仰起头，看着那个年轻人，以心声询问一句："杀我之人，到底是谁？"

陈平安并未作答，只是一挥袖子，将其魂魄打散。

夜游归鞘，背在身后。

陈平安抬起一脚，重重踩地，脚下整座山头四五分裂。

人间再无仙人背剑峰，只有青衫背剑远游客。

大道之行也，秉烛夜游人，不怕遇到鬼，鬼怕人才对。

除了落魄山的观礼众人，正阳山所有剑仙和弟子，以及留在新旧诸峰的全部客人，在这一刻，都感到一种古怪的窒息感，就好像此刻每个人身边都站着一个来自落魄山的青衫剑仙。

那一袭青衫御风来到失去一座祖师堂的剑顶。

身为正阳山一宗之主的竹皇立即抱拳礼敬道："正阳山竹皇，拜见陈山主。"

刘羡阳翻了个白眼，和陈平安对视一眼后，率先御风离去。他四处张望，瞧见了那个站在芦苇丛中的圆脸姑娘，立即屁颠屁颠赶去白鹭渡。

陈平安环顾四周，没有多说什么，跟着刘羡阳一起御风离开，其间转头向白鹭渡那边灿烂一笑，然后来到白衣少年和黑衣小姑娘身边，揉了揉小米粒的脑袋，轻声笑道："回家。"

图书在版编目(CIP)数据

剑来31：观礼正阳山 / 烽火戏诸侯著. —杭州：
浙江文艺出版社，2022.6
ISBN 978-7-5339-6800-7

Ⅰ.①剑… Ⅱ.①烽… Ⅲ.①长篇小说—中国—当代
Ⅳ.①I247.5

中国版本图书馆CIP数据核字（2022）第047032号

选题策划	柳明晔
责任编辑	关俊红
营销编辑	宋佳音
封面绘图	温十澈
责任印制	张丽敏

剑来31：观礼正阳山
烽火戏诸侯 著

出版	浙江文艺出版社
地址	杭州市体育场路347号
邮编	310006
电话	0571-85176953（总编办）
	0571-85152727（市场部）
制版	浙江新华图文制作有限公司
印刷	杭州杭新印务有限公司
开本	710毫米×1000毫米　1/16
字数	322千字
印张	16
插页	2
版次	2022年6月第1版
印次	2022年6月第1次印刷
书号	ISBN 978-7-5339-6800-7
定价	48.00元

版权所有　侵权必究
（如有印装质量问题，影响阅读，请与市场部联系调换）